U0932917

我们阅读
WOMENYUEDU
魅丽文化
花火工作室

倚东风
归墟
著

江苏凤凰文艺出版社
JIANGSU PHOENIX LITERATURE AND
ART PUBLISHING

图书在版编目（CIP）数据

倚东风 / 归墟著 . -- 南京 : 江苏凤凰文艺出版社，
2021.12
ISBN 978-7-5594-5579-6

Ⅰ . ①倚… Ⅱ . ①归… Ⅲ . ①长篇小说 - 中国 - 当代
Ⅳ . ① I247.5

中国版本图书馆 CIP 数据核字 (2020) 第 259736 号

倚东风

归墟 著

出版统筹　曾英姿

责任编辑　张　倩

特约编辑　叉　叉

装帧设计　黄　梅　曹文琦

出版发行　江苏凤凰文艺出版社

　　　　　南京市中央路 165 号，邮编：210009

网　　址　http://www.jswenyi.con

印　　刷　人民今典印务有限公司

开　　本　880mm × 1230mm 1/32

印　　张　9.5

字　　数　310 千字

版　　次　2021 年 12 月第 1 版

印　　次　2021 年 12 月第 1 次印刷

书　　号　ISBN 978-7-5594-5579-6

定　　价　46.80 元

目录

目录

楔子

元宁九年腊月十七，雍州紫云渡，黄昏将近，天边乌云层层叠叠堆砌着，寒风卷起霜雪，店小二坐在门口，瞅了眼天色，盘算着将桌椅收起早些关门。掌柜在茶馆里拨算盘，珠子相撞，噼里啪啦地响。

听到掌柜扯着嗓子喊自己，店小二耸了耸肩，心想，大概又发现了一笔错账。

雍州境内驻扎有两万兵力卫戍帝京，向来是兵家要塞。若要从北地南下入京，必须经过紫云渡才能进入雍州地界，现下天子病重，东宫年幼，这些时日从紫云渡过路的行人似乎多了起来。

店小二转身正要进里屋，一阵马蹄声由远及近传来，为首之人身披鸦色大氅，剑眉星目，右颊有道一寸来长的旧疤，俨然是行伍之人。

那一行人勒停马，每人腰边都配着马刀，神色肃穆。

店小二吃了一惊，忙道："今夜有雪，小店已经打烊了。"

为首之人翻身下马，拱手行了一礼："我与几位兄弟从北地远道而来，赶了一天路，不知店家能否提供些饭食？"

店小二张口，上下牙关冻得直哆嗦，掌柜放下账本走了出来，笑着相迎："还有炙羊肉和温酒，客官们不嫌弃的话，便进来歇歇脚。"

入夜后，风雪更密，店小二将马匹拴好，喂了粮草，小步跑进茶馆，抖落一身积雪。

一行人已经在茶馆里头坐下，将两张木桌拼在一起，一边烤火取暖，一边等着上饭，时不时插科打诨两句。

店小二去后厨晚了些，又挨了掌柜一顿训。他毕竟年纪小，多少不服气，嘟囔着道："说了关店，是他们非要进来的，七八匹马要打点，我一个人怎么忙得开？"

掌柜五十来岁，年轻时在北地参过军，眼力、见识都在他之上，于是斥道："没瞧见那些人的佩刀吗？看形制应该是北地军中的样式，这时节赶着入京的贵客，哪里是你我得罪得起的？"

训完，不放心这个愣头青独自应付一屋子人，掌柜便将店小二留在后厨烧火，自己捧着两大盘炙羊肉出去。

那些人饮了些酒，面色微醺，掌柜送完羊肉便想借口离开，为首之人唤住他："我有些事，想向掌柜讨教。"

他抛来一枚碎银，掌柜接住，像是手里揣了块烧得通红的炭，赔笑道："客官想知道些什么？小店偏僻，消息也不大灵通。"

那人问他："陛下的病情，掌柜可听说了？"

"官家陆续病了两年，这是端国上下都知道的事。不过官家半年前就开始让东宫监国，传言说连辅政大臣的人选都定好了，怕是要托孤。"说到这里，掌柜叹了口气，"官家仁厚，可惜只有东宫这一位皇子，必定是宠爱的，据说性情养得过于娇弱了。"

过了小会儿，那人又问："皇后呢？就没有关于她的传闻？"

"小薛后？"掌柜愣了愣，"小薛后性子娴静，几年前入宫受封后一直在御前伺候，与东宫相处融洽，倒是极少听说这位娘娘的事情。"

他晃了晃杯底的酒，说道："掌柜这酒酿得不错，等有空了，我定来讨教方子。"

掌柜亦笑："客官若喜欢，尽管多饮些。"

"还有一件事，想要讨教掌柜。"他抬起眸，一双琥珀色眼瞳在烛火的映照下，越发像是质地上好的琉璃，"凌王与官家一母同胞，东宫年幼，京中可传过凌王属意皇位？"

琥珀色眼瞳是北蛮人才有的特征，见他竟生了这般模样，掌柜不由得惊骇，连舌头也不利索起来："妄……妄议天家之事可是要杀头的，客官莫要多问了。"

他笑了笑，只道："有劳掌柜。"

掌柜进了后厨，背上冷汗涔涔，贴着衣裳，他一巴掌扇起倚在灶台边烤火的店小二，低声道："快些把饭食热好送过去。"

店小二不明所以，捂着脑袋闷声哼了几句，端起托盘出去，那行人已经离去，留了锭银子在桌上。

他收起银子，喜不自禁，连桌子也不收拾了，便去后厨禀告掌柜。

掌柜坐在灶膛前烤火，斜倚着墙壁，双目微合，似是在打盹。他连唤数声，见掌柜仍无反应，壮着胆子轻轻拍了下。

纸糊的窗户上不知怎的破了一个洞，北风倒灌进来，掌柜的身子软软倒了下去，心口插着一支弩箭，还在流血。

店小二探过鼻息，连滚带爬逃向后院，连银子掉了，也顾不上捡。

后院的马匹早就没了踪影，一地泥泞雪水，那一行马蹄依稀是往南去，再过数百里，就是雍州兵营……

第一章 惊变

1.

元宁九年冬月第一场雪，落得比以往要大许多，及至黄昏终于止住，整座宫阙掩于皑皑白雪之下，一眼望去尽是肃杀寒意。

薛蓁坐在偏殿里剪灯花，萧琰服过药后睡下，承明殿里有医官和宫人看守，无须她时刻陪在御前。她已有两日未能合过眼，眼底浮着一圈淡淡的淤青色，可静下来时她便会想起许多事，萧琰的病，年幼的东宫，蠢蠢欲动的凌王，以及眼下这并不明朗的局势……

大概是困得厉害，这回她竟也睡了一会儿，无梦无魇，醒来时外头廊上点了宫灯，橘黄色的烛火透过窗牖和帷帐照了进来，朦胧温暖。她伸出手，似是想捕捉这抹光影，等候在帐外的女官绛珠轻声说道："娘娘，方才太子殿下过来了，见娘娘睡着，故在外殿等候，说是等娘娘醒了，一道去承明殿请安。"

薛蓁起身，脑子里还是有些混沌，吩咐绛珠："让太子入殿等候。"

她匆忙梳洗过，见到萧钰，小小的人儿，拥在狐裘里，只露出一张白瓷般的面孔，大大的眼睛遮掩在鸦羽似的睫毛之下。他是一个生得精致的孩子，所有见过他的人都这样说，甚至于，过于女气了。

萧钰向她行礼，九岁的孩童不知帝京的天要变了，满心满眼都是无忧无虑。

她见萧钰一双小手冻得通红，便递去一个暖炉。他却没有接，扔掉雪团，轻拽了一下薛蓁的衣袖，小声央求道：“若父皇还在歇息，娘娘便不要带儿臣进去请安，免得扰了父皇清宁。”

明帝萧琰宽厚仁德，唯独在养育储君一事上甚是严苛，况且病中的人脾气总是不大好。薛蓁不止一次瞧见他怒极时起身，随手抄起一卷书便敲打萧钰，也难怪萧钰会怕他父亲。

寒风拂过，长廊上挂着的宫灯摇曳起来，薛蓁牵过萧钰的手，低声道：“殿下每日都要去请安，今日自然不能例外。”

萧钰紧跟在她身后，多半是不太情愿的。

入了承明殿，正逢宫人呈上晚膳，无外乎是一些清淡菜肴和药粥，薛蓁与萧钰一道行过礼，于殿下等候。

承明殿的地龙要烧得暖和很多，薛蓁站了一会儿竟有点犯困，不多时听见小黄门过来传唤太子，当即清醒过来，轻轻拍了一下萧钰的小脑袋，道：“去吧！”

君父照例是要考查《治国策》的，萧钰记得不熟，磕磕巴巴，还未背到一半就被萧琰打断，怒斥几句，就将他逐了出去。

小黄门奉命将他送回东宫，经过殿下，他复又向薛蓁行礼道别，一双眼眸忍着泪，红通通的，活像小兔儿。

薛蓁心中默叹，上前伺候萧琰用药，柔声说道：“殿下年幼，毕竟还只是个九岁的孩子，陛下不宜操之过急。”若是平常她断然不敢当着萧琰的面径直为萧钰求情，可今夜见他委屈至极，心中多少有些不忍。

萧琰拾起一枚加应子，含在嘴里除去药汤残余的苦味，眉头紧锁着，却不说话。

薛蓁知晓怕是自己的话触犯到他，于是笑了笑，又道：“方才是臣妾失礼，臣妾一介妇人，原本不应过问东宫之事。”

“并不是怪你，只是这孩子太不成器，平日太师布置的课业总完成不了，连朕亲自督促，也不见起色。”萧琰道，“你疼爱他，自是好的，可一味劝说不加管束，便是害他。”

薛蓁点头，准备听他训斥，萧琰却收了怒容，缓和神色，与她说道：“一个月前北蚩南下，宁州又打了场胜仗。年关将近，朕召了宁州刺史秦荀入京领赏，以示嘉奖。”

秦荀这个名字，薛萦从旁人口中听到过许多遍。

世人最为津津乐道的是元宁五年那一役，北蛮越过边境攻到宁州城下，秦荀主动请缨，率一小支骑兵从侧门出城，绕道偷袭敌方兵营，施计纵火焚了辎重粮草。不料北蛮的右将军阿浑邪发现异常，率兵追截，秦荀单枪匹马迎战，将阿浑邪斩于马下。那年宁州的冬天提前到来，北蛮被迫退兵，秦荀因此名扬北地，一路晋升，官至宁州刺史。

秦荀常年戍守边境，执掌二十万宁州军，薛萦与他无过多交集，也仅在去年春狩时见过他。

萧琰对这位宁州刺史一向青睐，数次在朝堂上夸赞他的军功。

此番萧琰主动和她谈起秦荀，薛萦不知他的用意，只好说道："臣妾驽钝，朝堂上的事情，一概是不太清楚的。"

"去年西青山春狩，你与女官走散，是他将你救出，皇后可还记得此事？"萧琰看着她，目光幽深。

薛萦素来避讳提及这桩旧事，低头避过他的注视，低声道："臣妾……"

"皇后总是这样谨慎，鲜少过问朝堂的事，恨不得将自己藏起来。"萧琰打断她，"储君尚未长成，京中不乏对这皇位虎视眈眈者，眼下的局面，皇后心里分明清楚得很。"

他话中之意，指的是与他一母同胞的凌王。

萧琰膝下只有一位皇子，早早立为储君，可太子年幼，难以执掌大权，况且前朝便是亡在幼主手中。朝臣们私下多有议论，也不乏公然上书请他改立储君者，都被他赏了一顿廷杖。

朝臣们背地里的议论倒也算不得什么，更令萧琰伤神的是，与尚未长成的皇孙相较，太后似乎也更倾向改立次子凌王为储。

便是在生母的胁迫劝说之下，萧琰不得不分了些实权给胞弟，纵容他一点点坐大。虽说之后萧琰想法子迫使他之藩去了南边的封地，但他手底下多少有点兵将。现今萧琰病重，凌王以公务繁忙为由，久未归京，一番举动令他起了疑心，便逐渐谋划起来。

薛萦道："陛下正值壮年，太子殿下得陛下悉心教养，也无须臣妾为他过多操持。"

萧琰靠在金丝绣边的软枕上，半眯着眸子，道："朕觉得乏了，你回含凉殿吧！"

不知何时，雪又下了起来，深及膝盖。绛珠去传唤步辇，薛萦立在殿外等候，风卷着雪扑面而来，廊下宫灯不久也覆上一层薄薄霜色。她静默望着，便不由出了神。

直至内侍抬了步辇过来，薛萦才收回心绪，伸手接住一片落雪，对绛珠说道："你去趟东宫，若殿下还未睡，将他接来含凉殿。"

那雪花很快融化在掌心，凉意丝丝沁入，扩散至四肢百骸。

回到含凉殿，薛萦命宫人添置炭炉，将九支铜制烛台点上，照得宫室内明亮如昼。待一切准备妥当，绛珠正好携萧钰到了殿外，薛萦屏退宫人，只让萧钰入殿。

萧钰有些发蒙，旋即手里被塞了一卷书，正是在承明殿请安时背诵的《治国策》。

薛萦笑意盈盈："冬夜天黑得早，殿下如果晚间无事，就来含凉殿背书吧！"

茶水、吃食、戒尺等物一应准备齐全，萧钰自知今晚逃不过去，小声说道："徐太师与父皇布置的课业，我都不喜。"说完，他抬眸悄悄觑了一眼薛萦，她静坐着，神色淡然，似乎不为所动。

萧钰嘴上虽这样说着，可终究无可奈何，直到将《治国策》里的文章背至滚瓜烂熟，方才离开含凉殿。

后几日，太子再去承明殿请安，竟意外没有惹怒明帝。

薛萦拨动白玉调羹，只盼着汤药快些凉下来。萧琰正批阅奏疏，御笔朱批，只稍抬眸便可窥见其中内容，她却不敢多看。

等他批完奏疏，药也差不多凉好。薛萦递上，他一饮而尽，用素绢拭去唇边药渍，道："太子近来表现好了些，想必是你教导了他。"

"臣妾才疏学浅，只能敦促殿下闲暇时多读些书，将来好为陛下分忧。"薛萦顿了顿，才说，"殿下念书好些年，身边也没有伴读，不过近来和臣妾提起，想讨要一个伴读。听说是梁大人家的公子，年长他两岁，是在国子监认识的。"

萧琰神色冷下几分，似有不悦："让他安心念书，莫想要这些无用的事。”

薛萦本想为他再争取几句，瞧见萧琰的神情，将话咽了下去。

“他似乎从小就喜欢同你亲近，有什么事，也极少与朕说。”萧琰道，“当初许你中宫之位，朕其实是存了私心的。”

薛萦福了福身：“臣妾知晓，日后必定尽力辅佐殿下。”

而后他又问了后宫诸事，除了太后周氏入冬后复又染了病，其余各宫都如常。

萧琰不喜女色，妃嫔原本就不多。灵毓皇后仙逝以后，他下令遣送走几位妃嫔，剩下的都安分守己待在各自宫中，倒是给薛萦打理后宫省去不少麻烦。

略微答过几句，萧琰便让她回去了。

从承明殿出来，回廊下远远立着一人，身着绛色官袍，长身玉立，样貌看起来甚是清俊。

或许是相隔太远，或者是教漫天风雪迷住了视线，薛萦看不真切他的眉目，便这样遥遥望了一眼。纵然只是这一刹的相逢，竟也令那人发觉了，向她叩首行了一礼。

她没有做过多停留，转身离去，绛珠跟了上来，将她扶上步辇。

“方才给娘娘行礼的人，是大理寺少卿谢怀虚，听闻陛下召他入宫，是为了商议开春后大赦犯人祈福之事。”绛珠压低了声音，同她说道。

薛萦淡淡应了声，垂下眸：“陛下兴许是想为东宫祈福。”

那夜薛萦让宫人将熏香换成安息香，纵然如此，她睡得依旧不安稳。前尘旧事携卷风雪一并涌入梦中，恍若又回到了十三岁，她与父亲从宁州回到京中，入宫拜谒已成为皇后的堂姐。那时堂姐怀孕八月有余，腹部高高隆起，她将手覆了上去，感知到胎动，忍不住发出小小的惊呼。

堂姐温柔地笑着，要她快些定下夫家，只待及笄，便嫁过去。她两靥绯红，悄声告诉堂姐，父亲为她许了亲，是他的故友谢家，谢家公子幼时与她同窗读书，算是知根知底的。

而后堂姐难产而亡，薛家遭难，又逢谢家伯伯病故，谢家公子须守满三年孝才能娶她过门。她满心欢喜等待着，却不曾想，等来的竟是天子下旨，命她入宫。

天子心系灵毓皇后，有意立她所出的皇子萧钰为储，召她入宫，实则是为了给萧钰寻个品性贤淑的养母。

她父亲是不愿意的，但与薛家满门的前程相比，父亲的这点抗争又算得了什么？

及至后来，谢怀虚考取功名，入京为官，她才又见到他。

那时她立在珠帘后，见他从容叩拜，称呼她“娘娘”，从此与旁人无异。

入宫数年，她从妃位一路升至皇后，依照天子的旨意，安抚后宫，养育储君，也许心里早已将他放下，只是寂静无人时，终究还是会想起这个人、这些事。

萧琰的病，是在腊八节过后变得严重起来。

宫里熬制了腊八粥，萧琰嘴里苦涩，命小黄门取了半碗。粥已经有点凉了，但他执意要吃，于是小黄门呈上去，结果当夜他就因再度受寒而高热不退。

薛萦赶去时，承明殿乱成一团，太后和各宫妃嫔皆在，如花似玉的年轻妃嫔们一个个哭得梨花带雨，而那位呈粥的小黄门已被杖毙于殿外。

萧琰从昏睡中醒来，闻见哭声，心中更是烦闷，冷声斥退妃嫔，留下太后与薛萦。

她以为这对母子有话要说，正要回避，忽被萧琰唤住。

萧琰支撑着起身，声音虚弱，看着太后道：“朕有话要与皇后说，还请母后先去偏殿稍事歇息。”

听他这样说，太后不免惊讶，离开前淡淡扫了薛萦一眼，薛萦佯装不知，屈身向她见礼。

薛萦取了软枕给他垫在身后靠着，饶是如此，萧琰仍有些吃力。

“朕兴许熬不过年关了。”他缓缓说道，“太子性情顽劣，这几年承蒙你的照拂。薛家教出来的女儿定是不会差的。待朕百年之后，望皇后继续辅佐太子。”

与他相伴数载，两人之间虽无夫妻情分，现下听他交代身后事，薛萦心里生出悲戚，点头应允。

萧琰继续说道：“储君年幼，凌王与朕一母同胞，如今有诏仍不归京中，私下里许是在谋划，恐怕太后心里也更偏向那位。如果真到了那时，羽林军的兵力部署用来护卫宫城定是够了的，你不必顾虑太多，安然保钰儿继位即可。”

薛蓁眼中有了水意，道：“臣妾知晓。”

他忽然握住她的手，薛蓁怔忪，下意识便要将手抽出，可他使了些力气压制住她，笑了一笑，道：“朕下旨召你入宫那时，原是知道你已经许了亲的。可钰儿年幼，宫里头那些妃嫔都想竞相诞下皇嗣，朕不放心将他交给别人照看，思来想去，便只有你了。”

薛蓁入京时，便做好打算替他萧家打一辈子长工，挂个虚衔在宫中，抚育小外甥，安分守着红墙碧瓦了此一生。

萧琰这般与她说心里话，倒有点体恤臣下的意味。

她定住心神，亦笑着道：“在我心里，陛下是大端国的君主，是阿姐的夫婿，我从未想过逾越。”

烛火半明半寐，映照在她如玉的面庞上，使其轮廓愈加柔和。她眉目间笼着薄愁，朱唇不点而绛，楚楚堪怜。萧琰几乎见过世间各色美人，心知若论模样，薛蓁并不输给宫中任何一位妃嫔，甚至与以明艳貌美著称的灵毓皇后相比，她也丝毫不逊色。

她与灵毓皇后是堂姐妹，两人长相虽不尽相似，但薛蓁举手投足间，总有那么一丝韵味神似故人。

正因如此，起初萧琰不大喜欢与她亲近，他无须爱妻的影子陪伴在侧，也不想每每见她，都要想起爱妻已然亡故这一令他痛入骨髓的事实。

数年过去，他终于接受现下一切，不再刻意回避与她相处。可后来他积郁成疾，病情无好转迹象，太子萧钰年少顽劣，薛蓁性子软，拘束不住他。于是他每次召见，总要斥责她，而她从不为自己申辩，纵然有再多委屈，也默默咽下。

她还年轻，才过双十年华，终此一生，都要被困在深宫之中。

萧琰心底生出些微怜悯，缓缓说道：“日后朝局稳定，待钰儿亲政，你若是想离开，便寻个法子出宫吧，对外就说是病殁了。”

薛蓁道：“我从小便没有母亲，两年前父亲也过世了，世间之大，除了陛下赐给我的含凉殿，已无处可去。”

闻言，萧琰松开手，轻轻拍了下她的肩，这是他所能给予的为数不多的宽慰和温柔。

“在我很小的时候，家父常外出游历，嬷嬷们照顾我并不细致，我害了一场大病，险些丢命。阿姐知道了，将我接去她的院子里照顾，这才好转起来。直到阿姐入宫成为陛下的皇后，我都是长在她的身边。”薛萦抬眸，一双眼澄澈清亮，“阿姐难产而亡，殿下也是从小没了母亲，我虽不能替代他的生母，但至少，不会容许旁人欺负他。”

萧琰顿了片刻，才道：“你心底柔善，是个好孩子，把钰儿托付给你，朕很放心。”

更漏声重重，夜渐深，薛萦想起太后还在外殿等候，许是有话要和萧琰说，忙收敛好情绪，向萧琰见礼，退出内殿。经过那座紫檀木山水屏风，她瞧见萧琰用帕子掩住口鼻猛然咳嗽，像是要把五脏六腑都咳出来。

他断断续续病了三年，整个人形销骨立，如飘零在秋风中的一片枯叶，薛萦明白，他没有多少时日了。

萧琰的病牵动着整个后宫，此次他却命妃嫔们按照位分轮流去御前伺候。眼看除夕临近，明帝的病未有好转，一日比一日严重起来，太后起先只在永宁宫设了佛龛上香祷祝，后来便提出要去京郊的清音寺为陛下祈福。

清音寺在灵虚山上，这时节无香客前来，山道几乎被大雪封住，仅有寺里僧人清扫出的一条羊肠小道勉强可以通人。尚未天晴，若此时上山，再遇上一场雪，便要被困在寺里。

得知太后要出宫祈福，薛萦并不诧异，拨了几位内侍与之同行，以便护卫，并亲自打点所需行装。

即使这样，她去永宁宫请安，还是不免遭太后奚落。薛萦无视她话里夹枪带棒之词，见随行的宫人物资准备妥当，福了福身便要告退。

太后斜靠在贵妃榻上，拥着狐裘暖炉，听闻她要走，轻哼一声：“本宫原本就没提起要去灵虚山祈福之事，陛下要让本宫去，本宫只好走这一趟。许是你在他面前提起了什么，才让他非要赶在风雪天撵走本宫。”

太后四十来岁，久居宫中，保养得极好，素日又喜穿着颜色艳丽些的衣裳，风韵犹在，一嗔一怒间，倒不似在向她发难，而是倾诉心中愤懑。不过这位太后出身低了些，她娘家原先是在临安城里凿纸钱卖的小门小户，因容貌姝丽入宫，得先帝宠爱，先后诞下两位皇子，又熬了二十来年，才有了今天的尊荣。

薛蓁并不将她的这番指摘放在心里，说道："近来恐有变故，陛下是担忧娘娘的安危。灵虚山地处京郊，僻静幽远，将娘娘安置在清音寺中，陛下也可放心些，还望娘娘体恤陛下身为人子的一番孝心。"

"京中分明好端端的，哪来的什么变故，定是你在我们母子之间挑拨了什么。"太后的声调骤然尖锐起来，"他说要纳你入宫，我便不同意。偏偏他就跟中了魔似的，非你不可，就跟当初他即位后不顾朝臣反对，立你族姐为后那般。你们姊妹二人都是托生来的狐媚子，这一世专去祸害了他。"

薛蓁当即伏跪在地，也不为自己分辩，却想，太后这般骂她，也算是变着法儿夸了她皮相生得还算不错吧！

幸而她申斥了几句，不再继续往下说，让宫人扶起薛蓁。

骂得久了，她也心累，叹了声气，缓和了语气问薛蓁："陛下是糊涂了，可皇后当真觉得阿钰这孩子，能担此重任？"

薛蓁顺手抚平下裳的褶皱，笑了一笑，道："娘娘，这是陛下心中所求，臣妾身为大端的皇后，所能做的，只有竭力助他达成。"

想要保东宫顺利继位，首先就要拔除凌王这一隐患。凌王离京数年，在宫中的耳目早已被萧琰清理干净，唯一能与他联络的便只有太后。将太后送去灵虚山，一来可以阻断两人私下里的书信往来，二来，也是为了防止宫变当真发生，两军若是在禁庭之中混战，恐会伤到太后。

博山炉里投入新的香片，太后躲在袅袅青烟之后，目光有些闪烁："他答应过本宫，不会伤害手足。"

薛蓁道："陛下应允了娘娘，自然是要做到的。" 次日清晨，太后出宫祈福，薛蓁将她的车驾送走，回到含凉殿，萧钰正等着她，小小的身子裹在素色披风之中，像颗糯米圆子。

这个时辰，他应该已在国子监念书，薛蓁来不及问他缘由，命绛珠去传步辇，将他交与国子监的徐太师。萧钰三步并作两步上前，抓住她的手，忙道："父皇昨夜说了，儿臣近来表现尚可，准许儿臣歇息一日。"

听闻这番说辞，薛蓁仍不放心，询问过他的近侍，这才松了口气，牵着他一同入殿，唤宫人为他准备些吃食。

“儿臣不饿。”萧钰却将小脑袋摇得跟拨浪鼓似的，显然有点生气，小声道，“娘娘并不信我。”

薛蓁起先是担忧他无端逃学遭父亲训斥，却没料到他竟会在意方才那样一件小事。焐热了他的一双小手，薛蓁才笑着道：“我近来要烦忧的事有些多，若是怠慢殿下，请殿下恕罪。”

萧钰望了望她，似懂非懂的，想了会儿，低下头道：“我也不是存心要与娘娘置气。”

言罢，萧钰伏在她膝上，专心致志用指尖描起她裙摆上绣着的花鸟图样。

小孩子就是这样，不将情绪积在心底，可他长至如今岁数，仍不喜刀剑，对女儿家的东西甚是感兴趣，未免阴柔了些，这点令薛蓁犯难。

她任由思绪飘了很远，忽闻萧钰唤她，声音闷闷的：“姨母，我听见照顾我的宫人们说，爹爹快要病死了。”

薛蓁吃了一惊，庆幸眼下宫室里只有他们二人，未教旁人听见。

她伸手将他揽到膝上抱着，低声道：“不可以这样唤我。”

萧钰掰着小手指头，道：“可我从小就是这样喊你的，我有母亲，我的母亲是灵毓皇后。爹爹说她生下我以后，就离宫远游去啦！”

薛蓁心中没由来泛起一缕酸涩，温柔地道：“阿钰以后要唤我娘娘，你是储君，是大端未来的天子，别人私下里说的话，不可轻信。”

“可我一点也不想变得像爹爹那样，成日忙碌，见了朝臣和各宫娘娘们，也总是冷冰冰的。国子监读书的公子们都有伴读，偏我没有。明明梁家小公子已经同意了当我的伴读，可爹爹就是不允。”他迫切地道，“况且，大端没有那样的先例……”

“阿钰。”薛蓁揉了揉他的小脑袋，将他对父亲的一腔怨念和控诉打断，“你是陛下唯一的骨血，总归是要面对这一切的。”

他霎时红了鼻头，细声细气地道：“可如果爹爹真的走了，我会害怕的。”

薛蓁揽着他，听见积雪压断窗外梧桐木的枝丫，心道：“我也害怕。”

2.

雪天官道泥泞难行，驶出驿馆才几里路，一人一马身上俱挂满冰霜，信使紧握缰绳，扬起马鞭奋力抽下，催促马匹快行。

如此行了百来里，方才赶到下一处驿馆，冒着风雪行路，人与马匹都已是精疲力竭。信使不敢懈怠，喝了半碗热汤，带上炊饼、水囊，换上另一匹良驹复又赶路。

三日后，消息传至京中，凌王闻悉今上病情加重，已放下手头事务，启程赶来。

萧琰冷笑道："难得他有这份心，下着大雪，也要千里迢迢从豫州赶来探视兄长。"

起先他屡次下诏，都被凌王以各种事由回绝，现今选在这样的时机主动回京，难免不让人生疑。

说完，他便又咳嗽起来，薛蓁抬手为他抚背顺气，可不知从何安抚他。待气息平稳，萧琰道："去把太子接来。"

现下东宫正在国子监念书，小黄门一去一回便要大半个时辰，薛蓁陪他等待，静默坐在床边。他双眸阖着，呼吸急促，似是吃力得很。

小太子萧钰入殿时，手里还挟着卷书，恭敬向二人行过礼，立在不远处，模样看起来有些拘谨。

萧琰冲他招手，示意他到自己跟前来。萧钰犹疑了一下，才朝他们二人走来，轻声询问道："陛下召儿臣前来，可是有什么事吗？"

大抵是萧琰平日待他太过严苛，他在父亲面前总是跟小兔子一样，萧琰稍有动作，便会惊吓到他。薛蓁记得，她初入宫时，萧钰还顽皮得很，御苑养的锦鲤、仙鹤，鹿苑里的梅花鹿，都让他祸害了个遍。那会儿萧琰将他宠得跟什么似的，只有太后敢出面小小责罚他。

后来萧琰病了，性情大变，硬生生将萧钰的脾气秉性磨成现在这样，开始认真念书习武，学着做一个合格的储君。

萧琰问他："钰儿近来在读什么书？"

萧钰把书交给近侍，答道："在学《孟子》里的文章，夫子布置了课业，待儿臣理解熟记了，再请陛下考查。"

"钰儿以后要做一个仁德的君主，勤政爱民，开创盛世。"萧琰眼底笑意温和，抚了抚他头上梳着的两个小髻。

小太子将头重重一点，道：“儿臣谨记陛下的教诲。”

他有些怔忪，分明张口还想与孩子说些话，想了片刻，却转首对薛蓁道：“朕病得太久，恐把病气渡给你们母子二人。皇后带太子出去用午膳，今日不必将他送去国子监了。”

听到父亲这样说，萧钰心中生出一阵小小的雀跃，与薛蓁一道往外走去，转身经过山水屏风，他停下步子，回首望向病榻上的父亲，声音软软糯糯：“爹爹的病，何时才能好起来？”

萧琰笑着道：“等到年后开春，柳树抽了嫩芽，鹿苑的梅花鹿长出新角，爹爹便能好起来了。”

萧钰想了会儿，终于下定决心，鼓起勇气道：“那等爹爹政务不那么繁忙了，陪我去金明池边放纸鸢好吗？爹爹已有好几年没有和我去过了。”

望着懵懂无知的幼子，任凭萧琰平日心肠再硬，此刻终究也变得柔软。他合起双掌，捏成小兔形状：“等来年春暖，爹爹给钰儿扎一只小兔纸鸢。”

宫烛将影子拉长，投到墙壁上，那小兔摇头晃脑，憨态可掬，终于逗得萧钰展颜。

次日黄昏，萧琰召集宰相与几位老臣入宫，及至宫门落锁，也未见朝臣们所乘的青篷马车出宫。

睡到四更天，薛蓁从梦魇中醒来，惊出一身冷汗。

绛珠擎着盏烛台走来，以为她夜里口渴要喝水，唤内殿值守的宫娥去端些温热的蜂蜜水。薛宁摇头，问绛珠道：“陛下今日召见的几位大臣，如今还在宫中吗？”

绛珠道：“听承明殿值守的宫人说，陛下晚间时候命内侍收拾出暖阁，让几位大人暂时歇下了。”

他这样着急召朝臣入宫，兴许是感知到大限将至，预备钦定顾命大臣临终托孤了。

薛蓁忙披衣起身，吩咐绛珠道：“取面铜镜来，本宫不放心，要亲自去承明殿御前侍奉。”

还未将钗环戴上，外头便有内侍前来通报，说陛下病情加剧昏迷过去，须请皇后速速赶去承明殿。

薛蓁听后，只来得及随手捡起两支素银簪子斜斜插入发髻。

承明殿内烛火通明，医官们鱼贯进出，见了她，纷纷停下行礼。薛蓁心中焦急，询问内侍，得知小太子已在赶来的路上。

萧琰依然昏睡着，无转醒迹象，而先前入宫留宿的大臣们此刻跪在屏风外等候传召。薛蓁没有流泪，心知这一刻终归是要到来，无论是萧琰，还是她，都已做过准备。

太医提议施金针诊治，薛蓁清退宫人，让朝臣们也去外殿候着。金针一枚接连一枚刺入头上穴位，萧琰仍无反应。薛蓁攥着绣帕，掌心沁出细细密密的冷汗，眼珠子一瞬不瞬地盯着他。

等了一刻钟，太医令取出金针，撩开官袍跪下向她请罪。她的手微微发颤起来，厉声问道："还有谁可以使陛下清醒过来？"

太医们跪了一地，却无人敢应声。

薛蓁怒道："养你们有何用？"

外头骤然喧嚷，一个小小身子不顾内侍阻拦，径直冲入内殿，却被门槛绊了一下，像颗元宵似的滚了进来。

萧钰抹了一把脸上的泪，呜咽着道："爹爹，爹爹好些了吗？"

薛蓁走去将他抱起，冷静了些，道："陛下的病多年未愈，想来你们也尽力了，太医令留下，余下人等去外殿候着吧！"

到了后半夜，便只有她和萧钰以及两位太医在内殿守着。萧琰的气息一阵急促，过一阵却又缓和。薛蓁为他拭去唇边的药渍，一颗心始终悬着。

天色将明，萧琰终于转醒，两颊隐隐透出青灰色。薛蓁的心稍稍放下了些，唤宫人请来朝臣，命他们在内殿的那座屏风后等待陛下旨意。

他勉力从被衾下伸出一只手，示意薛蓁去他身边。

薛蓁却只跪在床边，犹疑片刻，才握住他的手。他嘴唇翕动，嗓音嘶哑："太子尚未长成，朝政军务，往后要烦请皇后多加操持。"

她轻声答道："臣妾谨记。"

又交代了一些其他的事，他吃力地侧过首，望向屏风后。薛蓁以为他是在寻找太后周氏，便告诉他太后前几日去了西青山祈福，已派人出宫报信，要午后才能赶到。

他摇头，执着地看着那处，薛蓁想了想，又道："陛下是在等凌王吗？凌王给您递了奏疏，要来宫中探视您，可豫州地远，又逢大雪，还得过上三两日才能抵达京中。"

他的眼瞳开始变得混浊，吐字也含糊起来，依稀是"宁州"二字。薛蓁怔了一会儿，忽想起一个月前他曾提起宁州军又同北蛮打了胜仗，要召刺史秦荀入京。

宁州离京千余里，算算时日，眼下秦荀恐怕还在赴京的路上。

可她不解萧琰为何要在弥留之际提及这些，柔声道："秦将军应是尚在赶路，陛下定要尽快康复，到时当面嘉赏秦将军。"

萧琰动了下眼珠，似乎还有话想说，薛蓁凑近，他拼尽所有气力，将一个红梨木制成的小匣放到她手里。薛蓁明白他的用意，允诺他道："待日后寻到时机，我定将此物交到殿下手中。"

"这么些年，到底亏待了你。"

他阖上双眸，便又睡了过去，似是疲累至极。

近侍率先发现天子已经没了气息，差内侍将备好的白幡悬出去。握着的手再没有传递出半分气力，可薛蓁还是保持方才的姿势一动不动地跪着。

外头次第响起哭泣声，薛蓁意识到他离去了，低声唤了句"陛下"，眼底的水意漫了出来。

女官绛珠上前搀扶，她才终于松开他渐渐凉去的手，含泪起身，顾视殿内众人："取陛下遗诏，宣宰相入殿宣读。"

元宁九年腊月十九，天子山陵崩，余一幼子，名钰，是为新帝。

…………

到了午后，长乐宫的灵堂已布置妥当。内侍要将大行皇帝抬入金丝楠木棺椁中安置。萧钰守在床边，不准内侍靠近，浑似一头发了狂的小兽。

薛蓁心中亦是难过，温声对他说道："阿钰，到娘娘这儿来。"

他呜呜咽咽地哭着朝她走来。薛蓁矮下身，将他抱去偏殿，安抚了好一会儿才将他哄睡。

见他熟睡，薛萦让绛珠留守偏殿照看，待他醒后，为他换上朝服和斩衰，自己则先去长乐宫安排诸多事宜。

薛萦没有传辇，冒雪行去，寒风刮在脸上跟刀子似的，令她霎时又清醒了几分。

内侍先前向她禀报了消息，太后的车驾被大雪困在清音寺，要等两日，待僧人们扫出一条小道，才能下山回宫。

京中朝臣今早闻见四十九道丧钟声，得悉陛下山陵崩，已陆续入宫，由宰相姚斐率领，前往长乐宫凭吊，并等候新君主持陛下的丧仪。

宫眷们还跪在灵堂哭悼，有两位娘娘险些晕过去，让宫人扶到偏殿休息了。

眼下薛萦顾不得其他，向朝臣们公布遗诏内容，扶持萧钰顺理成章即位，才是最要紧的事。

萧琰践祚九年，膝下子嗣单薄，仅有一位皇子，尚不足年岁亲政，是故朝臣们对于东宫即位后，由太后薛氏垂帘听政的安排并无异议。

及至黄昏将近，薛萦才得稍事歇息。绛珠收拾出偏殿供她小憩。她和衣躺下，心绪纷杂，怎么也入不了眠，辗转起身，询问伺候的宫人："殿下现在何处？可是在大行皇帝的梓宫前守着？"

寻了一圈，薛萦才在莲华楼找到萧钰。他立在栏杆旁凭眺远处，身后只跟了一位小黄门。

莲华楼近十丈高，天色晴朗时，可将宫城景色尽收眼底，在这样的风雪天里登临顶楼，颇有高处不胜寒的意味。

薛萦屏退随行宫人，轻声问他："殿下在看什么呢？"

他应声回首，一张小脸冻得通红。薛萦把带来的披风为他裹上，牵起他的手，听见他低声道："这天下，以后当真是我的了吗？"

她半蹲下身，与他平视，温柔地注目着他："殿下不想要吗？"

"这是爹爹给我的。"萧钰看着她，"可本朝开国百年，没有过女子为帝的先例。"

话音甫落，便教北风吹散，也只有在四下无人的时候，薛萦才敢让他提起这个彼此心照不宣的秘密。

九年前的凤仪宫中，灵毓皇后诞下皇长女后骤然离世，陛下悲恸之际，却做出了一个决定，隐瞒皇女身份，对外宣称是皇子，并将其立为储君。

萧琰将对亡妻的哀思尽数寄托在女儿身上，从此后宫再无皇子出生。他甚至不惜违背太祖立下的规矩，执意要将皇位传给女儿。

待萧钰坐稳了这个位子，再将女子身份公开，便是宗亲朝臣们，也不好再说什么了。

“这条路兴许很艰难，但我会陪着殿下。”薛蓁抬手拂去她鬓发间的落雪，“就像殿下的母亲当年照拂我那般，照拂殿下。”

萧钰吸了吸鼻子，上前抱住薛蓁，温软的小身子瑟缩躲进她怀里。

薛蓁将她抱起，便要下楼，东南方忽然闪过一瞬光焰，几乎照亮半边天际，那是崇宁门的位置。

变故发生在电光火石之间。

须臾，小黄门不顾僭越，跌跌撞撞爬上楼，颤声禀道：“殿下，娘娘，凌王……凌王率叛军入京攻城，还请殿下和娘娘移驾别处。”

凌王私下里与幽州刺史早有往来，策反了他，从幽州借道入京，瞒过萧琰部下的耳目，提前数日赶到。被策反的幽州军，加上他从封地带来的军士，凌王手底下有四万余人。

宫中禁卫军加上羽林卫，折合将近三万，可守城与之一战，等候勤王的兵马赶来救驾。

眼下叛军盘桓在南边的几处宫门外，尚未将北面围起来。薛蓁借萧钰之手拟了勤王诏令，盖上印鉴，让影卫从北面小门出宫绕行，火速将密信发往京畿周边数州。

夜色渐深，朝臣们跪在殿下，屏息等候着。长乐宫中静得可怕，只闻重重更漏声。

不多时，前方传回战报，禁卫军大统领狄烈临阵叛变，倒戈攻向了羽林军。

薛蓁攥着座椅的木雕扶手，掌心沁出冷汗，问道：“眼下羽林卫还余多少军士？”

信使答道：“禀娘娘，羽林卫折损后，仅余万人。”

殿下传出窃窃私语，朝臣们竞相交头接耳，为首的宰相姚斐持象笏出列，似是要进言，薛蓁抢先道：“诸位都是文臣，与其留在长乐宫，不如随大行皇帝的梓宫一并迁往春熙殿，等候叛军伏诛。”

她说这番话原是为了安抚臣下，至于是否真的能在今夜清除叛军，却不可知。

朝臣们争执了小会儿，大半愿随梓宫迁行，倒是有三两位年轻臣子选择留下，言愿为新帝执戟，其中便有谢怀虚。

薛蓁抬眸望了他一眼，便起身牵着萧钰往内殿去了。

凌王如若攻下皇城，首先定要寻出萧钰，或是直接杀了她，或是将她操纵在手里，成为提线傀儡。

一旦凌王发现萧钰的女儿身份，等待她的便只有第一种命运。春熙殿只是暂时收容之所，萧钰定不能与朝臣们待在一起，须为她寻个安全去处。

薛蓁来回踱步，心中焦虑至极，恨不得现下就挖出一个深地洞将她藏好。如此几番，她终于想起一处，唤来绛珠，低声与她耳语几句。

绛珠是萧琰赐给她的女官，原先在凤仪宫中当差，灵毓皇后殁了，遂被调去萧钰身边当值。

后来薛蓁入宫，萧钰被送到她跟前养着，绛珠也随同来了含凉殿，成了她的贴身女官。萧琰从前同她略微提过几句，绛珠原是前朝罪臣之后，因缘被他救下，故留在了他身边，也算得半个心腹。

绛珠这样的身份，她自是信得过的。

不承想出了岔子，萧钰不肯离去，哭着要薛蓁与她们一起走。

火光照亮夜空，外头隐约可以听见马蹄金戈声。薛蓁百般劝慰，萧钰抽噎着，不愿点头。

薛蓁被逼得没了法子，抬手掴在她柔嫩的脸颊，力道并不重，但闻清脆一声响。她别过脸，冷冷道：“护送殿下离开。”

萧钰哭出声来，喧嚣的夜里，这样细弱的哭声终究太过脆弱无力。

梓宫已被挪走，长乐宫只有两个宫娥垂手侍立，宫外石阶下，那几位年轻文官正与内侍布置防守之物，依稀有火油和弩弓。

薛蓁走了出去，夜风裹挟血腥味扑在脸上，寒冷彻骨，那厮杀声越来越近。

片刻后，一人在她身后拱手行礼，道：“外头太冷，还请娘娘移步宫中。”

薛蓁知道是他来了，却未转身，笑着道：“谢大人不应该留下，新君年幼，往后朝政上许多事，还需仰仗忠心的臣子们。”

她不希望谢怀虚死在叛军刀下，即便年少的欢喜已被时光消磨殆尽，他们之间再无可能，她仍希望他能活着，活着走出困局，日后辅佐萧钰。

暗夜如同一头蛰伏的巨兽，瞬息将他们二人吞没，薛蓁忽想起在南淮薛家度过的时光。

那会儿她和谢怀虚一起念书，谢家请来的夫子格外严苛，布置的课业总也做不完。犯懒时，她请他帮忙为她作几篇文章，起初他是不肯的，她便结了花环赠他，抱着他的手臂哀声央求。他冠玉般的脸庞很快染上绯色，就连耳垂也晕开一抹红，偏偏甩不掉她这条小尾巴，每回都让她得逞。

父亲得知，训斥了好一番，并说男女有防，她一个小姑娘家怎可主动凑上去动手动脚。

她不服气，便要分辩，说母亲生前与谢家婶婶是手帕交，自己同怀虚哥哥也是一块儿长大的，怎就不能和他亲近些。

父亲被她气得执起竹板，要打她的掌心。她却跟一尾灵巧的小鱼似的，从父亲眼皮底下溜走，出了薛家，去到城里那株约定好的柳树下，对等候她许久的谢怀虚扮了个鬼脸，笑着道：“怀虚哥哥，我们去看花灯吧！”

此后多年，薛蓁再没有这样唤过他。

而如今夜色之中凝着杀意，前路渺茫，他再度向她行礼：“臣，护送娘娘回宫。”

晚风骤狂，檐下铁马相撞，宫灯摇曳不定，踏着一路细碎烛火往前行去，他跟在她的身后默默相送，始终未发一言。他的性子一贯如此，沉稳笃定，知礼，亦守礼。

禁卫军死亡过半，已是强弩之末，小半个时辰后，叛军很快攻至长乐宫。

在乌泱泱的军士面前，内侍与几位文官的抵挡无异于螳臂当车，很快落败。

凌王下令斩了那些小黄门，将文官们捆在一起，暂不处置。

军士鱼贯入殿，凌王提剑走来，剑尖犹在滴血。

此刻，长乐宫静得可怕，薛萦听见自己的那颗心脏怦怦跳动的声音，佯装镇静，道："陛下昨日驾崩，梓宫尚未安置，国丧期间，凌王为何大兴兵马？"

说罢，她又逡视一众将士，扬声道："陛下已在遗诏里定下新君人选，诸位又是因何而来？"

凌王朝她拱手行军礼："侄儿年幼，恐难以担此重任，臣身为他的皇叔，须得辅佐他，请娘娘告知太子的下落。"

听这话的意思，倒是不急于杀了萧钰。她紧了紧藏在袖中的匕首，道："朝中自有股肱之臣，不必劳烦凌王费心。"

凌王蹙眉，似是失了耐性，挥手示意身后副将上前捉拿她。

薛萦后退两步，取出匕首架在颈间，厉声说道："陛下尸骨未寒，你却无端起兵，逼死皇后，他日天下人皆可讨伐你。"

她抱了玉碎的决心，下手又快又狠，雪白的脖颈霎时浮出一道殷红的痕，血珠子沁了出来。

以她之死，坐实凌王逼宫谋逆的大罪，倒也不算亏。薛萦凄凉一笑，转念又想到萧钰，一个小丫头想要坐稳那个位置，将来不知还要吃多少苦头。

可她再也没办法护着萧钰了……

一支弩箭携雷霆之势破空而来，贯穿她的左肩，薛萦松了匕首，跌坐在地，痛楚须臾扩散至全身。

凌王放下弓，唇边现出讥讽的笑："臣本就为娘娘想好了去处，不承想娘娘这般着急去见陛下。"

士兵们将一具棺椁抬了上来，那棺椁用上好的金丝楠木凿成，雕刻精美，花纹繁复，形制稍逊于天子梓宫。

凌王冷笑，做了个"请"的手势，他的两位副将上前抓住她的手脚，把她扔了进去。

后背蓦地撞上坚硬的棺底，五脏六腑如被揉碎一般，生生疼了起来，薛萦受不住这阵力道，昏死过去。

醒来时，薛萦身处在密封的棺椁中，四周寂静无声，脸颊一片黏腻触感，是伤口处淌出的血。那支箭还钉在左肩，整只手痛得麻木了。

她不能就这样被困在棺中，坐以待毙。

薛萦使右手取下发簪，试图利用锋利的簪尾凿穿棺盖，好让空气渗进来。

接连折了两支银簪，棺盖并未受损，仅是内壁多了几道刻痕。薛萦被困在棺中许久，里头空气渐渐稀薄。她有些喘不上气，神志也变得模糊起来，她不再想这几日来的经历，只是放心不下萧钰。叛军破城之际，她才想到去处，把萧钰藏在西苑一口枯井中，命女官绛珠与她待在一块儿贴身保护。

西苑废弃多年，荒草丛生，那口井位置十分隐蔽，并未记载在宫苑布防图内，叛军兴许要花三两日工夫才能找到。

京中告急，禁卫军叛变，密诏已从京中发出，她用性命赌这两日内勤王的兵马尽快赶来，诛灭叛军，迎回先帝棺椁与新帝。

外头骤然又喧哗起来，薛萦隔着数寸棺木听得并不真切，眼皮越来越沉。她死死掐着掌心嫩肉，迫使自己保持清醒。

兴许，兴许是援军赶来了……

可京畿周边屯兵并不多，即便是相离最近的雍州，快马加鞭赶到也要一日一夜整。

她没有多少活路了。

约莫过去了一盏茶的工夫，一件重物狠狠撞上棺盖，薛萦从昏睡中惊醒，紧接着又传来数次撞击，像是有人想要开棺。

可棺椁被敲入长钉，封得极死，这个法子没有奏效，便再没了动静。

棺内残存的空气即将耗尽，呼吸艰难起来，薛萦抬手拍打棺椁内壁，希冀以此引起外头的注意，她并不甘心就这样死去。

不多时，传来利器劈砍木料的钝响，棺椁盖终于裂开一道罅隙，新鲜空气渗进来，她如一尾濒死的鱼，大口喘息。

发丝教血污浸透，粘连在鬓边，额头上俱是冷汗，这模样实在狼狈得很。

一声巨响，棺盖劈开，外头的火光照进来，有些刺目。薛萦想要抬手去挡，却见一人，他长了一双琉璃色的眸子，只一眼，便摄去了她的心神。

这样异于常人的眼睛，从前她只在一人面上见过。

那人俯身将她从棺中抱出，动作算不上轻柔，厉声对左右道："快去寻太医。"

脸颊贴上冰凉的甲胄，许是长乐宫的火光太过炫目，那一瞬，薛萦以为自己身处梦中。

那人抱着薛萦进了偏殿，寻了处床榻将她放下，便要剥开她的衣裳。薛萦清醒了些，挣扎着抬手去挡："不，不可以。"

稍有动作，竟又牵扯到左肩伤口，痛得她倒吸一口凉气。

"再不取出箭镞，你会流血死在这里。"那人说完，半跪在她身旁，捉过她一双细手腕子按住，两下便用剪子剪开了被血浸泡得发污的衣裳。

偏殿没有烧地龙，空气里泛着凉意，左肩大片肌肤裸露，激得她小小地战栗起来，惊惧羞愤之下，意识复又变得模糊。

那人倒未注意到，将一团布料塞入她的袖口，左手压制住她的身子，道："娘娘若是觉得疼，稍后喊出来便是。"

薛萦知晓他的身份，奋力想要挣脱桎梏。他眸色微沉，右手使力，拔除了弩箭。

血喷溅而出，他腾出双手用力按压住。薛萦疼得几乎昏死过去，整个人似是从水里捞上来的，却未发出一声呻吟。

她是薛家的女儿，大端的皇后，怎能教人轻看了去。

少顷，太医和宫婢赶到，那人起身揩去满手污血，低声交代几句，便匆匆离去了。

薛萦疼昏过去前，只瞧清楚一个背影，身形颀长，披着玄甲。

3.

醒来时，薛萦身处帷帐中，左肩的伤口已被药纱缠裹好，连衣裳也重新换过，床帐绣着玉兰图样，正是含凉殿无疑。

她忍痛起身，稍有动作，惊动了立在帐外的宫人。绛珠拂开帷帐，小心翼翼扶她躺下，含泪道："娘娘受了这样大的罪，还是好生歇着吧！"

她摇头，问道："殿下呢？你们是怎么出来的？"

“宁州刺史秦荀从雍州借兵赶来救驾，诛了叛军，寻到殿下和奴婢，将殿下救出。”绛珠答道，“殿下回来后，在娘娘床边守了大半宿，实在熬不住了，才让宫人抱去偏殿休息。”

月前，萧琰曾同她提起，宁州与北蛰一战再度告捷，遂召宁州刺史秦荀入京领赏。若按正常脚程来算，他竟是提前了好几日赶到，薛蓁不禁生疑。

天色将明，她躺在床上辗转难眠，心中无半分睡意，着急确认萧钰的安危。绛珠见她执意要去，便也只好扶她下床，与她去了偏殿。

有宫人照看着，萧钰睡得很熟，小身子蜷成一团，眼底泪痕未干，教薛蓁瞧见了。

薛蓁温柔地用帕子揩去她额上的汗，抚开她被汗水濡湿的额发，轻笑道：“真是只长不大的小猫儿。”

嘴上虽是这样说着，心里早已柔软得一塌糊涂。

陪了半个时辰，见萧钰睡得安稳，她便不多做停留，吩咐宫人好生照看殿下，携绛珠回了含凉殿。

未几，小黄门入殿禀报，说叛乱平定，已将陛下的梓宫迎回长乐宫安置，朝臣们也在灵堂候着，现下秦将军正带兵搜寻潜藏在宫中的叛军，请她和殿下务必当心。

薛蓁思忖片刻，问道：“昨夜被叛军抓走的那几位大人寻到了吗？可有受伤？”

小黄门道：“已经被秦将军寻到，诸位大人先前被关押在崇文殿，都还安好，只是大理寺那位谢大人受了些伤。”

薛蓁声调骤然提高：“什么样的伤？”

她平素说话都是温柔和缓的，从未像今天这般急切，小黄门惊了一跳，忙禀道：“说是谢大人借机挣脱绳索，捡到一把剑，杀了崇文殿里几个叛军，想要从窗牖翻出，赶去营救殿下和娘娘。不幸被殿外看守的叛军发现，挨了顿打。”

听闻此言，薛蓁一颗心放下了些，仅是皮肉伤，性命无忧。

细想来，她应当感谢这位入京领赏的宁州刺史，若不是他去雍州借兵救驾，只怕眼下局面已经掌控不住。

左肩的伤口复又疼了起来，薛萦想起昨夜他跪在她身边，替她拔除弩箭。她自是知晓那时她失血过多，情况紧急，容不得迟疑，但一想到那人无意中竟将她的身子也一并看了去，心里有些慌乱。

她想了想，吩咐那小黄门："等秦将军得了空闲，请他来趟含凉殿，便说是本宫有事召见。"

殿外石阶下遍是血迹，宫人们提水冲洗，空气里弥散着淡淡血腥味。

雪后初霁，冬阳透过云层，投向白茫茫的大地，屋檐上的积雪开始融化，与石阶下的血水混杂，蜿蜒流向远处。

秦荀来得很快，甚至来不及换下一身被血污冲刷过的玄甲。他是宁州人，自小长于北地，身量比京中的朝臣们要高一些。

隔着一座屏风相见，薛萦倒也瞧不真切他的样貌，只记得他生了一双稍稍异于常人的眼。

秦荀卸下佩剑，交与内侍，跪地向她行礼："臣救驾来迟，还望娘娘和殿下恕罪。"

薛萦含笑道："秦将军救驾有功，本宫怎忍苛责？若非秦将军及时赶到，本宫早已随陛下去了，哪里还能坐在这里与秦将军说话？"

既是肯定他的功绩，也是她的真心话。

秦荀道："臣得陛下赏识，才有今日。陛下山陵崩，殿下遭难，臣定当赴汤蹈火，解殿下困危，以报陛下提携之恩。"

他这番话倒是不假，当初宁州屡遭北蛮犯扰，朝廷派去的数任刺史皆无所建树，萧琰恼怒之际，却作出令一众朝臣反对的决议。他破例提拔了宁州军中一名百夫长，将其调至新任刺史身边为副将。

元宁五年秋，北蛮大兴兵马南下，几乎围了宁州城。正是这名百夫长献计，率一支人马破了北蛮骑兵包围，将北蛮的右将军斩于马下。

宁州发往京城的奏报中提到此人，萧琰便将他的名字记下，命人查过籍贯出身，知他幼失恃怙，由外祖抚育大，外祖家是宁州的商贾。萧琰原本有意擢升他的官职，得知秦荀的家世背景，却往后压了一压，等来时机，才重提此事。

薛萦庆幸自己将萧琰无意中与她提过的话记了个七八分，对于秦荀的来历，她总归是有所知晓的。

"陛下如若泉下有知，定当欣慰。"薛蓁道，"叛乱既定，那叛贼首领可有寻到？"

秦荀沉声道："目前尚未寻到凌王的下落。"

那么，这场宫变远没有结束，薛蓁笑了笑，道："还需烦请秦将军全力缉拿叛贼首领的下落。"

秦荀复又朝她叩首："臣领命。"

这次谈话算是到头了，薛蓁嘱咐他道："如果能找到凌王，务必留他一命。"

屏风后，秦荀怔了怔，才答："谨遵娘娘旨意。"

内侍上前领他出去，他起身后，却又抱拳行了一礼："娘娘的左肩为弩箭所伤，伤口长好须花些时日，切记不可沾水。"

不知他此言何意，薛蓁道："多谢将军相告。"

待他出了含凉殿，薛蓁开始盘算起来，先前曾听闻这位刺史尚未婚娶，可以乘机择一个宗室贵女给他做正妻，以此笼络他。

不过他看起来二十五六的年纪，兴许已有了妻儿，若当真如此，不免有些可惜。

萧钰醒后，薛蓁领她去长乐宫安抚了朝臣，而后两人又同守在梓宫前哭灵。

京中遭此大变，需尽快将先帝梓宫送入皇陵安置，扶持新君继位，查惩逆贼一党，暗中敲打怀有其他心思的宗亲，勒令他们安分守己，辅佐新帝。

况且，萧琰生前也有意愿，若他突然故去，丧礼仪制一切从简。

薛蓁将这个想法与姚相说过，姚相迟疑，言此事须与宗亲和三省的同僚们商议，才能决定。

宫变平息，宗亲们陆续进了宫，薛蓁命内侍们整理出一间暖阁，备上炭盆茶点，供朝臣们与宗亲商讨所用。

小半个时辰过去，姚相入长乐宫请奏，询问薛蓁三日后发丧，可否赶得及。

薛蓁攥着帕子，揩去泪，声音沙哑着道："本宫乃是深宫妇人，对于这些事一向不大懂，只是想起大行皇帝临终前，曾有过一番嘱托。宰相与诸位大人商议好，宗亲们点了头，那便是可行的。”

姚相立在屏风后，听闻此言，亦抹了抹泪，便又出言劝慰了几句。

凌王的下落还未寻到，叛军主力虽已诛灭，恐还有漏网之鱼藏匿在宫中。

是夜，薛蓁不放心萧钰，让绛珠将她接来自己宫中。

萧钰年不过九岁，即便真是男儿身，时局未定，在养母的宫室里借宿几日，于情于理都是合乎礼法的。

宫人放下帷帐，熄了灯烛，萧钰赤足下地，悄悄跑出去寻薛蓁。

薛蓁夜里一向睡不安稳，里头稍有声响，她便清醒，低声唤道：“殿下？”

萧钰手足并用爬上塌，小心翼翼绕过薛蓁，避免碰触到她左肩的伤口，与她并肩躺在一起，软声道：“娘娘，我害怕。”

薛蓁为她盖上衾被，道：“你爹爹早早定下了辅政大臣，叛军也被剿灭，阿钰在害怕什么呢？”

萧钰眨了眨眼，迷惘地道：“为什么皇叔要杀我呢？皇叔还没有成亲的时候，每年冬天回京，常常陪我堆雪人，驮着我去梅苑摘花……”

她终归是个未长大的孩子，这些问题，现下哪能想通彻。

“殿下年幼，尚不能亲政，一旦坐上皇位，就会有许多双手从暗中伸出，想要将殿下从这个位置上拉下去。”薛蓁道，“倘若他们知道殿下实为女子，恐会更加肆无忌惮。所以殿下，要学会忍耐。”

萧钰似懂非懂，又道：“娘娘的伤好些了吗？”

薛蓁笑着道：“绛珠为我换过药，已经好了许多，殿下勿要担忧。”

“等我再长大些，就能保护你不被歹人欺负了。”萧钰往她怀里靠了靠。

薛蓁抚了抚她的小脑袋，又与她说了好一会儿话，才将她哄睡，唤来绛珠，把她抱回里间那张床榻。

还有许多事亟待处理，薛蓁略微细想，便觉头疼。

凌王谋逆是杀身大罪，但太后必定会为他求情，届时也只能寻个折中的法子，看能否将凌王贬为庶人流放，尽力保全他的家眷不受过多牵连。

太后素来偏疼幼子，此事过后，必定要同她大闹一场。

至于平叛有功的秦荀，一个武官留在京中，手里还握着边关的兵权，时日久了，恐又生出事端。年关过后，就让萧钰下令，命他速回宁州。

如若还能为他赐一桩姻缘，便是最好不过。

这两日转暖，冰雪消融，屋檐下淌着雪水，滴答作响，似在落雨。

约莫四更时分，当真落起冻雨来，薛蓁卧听风雨，天将明时总算攒了一点睡意，闭眼歇息不到半刻钟，被一阵轻微脚步声惊扰到。她刹那清醒，出声问道："谁？"

"外头正下着雨，窗牖未关好，婢子方才掩上了，不想惊扰了娘娘。"绛珠轻声答道。

薛蓁侧首望去，绛珠垂手立在窗前，确是只有她一人，帷帐深处，萧钰裹在软衾里头酣睡着。

她压低声音问："外头还没亮吗？"

绛珠知道她睡不着，点亮一盏烛台，低声与她说道："今日娘娘必定吃了很多苦头，婢子随小陛下藏在枯井中，只是听到上头兵马动静就害怕不已。娘娘孤身守在长乐宫，中箭后还被钉入棺中，挨到秦将军击退叛军，心中不知要生出多少的勇气。"

旧事历历在目，薛蓁回想起，禁不住笑了起来："倒也没有你想的那般坚毅，只是不甘心死在叛军刀下。"

绛珠合上镂空熏香炉盖，捻灭灯烛，道："婢子换了安息凝神香，娘娘好生休息。"

这一觉再无动静惊扰，薛蓁起身时天已大亮。宫人备好浴汤退了出去。她脱去衣衫，左肩裹着的药纱不再渗血，想起秦荀拜别前莫名留下的几句叮嘱，便又叹了声气，取软布蘸水，擦拭身子。

一番洗漱后，坐在铜镜前，薛蓁看着镜中的自己，挑了口脂抹上，又施了一层细腻的脂粉，仍然难掩憔悴。

这时，内侍入殿传报，说秦将军求见。

秦荀率手下将士在京中彻夜搜寻，今日清晨在凝华门发现凌王的尸首，就近安置在一处废弃园子里。经内侍与他的部下辨认，证实是凌王本人，为保万无一失，秦荀想请她前去再度勘验。

京中陡然生变，太后周氏回宫的车马尚被阻在京郊，凌王家眷幽禁府中候审，眼下，宫中的确只能由她主事。

那支上好的碧玉簪忽然从手中滑落，跌碎在地，宫娥忙俯身捡拾。

薛萦无暇顾及，浑身如坠冰窖之中，就连嗓音也带上寒意："你将方才的话重复一遍。"

内侍当即俯首磕头，道："秦将军寻到了王爷的下落，说是……说是已经殁了……"

从含凉殿过去路途甚远，又下着雨，薛萦让绛珠寻来一辆青篷马车。豆大的雨珠砸到车篷顶，响声沉闷，薛萦心中亦是郁郁不乐。

行到废园，绛珠扶薛萦下了马车，园子外头重兵把守，秦荀立在院门旁相迎，向她行过礼，等候片刻，知晓薛萦没有命自己跟去的打算，唤来部下吩咐道："娘娘要亲自查勘凌王尸首，你进去陪同。"

新寡的后妃与外臣不设遮挡，共处一室，传出去总归是不大好听的。

园子地处宫苑东北角，多年来无人打理居住，四下荒芜，野草齐膝深。

副将推开门，领二人走进去，里头摆着副担架，尸首用白布蒙住。

副将面露犹豫："凌王重伤后欲从侧门出城，与涌入城中的援军相遇，亲卫弃他而逃。而当时夜黑未能及时辨认出来，遭马蹄践踏后尸首变得血肉模糊，恐怕会惊吓到娘娘。"

薛萦轻声道："烦请大人揭开布。"

副将依言照做，掀开白布，血肉模糊的面孔首先现出，五官遭受碾压变形，灰白色脑髓混着血水从后脑勺流出。几声惊雷过后，一道闪电劈开天际，越发显得狰狞，副将还在往下揭，薛萦难以抑制内心惊恐，疾步向门外行去。

她只顾低头看脚下，蓦地撞上一人，秦荀负手立在门口，正巧挡住她的去路。

薛萦脸色微白，主动往后退了两步，转过身去寻绛珠，他却主动扶住她的手："臣有些话，需单独禀给娘娘，不知现在是否方便？"

薛萦惊疑，望着他道："秦将军？"

秦荀岿然不动，淡淡道："事关大行皇帝生前的嘱托，若娘娘不便，臣改日再觐见娘娘。"

他那琉璃色的双眸中平静无波，倒也不像陡生歹意的恶徒。薛萦定住心神，唤绛珠去屋子外头等候，那副将也一并退了出去，并将两扇门阖上。

秦荀终于松开她的手，她不着痕迹地在衣裳上揩了几下。他瞥见她眼里的淡淡嫌恶，没有说破，指着屋子里唯一一张杌子："室内简陋，请娘娘落座。"

薛蓁不知他的用意，朝窗下的杌子走去，如此一来，也算远离了那具尸首。

秦荀没有跟来，立在原处，从怀中取出一封信函，道："臣赴京之前，收到陛下的密信。"

他交付好宁州事务，原定于冬月中旬启程，正好能赶在除夕宫宴前两日抵达京中，开春就回宁州，这样便不会耽搁太久。没承想，萧琰发下一道密函，命他提前十数日动身前往雍州，暂不将消息透露出去。他带上几名亲卫，日夜兼程赶往雍州，路过紫云渡口，得悉陛下驾崩次日，凌王举兵逼宫，禁卫军阵前叛变。

及至那刻，秦荀终于悟到这道诏令的用意，携密函绕道雍州兵营，调动兵马赶往京中，解了宫城之危。

叙述了事情经过，秦荀将密函呈上，薛蓁仔细阅过，的确是萧琰亲笔。他无疑是高明的棋手，提前猜到凌王可能的动作，事先布下一枚黑子，彻底扭转败局。

直觉告诉薛蓁，秦荀并非良善之臣。

或许连萧琰自己也未能料想到，他这一招后手，极有可能引来一头野狼。可他又能有什么办法呢？在病榻上得知凌王与幽州刺史私下勾结之时，他已到了油尽灯枯之势，担忧宫城禁军不足以抵挡，于是命秦荀从雍州借了两万兵力。

应当庆幸萧琰多置下了一步棋……

薛蓁紧紧攥着那信，心中生出万千愁绪，道："禁卫军临阵叛变，小殿下与本宫的性命，都是秦将军救下来的。待他日小殿下登基，必有重赏。"

秦荀唇边浮上一抹笑，却问："娘娘入宫数载，可听说过凌王身上有什么好辨认的特征？"

他的话题转换太快，薛萦怔了怔，才说："太后曾提起，宁王生下来时，颈后有红印状胎记，足有半枚铜钱大小。"

"他是被马蹄活活踩死的。"秦荀卷起衣袖，容色淡漠，"战败后没有选择自刎，大概以为还能活着逃出去。"

薛萦没有应他的话，静静看着他将尸首翻了个身，血水混合物淌到白布上，洇开大片殷红色，她的胃里不禁泛起一阵恶心。

秦荀找到后颈的红印，形状大小与她描述的别无二致。

薛萦心下了然，兀自起身，将视线移开："罪臣之身不可风光下葬，但他毕竟是陛下的手足，也不能潦草弃于乱葬岗。请秦将军找一副薄皮棺材，将他葬在城外山岗，不立碑，不设灵位，也不许任何人前去坟前祭奠。"

秦荀将尸首摆正，盖上白布，取出一块帕子擦拭指间沾染的秽物，抬眸看她："娘娘被他所伤，后又钉入棺中，险些丧命，心中就无半点怨恨？"

肩部的痛楚今日才好了些，薛萦并非圣人，自是无法谅解他，说道："本宫就算心生怨恨又能如何？是将他鞭尸宣于城楼口，还是下令斩了凌王府的家眷？人死恩怨散，权当做过一场噩梦罢了。"

秦荀没有接话，只静静看着她。

被外臣肆无忌惮地注目，薛萦甚是不自在，侧过头避开他的目光，轻声道："秦将军？"

他忽然笑了："娘娘这样温软的性子，若是去到战场上，只怕早就没了命。"

打仗杀敌是男人们的事，不知秦荀怎就扯到她身上去。薛萦不想与他做过多纠缠，只求快些脱身，便说："本宫一介妇孺，久居深宫，比不上男儿的勇气见识，令秦将军见笑了。"

"去年初春，臣与娘娘有过一面之缘。"秦荀终究提起旧事，声音微有些喑哑，"娘娘不记得了吗？"

薛萦与秦荀其实是认识的。

元宁八年春狩，薛萦离开营地去山涧小溪汲水，与侍女走散，偏又认错了路，往山中越走越深，最终被一汪湖水止住去路。

午后日头西行，她在湖边等候大半日，未见宫人来寻，起身准备离开寻路。一人一马忽然从上方山崖滚落，坠入深涧。

青骢马当场便死了，那男子奋力游到岸边，见她提着裙摆站在不远处，面露诧异之色。他以为她是宗室贵女，冲她笑了一笑："劳烦搭把手，我的右臂折了。"

明媚春光下，他的眼睛泛出琉璃色泽，如一汪沉静湖水。

眼下能出现在西青山，不是随从的宫人，便是朝臣。他身着骑射便装，配有箭囊，想来应是京中某位不相识的武官。

薛蓁不忍见他折了一条手臂还泡在凉水中，寻来竹枝，把他拉上岸。他胸腹多处划擦伤，撕了衣衫下摆，简单包扎过后，又请她帮忙用树枝固定住脱臼的右臂。

他先是解释坐下良驹无故受惊发狂，载着他坠下山涧，而他常年离京留守驻地，对西青山猎场的地形并不熟悉，末了，又询问薛蓁的身份。

她说自己是小薛后身边侍奉的女官，汲水时迷了路，机缘巧合之下遇见了他。他并未生疑，在湖边歇息了一阵，忍痛起身，带她折返寻路。

奈何薛蓁也不识路，他只好凭借先前的记忆试图领她返回营地。落日沉到青山外，倦鸟归林，她紧紧跟随在他身后，直到身后传来第一声狼嚎。

山林中奔波许久，他身上一些伤口复又崩裂，夜色四合，狼群循着血腥味而来……

他率先发现异常，左手拔出随身佩剑，把薛蓁护在身后。

喧嚣的山林似乎一瞬变得寂静起来，夜色中忽然冒出一双碧绿狼眸，头狼龇牙朝他们走来。薛蓁头一回与狼群靠得这样近，既觉得新奇，又有些惧怕。

野狼越来越多，渐成包围之势。

那时他们已行至山后一面坡地，四周疏疏朗朗长着杂草。他见不远处有棵歪脖子乌桕，便问薛蓁可会爬树。

她只在八九岁顽皮时攀过家里的小香樟树，技巧早忘得一干二净，眼下情形却容不得她再做犹豫。他单手拦腰抱起她，疾步走到树下，将她往上托举。

薛萦抓住粗壮的树枝，奋力攀爬上去，朝他伸手：“我拉你上来。”

他紧握手中剑，却道：“这棵树承受不住两人的重量，你好好待在上头。”

话音甫落，头狼跃起扑向他，他侧身避过，剑尖在它的肚皮上拉开一道口子。头狼吃痛，哀嚎数声，十数只野狼一并朝他发动攻势。

他出剑极快，凛冽寒光映入薛萦瞳中，她甚至未能看清楚招式，他就已把长剑送入试图从后偷袭的那头野狼腹中……

他右臂受伤，要以一己之力与整个狼群抗衡，自是吃力得很，斩杀头狼之后不再继续乘胜追击。

剩余野狼逃窜入山林，他拄剑跪地，喘得厉害，松开左手，长剑跌落：“我知道自己伤得怎么样，你弃了我，往东南边再走几里路，就可以回去了。兴许娘娘派了人，正在寻你呢！”

薛萦爬下树，越过满地污血与野狼尸体，顾不得男女之防，小心翼翼搀起他，将他的左臂搭在自己肩上。

“你救了我的命，我必定带你出去。”她看了看他的眼睛，认真地道。

两人走出不远，他因体力不支昏死过去，薛萦将他拖到一株树下，寸步不离守着他。

他右肩被狼抓出两个窟窿，应是伤到了血脉，汩汩淌出血，包扎数遍也无济于事。薛萦心急之下用素手摁住伤口止血，那一宿她不敢合眼，害怕狼群去而复返，害怕这个舍命救她的男子当真死在山野……

次日清晨，禁卫军一支小队寻到他们，那时薛萦狼狈得很，衣钗不整，满手都是血垢。

跟随同来的宫娥将她扶上小轿，薛萦望了望那昏迷未醒的男子，道：“这位大人先前受了伤，失血过多，务必尽快送去营地，请医官救治。”

禁卫军领了命令，上前将他抬走，薛萦这才放下帘子，将自己藏在一顶昏暗的小轿之中。

皇后与外臣同宿过夜，若让人知晓，于她的名声难免有损。

萧琰严令禁止那日窥见他们二人的禁卫军与宫婢谈及此事，对外只说是皇后的女官走失，又被寻回。

不久后薛萦知道了他的名字，他竟是萧琰经常夸赞的武将秦荀。

时隔一载，禁庭大乱，火光与血交织成旖旎夜色。她被困棺中，将死之际，又见到他。

秦荀看着她，眼底浮出一抹似有若无的笑意，道："臣来京中，一来是为了完成陛下所托之事，二来，是为了报娘娘当年相救之恩。"

"我于将军无恩，又何来报答一说。"薛蓁蓦地起身，牵扯到肩部伤口， 便又是一阵钻心的痛楚。她足下不稳，身形微微往旁侧倾去，一双宽厚有力的手扶住她的肩。

薛蓁回过头，秦荀收了手，神情淡然："臣这双手，已用帕子擦拭过数遍，娘娘大可不必介怀。"

顺着他的话回忆起凌王的死状，胃里那股不适感竟又浮上来，薛蓁有些恼怒，兀自推门出了屋子。

身后，秦荀拱手行礼："臣恭送娘娘。"

绛珠不知他们二人发生争执，见她面有愠色，以为她是被凌王的死后惨状惊吓到，温声宽慰她。

马车驶去，薛蓁身子乏软，倚着车厢壁，垂下眸道："陛下驾崩，凌王谋逆身死，待那位娘娘回宫，且有的闹。"

不管他日周氏如何斥骂折辱，她都得将委屈咽回肚里，谁让她是小陛下的养母，大端的太后呢？

第二章
涉险

1.

大行皇帝的梓宫在长乐宫又停放了三日，便出殡到燕虞山。依他生前旨意，丧仪一切从简，故而薛萦只随送葬仪卫行到东华门，余下半日路程，由储君萧钰率文武百官亲往燕虞山送行。

周氏前几日回到宫中，不久病了起来。薛萦照例去永宁宫探视，这回倒没吃闭门羹。

周氏靠坐床头，正为接连失去两个儿子伤心落泪，汤药放到凉也没动一勺。薛萦向她伏地行礼，周氏却连眼皮也未抬上一抬："本宫没死，你必定失望得很。"

薛萦权当没听见这番奚落，温声说道："除夕过后不久，殿下便要登基，还望娘娘养好身子，到时同去观礼。"

闻言，周氏冷笑道："阿钰有你这个好养母便足够了，半截身子快要入土的皇祖母，于她而言，又算得了什么。"

她心中不快都是要发泄出来的。薛萦跪在冰凉刺骨的地砖上听她数落，殊不知，这副任人拿捏的模样越发惹恼了周氏，她低声咒骂几句，抬手将药碗打翻。

药汁浇了薛萦满头满脸，顺着羊脂玉般的面庞淌下，落在衣襟，留下深褐色污痕，玉碗贴着她的鬓边掠过，落地即碎。

殿内侍立的宫人们吓得跪了一地，周氏从怒中惊醒，张口想要与她说话，薛萦复又向她行了一礼，抢先道：“如若娘娘无事吩咐，臣妾先行告退，明日再来永宁宫给娘娘请安。”

周氏寻到台阶下，放软语气同她说了几句话，不做挽留。

出了永宁宫，绛珠携宫人迎上来，见到薛萦的模样，亦吃了一惊。薛萦用绣帕拭去脸上药渍，低声吩咐绛珠道：“这个时辰，殿下还未回宫，先不必回含凉殿，去惊鸿楼吧！”

惊鸿楼为宫苑西北角的一座水榭，临水的三面植有莲荷，原是太祖皇帝为宠妃许氏所建。许家在朝斗中落败，许氏亦失宠，被太祖皇帝下令囚于惊鸿楼中。她不知怎的得知了许家满门被诛的消息，寻来一条白绫自戕，过了两日，才教宫人发现。

百年过后，这座水榭几近荒弃，宫人们嫌此处晦气，鲜少前去收拾洒扫。薛萦也是入宫一两年后才寻到这个去处，难受时独自在池水边坐上一会儿，将疑难之事仔仔细细捋清，便好上许多。

绛珠出言劝过，说许妃含冤而终，惊鸿楼这地怨气太重，让她还是少去为好。

受父亲影响，薛萦对于鬼神之说一向是疑信参半，不过见绛珠好心相劝，便听从了，此后极少踏足。

此次前来，是因为心中积郁，近日来发生的一连串事压在身上，几乎令她喘息不过来。

薛萦知晓绛珠有些害怕跟来，让她与宫人在远处等候。

除夕临近，早先十来日宫人们就开始了清扫，唯独惊鸿楼与几座废弃园子无人打点，栏杆上积了一层薄灰。薛萦没有登楼，只身去了临水亭台，寻了方石凳坐下，终于落下泪来。

父亲去世后，她在宫中愈加没有依靠，一味主动避事，只求自保罢了。

萧琰待她还算不错，平日里太后对她不满，资历较长的妃嫔不服约束，私下刁难她时，都是萧琰出面将她护着，如今，竟连他也去了。

当下时局稳定了些，却不知这片祥和平静背后有多少暗流涌动，又有多少人觊觎萧钰所坐的高位。偏她性子软弱，无多少手段，从前许多事都依靠着萧琰。

薛萦痛恶自己无能，哭到伤心处，忽闻跫跫足音，次第从远处传来。

凉风拂过一池枯荷，吹落脸颊上的泪珠。她想起惊鸿楼的传说，许妃心有不甘，死后化为一缕幽魂，每每起风时，便会回到这座楼中。

“娘娘。”

一道低沉的声音响起，打断薛萦不合时宜的遐想。她应声望去，却见秦荀立在亭子外，将长剑收回鞘中，向她行了一礼。

薛萦慌忙转过身去，不愿教他瞧见自己现在的难堪模样：“秦将军怎么在这里？”

“臣与禁卫军巡守宫城，行至此处，见到娘娘的贴身女官，听闻娘娘独自入了惊鸿楼，许久未见出去，故来探视。”秦荀道。

禁卫军原大统领狄烈，因谋逆罪下诏狱候审，宰相遂与几位老臣商议，提出让秦荀暂代禁卫军大统领一职，待殿下践祚，再觅合适人选，此事薛萦是知晓并点了头的。

薛萦道：“本宫无事，将军请回吧！”

午后风大，亭台临水，比别处要冷许多，薛萦衣衫单薄，觉察到刺骨寒意，身子小小战栗起来，只盼着秦荀快些离开。

秦荀非但不走，反而疾步上前，解下大氅为她披在身上。

他一个臣子做出这番举动，自是僭越了，可方才薛萦含泪抬眸，云鬓妆容凌乱，衣襟处洇开大片污渍，见到自己那瞬她慌乱转身，想要以此掩饰难堪，秦荀心底便有了些许怜惜。

听闻她是在永宁宫受了训斥，才会哭得这般伤心，想到她先前箭伤未愈，秦荀遂把大氅匀给了她。对待女人，他向来没有太多耐心，也不在意薛萦是否愿意领他的情。

可她竟一动也不敢动，长睫上挂着泪，浑似一只受惊的雀儿。

秦荀遂生出一丝揶揄的心思，提点她道：“殿下年幼，娘娘手握大权，心中若有不快，杀了那些不识趣的人便是。”

薛萦怒道：“秦荀，你大胆！”

他低声笑了起来，起身复又向她行过礼，兀自离去。

风势渐大，薛萦不敢在惊鸿楼久留，扯下大氅扔入池水，水面漾开一圈圈涟漪。

除了一池枯荷，无人知晓秦荀曾对薛萦说过的那几句令她十分后怕的话。

许是因为上次险些误伤到薛蓁，心中难安，周氏与她的关系缓和了些。薛蓁再去永宁宫请安，周氏不再把她晾在殿外。只是与她说话时，周氏多半是冷冷淡淡的语气，薛蓁全然不在意，将其视作每日必修的功课。

也有一次，周氏主动问到她的伤恢复得如何。薛蓁说有太医院的方子精心调理，已好了许多。

周氏冷哼了一声，道："听说那夜是一位姓秦的将军替你拔的箭镞，当时是情势所迫。你现在孀居深宫，小皇帝须你辅佐，但以后务必与朝臣们多避嫌才是。"

薛蓁道："臣妾谨记娘娘今日教诲，不敢逾矩。"

周氏又道："你还年轻，往后的路长得很呢！"

错金的云纹铜兽熏炉吐出袅袅清香，满殿灯烛明亮得几近炫目，永宁宫与寻常别无二致，周氏也还是原来那位周氏。

薛蓁双手交叠而坐，静默不语，这岁月还很漫长，似乎却又一眼就能望到头。

京中乱党肃清，先帝的棺椁葬入燕虞山皇陵地宫，一切总算是尘埃落定。

今岁除夕宫宴，因在国丧期间，规模比往常要小了许多。即便如此，薛蓁前后操持好几日，一顿劳累后吹了凉风，竟也害起病来。

萧钰每日都过来探视，一双小手探过她的额头，又召来太医询问病情，得知薛蓁染的是风寒，并无大碍，这才安下心来。

屏退宫人后，两人待在一处，萧钰总有说不完的话要讲给她听，先是说太师训斥她的功课，又说姚相与诸位大臣为了登基大典的日期又起争执。

她有点沮丧，声音细弱蚊鸣："那道帘子后总是空着，若娘娘也在朝堂上，兴许我就不会那么害怕了。"

"娘娘害了病，怕把病气渡给殿下。"薛蓁笑着抚了抚她头上扎着的两个小髻，"等我好些了，定随殿下同去宣政殿。"

得了她的允诺，萧钰终于展眉，又问她："开春后，我可以下旨召梁大人家的公子入宫吗？先前我曾答应过他，要让他做我的侍读。"

薛蓁道："殿下尚且年少，多些玩伴自然是好的。可殿下的身份终究不同，有些事，莫要让旁人瞧出端倪才好。"

萧钰点头，急忙说道："梁家公子不会知晓的。"

登基大典于元宵节后如期举行，周氏与薛蓁同去观礼，朝堂上便多设了一道珠帘。在近侍搀扶下，小皇帝萧钰步上丹墀，端坐于高位，接受百官朝拜。

朝臣们俯首叩拜，山呼万岁，萧钰从未见过这样大的场面，紧紧攥着鎏金龙首扶手，向薛蓁投来求援的目光。薛蓁知道她心中紧张，温柔地望着她，默然做了几个无声的口型。

萧钰转过首，深吸了口气，从容道出薛蓁先前教过她的那些话，表露对先帝骤然离世的哀悼，直言自身不足，并出言抚恤臣下。

及至礼毕，一切流程皆在掌控之中，未出岔子。薛蓁悬了许久的那颗心总算放下，不知不觉间，额上早已沁出一层细汗。

新君继位，改年号熙和，祭告过宗庙社稷与天下万民，接下来就是大赦天下。

刑部与大理寺共拟出一份待赦名单，呈给皇帝和中书门下省过目，以求今上早日定夺。那名单萧钰拿给薛蓁看过，问起她的意见。

里头待赦免的囚徒犯的多是些盗窃小罪，人数较以往先例多了些，但薛蓁对此并无异议。

萧钰却犯难，细声道："爹爹临终前曾有大赦天下为万民祈福的意愿，此次开春大赦，朕有意让刑部多挑了些人，姚相公与中书门下省的诸位大人均无意见。不想大理寺的那位谢大人，连上了两道奏疏上谏，恳请朕削减名额，说大端律法中对赦免作出了规定，法不严，不足以治天下。"

薛蓁问她："陛下心中是怎么打算的呢？"

"姚相公与诸位大人都没有提出异议，朕原是想顺着自己的心意。"说到此处，萧钰顿了顿，"可谢大人说得也有理。"

薛蓁笑了笑，道："陛下纯孝，此番大赦本是为了完成先帝遗愿，又恐违背例法，不妨寻个时机，与谢大人说一说陛下心中的难处。"

谢怀虚那样的性子最是刚正不阿，如霜松劲竹，偏他又在大理寺任职，主刑狱重案，但倘若他知晓事情缘由，定然不会与一个孩子为难。

过了两日，薛蓁去承明殿查阅萧钰的功课，却被内侍告知，陛下正召见大理寺少卿谢怀虚，现下尚不得空。

殿门訇然打开，一身穿绛色官袍的男子从中走出，见薛蓁立在廊檐下，遂上前向她行礼。

一月未见，他清瘦许多，往日的官袍穿在身上，如今竟有些空落落的。薛蓁想是宫变那时受伤，令他吃了不少苦头。

薛蓁心下一动，忽改了主意，对绛珠道："本宫有要紧事须要询问谢大人，你先行禀告陛下，本宫稍后再去检查他的课业。"

支走绛珠，身边只剩两个小宫女，薛蓁命她们与领谢怀虚出宫的内侍一起随侍身后。

薛蓁携他往御苑去了，寻了处凉亭落脚歇息，让宫人们在远处等候。谢怀虚不知她的用意，静立在她身后。

初春将近，枯枝抽出绿芽，她悦耳的嗓音适时响起，如淙淙春水，淌过心间。

薛蓁一声轻叹，与他说道："陛下虽然孩子心性，但增加大赦名额，也是为了略表孝心。谢大人既已规劝过陛下，便不要同他太过计较了吧！"

谢怀虚微怔片刻，道："方才陛下已和臣说过此事，同意适当削减定员人数。臣起初并不知陛下心中孝意，实在惶恐。"

薛蓁便笑："谢大人就算事先知道了，恐怕也要上书劝谏的。"

他复又拱手行礼，以为薛蓁要向他发难，却听见她低声问："谢大人先前受的伤，现在好些了吗？"

顿了片刻，谢怀虚答道："并无大碍，娘娘无须顾念。"

清风徐来，一缕似有似无的沉香充盈在鼻息间，谢怀虚不敢抬眸看她，却想，此刻她眉间定又笼着淡淡薄愁。

少女时期薛蓁那无拘无束的顽劣性子着实让薛家伯父头疼过许多回，可她后来奉旨入宫，不久又逢薛家伯父病逝。她在宫中无根基依靠，明里暗里吃了不少苦头，数年过去，竟变得这般娴静。

如今的她，是高高在上的太后，是当今小陛下的养母，谢怀虚清楚，终此一生，他们之间再无可能。

"那夜的情形万般凶险，你何必再顾我。"薛蓁慢慢红了眼眶，声音低下去，“你一个文臣，又与他们抗争什么呢？你若能自保，我便欢喜得很。”

闻言，谢怀虚心中漫开一丝苦涩，他不仅未能救出她，还眼睁睁见她受了那样大的罪。被钉在棺椁中的半个多时辰，不知她是怎样熬过来的。

薛蓁收敛好心绪，转过身对他笑了一笑：“本宫要说的话都已经说完了，陛下还在承明殿候着，谢大人请回吧！”

谢怀虚却未行礼，似是还有话要与她说，薛蓁不等他开口，兀自唤来内侍将他领走。

那抹身影渐行渐远，薛蓁目送他离去，又静默坐了一阵，起身时，凉亭外竟多出一人。那男子身姿挺拔如苍松，剑眉下一双琉璃色眼眸，正好整以暇地打量她，就连官袍也盖不住那几分邪气。

“臣与娘娘当真有缘，偌大的皇宫总能碰见，不过臣来得不巧。”秦荀放慢语调，有意卖了个关子，“似乎撞见了不该瞧见的，还请娘娘莫要降罪。”

薛蓁知晓他必定将她与谢怀虚说话的场面尽收眼底，短处教人拿捏住，她心中又气又恼，可又奈他不可，恶狠狠瞪他一眼，兀自出了凉亭，携两个宫女往承明殿去了。

秦荀这人，每回见到她，似乎都要存心捉弄一番，可他们之间并无过节。

二月春寒，殿内还烧着地龙，萧钰的功课如往常一般不上心，薛蓁原本心中就积了薄薄怒意，这下越发烦闷起来。

萧钰机敏，觉察到她的不对劲，寻了个借口将宫人打发去外殿，稚声询问她因何事不快。她当然是知道理由的，但料定薛蓁一贯疼惜她，断然不会向她发难。

“许多事。”薛蓁把她牵到跟前，“譬如陛下读书不用功。”

萧钰撇嘴，正要软声讨饶，薛蓁用书卷轻敲了下她的前额，正色道：“从前是我太过纵容，将陛下养成如今这般娇弱。国子监的徐太师年纪大了，碍于君臣之礼，不忍约束陛下，既如此，我也应该为陛下寻位严师才是。”

似是想起什么，薛蓁唇边漫开一抹苦笑：“当日先帝责备，字字珠玑，是我太过愚笨软弱。”

满室灯烛投下柔和的光，她坐在灯影之中，眼底寂静无波，萦绕着淡淡哀愁，整个人宛如用锦衣珠翠装扮出的提线傀儡。

宫变之后，萧钰时不时见到她流露出这样的神情，恍若立于雪原中的一盏灯，焰火教寒风吹得一点点熄灭下去，即便有过挣扎，终究也是无可奈何。

“娘娘莫要生气，我……”萧钰低下头，不敢再看她，磕磕绊绊地道，“我以后，以后必定用功读书。”

薛萦却道：“为陛下讲学的新人选，本宫会好好挑选。陛下先前提过想寻个侍读，梁家三郎着实不错，若梁大人同意了，陛下可召他入宫。”

她记挂着与梁家小公子的约定，原本以为此事被父亲拒后，须过一段时日才能重提，却没想到薛萦竟主动应允。萧钰喜不自禁，重重点了几下头。

“还有一事要与陛下商量。”薛萦望着她，神情肃然起来，“凌王身死，他的家眷现在还被拘在狱中，不知陛下打算如何处置？”

萧钰道：“先前皇祖母也提过此事，还为凌王妃母子求情开恩。朕以为逆贼已伏诛，家眷未牵涉其中，就不必连坐了，不如下令褫夺爵位，将其流放岭南，终生不得回京。”

“看来陛下心中早有了打算，无须本宫进言。”薛萦笑了笑，督促萧钰完成功课，又与她说了一会儿话才离去。

殿外石阶下立着一位等候传召的年轻臣子，那人着武官官袍，佩银鱼袋，却是秦荀。

见薛萦携女官走来，秦荀上前行了一礼，低声道：“方才娘娘走得匆忙，臣竟忘了向娘娘告礼。”

料峭春风尚带寒意，他的官袍并不厚实，又兀立殿下吹了许久凉风，英挺的鼻尖晕开一抹微红，滋味定然不好受，薛萦遂说：“如果本宫知晓秦将军正等着陛下召见，必定是要同陛下一道用过午饭再走的。”

秦荀道：“娘娘素来仁厚，见不得臣在殿外受寒，想来不会这样做。”

薛萦不置可否，静静看向石阶下，他唇边带着温和的笑，只是那笑意虚晃晃地浮着，未达眼底。

旋即，近侍过来传报，将秦荀领了进去。

萧钰召他入宫，是为了今年春狩一事。

大端开国之初，太祖立下祖训，宗室子弟人人须习武，历年的春秋狩猎，无故不得废止。萧钰出生时尚不足月，身子弱得跟小猫儿一样，三天两头害病，养到五六岁才稍有好转。萧琰心疼爱女，到了萧钰六岁末才为她请来师父教授骑射。

这样的年岁再习武不免有些晚了，加之萧钰素日顽皮，师父又不敢严加苛责，三年下来，她的骑射本领差得简直拿不出手。秦荀是边关守将，定要比她从前的师父厉害许多，若请他抽空教授，她的骑射技术兴许还能赶在春狩之前提上去几分。

萧钰道出来意，秦荀笑了一笑，打消她心底的疑虑："回宁州的日期尚未定下，宫中卫戍也已恢复如常。臣近来空闲了些，若是陛下不嫌弃，臣定当竭力教授。"

秦荀应允得痛快，可当他真正到了御苑的骑射场，将萧钰抱上马背，却又生出一丝懊悔，这小皇帝胆子也忒小了。

骑上一人多高的骏马，萧钰吓得紧闭眼睛，十指紧紧抓着马鬃，浑然不顾秦荀递到她手边的缰绳。午后日光和煦，寒意渐退。秦荀伸手扶住那小小身板，温声鼓励她睁开眼，手握住缰绳，这样才能控制住马。

如此试过几回，萧钰抓马鬃的力道反而加重了，青骢马前蹄腾空，不耐地嘶鸣。

秦荀终于放弃，将萧钰接了下来。许是惊吓过度，她的小身子抖得跟鹌鹑似的，鸦羽似的眼睫上挂着细碎水珠。

即便是像他这样粗粝的男子，内心也禁不住柔软起来。他把萧钰放到地上，单膝跪地行礼道："原来陛下怕高，臣事先不知情，请陛下责罚。"

萧钰忍住泪意，声音细细轻轻地说道："不是秦将军的错，以前韩大人给朕找来的都是小马驹。"

近侍牵来萧钰最喜的那匹马驹，背高堪堪齐及成年男子的腰。秦荀心道，这马当真是给人骑射练习用的？

小陛下恐高，秦荀便只得耐着性子教。过了五六日，秦荀从军中寻到一匹性情温顺的照夜玉狮子，这才半哄半骗将萧钰抱上马背。

这回萧钰胆子大了许多，握住马缰，骑着照夜玉狮子绕场走了两圈。临下马时，她摸了摸雪白的马鬃，问秦荀："朕从来没有在宫里见过它，秦将军是从何处得来的？"

秦荀答道："这马原本是宁州兵营的战马，臣部下的坐骑，勤王那时受了点伤，便放在宫外养着。"

萧钰点了点头，她面子薄，没敢开口讨要。

不过自那以后，秦荀每次入宫教授骑射，都不忘把照夜玉狮子带来。萧钰心中欢喜，平日里越发用功。

小陛下师从秦荀习武一事，薛蓁很快知晓，但未做太多过问。

先帝去岁山陵崩，国孝未满，今明两年的春狩都只是走个仪式。就算这样，萧钰也得好生准备着，万万不能教人瞧出端倪。

与同岁少年郎相比，萧钰的身量显得矮了些许，现下尚能囫囵圆谎，女儿家毕竟异于男子，再过三两年便不好遮掩过去。只盼着时局早些安定，尽快将小陛下的女子身份公布于世。可凌王家眷尚未离京，小陛下威望不足，又平白杀出一个秦荀，要到何时才能等来安宁日子呢？

想起这些，薛蓁便觉得头隐隐作痛，帐外投来烛火，是绛珠进到内殿添熏香。

"换成安息香吧，这样我入睡得快些。"薛蓁忽然出声道。

闻言，绛珠换了香料，过会儿说道："娘娘近来总是失眠，应该请太医过来瞧一瞧。"

"不妨事，午后睡得久了，夜里才会没有困意。"薛蓁说，"太医必定要开上许多汤药将养，我一贯是不喜欢那些的。"

她看似柔婉，实则极少更改心中打定的主意。绛珠知薛蓁的性子一向如此，先前已经提过几回请太医的事，并不奏效，这次便不再相劝。

就着安息香的淡淡气息，薛蓁终于入眠。

次日，礼部官员入宫呈上奏疏，详细列出春狩安排，誊写两份，一份送去宣政殿，一份送到含凉殿。

春狩照例在西青山举行，今岁仪式从简，皇帝携文武百官在西青山扎营一宿，第二日正午返宫。

得知萧钰未提出意见，薛蓁将阅过后的奏疏递给内侍，道："前去告诉邓大人，本宫无异议，一切皆以陛下的旨意为准。”

在永宁宫探视时，薛蓁同周氏说了春狩的事，告诉她日子定在下月初八，须在西青山扎营一宿，卫戍巡逻俱已安排妥当，由秦荀和兵部尚书颜福二人负责。

周氏端着汤药，许久后才出声，问她：“这次春狩，你也同去吗？”

“臣妾今年会与陛下前去，待陛下年岁再长一些，臣妾就不做陪同了。”薛蓁道。

玉碗忽然被搁在桌上，声音有些重。

薛蓁抬眸，见周氏神情漠然：“陛下有禁卫军护卫，何须你一个妇道人家陪同。况且随同陛下去西青山的不是宫人就是朝中官员，与陌生男子共处，传出去恐怕对你的名声不好。”

当年她与谢家定亲的事，萧琰是知道的，故而当初降旨召薛蓁入宫前，他主动向周氏请示过。未过两年，她被萧琰扶为继后，宫里头传出飞短流长，无外乎是说她与谢怀虚的旧情。为着此事，周氏也曾暗地里敲打薛蓁，要她避讳外臣。

不知为何，今日周氏话语中竟又透露出此意。

薛蓁淡淡一笑，正视周氏薄怒的面容，一字一字道：“这么多年来，臣妾一向是问心无愧的。”

的确是问心无愧的，就算是当初叛军入城，生死一线之际，他二人都未逾矩半分。

在周氏面前，她素来表现得温顺柔婉。因为先皇后，周氏并不喜欢她，偶尔出言冷声讥讽几句，她都尽数将委屈咽入腹中。可这一次，似乎又有不同。

头一遭见到薛蓁这般硬气答复自己的话，周氏有些无措，嗫嚅其词道：“哀家并没有说你半分不好……”

“娘娘，去岁凌王叛逆一案即将结案，大理寺整理了卷宗禀明陛下。”薛蓁打断她的话，“陛下决定将几位主谋问斩，至于凌王家眷，看在事先不知情的分儿上，全部流徙蓟州。若是小世子安分克己，来日陛下会把蓟州及周围十郡赐予他作为封地。”

能够保住凌王妃母子不受过多牵连，就已是最好的结果，纵然蓟州苦寒，也比暗流涌动的临安要好上太多。在深宫中摸爬滚打多年，周氏早就明白这些道理，放缓语气同薛縈说道："有劳你在陛下面前为他们母子进言。"

"是陛下的本意，臣妾未做过多干涉。"薛縈道，"蓟州位处西北，气候还未回暖，不比临安。念惜小世子年幼，陛下特恩准王妃母子初夏再离京。"

周氏心知朝臣们巴不得小皇帝贬凌王家眷为庶人，早日逐出临安，保留爵位与离京日期这两样，定是薛縈与他们争取后的结果。

她开始有点懊悔，却又不肯轻易在薛縈面前低头："以往哀家对你是过于严苛了些。"

薛縈却道："过去的事，臣妾早已忘记了。"

2.

临安的春天来得比南地要晚一些，若是在故里，漫山遍野早已开满了桃李，可西青山上的林木都只结满花苞，零星绽放三两朵花。

营地扎在半山腰，临水，周围视野开阔，禁卫军层层守卫，想来不会出什么岔子。

小皇帝携百官抵达时天色尚早，萧钰遂命随行朝臣与侍从回各自的营帐休整，待时辰到了后再行仪式。薛縈在马车里坐了近一个时辰，腰背隐隐有些酸软，绛珠与贴身侍女将她搀扶去了营帐，里头支着一张胡床，上头铺有虎皮。

绛珠轻声与她说："陛下有秦将军与颜尚书陪同，娘娘稍后也不去观礼，不妨在帐子里歇息一会儿。"

大端民风开放，女子亦可习武，此次随同春狩的官员中便有一位女将军。不过薛縈出身文臣世家，上头又没有嫡亲兄长，她少时虽顽劣了些，但对于武艺向来兴致缺缺。

况且前些时日周氏暗里也告诫过，所以她应该离谢怀虚远一些，再远一些，索性连观礼也不必再去，免得平白惹人口舌。

思忖片刻，薛縈对绛珠道："跟在陛下身边的内侍有哪些人？命他们来一趟，我有话要问。"

少顷，领班内侍李德领着七八个内侍进来行礼，薛蓉逐一看过，皆是萧琰临去前筛选过的那批宫人，之后一直留在紫宸殿侍奉。

薛蓉让他们去到帐外等候，留下李德，详细询问小皇帝今日的行程安排，知晓萧钰前几日刚换坐骑，是一匹照夜玉狮子，原先养在秦荀手底下。

她见过那匹骏马，通体雪白，无一根杂毛，看起来甚是温顺，被秦荀送入宫后，就寄养在了御苑的御马园。

秦荀献上此马本是敦促萧钰好生练习骑射，勿要像从前那样任性偷懒，却没想到萧钰十分喜爱，私下里还同她提过好几次。

“陛下骑射不精，你定要好生照看。”薛蓉叮嘱他道，“眼下春天刚到不久，林子里野味不是很多，莫要让陛下追着猎物跑丢了。”

“老臣必定不会辜负先帝与娘娘所托。”说完，李德朝她磕了几下头。

薛蓉微微一笑，让绛珠把人送了出去。她信任李德，他是入宫三十余载的老宫人之前便跟在尚是皇子的萧琰身边侍奉。当初萧琰参与夺嫡之争，遭晋王构陷，身边宫人皆入诏狱受刑审问。李德历经半月酷刑，却未吐露半个字，直到萧琰设局扳倒晋王，将他救出。

他对萧琰忠心耿耿，即便从很早开始就知道了临安城里最大的秘密，多年来依然守口如瓶，尽心尽力照看新主。

薛蓉找来尚未完工的绣品，图样是一枝修竹。宫里的后妃多喜欢养梅兰海棠之类，偏只有她喜欢不会开花的竹子，欣赏它的风骨，宁折不弯。

远处传来号角声，大端皇室一年一度的春狩又开始了。这是薛蓉第五次来到西青山，身份与心境皆不同往昔。

午膳是加野菜熬制的碧粳米粥和炙鹿肉，薛蓉胃口不佳，吃了小半碗碧米粥，将未动箸的炙鹿肉赐给小宫女分食。

绛珠劝她再吃些粥，薛蓉摇头，解释道：“我吃不太下，你与她们一同去吃鹿肉吧！”今早颠簸坐车，她本就身体乏累，加之营地临水而建，山里潮气重，左肩的旧伤隐约疼痛起来。

痛觉如一缕缕细丝，轻巧地游走在体内，搅得薛蓉睡意全无，甚至连心跳也变得有些慌乱。绛珠见她面色惨白，写满痛楚，便要去请太医过来查诊。

薛蓉唤住她：“一点小痛不碍事的，不必劳烦太医们了，睡一会儿便好了。”

绛珠服侍她睡下，盖上虎皮为她保暖，一双杏目微微泛红，道：“娘娘总是这样不爱惜自个儿的身子。”

“我知错了，连累你无故为我伤心一场。”薛蓉笑着道，“那你速去速回吧！”

随行太医住的营帐离得不远，一来一回不过半炷香的工夫。临去前，绛珠叮嘱两个小宫女留在帐内悉心值守，并交代了好一番需要注意的事。

薛蓉含笑觑她，说道：“她们都知晓的，你快些去吧！”

帐子里复又清净，左肩痛意不减，薛蓉半靠半坐，继续绣那枚竹叶。

不多时，外头忽然喧闹。一个年轻内侍跌跌撞撞冲了进来，是常跟随在萧钰身边侍奉的内侍之一，名唤张延，薛蓉召见过他数次。此刻，他浑身止不住发抖，颤声说道：“娘娘，方才陛下受伤了。”

萧钰猎狐时误入密林，从马背上跌下，摔伤了右足，眼下正由一行人护送往营地赶来。

听闻萧钰出事，薛蓉登时心神大乱，顾不得身上病痛，随即让一个小宫女去告知绛珠，余下那个叫唤云的小丫头与她同去。

西青山主峰并不高，营地方圆数里皆有禁卫军值守，况且萧钰他们已经折返，走不了太远便能遇上，想来不会有什么意外。

张延详细与她说了事情经过，小皇帝追着一头白狐闯入密林，不知为何，坐下骏马无故失控。事发突然，秦将军与颜尚书策马追去，但还是晚了一步，小皇帝已经从马背上跌了下来。

张延便这样领着薛蓉与唤云往上山的路去了，行到一半，折身进入一处林子，走了许久才停下。林中古木参天，枝叶罅隙间渗过日光，尘埃浮在光影里。

四处荆棘丛生，倒不像有人踏足过，薛蓉心中生疑，于是止步问他：“陛下人呢？”

张延吓得一惊，伏跪在地，却不肯答话。

薛蓉登时明白，自己被一个并不高明的诱饵引诱到了，她一边暗骂自己莽撞蠢笨，一边带唤云疾步往林外行去，也顾不得张延是否追来。

荆棘上的倒刺划破鞋袜，刺入娇嫩肌肤，顷刻浮现出道道血痕。薛蓁来不及感受痛意，只想着快些离开这里。

身后传来一声轻响，薛蓁回眸看去，唤云跌倒在地，裙踞让一丛枯树根勾住，左膝盖那处渗出血，恐怕伤得不轻。

唤云挣扎着想起来，见薛蓁折回走向自己，带着哭音道："这处不安全，娘娘快走。"

"是我把你带来的，自然要把你带回去。"薛蓁费了许多力气，撕裂她被树根缠绕住的裙角，试图将她搀扶起来，"你看看还能不能走。"

唤云拼尽全身气力站起："奴婢还能走，不会拖累娘娘。"

薛蓁握住她柔白的小手，冲她笑了一笑。

蓦地，一支箭从林子深处射出，正中唤云的后背，瞬间贯穿心脏。

小丫头身子软软倒了下去，衣裳心口处的位置晕开大圈血迹，她嚅动嘴唇，对薛蓁说了最后一个字："跑。"

唤云死了，十四岁的小姑娘，原本还有很长很长的一生……

薛蓁松开手，起身往林子外跑去。要杀她的人藏在暗处，唤云死去，于他们而言不过是助兴，他们希望见到猎物自投罗网后拼死挣扎的绝望，只有这样才能带来杀戮的快感。

身后传来马蹄声，定是那些人追了过来，薛蓁不敢放慢步子，喉间涌起一阵腥甜。她甚至隐约有些期待羽箭穿透心脏，一切重归混沌，从此她不再是太后薛氏，不再是小皇帝的养母，不必再过如履薄冰的日子。

预想中的死亡没有如约到来，一人策马追上她，弯腰俯身，把她捞上马背。

薛蓁趴在马背上，看不到他的模样，拔下一支簪子刺入他的手背。

那人闷哼一声，用力握紧马缰，冷声道："若是再闹，可别怪我把你撇下。"

竟是秦荀的声音，薛蓁悬着的一颗心终于放下，所有画面涌入脑海，一时间竟猜不到是谁要她的性命。她伏在马背上，紧紧抓着马鬃，浑身十分难受，不过稍稍调整了下姿势，秦荀便一掌将她压制住，声音沙哑："别乱动。"

她不敢再乱动，骏马疾驰，眼前景物飞速变幻，险些令她颠吐，只好闭上眼。

过了许久，秦荀终于勒停马，将她放下。

薛萦睁开眼眸，映入眼中的是绵延数里的杏花林，谷底一条小溪蜿蜒流过，两岸水草肥沃。

这片山谷朝南，杏花开得比别处要早些，薛萦拾起一朵落花，还未细赏，只见秦荀指向小溪，说道："这马累了，臣带它去溪边饮水。"

薛萦跟在他后头，见他手背流血，有些心虚地问："秦将军伤得重吗？"

"有劳娘娘费心，无事。"秦荀淡淡道。

他好心前来搭救，竟被她用簪子刺伤，想来定是要生气的。薛萦自知理亏，便默不作声跟在他身后。

枣红马饮过水，留在岸边吃草，秦荀坐在溪边大石头上，撕下衣摆为右手包扎，试了几次均未成功，反倒折腾得伤口再度淌血。

薛萦走过去，半蹲在他身前，轻声道："我来吧！"

秦荀把被血染红的布条递来，薛萦却没有接，拔出他腰间匕首，割下衬裙一角。

她凑近他身畔，半垂着眸，钗环俱乱，衣裳下摆教荆棘丛划破许多道口子，看起来狼狈极了，可她毫不在意形容，只专注地为他处理伤口。

她的十指灵巧操纵小布条，系上活结，绫罗的触感果真比粗布要好上许多。她的鼻息拂在手背，如春日里的风，温暖和煦。

几朵落英随水漂来，秦荀移开视线，问她："你怎么去了那里？身边的宫人呢？"

他没有尊称她娘娘，那样从容的语气，仿佛是在与故友叙旧。

"有人告诉我，陛下受伤，我着急离开营地，只带了一个小宫女，去了才知原来是圈套。"说到此处，薛萦双目微红，"之后的事，你或许也见到了，那个小丫头死了。"

见她伤怀，秦荀不忍追问过多细节，便告诉她："陛下今日的确意外坠马受了伤，却并未让人通知娘娘。我和颜尚书陪同陛下回到营地，才得知娘娘已经先行离开了。"

"见娘娘许久未归，陛下心急，命禁卫军四处搜寻。我正巧也有些事要查，便又上了山，听闻林中异响，策马赶去，这才救下娘娘。”秦荀将二人相遇的缘由道出，又说，“陛下受伤，是因为我御马不严，回去后还请娘娘责罚。”

薛萦勉力平复心绪，将今日发生的事情拼凑了个大概。先是张延入帐传报消息，紧接着便是她心神大乱，仓促带唤云上山，误入圈套，最后为秦荀所救。

若秦荀没有骗她，那么张延的话半真半假，萧钰受伤是真，着急与她会面是假。

“秦将军献马原是好意，今日的意外，是陛下疏忽大意，将军无须自责。”薛萦道，“我还没来得及感谢将军出手相助。”

她将一番话说得滴水不漏，明面上把责任推给萧钰，实则对他怀有几分不信任。

秦荀笑了笑，摸出揣在怀里的物件，摊开布条，露出包裹其中的银针。

“我原本也以为是畜生不听训，忽然发狂，但踏雪平日里最是温顺，从未伤过人。后来我折回那片林子，在陛下坠马的地方发现了几枚银针，不敢确定是否淬了毒，于是用布包走准备带回去请太医辨认。”秦荀看着她，“至于我这番说辞值不值得相信，娘娘随自己的心意便好。”

或许，或许萧钰坠马同样不是意外，而是有人提前设局，不同的是，那人并不想直接杀掉小皇帝。

“秦将军收好证物，回去后我定会彻查此事。”薛萦垂眸说道。

她起身向溪水走去，水里倒映出的女子，鬓发凌乱，眉间笼着愁色。她伸手掬起一捧水，告诫自己要冷静，唤云不能枉死，她必须查出凶手。

凌王已经亡故，是谁想要她的性命？她脑海里浮现出很多张面孔，却没有任何线索。

薛萦洗去脸上浮尘，重新绾好发髻，彼时日头西斜，水面上晃着粼粼金光，像是撒了万千把金粉。

远望去，杏林绯色如云，山谷腾起雾气，缕缕白雾环绕如练，恍若身处九天玄境之中。

秦荀牵来枣红马，先将薛萦抱上去，而后翻身骑上马背。

此处离营地甚远，暮色将至，眼下容不得薛萦计较与旁的男子同乘一马传出去会发生什么。她略有些疲惫，道：“多谢将军搭救，可若是他日传出流言蜚语，诋毁将军清誉，万望将军能谅解。”

“说来也巧，臣两次来西青山，两次都能单独遇到娘娘。”秦荀低笑，使左手牵住马缰，右臂圈住她的纤细腰身，“臣是男子，自然不畏惧人言。”

说完，他夹紧马腹，骏马撒开四蹄向山谷口奔去。

薛蓁极少骑马，害怕跌落，又不敢离他太近，只好小心翼翼保持距离。

耳畔依稀传来一声轻笑，腰间那条手臂骤然加重力道，迫使她向身后男子靠去。薛蓁挣脱不过，又恼又羞，却听见秦荀漫不经心地道：“风把你的头发吹得到处都是，挡住视线了。”

她腾不出手整理长发，双颊晕开绯色，就连白皙的耳垂也染上一抹胭脂色。

过了小半个时辰，落日沉到青山外，秦荀抱她下马，两人已经行到主峰的半山腰，可以望见山下营地。

他取出袖中烟花，用火石点燃，光焰腾空，绽放于夜色之中。

“不出一炷香的时间，就会有人来接你。”秦荀告诉她，“这处不会有虎狼出没，你待在原地别动。”

薛蓁问他：“那你呢？”

秦荀抚了抚枣红马，道：“当然是去我该去的地方。”

她那样心细胆小的女子，怎会不在意天下悠悠众口？与她错开时间回去，就说是奉命搜寻太后时误入密林迷路，只要她不说出口，旁人便不会想到这层关系上来。

薛蓁看着他，轻声说：“西青山绵延甚广，指不定会遇上野狼，秦将军，你不必只身犯险。”

听她这话的意思，似乎是在为他担心？秦荀很是受用，飞身上马，把匕首丢给她：“送给你防身，若有人问，便说是山神救了你。”

薛蓁俯身拾起匕首，再抬头时，那人早已策马远去。

小皇帝坠马受伤，太后走失遇刺，这两件事恰好发生在同一日，不免引来众人揣测。及至亥时，禁卫军大统领秦荀才回到营地，一下马便去了小皇帝跟前领罚。

萧钰伤得较轻，崴了左脚踝，太医说卧床静养小半月便能好起来。

她不责怪秦荀，只觉得是因为自己莽撞脱队才发生了意外。

可太后似乎并不这样想。

就在萧钰正要开口让秦荀退下时，静坐许久的薛蓁忽然出声说道：“禁卫军未能紧随陛下左右，秦将军治下不严，罚杖笞十下。”

她神色漠然，一双眸子蕴着微微凉意，再无往日随和。

萧钰牵了牵她的衣袖，忙道：“娘娘……”

“秦将军可有异议？”薛蓁顺势握住她柔软的小手，适时阻止她为秦荀讨饶。

秦荀沉声答道：“臣，甘愿领罚。”

内侍将他带了下去，未几，营帐外头传出木杖重重击打皮肉的闷响。

夜深了，气温渐凉，萧钰的手心却沁出细汗，薛蓁笑了笑，问她：“阿钰怎么了？”

萧钰垂下小脑袋，喃喃道：“今天的事不是秦将军的错。”

薛蓁轻轻用锦帕为她揩去掌心冷汗，柔声告诉她：“不管是不是秦将军的错，你都要先罚他，明日再问责颜尚书。你是天子，要赏罚分明，威慑百官。他既然受命统率禁卫军，便要全权负责你的安危。出了这样大的事情，今夜不罚他，将来定会有人议论陛下心软，假以时日，便有人不服管束，生出异心。”

萧钰似懂非懂，点了点头，抬头望着她：“我自己打到一头白狐狸，回宫后命人制成狐皮围脖，娘娘冬日里裹着，便不会觉得冷了。”

许是怕她不相信自己，萧钰又道：“真是我自己射中的，当时秦将军和颜尚书都没来得及追上我。”

她策马去追那只狐狸，竟然是为了做一条围脖赠她，薛蓁抚了抚她的发：“我很欢喜，阿钰一向是好孩子，但以后定要注意自己的安全。”

两人说了一小会儿话，薛蓁才携绛珠回去。

分明一整日困顿乏累至极，却无半点困意，辗转反侧许久，薛蓁终于下定决心披衣起身。

绛珠睡眠浅，一点轻微声响就被惊醒，见薛蓁披上斗篷似要外出，忙问她：“这么晚了，娘娘要去哪里？”

薛蓁做了个噤声的手势，轻声与她说道：“你随我去趟马厩，若遇到禁卫军盘问，便说是我夜里不舒服，带小宫女去请太医，不想惊动旁人。”

一路遇到两拨兵士巡守，薛蓁低头不语，皆由绛珠回复，众人都知绛珠是她身边最得力的女官，竟自无人怀疑，便这样绕开兵士悄悄去了马厩。

彼时月上中天，山野间水雾氤氲，草叶上露水打湿绣鞋，薛蓁快步走着，心中却不害怕。

那拨刺客已经失手，营地加强兵力巡逻，想必今夜不会再来。

照夜玉狮子单独关在一方马厩，薛蓁让绛珠留在外头观望，只说她很快便回来。

那匹马温顺地看着她，月华映入马厩，为它的雪色毛发覆上一层银霜，薛蓁禁不住伸手抚了抚它的长鬃，低声道：“你是不是也受了伤？”

一道身影倏地从角落的阴影里走出，薛蓁下意识便要拔出匕首，那人擦亮火石，点燃一盏烛台：“怕是要令娘娘失望了，畜生可不会说话。”

瞧见她紧握手中的匕首，秦荀笑了起来，“它可不是这样用的。”

薛蓁一颗心稍稍放下了一些，低声道：“秦将军怎么来了？”

秦荀道：“我深夜前来，与娘娘是同一个目的。”

他凑近照夜玉狮子的左蹄，半蹲下身，向薛蓁招手：“过来看。”

鬼使神差地，薛蓁竟然朝他走了过去。

烛火下，三个血红小点清晰可见，是被细小尖锐的暗器所伤，她想起来，在杏花谷时，他曾向自己展示过几枚银针，说是在萧钰坠马地点附近寻到的。

线索一点点拼凑起来，秦荀并未说谎，白日里有人施暗器惊动了萧钰的坐骑。

“秦将军……”薛蓁缓缓开口。

一阵凉风吹熄烛台，他忽然抬手捂住她的嘴，抱着她滚入角落。

外头有人走了过来，紧接着便是绛珠的声音，那人问了几句话，便带着绛珠走了。

薛蓁低声呜咽，拼命想要扒开他的手，他反而加重手上力道，低声道：“不用担心，是看守马厩的内侍把你的女官遣走了。”

她不再挣扎，一双眸子定定看着他，似有央求，眼底盈了一汪水泽。

这女子像是水捏成的，不知何时便要掉泪。

秦荀松开她，起身拍落草屑，把左手递给她："起来，把斗篷裹好，我快些送你回去。"

薛蓁握住他的手，那掌心粗粝，长满厚厚的茧子，历经风沙雕琢，浑然不似临安城里的世家公子，一双手骨节分明，十指纤长细嫩，养得极好。

那一刹那，她微微失神，却想，宁州究竟是怎样一个地方？

营地周围的地形布防，秦荀早就铭记心中，带薛蓁抄近路赶到，对卫戍的兵士说太后身边的宫人走散了，他起身巡夜撞见，便将人送了回来。

这番说辞是薛蓁与他说好的，兵士并未生疑，径直将她领了进去。

回去时，秦荀正巧与护送绛珠的内侍打了个照面。

他见过绛珠两次，对她有些印象，此刻见她泫然欲泣的模样，出于好意，同他二人说道："听闻太后夜里身体不适，打发姑姑去请太医。夜深露寒，姑姑带了一个小宫女同行，不想那小宫女顽劣，与姑姑走散，好在眼下已被送了回去。"

内侍忙说："找到便好，方才绛珠姑姑险些哭上好一阵呢！"

闻言，秦荀笑了一笑，道："烦请大人快些将姑姑送回去吧，以免娘娘体恤属下，心生忧虑。"

他心里却在想，薛蓁这女子，似乎不像他先前以为的那般胆小，不过还是缺了些谋略。两人在夜色里赶路那时，她同他说要查清此事，让大理寺介入。

至于经手这个案子的官员，不消细想，定是那位大理寺少卿谢怀虚。

次日，禁卫军上山搜寻，只抬回一具尸首，正是唤云。钉入她心口的弩箭不见踪影，余下一个血窟窿，山林出没的野兽循味而来，把半边身子啃食得血肉模糊，仵作查验记档，将尸首一把火焚了。薛蓁不免又难过了一阵，着人将她的骨灰送回故里，予她家中一笔钱财。

谢怀虚打起帐帘进去，里头没有宫人侍奉，薛蓁半坐在床边，一双杏目微微泛红，已经哭过了一场。

他顾不得行礼，焦急地问："昨日人多，不便觐见娘娘，娘娘可曾受伤？"

薛蓥摇头，声音喑哑："张延将我引去埋伏地点后便消失了，那刺客并未伤到我，却将唤云杀了。此后我便逃了出来，被人寻到。"

她想起秦荀的话，有意隐瞒了他如何救出自己一事。

"能策反陛下的近侍，应该是有备而来。回宫后，娘娘定要把身边宫人都仔仔细细再筛选一遍。"他能为她做的，似乎也只能到这个份上了。

静默片刻，谢怀虚才道："你受苦了，阿蓥。"

她入宫以来如履薄冰，历经诸多变故，从未有人对她说过这样的话。

薛蓥心中酸楚，却对他笑了一笑："谢大人，陛下受伤与本宫遇袭皆在同一日，未免太过蹊跷。本宫已让陛下拟旨，命大理寺彻查这两件事，全力缉拿张延。"

她虽柔弱，但并非一味退让求全，既然有人把事情捅出但又失了手，她便不能再装作不知。

"但是谢大人，你不能参与此案。"说到这里，她抬眸看他一眼，"至少，明面上不可。"

谢怀虚心领神会，向她行了一礼："臣知道了。"

太后薛氏遇刺一事，小皇帝极为重视，从西青山回宫第二日，便召大理寺正卿陶骞入宫，命他督办此案，务必找出幕后凶手，限时两月。

陶骞年逾六旬，查办过的大案不少，但这桩案子没头没脑，就连凶器也没发现。他战战兢兢领旨，抬首却见太后薛氏坐在珠帘之后，唇边隐约带着一抹淡淡弧度。

他回到大理寺便要将案子分配下去，近年来大端的治安日趋稳定，民风淳朴，明帝在位时削减了大理寺和刑部的人员。

一桩惊天大案压下来，时限又紧，陶骞想到能接手此案的下属便只有两位少卿。

许致远是他一手提拔上来，心中虽有不愿，可未在面上流露出来。陶骞便当不知，分配完任务，一番安抚鼓励，将他打发出去。

倒是在谢怀虚这里遇到了点麻烦，春狩回来当日，谢怀虚便告病，说是前两天在西青山染上了风寒。

陶骞亲自登门探望，竟连谢怀虚的面也没见上。老仆告诉他，家主病得厉害，郎中说了要好生将养着，恐不便见贵客。

如此试探三次，谢怀虚坚持称病不出。陶骞只好把带来的两支山参给了老仆，请他代为转交，前脚刚离开谢宅，后脚就开始暗骂谢怀虚小狐狸崽子。

偏偏他与薛家关系匪浅，南淮薛家曾追随太祖皇帝定江山，前后出过三位太师，极尽荣宠。即使这两朝薛家落败了，但还是太后的母家，遑论当今小皇帝的生母，就是薛家嫡女。

叹了几口气，陶骞便不再咒骂了，登上马车，让车夫速速驱车赶回大理寺去。

郑伯捧木匣走入书房，小泥炉上茶水正沸。谢怀虚手里拿了卷宗，连眼皮也未曾抬一抬，只问："阿翁，人走了吗？"

"陶大人已经走了，赠了两支山参，交代我转告家主，要您安心留在府里养病。"郑伯告诉他。

谢怀虚提笔圈出几个名字，勾唇笑了笑："这样好的东西，我用不上，阿伯你拿去炖了吃吧！"

窗外微风起，一片花瓣飘来，落在未干的新墨上，他抬手拂去，墨迹晕开，恰好将名字涂去。

墙根下那株梨花谢了半树，暮春将近。

3.

因前些日子坠马伤到脚踝，萧钰近来过得甚是无趣，除却上朝，每日只待在紫宸殿卧床静养，连太师讲学也搁置了几天。

见她眼巴巴瞧着自己，薛萦便知她有话要说，顺手为她添了一勺芙蓉豆腐："陛下怎么了？"

萧钰双手支腮，忽叹气："太医不许我出门，每日都过得好无趣，有时还要听那群大人们在宣政殿吵嘴。"

薛萦问她："那阿钰有没有想见的人呢？"

想了想，萧钰才细声说道："我想见阿珩，娘娘先前同意让他做我的侍读了。"

梁珩，梁老太师的长孙，他祖父告老还乡后，父亲和叔伯都还在朝中为官，但官衔都不太高，连他父亲也只官至礼部侍郎。

秦荀 × 薛蒙

让这样的少年郎留在萧钰身边，薛蓁自是放心的，但还是存了一丝疑虑。

萧钰等她开口，眸子乌亮乌亮的，跟小鹿一样。她的相貌随了灵毓皇后，五官精巧秀致，唯有一双眼睛似极先帝，每每望向她，总是能不经意间教她想起萧琰，想起他视她为棋子，将她一生困于深宫中，偏偏她是心甘情愿的。

说到底，萧钰不过是个半大的孩子，宫里没有兄弟姐妹，故思念玩伴而已。

“我没有记错的话，梁家小公子比陛下年长三岁，同在国子监念书。”薛蓁笑了笑，道，“阿钰若是想见他，便下旨召他入宫做你的侍读，况且崔太师单独在紫宸殿讲学后，阿钰就没有了玩伴。”

萧钰大喜，重重点了几下头。

薛蓁使锦帕揩去她唇边残留的一点汤汁，柔声说：“但有些事，阿钰一定要注意分寸。”

那道旨意是两天后才发出的，萧钰斟酌字词，又请她过目两遍，才让李德去梁府宣旨。

紫宸殿左侧的偏殿收拾了出来，萧钰让宫人换用天青色帷帐，摆上数盆君子兰，看起来竟别有一番雅致。

薛蓁一边听绛珠与她说这事，一边暗暗思忖，小丫头年纪还不大，做事倒挺周全。

入宫当日，梁珩前来含凉殿拜谒。

他穿一身青色衣袍，衣襟袖口处缀着银线绣成的梅花暗纹，腰间系一块白玉玦，衣饰虽不如寻常世家公子那般华丽，但不失体面。

薛蓁赐给他一副文房四宝，含笑与他说道：“陛下尚是孩子心性，若他平日里有做得不好的地方，还望梁小公子能多担待。”

“臣谨遵娘娘教诲，倘若他日陛下真有错处，臣必定出言劝谏。”梁珩道。

薛蓁问了他家中近况，略微交代几句，便让宫人领他往紫宸殿去了。

那盏上好的六安瓜片，他一口也未曾饮，薛蓁不免觉得有点可惜，揭开盖，水面腾起袅袅雾气，茶香浮动。

视线朦胧时，她的思绪也飘向虚空处，梁家小公子教她想起一人来，是少年时与她同在薛家念书的谢怀虚。

那会儿，她似乎不大喜欢谢怀虚，他总是抢走夫子的夸赞，为人处世持重，越发衬得她性子顽劣不堪。每逢父亲责罚，她心里总不服气，偏数他那样的小书呆子讨长辈喜欢。

后来他知道她被打了手掌心，罚抄书五卷，在一个黄昏来到她的窗下，学了几声布谷叫。

她推开窗，便见到他立在枇杷树下，抱着一摞书，神情局促："我想帮你抄书，于是仿了你的字迹，你看看学得像不像。"

盛夏时节，南淮城雨水格外多，他翻墙进来，衣衫鞋面上沾了大片泥渍，不知踌躇了多久，才鼓足勇气敲开她的窗。

薛蓁顺手拾起妆奁里一枚耳铛，掷到他怀中，忍俊不禁道："学得不像，可要继续帮我抄。"

他仿得相差无几，后来她半是央求半是撒娇，又诓骗他为自己写了许多功课。

时光竟也过去这么多年。

带梁珩参观完他今后的居所，萧钰携他往金明池的方向去了。身后乌泱泱跟着一群宫人，萧钰顿足，生气地道："你们不许跟过来。"

李德只好示意内侍们止步，但不敢真的离开，只好远远地立在他二人身后。

池边系了一叶小舟，那是宫人们平日里清扫水面所乘的。

萧钰三步并作两步跳上小舟，便去解麻绳，梁珩制止她道："池水深，陛下不会水性，太危险了。"

"这也不让做，那也不让做。"萧钰有些不高兴，拂开他的手，"你怎么和他们一样了？"

她是指那些内侍，薛蓁对她看管得严，每日都要召见内侍询问。加之她在西青山出过意外，李德越发战战兢兢，恨不得将她捆在紫宸殿，除了上朝和拜谒太后，哪儿也不让去。

梁珩道："陛下不应该再这样孩子心性了。"

说这话时，他的眉头微微蹙着，萧钰看着他，咯咯笑了起来："那你便不是孩子了？”

她手脚利落，不多时就解开了系舟的绳子，却被李德瞧见，那些个内侍们小跑着赶了过来。

萧钰坐进船中，双手搭上船橹上，给了他最后一个机会：“阿珩，走吗？”

李德跑得最快，眼看着就要追到池岸边了，梁珩咬牙，纵身一跃，跳上小舟。

舟的另一头猛然下沉，颠簸了几下，萧钰使尽力气摇橹，终于赶在李德抓住麻绳前，驶小舟离岸。

李德满面焦急之色，看样子快要哭出来，萧钰不忍，便冲他挥了挥手：“你就和娘娘说，是朕不听劝阻，任性妄为。”

梁珩坐在舟中，静静看着她胡闹，不再出言相劝。

他生得好看，就像话本中走出的少年郎，面如冠玉，教和煦春光一照，愈加熠熠生辉。

萧钰生出几分捉弄他的心思：“上了我的贼船，就别想跑啦！”

他微笑着道：“臣也不会水性，能跑到哪里去呢？”

“那如果我掉下去了，你救我吗？”萧钰轻声道，又加了句，“如果是掉到很深很深的水里，你踩不到底，也不一定能把我救上来。”

梁珩说：“我定会救你。”

萧钰不依不饶：“为什么要救我呢？”

梁珩含笑看着她，眸光清澈：“因为你是阿钰。”

湖面泛起涟漪，正巧他今日穿了白衣，临风坐在舟尾，衣袂翻飞，翩然间恍若谪仙。

“你不应该这样说。”萧钰轻轻摇头，“你应该说，因为我是天子，而你是臣下。”

“可我不是这样想的。”梁珩与她争辩，“我怎么能骗陛下呢？”

萧钰说：“可如果我有事骗你了呢？”

梁珩唇边带笑，低声道：“那你一定有你的原因，你如果愿意告诉我，我就听，如果不愿说，也无妨。”

萧钰抿着唇，不再说话，她摇了一阵，觉得胳膊酸，轻轻踹了一下梁珩："换你来。"

少年的力气比她要大许多，梁珩一边摇橹，一边问她："我们要去哪里？"

"金明池中央修了水榭，我带你去看。"萧钰仰面躺下，将双手枕在脑后。

空中掠过一行大雁，往北飞去，她半眯着眸，看了许久，直至再也瞧不见它们的踪影。

小舟微晃，日光暖融融的，她侧过身，轻叹："阿珩，要是我也会飞就好了。"

飞过碧瓦朱甍的宫苑，飞过临安城，去北境看飞沙走石，看大漠孤烟，去南地看江南春柳，看看母亲与姨母心心念念的薛家旧宅。

万般景象入梦，化为云烟。

她醒来时，只觉眼前朦胧，鼻息间微微带着清甜的香。

梁珩抬手摘去覆在她脸上的嫩荷叶，轻声道："睡醒了？"

萧钰揉眼，仍带着困意："我们到哪儿了？"

"到了水榭。"梁珩指了指。

通往水榭的台阶上积了半寸厚的尘土，栏杆灰蒙蒙的，早已看不出原来的颜色，花池中藤蔓疯长，一寸寸缠绕蜿蜒，垂到水中，看起来荒废了有些年头。

萧钰意兴阑珊，换下梁珩歇息，她不紧不慢摇着橹，听见梁珩说："我在家中曾听到祖父提起过金明池的这座水榭，他说宣帝在位时，还在这里举行过宫宴，宣帝携朝臣乘舟同来，甚是隆重奢华。"

大端宣帝，是萧钰的祖父，她对素未谋面的祖父起了几分兴致，便追问道："那后来为什么废弃了呢？"

"听说当时宁州战事吃紧，宣帝为了节俭宫中用度，下令关了水榭，从此便没有启用过了。"梁珩道，"阿钰想把这里收拾出来吗？"

萧钰说："那就让它关着吧，等以后大端国力强盛，不再受北蛍掣肘，再让宫人打扫拾掇。"

大端建国百年，与北蛍恶战不下十场。数百年间北蛍王庭虽日渐衰败，隐有分裂之势，甚至退居到了栩水河以北，但北蛍始终是藏伏关外的一头野狼，不知何时又会磨牙利爪，再度南下。

“兴许还要等好些年，才能和北蚩彻底停战，到那时你应该都娶亲了。”想了想，萧钰又道，“日后你瞧上哪家姑娘，定要告诉我，我做主为你赐婚。”

梁珩说：“阿钰，我还没想过这些事情。”

萧钰道：“那等你想好了再告诉我，可不许反悔，白白耽误了人家姑娘。”

梁珩默不作声，萧钰只当他害羞，冲他笑了笑：“脸皮真薄，不过是同你玩笑了几句。”

被她这样一说，梁珩更加赧然，脸颊晕开绯色。

萧钰松开船橹，笑意更甚：“好啦好啦，我不逗你了。”

小皇帝与梁珩泛舟同游金明池的事次日传遍阖宫，薛蓁没多做过问。倒是周氏把萧钰唤去永宁宫，听闻狠狠训斥了她一顿，还使竹板打了手心。

去永宁宫请安时，周氏犹在气头上，两三句话便借着由头引到薛蓁身上去：“陛下年轻贪玩，你这个做养母的也不知道好好规劝，到底不是亲生的。”

周氏以往不大关心萧钰，不知怎的今天竟为了她动怒，真要论起来，凌王府的小世子萧宁平素更得她喜欢。

一时间薛蓁不明所以，只好起身向她行礼：“妾身知罪了。”

周氏双目微微泛红，说道：“阿钰她不会水性，金明池的水那么深，她要是掉进去了，可怎么办呢？你能指望梁家那个半大的小子把她救上来吗？”

薛蓁道：“妾身失责，请娘娘责罚。”

周氏斜斜睨了她一眼，摇头道：“你毕竟没有生育过，不懂照顾一个孩子有多费心神。”

“现今小世子不能常入宫，陛下没有了玩伴，恰巧与梁家小公子投缘，妾想着，她能多交些朋友也是好的。”薛蓁解释道，“是妾考虑不周。”

周氏说：“先帝本就体弱，当年他眼睁睁见阿钰的生母难产离世，伤心过度，此后再未有生育。且她皇叔成婚晚，早些年宫里就她这么一个孩子，难免孤单了些，不过一个也有一个的好处……”

说到这里，她神色怅惘，想起许多旧事来。

“哀家当初位份低，母家寒微，琰儿一出生就被宣帝抱去给了谢贵妃抚养，我一年里见到他的次数并不多。谢贵妃宠冠六宫，可惜膝下无子，起先对他还是好的，后来她有了身孕，便大不如前。琰儿七岁那年失足跌落金明池里，被路过巡逻的羽林卫捞上来时，已呛了许多水，气息微弱。那时我刚生下琮儿不久，跪在紫宸殿外求了整整一夜，宣帝才允许我将琰儿接到自己身边抚育，可从那以后他的身子就不如以前健朗。”

“他不同我亲近，他打小唤谢贵妃母妃，所以只肯称呼我宁娘娘。原先谢贵妃宫里侍奉的那些个宫人告诉他，当年我为了争宠，讨宣帝欢心，才把他送走。”说到这里，她唇角扯开一抹笑，苦涩至极，“天底下哪个做母亲的舍得自己的孩子呢？当年宣帝仰仗谢家，谢贵妃没有孩子，他就把我的孩子当作礼物送了过去。”

宫闱旧事，薛萦隐约有所耳闻，却不知竟是这般原委。她静默地听周氏追忆往事，眼前的妇人极尽尊荣，竟也有过这么多的无可奈何。

周氏喃喃道：“他打小就不听我的话，以为我偏疼他的胞弟，所以他事事都压过琮儿一头。当初他执意参与夺嫡之争，我为他做了那样多的盘算，登英国公府为他求娶霍家次女，霍家掌兵权，结姻后定会对他大有助力。可他偏看上了你们薛家的女儿，甚至为此不惜开罪霍家。他的兄长们个个都是豺狼虎豹，恨不得将他撕碎，他用了整整三年才坐上皇位，那三年里薛柔小产两次，他不肯纳侧妃，继位以后膝下依然无子。后来薛柔难产去世，他彻底伤了心，执意要把皇位给她的女儿，甚至不惜把孩子从小扮作男儿身。”

九年前，乳母把出生两日的小太子抱来永宁宫，她很快就发现了端倪，私下里询问长子原委，却听他道出那个并不高明的计谋。她吓了一跳，可惜劝不住深陷亡妻之痛的长子。

她想，总归是她亏欠长子的，她让谢贵妃夺走了尚在襁褓中的他，害他落水生了好大一场病，从此损了根基。

眼看着萧钰一天天长大，伺候她的乳母和宫人换了一批又一批人，除了一个叫绛珠的女官一直没变。她暗地里让人打听过，那些个乳母被放逐出宫后，从此再无消息，像是从世上消失了一样。

待萧钰长到四五岁，开始记事以后，便常往永宁宫来。萧琰平时对太子管教严苛，她这位做祖母虽与萧钰不大亲近，但一向不拘束她玩耍。

她时常看到萧钰在永宁宫的鱼池边上放纸鸢。萧琰是不准许她摆弄这些女儿家的小玩意，偏她生得玉雪可爱，那个叫绛珠的女官心疼她，便偷偷扎了美人鸢。

有一回风挂断细线，纸鸢被吹到永宁宫外，不巧让萧琰拾到了。他晓得萧钰就在永宁宫，进来寻她时，面上带着薄怒。

萧钰躲在内殿的雕花窗下，抖得跟只小鹌鹑似的。她被这副模样逗乐，于是主动与萧琰说，是她殿里的小宫女使懒放的纸鸢，已责罚过了。

萧琰半信半疑，没有追究下去。

待到下次萧钰过来，给她带了一份桃花酥，说是君父赏给自己的。

打开绢帕，酥饼尚带温热，只是早已碎成了小块。

薛蓁静静听她追忆旧事，眼中盈了一汪秋水，可看不真切其中情绪。

周氏从没有和她说过这么多话，自觉失态，哂笑道："我与你说这些陈芝麻烂谷子的事作甚？往后你要看管好阿钰。"

薛蓁想出言劝慰几句，她与周氏素来不亲近，也说不出什么讨她欢喜的话来，只叮嘱永宁宫的宫人们好生照看。

临走之前，周氏同她说："再过几日就是宫宴，那日阿宁与他母亲入宫后，你让乳母将他抱来永宁宫与我瞧一瞧。"

薛蓁道："小世子离京在即，宫宴当日，妾身会让夫人携他同来永宁宫见娘娘。"

周氏点头，面容似有倦意："哀家乏了，你且去吧！"

薛蓁起身拜别。绛珠见她出来后，一双杏眼微微泛红，以为周氏又给她使了绊子，正要出言开解，却听见薛蓁轻叹一声："教这四面红墙围着，困住一生，也是可怜人。"

长空一碧如洗，举目望去，远处是连绵无尽的殿宇楼台。

绛珠并未觉得今日景色与往日有所不同，便问："娘娘怎生出了这样的念头？"

薛蓁笑："约莫是年岁渐长，有些伤春悲秋。"

入宫七个年头，至今年，她已有二十三岁。

第三章
查案

1.

宫宴这日苏氏早早带小世子萧宁入宫，先是来含凉殿拜见小皇帝和太后，然后再去永宁宫拜别太皇太后。

蓟州与临安相隔数千里，这一去路途遥遥，不知何时才能返京。

小世子甫满两岁，机灵可爱，正是讨人喜欢的时候。薛萦将他抱在怀里逗弄一阵，与苏氏说了一会儿话，见萧钰拿了只拨浪鼓过来，便说："陛下带小世子去玩吧！"

说罢，她又看向绛珠："世子还小，让宫人们留心照看，莫要磕着碰着了。"

小世子从她膝上爬下去，稚声稚气道："谢谢凉凉。"

薛萦被小儿含糊的口齿逗笑，看着两个孩子牵着手出了殿门："蓟州是苦寒之地，不比临安，王妃定要照顾好自个儿，如此才能照顾好孩子。"

苏氏道："多谢娘娘关怀，妾知晓的。"她眼底的两道泪痕残存着，许是入宫一趟，教她想起许多不愉快的事。

薛萦知她担心什么，柔声与她说："过去的事陛下和本宫都不会再追究，宁儿仍是天家血脉，往后你安心留在蓟州抚育他成人，等日后有了好的时机，再让陛下降旨接你们母子回京。"

苏氏蓦地起身，跪在她面前，含泪道："娘娘，妾不敢奢望回京，娘娘愿保全妾母子二人，妾已经很满足了。"

她是京中官宦人家的女儿，从小养得知书达礼，若非心中实在害怕担忧，她断然不会在薛萦面前这样失仪。

薛萦将她扶起，宽慰了一番，不免生出怜惜。

当年萧琰做主赐婚，擢她父亲苏荣为御史中丞，才有了这段姻缘，可听闻凌王待她一向不冷不热，二人成婚两年多也未有生育。周氏着急，明里暗里敲打凌王好几次，才传出王妃有孕的喜讯。苏氏怀小世子时胎位不正，痛了足足两日才将孩子生下。到她生产完第三日，凌王才从西青山回到王府，满载一车猎物，赏了块虎皮给她。

女子的命途难由自己做主，世间大抵如此，遑论深宫中呢？

念此行甚远，薛萦做主赏了许多东西给苏氏，唤绛珠把小世子抱回来，让母子二人先行往永宁宫去。

当夜宫宴从简，撤了歌舞，开宴不久，朝臣们便依次向小皇帝敬酒祝祷，一派君臣和睦其乐融融的场景。

薛萦事先让李德把小皇帝的酒樽灌满凉白开，并不担心萧钰，倒是她饮多了梅子酒，略微薄醉，遂与绛珠说，去殿外吹吹凉风醒酒。

绛珠原本要跟着她去，薛萦不允，命她留下照看萧钰。

天阶夜色凉如水，她沿着殿外长廊踱步，夜风中浮着花香，馥郁清幽，比满殿灯烛燃烧的味道要好闻许多。

长明宫灯教风吹得摇曳不定，她提着裙摆来回踩廊下那道顽皮的影子，蓦地撞见一人从黑暗中走出，披甲佩剑，做禁卫军打扮，竟是秦荀。

真奇怪，许多次都能遇到他。

薛萦抬眼看他，有些困惑，秦荀笑了一笑，问她："娘娘怎么自个儿出来了？"

宫灯的影子晃得她头晕，此刻她脑中一片混乱，放下裙摆遮住凤头履："娘娘是谁？"

闻到淡淡梅子酒味，秦荀便知她应是醉了七八分，有意打趣她："那你是谁？"

"我是薛萦。"她说。

醉得不算太厉害，秦荀朝她走去，道："臣送娘娘回去。"

她看着秦荀："回哪里去？"

“回长乐宫还是含凉殿，都随你。”秦荀道。

她忽然警惕，往后退去：“我不住那儿，我要回南淮。”

再往后退便是石台栏杆，秦荀快步上前，拽住她的腕子：“临安城的酒淡得跟水一样，也能把你灌醉。”

她惊慌地拍打秦荀：“你是谁？你要带我去哪儿？”

不远处便有巡夜的禁卫军，秦荀怕她乱嚷，抬手掩住她的唇，语气里隐隐不耐烦起来：“别闹！”

薛蓁虽醉了，却未失去察言观色的能力。觉察出他这点薄怒，她立刻噤声，抬眸望着秦荀，眼睛似一汪秋水澄澈。

秦荀教她盯得不自在，又怕松开手后她闹得厉害，将她拽去偏殿后的那方石阶。

她抱膝坐在最高处的石阶上，终于安静下来。

秦荀半蹲在她面前，说道：“待在这里别动，我让内侍通报你的女官，让她过来接你回去。”

夜风转凉，她环抱双肩，将自己缩成小小的一团，不作声便是同意了。

秦荀折身回去，遇到绛珠领着几个宫女四处寻人，绛珠向他施了一礼，焦急地问：“听说今夜是秦将军巡守，不知将军可有见到太后？”

他指了指偏殿，道：“娘娘饮醉了，正坐在石阶上醒酒，夜深露寒，姑姑快些去看。”

绛珠向他道过谢，匆忙往偏殿后头去了。

秦荀复又往前走，宫灯投下橘黄色暖光，他忽然就想起她在廊下提裙摆踩影子的场景，像个娇憨灵动的小姑娘，浑然不似她平时疏离清冷，是他从未见到过的模样。

凌王妃母子离京去往蓟州一事，并不顺利。

立夏后，临安接连落了大半月暴雨，城外官道泥泞难行，周氏做主推迟苏氏母子的离京日期，只说待天晴了再走。

又过三五日，天终于转晴，司天台夜半观星，发现异象，近来将有陨星的奇观，而紫微星光芒暗淡，似有新星即将出世。

朝中议论纷纷，连薛蓁也不得不降旨，言天相之说不可尽信，勿要传谣。

变故发生在四月末的一个夜晚，当夜无故响起数道惊雷，陨星划过，状如火球，燃烧着向宫城的西北方笔直坠去。

宫人们皆以为奇，未在殿中当值者，则跑至视野开阔处观赏陨星。萧钰听到外头有小小喧哗，便问李德：“外头出了什么事？”

在紫宸殿当值的内侍多是十几岁的孩子，多少有些闹腾。李德害怕小皇帝怪罪下来，于是轻声答道：“司天监推算的奇观应验了，那几个刚来的孩子瞧着新奇，若陛下觉得吵闹，老臣前去教导他们。”

萧钰道：“不必了，殿内也没什么紧要的事，让他们瞧去吧！只是梁小公子已去偏殿歇下，莫要把他扰醒了。”

而此时，秦荀在与紫宸殿相去不远的宫殿检查巡防，正值两班交接。禁卫军有条不紊，无人侧目分神，丝毫没有被异相影响。

眼看快到宫门落锁的时间，秦荀摸出腰牌，估摸还有半盏茶的工夫，到时掐着点赶往宣华门定是来得及的，余光忽然瞥见附近的莲华楼现出一簇火光。

这短短一瞬正巧让他捕捉到，秦荀收拢十指，浑身如一张紧绷的弓，部下觉察到非同寻常的气息，遂问：“将军可是发现了什么？”

他移开视线，把腰牌放回怀里，冷声道：“你派几个人去莲华楼那边看看。”

陨星坠入城外一片荒地，再无半点火星子，紫宸殿外，众人意兴阑珊散去。正在那时，数支弩箭破空而来，丝毫不费力地穿透了窗棂，须臾，紫宸殿传出一声惊呼，是总管太监李德苍老略带沙哑的声音。

为首的小黄门意识到了什么，慌乱喊道：“陛下，陛下还在殿内。”

未几，禁卫军攒聚在紫宸殿外，太后薛氏闻讯深夜赶来。

秦荀拾级而上疾步入殿行礼，勘验现场情况，弩箭穿过西面的窗牖后未减锋锐之势，两支直接贯穿总管太监李德左肩，余下一支稍偏离了方向，掠过萧钰面颊，擦出一道血痕，钉在山水屏风的紫檀木架上。

萧钰静坐榻上，受伤的脸颊流了一些血，书还握在手里。秦荀半跪下，道：“太医在紫宸殿外等候，还请陛下允许他们入殿，为陛下诊治处理。”

李德就在她面前被弩箭钉中，她受到极大的惊吓，垂着眼眸，小扇子似的睫毛微微颤抖，却说不出话。

内殿宫人们都静默跪着，她不答话，便没有人敢出声，秦荀等得有些心燥。

直到小皇帝的侍读梁珩进到内殿，解下外衫为她盖上，拱手向秦荀道："请秦将军传唤太医。"

太医入殿医治，秦荀收集齐物证，目光落在屏风架上，弩箭两次遇到阻碍物，箭镞仍然入木两寸，应该是用了特意改造过的弩机，宁州兵营的那几款，很难达到这样的效果。

他看得仔细，没有放过任何细节，未多时，殿外宫人传报太后到了。

薛蓁见他也在，便停下步子，她走得匆忙，来不及施粉黛，随意绾了发髻，就连一只绣鞋也未穿好，半趿拉着。秦荀把弩箭交给部下，对她说道："娘娘，陛下尚且无大碍，太医都在。李公公受了不轻的伤，已让人抬去偏殿救治了。"

薛蓁淡淡道："辛苦秦将军了。"

她绕过秦荀，径直往里行去，萧钰的伤口敷上了药纱，她漆黑的双瞳里似有淡淡雾气氤氲。梁珩陪同在她身侧，衣袍一角教她紧紧攥在手中。

得悉她的伤情并不要紧，薛蓁让太医们务必尽全力救治李德，至于梁珩，命内侍将他领去偏殿歇息了。

梁珩离开时，频频回首顾看萧钰，几度欲言又止。

薛蓁心知他想留下，笑了笑，道："梁小公子今夜也受了惊吓，先回去歇着吧，明日再来看望陛下。"

他是男儿身，又是外人，有梁珩在，她和萧钰说话并不方便。

待梁珩走后，萧钰往前挪了挪身，一双冰凉小手攀上她的袖摆："方才我很害怕，李公公为我挡了箭，就在我眼前倒下，流了好多的血。"

薛蓁坐在她身旁，轻抚她那头乌亮柔软的发："那等李公公伤好了，阿钰一定要记得感谢他。"

萧钰点了点头，那摊血迹内侍还未来得及处理，渗入地砖缝，她看过后，忽然问薛蓁："娘娘，是不是有很多人不希望我成为皇帝……"

薛蓁看着她，目光温柔："阿钰只是年纪小了些，莫要多想。"

安抚了萧钰好一会儿，她让绛珠暂留在紫宸殿侍奉，自己携小宫婢回去。殿外禁军重重护卫，让出一条路，她从中穿过，秦荀在尽头等着她。

折腾小半宿，薛蓁有些疲惫：“秦将军有什么话想和我说？”

“更深露重，臣想送娘娘一程。”秦荀道。

她清楚他话里的意思，于是吩咐小宫婢：“今夜紫宸殿正乱着，绛珠一人留下兴许照管不过来，你留下帮她吧！”

小宫婢领命返回紫宸殿，秦荀微微侧过身让出道，做了个“请”的手势。薛蓁从容走了过去，她似乎没有那么害怕他了。

秦荀跟随在她身后，保持不远不近的距离，仿佛真的只是为了护送她平安回到含凉殿。偶遇巡夜的宫人向二人行礼，却不敢侧目多看。

途径御苑的金明池，他终于开口：“娘娘，今夜之事或许与西青山的案子有些联系。”

薛蓁道：“本宫会让大理寺一并彻查。”

秦荀忽问：“此次会是谢大人主审吗？”

“秦将军这样关心，可是有什么缘由？”薛蓁别过头去，不愿与他目光接触。

秦荀也不勉强，见那只绣鞋依旧趿拉着，大概连她自己都未意识到鞋子没来得及穿好。他索性将她打横抱起，放在了池边一块太湖石上。

“你要做什么？”薛蓁惊呼，“这里是大内皇宫。”

“夜半三更，新寡的太后与未婚娶的朝臣，还能做出什么来？”秦荀半蹲下，换了语气，“你这么紧张谢怀虚，想必也不会让他接手了。”

眼看他还要除去她的鞋袜，薛蓁当即往后退缩，他却蛮横地握住她细细的脚踝：“我早就看过你的身子，又何必到现在才羞赧。”

薛蓁险些让他气死过去，使劲抓住他的手腕：“那夜叛军攻城，形势所迫，我虽已经失节于你，可你如果再敢侮辱我，我必定杀了你。”

她的这点气力在他看来无异于蚍蜉撼树，他轻而易举掰开她的纤纤五指，见她羞恼得耳垂都泛着红。若不是碍于太后身份拘束，只怕她早已扑上前挠破他的脸皮。

“给你穿个鞋怎么了？”秦荀扬眉，“你有时真像迂腐的老儒生。”

他当真只是给她重新穿好绣鞋，除此之外再没有半分动作。薛蓁坐在太湖石上，低头望着他。皎皎月辉为他的眉眼添上一层柔和，他的双瞳泛出琉璃色泽。她不得不承认，他其实是一个孔武英俊的男子，丝毫不输京中的清隽公子们。

秦荀察觉到她的凝睇，抬起眼："看什么看得这样痴？"

薛萦没有理会他的浑话，只说："你奔赴千里来到京中，所求为何？"

他唇角微勾："臣与娘娘说过，一来是为了达成先帝所托之事，二来是为了报娘娘当年西青山相救之恩。"

当日在废园查验凌王尸首，他的确是这样答的，再追问下去，他也不会答真话。

薛萦看着他的眼睛："我知道先帝一向很赏识你，这其中可有过什么渊源？"

秦荀笑了笑，道："元宁二年，先帝亲往宁州巡视兵营，臣有幸得见天颜。"

那时距离他投军已过去三年有余，当初与他一同参军的伙伴多半升了职衔，就数他还领着百夫长的差事，打仗时带着手底下的奋勇杀敌，不打仗时每晚留在城楼上守夜。

他晓得自己很难得到提拔，他出身不大好，年幼丧母，外祖是宁州城里有名的大商贾。有一年北蚩围城，宁州刺史勾结官员截了外头运来的粮草，想趁机大捞一笔，可他外祖主动压低粮价售给百姓，从此便得罪了一众官吏。

宁州几乎每年都要同北蚩打仗，官吏尸位素餐，贪污严重，败绩越发多了起来。战报传回京中，天子震怒，从上往下彻查，斩了一批官吏，重新调整驻防，并亲自北上宁州巡视。

这些事街头巷尾早就传遍，他无多少兴致，提长枪去了城楼上。

那天傍晚雪落得格外大，与他一起的兵士受不了寒，夜深后便悄悄溜去烤火，剩他一人立于雪夜之中，似一尊冰雕。

乌云蔽月，万籁俱寂，雪落下的簌簌声清晰可闻，不知过了多久，一个男子走到他身边。

"这样冷的天，北蚩人断然不会离开帐篷偷袭城楼，你的同伴都走了，你怎么还在这里？"他拥着墨狐大氅，面容苍白，看起来有些羸弱。

"北蚩人总是狡诈。"他说，"况且他们常年在栩水河以北数百里放牧，塞外的冬天可比宁州冷得多，这点寒意对他们而言算不得什么。"

闻言，那男子笑了起来：“你去过塞外？”

尽管不知道那男子的身份，可他并不避讳：“曾去过一次。”

那男子说：“胡人天生耐寒，骁勇善战，又有铁骑加持，每年都会南下滋扰百姓。本朝开国百年都未能剜除这一痼疾，不知要等到何时才能击退北蛊。”

劲风夹着雪粒子打在脸上，有些生疼，他说：“把他们赶回塞外并非易事，但要想击退几次并不太难。北蛊多在冬天叩城，单凭一腔骁勇，实则无多少战术可言。只需提前把城楼浇上水，结结实实冻上一夜，胡人的云梯便搭不上来。等胡人骑兵攒聚城楼下，泼上火油，用火攻，伤其精锐后，再让宁州士兵出城作战。”

那男子怔了片刻，才问：“你叫什么名字？”

“秦荀。”他答。

之后他竟交了好运，新来的刺史急需培养新秀，他屡屡获得提拔，攒了不少军功。

元宁五年，他斩下北蛊右将军阿浑邪的首级，得天子召见入京，才知当年宁州城楼上与他雪夜交谈的男子竟是明帝萧琰。

先帝对他有知遇之恩，他便拼了性命去报，枕戈待旦，花了三年时间将北蛊赶到栩水河以北，至此宁州再无恶战。

唯一没有想到的是，命运沉浮之间，他竟与先帝的遗孀生出千丝万缕的关系。

池畔柳枝轻拂，秦荀从前尘往事中惊醒，看了看坐在太湖石上的薛萦，终究还是告诉了她：“弩箭应该是从莲华楼发出的，刺客定然已经逃走了，来不及收拾现场，不免会落下一些线索，天一亮你就让人去勘验。”

2.

小皇帝深夜遇刺的事传遍帝京，刺客竟然能在禁军的眼皮子底下悄无声息潜入宫苑，秦荀作为禁军大统领，免不了要受罚。

他原是边陲之地的一州刺史，小皇帝危难之际，他持先帝遗诏调兵救驾，立下大功后便留在京中，统率起了禁军，似乎颇得今上与太后的赏识。

朝野上下都观望着，不知这次太后会如何惩处。

薛蓁让小皇帝撤去秦荀的大统领一职，由羽林大将军赵豫暂代，但保留了他宁州刺史的官职。

宁州与北蚩接壤，常年交战，他是从尸山血海里爬出来的，没有人比他更熟悉北蚩骑兵，况且一时间也找不出能够接手宁州事务的官员。

至于那夜发生的事，必然是要查出个水落石出的，或许这件事与西青山的意外背后有着隐秘联系。

大理寺卿陶骞忙于查西青山的案子，连带着将少卿许致远也征用了去，现下薛蓁能委以重任的，便只剩下谢怀虚。

她原本不想把他卷入这些事情中来。

得知太后要召见大理寺少卿谢怀虚，绛珠支使小宫女去备茶水瓜果。薛蓁的头隐隐作痛，便说“绛珠，这些都不必了，我与他也说不了多少话。”

入宫后绛珠便来到她身边侍奉，知道她与谢怀虚交情甚好，但她是萧琰一手提拔上来的女官，清楚宫里许多秘密，却从不多言半句，薛蓁最喜欢她这点。

闻言，绛珠立在原地，轻声道：“娘娘，天气渐热，谢大人散朝后从宣政殿过来，许会觉得口渴。”

薛蓁默不作声，抬眸看向她，她依旧是平素的装扮，梳高髻，浅施脂粉，淡绿色宫装，但眼睛似乎比往日要澄亮，应是日光照进殿内的缘故。

“的确是热了起来。”薛蓁执起一柄团扇，“那你让宫人们备着吧！”

青玉雕成的扇柄触手温凉，她轻轻摇扇，扇面上的那只粉蝶绣得活灵活现，呼之欲出，一如绛珠两靥悄然飞上的烟霞。

谢怀虚到后，她让宫人们都退到殿外伺候。

他额上布满细汗，薛蓁斟了一盏茶递过去，他下意识便要谢恩，薛蓁睨他：“就你我二人，也要这般见外。”

谢怀虚接过，抿了一口：“娘娘宫中上好的信阳毛尖，沏给臣喝，却是可惜了。”

薛蓁笑：“原是绛珠的意思。”

怔了片刻，他想起含凉殿那个名唤绛珠的女官，她似乎喜欢穿绛紫色，常年跟随在薛蓁身边侍奉，每每见到自己都会行礼问安，规矩一刻未曾落下过。

宫里姝丽太多，他其实记不清楚她的模样。

薛萦打断他的思绪，问道："西青山的案子，可有线索？"

"目前还没有寻到失踪的小黄门张延，陶大人日夜扑在这件案子上，似乎没有太大进展。"谢怀虚道。

薛萦说："你暂且先别顾那边了，莲花楼埋伏行刺陛下的刺客还等着你去缉拿。"

今日早朝时，当着一众朝臣的面，小皇帝把案子交给他督办，想来应该也是薛萦的旨意。

新帝践祚未过半年，京中频频闹出案子，实属蹊跷。更令人费解的是，这几件事除了牵扯到当今天子和太后，还与一个人有关，宁州刺史秦荀。

思来想去，他决定告诉薛萦："前些日子秦将军到我家宅走了一趟，我没记错的话，正巧是他被免除大统领职衔的前一晚。"

谢怀虚称病在家，每日翻阅案卷，顺带打探上司陶骞的办案进展。如此过去一月，陶骞忙得焦头烂额，竟忘了将他抓回大理寺，直到小皇帝宫里遇刺的消息传出。

大理寺近来忙得不可开交，谢怀虚回去后先是协助许致远追查张延的下落，紧接着又被分去入宫勘验现场。

刺客潜逃，在莲华楼留下一些蛛丝马迹，他让手下官吏提取了物证，乘马车出宫时遇到秦荀。他和秦荀不算相熟，去岁宫变，他被叛军捆在崇文殿，是秦荀的副将带兵将他们救出。之后他养好伤，携礼登门向那副将和秦荀致谢，此事便告一段落。

禁卫军截下出入宫的马车检查，秦荀在一旁盯着，眼看要耽搁些时辰，谢怀虚主动上前同他寒暄了几句。

离开南华门时，秦荀同他说："谢大人得养好身体，今后怕是要忙起来了。"

未过两日，秦荀于黄昏登门，说是有事要见他。

傍晚时分正飘着雨，他随郑伯穿过竹林走到廊下，收了破旧的纸伞，衣袍不知何时让雨水打湿大半。谢怀虚让郑伯端来炭盆以便他烘烤衣裳，再去沏茶。

秦荀却谢绝了他的好意:“谢大人,我待不了一会儿,不必劳烦阿伯。”

他取出两份图样交给谢怀虚，一份绘制简陋，用狼毫笔勾勒出简单的样式，另一份则要精细许多，在图样位置清楚标注了零部件尺寸。

小皇帝遇刺那夜，只搜寻到两支弩箭，藏身莲华楼的行刺者趁乱脱身，至今未发现其下落。所有物证都被大理寺取走，经确认无一遗漏，秦荀不可能私下调用绘制出弩机图样。

谢怀虚虽有些惊诧，面上仍保持平静：“这两份图纸，秦将军是从何处得来的？”

“莲华楼与紫宸殿相隔百来丈远，弩箭居然还能钉入屏风数寸，就连宁州兵营的能工巧匠也没能造出这种弩机。我心中好奇，画下弩箭的样式，据此推算出弩机的尺寸和射程，托下属去京中打听，兴许可以请动这位匠人帮忙改进。”秦荀不疾不徐道，“后来在城南的一家工坊打听到，说这是从北燕传来的技艺，前些日子有人定制过这种弩机，那北燕来的工匠交货不久，竟意外失足掉到护城河里溺水身亡。”

谢怀虚额头上沁出冷汗，霎时神情凝重起来：“多谢秦将军肯指点一二。”

秦荀笑了一笑，道：“我与谢大人是同僚，且莲华楼行刺案与我的失职脱不了干系，我帮谢大人，便是帮了自己。”

交代完图纸由来，他很快起身离去，临行前谢怀虚送他，听他夸赞这处宅院修得极好，清幽雅致。

听到这里，薛萦忽然出声：“他对现在的住所不满意吗？”

秦荀入京之时恰逢宫变，整个临安乱作一团糟，好不容易才将叛军主力剿灭。为防局势再起波澜，薛萦起先命他在宫中凝芳殿住了数日，领兵肃清叛军余孽，之后又让他暂住在京西的一处老宅里。

那宅子是前朝一位秦将军所修，占地百余亩，引活水开凿，庭院中怪石嶙峋，植有许多名贵花草，想来不会亏待他。

谢怀虚道：“秦将军倒未说过这样的话。”

“宁州这两年虽然安稳许多，可北蛮终究是大端的痼疾，一日不清除，便一日难以安眠。”她的声音渐渐低下去，“若不是近来变故太多，他早该回到宁州去了。”

谢怀虚问她："阿萦，秦将军颇得先帝赏识，对陛下忠心，朝中正值用人之际，你不打算让他留下辅佐小陛下吗？"

薛萦未置可否，只笑了笑："他本就不属于帝京，自会有他的去处。"

先帝临去前挑选了辅政大臣，朝政上的事有宰相姚娄与三省尚书商议，再由小皇帝过目。至于兵权一事上，还需培养心腹，但自从凌王谋逆后，中央已下令削减各地藩王的兵权，萧钰年岁不算大，慢些来也是可以的。

秦荀总教人看不透，她不放心让他继续留在临安掌管禁卫军，保护小皇帝，等眼下的事情都了结了，就打发他回宁州。

过了两日，薛萦才和萧钰说起这个打算。经历上次的事情后，萧钰悄然间发生了一些变化，眼睛里也失去了昔日的神采，除去上朝和批阅奏折，成日便只在紫宸殿窝着。

薛萦去到紫宸殿时，她正午睡，一张小脸埋在衾被里，也不觉得闷。薛萦替她掖好被子，召近侍询问小皇帝的近况，那近侍走到跟前行礼，她才发觉，原来李德已经不在宫中当差了。

李德伤得重，他的左肩整个被弩箭贯穿，失血过多，太医说他年纪大了，损了元气，以后也很难养好。念他侍奉过两朝天子，那夜舍身护主有功，薛萦做主赐了他一座京郊的宅子，往后便在宫外养老。

新的领班内侍名唤于泓，是周氏特意从永宁宫拨过来的，年不过十八九岁，听闻做事倒是机灵周全。

紫宸殿的窗牖都掩着，室内通气不畅，龙涎香的味道重了些，薛萦让小宫女支开窗牖，看向于泓："今日无风无雨，怎的窗户都关着？"

"是陛下要求的，自从那夜遭遇刺客，陛下便不大愿意开着窗入睡。"于泓答道。

这倒是真的，太医说她那夜受惊吓过度，身子倒没什么大问题，只是生出心结，要缓上一阵才能好起来。

薛萦又问："这些日子，陛下身边除了你们侍奉，可还有其他人作陪？"

于泓道："除了臣几个，便只有梁小公子了。"

梁珩住在偏殿，素日里与她一同听崔太师讲学，想来也只有他能陪萧钰解闷。

说话间，不知何时吵醒了萧钰，她赤足散发跑到外殿来，睡眼惺忪地道：“娘娘怎过来了？”

薛蓁屏退宫人，牵着她回到内殿，将她抱回床上，才道：“来看看阿钰，顺便与你说些事。”

“我无事，就是听说李公公回不来了，心里很是难过。”萧钰惆怅起来，“这些天发生的事太多，北蛮今年开春晚，探子回报说饿死了一大批牲畜，宁州那边似乎又有异动。姚相公他们都说该让秦将军回去了，我也不知道要怎么才好。”

薛蓁问她：“那么阿钰想让秦将军回去吗？”

萧钰轻轻摇头：“秦将军人很好，他还送我小马驹，教我骑射，我有些喜欢他。”

薛蓁说：“可秦将军是宁州刺史，不仅要对陛下尽忠，还担负着守卫一州百姓的重任，陛下不能因一己之私将他强行留在京中。”

萧钰将小脑袋垂了下去，轻声道：“那就随娘娘的安排吧！”

她看得出来小丫头很是失落，她原本就没有什么朋友，春狩前与秦荀相处了几日，便对他生出信任和喜欢来。

“此事不急，大理寺正在加紧查案，限期十五日内出结果，等案子了结再让秦将军走也不迟。”薛蓁有意安抚她，故说，“阿钰若觉得烦闷，便出去走走，御苑的蔷薇早早开了大片，还有一些南楚进贡来的品种。梁小公子定是没有见过的，阿钰不妨带他去瞧瞧。”

萧钰抬头看她，欢欣雀跃地道：“娘娘真的准我去吗？”

顷刻，她又犹豫起来：“若我带阿珩去玩耍，皇祖母就会责备我和娘娘，上次不就是这样吗？”

“太皇太后是不允许阿钰去危险的地方，她疼爱你，才会狠下心肠责备你。”薛蓁与她解释道。

萧钰重重点首，抱着她的玉臂软声道：“我知道姨母是最疼我的。”

“陛下又失了分寸。”薛蓁佯装嗔怒，伸出一指轻点她的眉心，心中早已柔软得不行。

果然，还是小姑娘家惹人怜爱。

3.

因小皇帝和太后催得紧，大理寺上下马不停蹄查案，陶骞几近愁白一头乌发，好在谢怀虚带回了新的证据，顺藤摸瓜，很快查出眉目。

这日一下早朝，朝野便知道半月前发生的莲华楼刺杀案有了进展，金吾卫从前御史中丞苏荣家中搜出一把弩机，与当初取证的弩箭尺寸恰好吻合。

至于其余细节及苏荣谋逆的缘由，大理寺并未公布，只禀报给了小皇帝与太后。

弩机沉在莲池里，被打捞上来时发现有焚烧过的痕迹，因木质坚固，又用特制涂料处理过，故无法焚尽，只能以另外的法子处理。

苏荣下狱，无可避免牵连到苏氏母子，凌王府再次被查封，金吾卫将里外内宅翻了个遍，果真搜到凌王与岳父苏荣往来的一些密信。

谢怀虚早先几日知会过薛萦，她心底虽做了些准备，可当真从苏家打捞出弩机后，不免还是吃了一惊。

苏荣毕竟是文臣，扛不住酷刑，未过两日就招供了事情原委。他知道凌王谋逆的心思，但毕竟是自己的女婿，劝阻无效后索性睁一只眼闭一只眼。凌王兵败，小皇帝宽仁，明面上他与这件案子无任何干系，仅革了他的官职。

之后，凌王帐下一位女谋士侥幸逃出，欲与他商议大事，利用凌王残留的棋子刺杀小皇帝，如此便可名正言顺迎萧宁为新帝。

苏荣起初并不心动，奈何谋士舌灿莲花百般劝说，苏荣耳根子软，慢慢竟也动摇。

但他原本是不打算弑君的，借去西青山春狩的机会，他同棋子提前布好局，诛杀太后薛氏，施计令小皇帝坠马受伤。

等太后殁了，小皇帝落下残疾，过个三两年，他定能找到机会把小外孙推上皇位。

没承想，太后安然无恙地回到营地，命大理寺追查自己当日无故遇刺一事。

苏荣很快慌了神，告病不出，没过多久，那女谋士就又来寻他商议接下来的行动。谋士说他们既已暴露，凌王妃母子离京在即，干脆一不做二不休，直接杀了小皇帝。这样一来，除去旁系宗亲，天底下名正言顺的皇嗣便只有小世子萧宁。

谋士以他的名义找到工坊，说兵器已定制好，只求他帮忙与宫里的人接头。他买通每日从宣华门进出的采买物资的内侍，悄无声息把弩机藏在车底暗格送入宫内，余下便不过问。

四月二十七那夜，天相有陨星奇观，棋子潜入莲华楼，误判断小皇帝一人留守殿中，连发三支弩箭，其中两支被领班内侍李德挡下，余下那支偏离了方向。紫宸殿大乱，所有人的注意都落在小皇帝身上，棋子遂趁夜色逃走。

当夜苏荣回到房里，窗牖大开，桌案上赫然放着一把弩机，他几乎吓破胆，想尽办法销毁弩机，最后只能沉到池塘淤泥里。

次日大理寺领命追查此事，他惴惴不安在家中等待谋士前来与他商议对策，那谋士却再未出现过。

苏荣明白自己被谋士坑骗了，这半月来彻夜难眠，又不敢再去动莲池里那把弩机。唯一值得庆幸的是，大理寺还没有追查到他的头上，过些时日，待苏氏母子离开临安，他便向小皇帝告老还乡，回南地故居养老。

苏家上下知晓此事的，除了他便只有老管家和两个得力的仆人。苏家遭金吾卫搜查当日，老管家吞金死在了家中，那两个仆人随苏荣一起下了诏狱，分开关押。

薛蓁合上供词，对绛珠道："王妃还在外头跪着吗？让她进来吧！"

苏氏入宫请罪，小皇帝避不见她，她只好来含凉殿外脱簪跪着。绛珠将她领了进去，午后含凉殿闷热起来，薛蓁立在窗下，轻摇团扇。

她怯怯地跪地行礼，一双眼红通通的："妾愿意为父亲承担罪责，望娘娘念在父亲年迈，饶他一条贱命。"

薛蓁静默站了许久，才缓缓开口："我相信这件事情与你无关，但你父亲妄图弑君，他犯下的罪若严加追究起来，足以让整个苏家的男丁斩首，女眷流放。"

苏氏从未见她说过这样重的话，当下便知晓事情再难有回旋余地，一边流泪，一边磕头："求娘娘宽宥。"

"宁儿还很小，需要生母照拂。太皇太后和陛下都希望能够保下他，让他平安在蓟州长大，远离京中旧事的纷扰。”薛萦看着她，目光藏着悲悯，“你的父亲与你的孩子，只能选择其一。”

如果苏荣的案子继续追查下去，势必牵扯到苏氏身上，而他们母子启程的日期便又要往后推延。

早一日走总归是好的，朝堂暗流涌动，兴许明日又会掀起新的风浪。

“那么我来替你做决定，苏荣狱中暴毙后，苏家若还有知情人，皆斩首示众，其余家眷流放岭南，即日前往，不得耽搁。”薛萦把十数封书信投进炭盆，火舌卷上信纸，越烧越旺，很快化为灰烬。

苏氏是哽咽着退出含凉殿的，待她离开后，薛萦让绛珠撤下炭盆:“这火烤得怪难受的。”

绛珠忙端走，道：“难为娘娘一心想法子保全他母子二人。”

薛萦说：“小世子是皇家子嗣，太皇太后的亲孙，就算我不事先下手将他母子撇干净，太皇太后也会让我想办法的。”

她视绛珠如心腹，朝堂后宫的事甚少避讳她，于是又道：“苏荣招供得还算利索，他是历经两朝的老臣了，头一回下诏狱，不知里头的饭菜可还吃得惯。我让小厨房准备一些，你寻个可靠的内侍出宫给他送去吧！”

绛珠应下，问她是否要午睡。

空气燥热，无一丝风吹来，她却觉得浑身发寒，紧紧攥着扇柄，佯装镇定道：“不必了，听说太皇太后为此事心焦，我去趟永宁宫。”

说罢，她将两指搭在窗牖边沿，轻轻叩了几下：“那杯酒，务必盯着他喝下去。”

周氏听说朝中出了这等事情，当下就慌乱起来，见到薛萦过来，便立即抓住她的腕子央着她为苏氏母子想些办法。她温声安抚了好一番，告诉周氏自己定会处理好这件事情。周氏半信半疑，眼下终究也没有别的法子了。

从永宁宫回来时，途经金明池畔，蔷薇藤爬满一整面宫墙，朱红色的墙面上缀着绯红色花朵，看起来甚是赏心悦目。

薛萦止步，停下来观摩良久，直到身后跟着的那个小宫女轻声问:“太后是否要去亭子里坐下歇歇脚？”

她想起绛珠午后便不在了，去永宁宫时，她只带了一个名唤映月的小宫女。

亭子里时有凉风，比站在日头下清爽许多，清风一拂，水面漾开层层涟漪，向远处蔓延，薛蓁的目光不由得被池水吸引了去。

池岸边种了许多青莲，已有几朵冒出尖尖小角，她一边赏荷，一边问映月："本宫记得你在含凉殿当差有两三年了，可认识唤云？"

都是在同一个宫殿当值的小丫头，多少有点交情，映月知她是因为救太后而没的，便不敢开口。薛蓁看出她的心思，笑了笑，道："你若不想开口，那便不说。"

薛太后待下宽仁，鲜少责罚宫人，于是映月鼓足勇气道："婢子认识唤云，她家里就是京中的，去岁往宫里捎过冬的衣物，还特意赠了婢子一件。"

"是啊，多好的小姑娘。"薛蓁望向一池青莲，心中浮起细密的痛楚。

回到含凉殿，她小睡了一阵，那些逝去的人、那些离奇的经历争先出现在梦境里，结成一张无形的密网，牢牢将她困在其中。她从梦魇中惊醒，见绛珠垂手立在贵妃榻旁，她神情凝重，压低声音道："娘娘，那杯酒让秦将军截下了，未能送到苏大人手中。"

诸般谋算，却没想到竟被秦荀搅了局。

次日早朝刚散，秦荀便被一个小黄门拦下，说是太后有事请秦将军过去一叙。

秦荀自是知道薛蓁会为昨日的事向他发难，却不想薛蓁赏赐他许多东西，连东海国进贡的一株珊瑚树也抬了出来。

满室珍宝熠熠生辉，秦荀兴趣全无，牵了牵唇角："娘娘这是何意？"

薛蓁嫣然一笑："秦将军平乱有功，细想来，本宫好似还没有重赏过将军。"

她今儿特意穿了身绣着织金云霞凤纹的暗朱色宫裙，口脂特意选了出挑的颜色，衬得她愈加浓艳姝丽。秦荀却觉得扎眼，与满目珠翠一样，难免沾染了些俗气，唯有发鬓上那支玉簪显得雅致。

含凉殿只有他们二人，秦荀也不与她绕弯子："臣昨日去诏狱，是有事想请教苏大人。那把弩机造得精巧，若是拿到战场上杀敌就再好不过，可惜造弩机的工匠已遇难，臣便想问问苏大人，是否还有旁的门路可以批量生产出来。”

他这席话难辨真假，薛蓁不出声，只冷冷看着他。

秦荀却笑：“太后既然不肯相信，臣无须再说下去了。”

薛蓁缓了神色，道：“秦将军请说。”

“苏大人起初不愿告诉臣，后面来了一个宫里的小黄门，说奉娘娘的手谕，赏苏大人一顿饭菜。囚室狭小，臣侧身避让时不慎将酒盏打翻了。”秦荀眼底带着浅浅笑意，“小黄门走后，臣踢开干草，让苏大人看了酒泼洒到地砖上溅出的白沫，他便什么都肯说了。”

薛蓁问他：“是谁让你进的诏狱？”

秦荀道：“就算说出那位大人的名字，太后也不会责罚他。”

薛蓁青葱般的十根手指死死抓着鎏金扶手：“是怀虚……谢怀虚对吗？他为了感激你当初告知他证据，于是放了你进去。”

秦荀紧抿薄唇不答话，好整以暇看着她，过了很久才听见她说：“秦荀，你究竟想要什么？”

只此一瞬，他停下来思索，自己想要什么？若说他离开宁州南下靖难，两度出手救她，处心积虑想留在京中，只是为滔天权势，为荣华富贵，便连他自己也不相信。

宁州有飞沙走石，有烈马大弓，有他最熟悉的敌人，纵有万般好，有一点却不如临安，宁州没有薛蓁，她永远不会去那样荒芜的边陲之地。

“当然，臣很好奇为何娘娘要直接赐死苏大人，更好奇他一个文臣怎会招揽到愿意背负夷族大罪为他弑君的死士，遂想了些法子从他口中撬出一些话。”秦荀低笑起来，“他说是一个谋士教他这样做的，那谋士还告诉他，当今天子身上藏着一个秘密。至于是什么样的秘密，谋士没有说出来，苏大人和臣都无从得知。”

薛蓁浑身如浸在刺骨的凉水之中，连语气也带上寒意：“你就不怕本宫杀了你？”

他当然不惧，觉得她因为自己而生气的模样甚是有趣，说道：“臣没有犯任何过错，太后为何要杀我？况且臣奉命驻守宁州多年，放眼朝中，没有哪位大人比臣更熟悉北蚩骑兵。”

她是当今太后，是小皇帝的养母，平生最恼怒的不啻被臣下威胁，可他偏要拿宁州来要挟她。

萧钰刚登基，眼下根基未稳，宁州那边万万不能再起事端，薛蓁只好做出让步，轻声问他："秦将军，你所求的是什么？"

许是她放软了语气，两人之间的气氛不再那么剑拔弩张。

秦荀笑了一笑，道："臣处心积虑走到这一步，甚至不惜到娘娘面前挑明，难道娘娘还不明白吗？"

滔天权势与整个家族的荣华富贵，无外乎如是。

薛蓁垂眸，不再看他，低声道："你立下了大功，陛下还未来得及赏赐你。你既想要权位，那么封你为太傅如何？只是宁州刺史一职怕要另觅人选了。"

太傅乃是三公之一，正一品位，但大端开国以来便有规矩，太傅不得领兵，历任皆是如此。即便秦荀当真得了太傅之位，也不过是挂了一个虚衔。

秦荀却说："谢娘娘抬举，只是臣资历浅薄，恐不能担此重衔。臣觉得，禁军统领一职便很不错。"

他竟只争了大统领一职，薛蓁允诺，怕他反悔，复又提起他留在京中任职后，宁州刺史需另寻官员接替。

对此，秦荀并无异议。

他离开含凉殿不久，便有小黄门通报，说大理寺那边派人传来消息，一刻钟前，苏荣吞碎瓷自尽，死在了诏狱里。

薛蓁闭上眼，冷声道："他犯的是杀头大罪，既已自行了断，那就让人把他的尸首悬在南城楼上，曝晒十日，看谁还敢生出这等心思来。"

大理寺很快结案，苏家上下获罪，念在苏家与皇室结有姻亲，太后薛氏网开一面，除了剩下几个知情的下人被斩首外，其余家眷尽数流放岭南，终生不得回京。

而后，太后下令肃清各宫的宫人，形迹可疑者皆送去审问盘查，处死了十来个宫人。

待一切尘埃落定，凌王妃母子终于启程去往蓟州。太皇太后周氏很是不舍，亲自出宫去往京郊十里亭外送别。

小皇帝下旨嘉奖了大理寺上下官员，却禁止公开讨论此案的细节。由于此案未经三司推事就已结案，加之苏荣死得突然，街头小巷到处有百姓揣测苏荣暴毙诏狱的真正原因，说他是被人给暗害了，就连周氏也多嘴问过几句，薛萦只当作不知。

苏荣的死定然与秦荀脱不了干系，可她当初赐鸩酒正是想早些了结苏荣，以防他胡乱攀咬到苏氏身上去。目的已经达成，是谁下的手，便都不重要了。

若秦荀只想要权势，她赠予便是。

未过几日，小皇帝又嘉赏了宁州刺史秦荀，擢为禁卫军大统领，免去其刺史一职，称赞他去岁靖难有功。

不过这份恩赐，来得未免晚了些。

第四章
试探

1.

熙和元年端午过后，太皇太后照例要去清音寺进香，因周氏这几日身体抱恙，便由薛萦代劳了。

清音寺在京郊的灵虚山上，山路崎岖难行，一来一去便要两日工夫。念在薛萦此行车马劳顿，周氏许她在清音寺的禅房宿两夜，再做返程。

得知太后要出宫好几天，萧钰很是不舍，才下早朝她便来了含凉殿，说要与太后一起用午膳。

薛萦着急撵她回去批折子，笑着道："陛下的折子在紫宸殿怕是堆了有半座小山高吧？平日里总说本宫拘着你，现今本宫要离开了，陛下不应该高兴吗？"

萧钰说："朕年少，娘娘是朕的养母，朕偏乐意让娘娘管束一辈子。"

薛萦轻点她的眉心："旁的不学好，净学会油嘴滑舌。"

"外头不安全，娘娘要早些回来。"那夜紫宸殿发生的事到底令她生出后怕，她牵了下薛萦的衣袂，"朕下令抽调一小支禁卫军与娘娘同行，由大统领秦荀护送娘娘前往清音寺。"

听到秦荀会与自己同行，薛萦吃了一惊，忙推辞："秦将军掌两万禁卫军，负责宫城卫戍，实在不能因为这等小事将他遣走。陛下要是不放心的话，不如另指派一位将军吧！"

禁卫军戍守整座宫城，羽林军护卫天子，两支禁军加起来足有三万兵力，秦荀离开几日对宫城安危并无多大影响。

萧钰以为她担忧自己，便说：“为首的那些贼人皆已处死，刑部下发了文书画像缉捕在逃的主谋，羽林卫和禁卫军也都各自增加了巡守兵力。娘娘不必担心，料想近期内那贼人不会再来了。”

薛蓁知她没有听出自己话中的拒绝之意，于是问她：“那陛下可有事先询问过秦将军的意见？他同意了吗？”

“秦将军很乐意当这份差事，他还说一直没寻到时间去清音寺参拜，正好这回可以多许几个愿。”萧钰欣然说道，见薛蓁仍旧神色淡淡，便小声问她，“娘娘可是不满意这次的安排？”

薛蓁唇边衔一抹笑，看向萧钰：“陛下要是再不回紫宸殿批折子，本宫就当真不满意了。”

萧钰教她唬住，三步并作两步走出含凉殿，很快没了人影。

一想到要与秦荀同行，薛蓁眉间禁不住浮上愁意。这个男子总是让人琢磨不透，她其实不大愿意与他私下打交道。

京郊的清音寺香火鼎盛，皇室宗亲里如有礼佛之人，也会与寻常百姓一样在清音寺供奉长明灯，祈求平安长乐。

十年前宣帝驾崩，周氏便在清音寺供奉了一盏长明灯，十年后，那铜铸莲花的油灯旁边又多添两盏，而她从皇后、太后，升至太皇太后。

薛蓁不知自己是应当为她庆幸，还是为她感到惋惜，无上荣光的背后是丈夫与儿子的接连离去，而她只能端居永宁宫中，将悲恸深藏心底。

也许数载过后，她也会成为周氏那样的深宫妇人。不，她远不及周氏，她未曾得到过丈夫的敬爱，余生所能依靠的只有一个小养女。

可比起芸芸众生，她又幸运太多，她是当今天子的养母，不必像村妇那样下地劳作，也不必像婢女那样尽心侍奉主上，还要瞧人眼色。

这一路走来纵有艰辛，可比起那些为她死去的人，她何尝不是幸运的呢？

薛蓁跪在蒲团上，双手合十静思，过了良久，身后走来一人。

“老僧见太后在宝殿里待了许久未见出来，故自作主张进殿看看，太后跪在佛前祷告，可是有什么心愿未了？”清音寺住持雪鉴法师苍老的声音回响在宝殿里，将她从绵绵的自哀与伤神中唤回。她睁开双眸，回到十丈软红之中，这时才听见山顶传来的杳杳钟声。

黄昏将近，宝殿内半明半寐，除了她与雪鉴法师再无旁人。

薛蓁合掌向他行了一礼，含泪道："烦请大师再为我添一盏长明灯，供奉在宝殿之中。"

雪鉴法师问她："太后是要供奉给至亲吗？还望太后告知名讳，以便在灯盏底座刻明。"

"不，她是我的小婢女，姓陆，双字唤云。"她望着满殿灯烛，目光却黯淡下去，"多谢大师成全，信女薛蓁感激不尽。"

她从宝殿走出，灵虚山不知何时下起小雨，漫天雨丝飘落，秦荀与几名禁军提剑立在石阶下。

绛珠撑开伞，将她送去禅房歇息。临行前她看了看秦荀与他身后那行军士，雨水滑过他俊朗的面庞，落入衣襟，他自是岿然不动。

灵虚山的气温本比临安要低一些，落了雨更觉得凉，薛蓁还是对身后的小宫女道："有没有多的伞？给秦将军他们送去几把。"

晚膳是素斋，每样菜薛蓁都挟了一筷子品尝，才让绛珠撤下，并吩咐侍女们各自回房休息。

绛珠原想留下，薛蓁笑着与她说："你日日陪着我，不缺这两天。乘了一整日马车，你也乏了，早些去睡吧！"

客房毗邻山壁建造，远远望去，灵虚山的景色尽收眼底，薛蓁只身立在窗前，忽闻叩门声响起。

秦荀站在门外，已换上一身干净衣衫。廊下只挂了一盏防风灯笼，烛火暗，勉强照亮他的脸，使那俊朗的眉眼看起来有些朦胧。

"臣是来还伞的。"他指了指竖立墙边的几把纸伞。

薛蓁记起先前让小宫女给他们送过伞，不想与他多做纠缠，淡淡道："将军既已将伞送到，便请回吧！"

秦荀当然不是为还伞而来，见她流露出逐客之意，竟笑着道："看来娘娘当真是厌恶我这个人。"

他将话挑明，薛蓁也不藏着掖着："本宫与秦将军相交甚浅，无从得知将军私下品行如何，又何来厌恶之说呢？只是本宫乃先帝的未亡人，深夜与外臣攀谈，恐污了先帝的名声。"

他眼底笑意更浓："是吗？臣可不这样觉得。"说话间，他的眉梢微微上挑，依稀带三分挑衅。

山林间风大，纸灯笼晃动不安，连带着烛火也跳跃起来，越发显得他深色晦暗。

呜咕、呜咕，冷凝如铁的夜色里传出几声鸮叫，甚是瘆人。

薛蓁下意识便要唤绛珠的名字，他抢先开口，压低声音道："娘娘若是把宫人都喊过来，臣夜叩娘娘房门的事传出去，有心之人再稍加润色，娘娘与臣便是跳进黄河也难以洗清。"

从未见过这般不讲理的人，她不知如何表达自己的愤懑，就算怒极了也只是睁大双目瞪着秦荀。

"臣在娘娘心里总归是洗不清的，不妨坐实这些罪名。"秦荀看着她，微微俯身，那张脸凑了过来。

薛蓁又惊又气，抬手便要掴他，秦荀捉住她的腕子："想打我？就这点力气可不行！"

说罢，他松开那纤细雪白的腕子，抬手捻起落在她云鬓上的一物。

他离她这样近，薛蓁能清楚看见他面上那道浅浅的疤，从右眼角蜿蜒到耳后，伤口看起来不深，应是被箭镞一类的利器划破所致。他发现她在偷窥自己，目光与她对视片刻，她别过头去，脸颊有些许发烫。

她这一动，却显得两人生出耳鬓厮磨的意味来。

数年前入宫以后，薛蓁便从没有与男子这样亲密接触过。她成为皇后那时，萧琰的身体已显出颓败之势，他极少召幸妃嫔，每月偶有那么一两次，都是传唤郑淑妃，何况萧琰心里本就只将她当成亡妻的族妹、小太子的养母。

身前的男子靠得那样近，薛蓁甚至能嗅到他衣裳上透出的淡淡檀香味，印象里秦荀行伍出身，素日里是不用香料的，但佛寺之中常焚香祈福，想来是他行走之间沾染上零星气息。

一道闷雷响起，瓢泼大雨落下，薛蓁忽惊醒，方才她怎会想到秦荀身上去？

她往后退了几步，神色冷然道："秦将军，还请自重。"

秦荀将那物放在她的掌心："难道谢大人从前没有为娘娘摘过鬓上

落叶吗？”

那枚乌桕叶青翠欲滴，沾着雾水，只是叶柄已经枯黄了。

她收回五指，仿佛被什么东西烫到，眼中冷意更甚：“秦将军在胡说什么？”

“去岁禁宫失守，娘娘遭歹人迫害，谢大人被叛军擒住关押，他不过一个手无缚鸡之力的文臣，却拼死从崇文殿逃出。臣当时以为谢大人是为尽忠于先帝，直到那日臣无意在御苑撞见娘娘与谢大人私下谈话，便明白外头说的或许有几分可信。”秦荀收了笑意。

薛蓁不惧，一字一字道：“秦荀，今夜你目无礼法，冲撞尊上，单凭这点本宫就可以治你的罪。”

“你做不到。”秦荀说，“先帝留下的辅政大臣明面上肯听你号令，不过是因为天子年幼，需养母照拂，而你恰好又没有弄权之心。你在朝堂和宫里无多少心腹，谢怀虚勉强算一个，可他一个文臣又能搅弄起多大的风云？”

“羽林大将军赵豫少时侍从先帝十余年，被先帝一手提拔到这个位置上，就连当初禁卫军临阵叛变，羽林军死伤殆尽，他也从未动摇，这样的人，他只忠于先帝，忠于新君，不会为你所用。七州刺史皆是先帝挑选任命的，他们之中有哪个会听你调遣呢？你手中没有半点兵权，他日若再生变故，只能为他人鱼肉，任人刀俎。”

雨声嘈嘈切切，天地间万物归于喧嚣，他一席话脱口，廊下这方小小天地同样失去静谧。

薛蓁怒极反笑：“秦将军夜里冒雨前来，不惜行僭越之举，就是为了和本宫说这些事？恐怕秦将军多虑了。”

秦荀说：“臣多虑了，看来太后无须臣自荐。”

薛蓁问他：“你自荐什么？”

他笑：“太后放心，就算太后孤枕难眠，臣总不会是来自荐枕席的。”

薛蓁没料到他会说出这等大不敬之语，霎时气结，搜刮不出骂人的词汇，指着他道：“秦荀，你实在放肆。”

“娘娘就当臣放肆了吧！”他似笑非笑地道，转身走入夜雨之中。

今夜一番交谈，自是不欢而散。

雨势如虹，如有吞没整个天地的气势。直到他走远以后，薛萦才能静下心思索方才与秦荀的一番对峙。

相比起其他朝臣，她的确是不大喜欢秦荀。她从未见过这样的人，像山林里腾起的一团雾，虚虚幻幻，令人看不真切。

他从叛军阵中殊死救出她是真，千里赴京平乱匡扶萧氏江山是真，在西青山出手护她也是真。他分明看起来是那样忠良的臣子，明里暗里帮过她数次，她却始终觉得他其实另有所图。逆贼伏诛，新帝登基，他的目的也已达到，却迟迟不肯回宁州，甚至不惜蹚入凌王残余势力在临安城搅浑的这池水，当真只是如他所说为完成先帝所托之事，报提携之恩吗？

细究起来，他们都是萧琰提前布下的棋子，她已选择顺从被改写的命运，但秦荀不同。他事先提点她刺客的埋伏地点，随后借助与谢怀虚的几分浅交插手到莲华楼的案子中，“恰巧”又在诏狱里拦下含凉殿送去的鸩酒，而后利用苏荣对死的恐惧从他口中逼问出令薛萦心惊的秘密，再利用他宁州刺史的身份要挟她。

若有一步出差错将会功亏一篑，偏他是得到命运眷顾的赌徒，可谋划这么多事，他却只为求禁军统领一职，为此不惜放弃宁州的兵权。

或许，她从来没有看清过秦荀心中所想。

次日清早宫中传来消息，太皇太后病症加重，昏睡两日未醒，陛下请太后速速回宫。薛萦不敢耽误，向雪鉴法师拜别过后，当即乘马车下山。

雨落了一夜，至早晨仍未有停的迹象。

马车着急赶路，豆大的雨珠砸到车篷顶，响声沉闷。途径一段泥泞小路，薛萦打起车帘，见秦荀策马跟在车旁，衣袍下摆溅了密密麻麻的泥点，看起来甚是狼狈。她心中不快刹那倾泻了出来，就连唇角也禁不住勾起淡淡一弯弧度。

偏在那时，秦荀侧过首与她对望，瞧见她唇边的讥笑，神色淡然如水，无恼意，反而教她有些看不透。

薛萦摔下车帘，绛珠见状，关怀地问：“娘娘怎么了？”

“下了一整晚的雨，觉得闷得慌。”薛萦道，执起团扇假意摇了两下。

两人正说着话，马车忽地停下，外头有人道：“娘娘，前面山石滑落，堵住官道，暂时行不通。”

“此处山林松动，恐怕有坍塌的危险，还请太后回到寺中稍事等候，待禁卫军将官道清通，确认无虞后再行护送娘娘下山。”这回是秦荀的声音，带着不容置喙的语气。

他没有撑伞，立在雨中，身形挺拔如一棵劲松。

因官道走不通，太后的车舆复又回到清音寺。

午间，比丘尼送来素斋，薛萦未动箸，绛珠察觉到她的不对劲，轻声询问：“娘娘这两日用不下饭，是心里有事吗？”

薛萦摇头，只静默看着那些粗瓷碗碟，过了一会儿，她对绛珠说：“你问问寺里的师父们，从前可曾出现过山石堵路这等状况？”

不多时，绛珠回来答复，告诉她两年前灵虚山的官道也被山木泥土堵塞，当时十来个僧人去清路，意外遭遇滚石，当场就砸死了一位年轻小师父。

宝殿中经年不散的檀香味钻入鼻息间，她一颗心怦怦跳动不安分起来，忽然就想到那个人。

“召秦将军他们回来。”薛萦急声道。

小黄门一刻也不敢耽误，小半个时辰后上山复命，说禁卫军已清出一条小道供马车通行，请示太后是否要现在回宫，还是等雨停再做打算。

“既然可以通行，那便下山吧！”薛萦道。

绛珠去扶她，恰巧触到她掌心细密的汗，于是说道：“往后娘娘若是再出门，可得让司天台提前选好日子，遇上这样的事情当真吓人。”

薛萦虚虚一笑，不动声色将手掩入袖中。

马车行路快，赶在宣华门落钥前回到宫中，薛萦下车后径直去了永宁宫。

萧钰正在祖母跟前伺候，见她进来，大喜道：“娘娘可算是到了。”

薛萦朝她做了个噤声的手势，周氏正睡着，好在萧钰声音并不大，未将她吵醒。她将萧钰带去外殿，耐心听她讲这两日宫里发生的事。

说到一半，萧钰忽然止住，看着她道：“方才听于泓说，京中连日降雨，灵虚山的官道被山石截住，耽误了娘娘回宫，娘娘没有受伤吧？”

薛萦心中淌过一阵暖意，笑着说：“山石滚落是有些吓人，不过此行有惊无险。”

“听说是秦将军带兵移走滚石，徒手挖出一道小道来。”萧钰抚了抚胸口，“幸好当时让秦将军陪同娘娘去了。”

原来他用的是这样的法子开路？重新从清音寺启程后，她端坐车厢之中，再未见到秦荀，那时她一心想着早些赶回宫中，竟不知马车驶过的那段羊肠小道是他率兵士们徒手挖掘出来的。

薛蓁收回心神，对萧钰道：“阿钰方才说到哪里了？太皇太后卧病这几日还见过哪些人呢？”

萧钰复又说了下去，薛蓁将名字一一记在心里，道：“阿钰明日还要上朝，今夜由我守在永宁宫，你早点回去休息。”

还未等她应允，薛蓁抢先传唤于泓入殿，命他随陛下回紫宸殿。

萧钰走时一步三回首，却又不敢违背薛蓁，遂小声叮嘱送她去乘步舆的绛珠：“姑姑，若是皇祖母醒来了，你务必遣一位小黄门来紫宸殿传报。”

绛珠笑着道：“还请陛下宽心，永宁宫这边若有消息，必定第一时间告知陛下。”

得到养母贴身女官的允诺，萧钰总算肯放下心随于泓回去，未承想她刚坐上步舆，转首绛珠就将方才的事告知薛蓁。

薛蓁听了，掩唇笑着道：“陛下是个有孝心的孩子，只是她每日都要上早朝，不能耽误与朝臣们议事。”

绛珠道：“婢子知晓的，永宁宫这边的事，明日再让宫人禀给陛下。”

薛蓁点头，拿起太医院呈上的脉案翻阅。她幼时师从父亲的挚友学过医术，到如今虽已忘却大半，但还是略通一些。

翻来看去未见异常，倒是永宁宫的灯烛愈加黯淡，薛蓁让宫人又添上一些。

窗牖半开着，凉风入殿，烛焰忽明忽灭，她盯着那盏不安分的烛台，忽想起一事，道：“入宫后，秦将军去了何处？”

绛珠答道：“听闻秦将军回来后去凝晖阁换了衣裳，便去巡视宫城了。”

禁卫军和羽林卫每两个时辰便要换防，若赶上宫门落钥，便要等到次日清早才出得去，先帝萧琰体恤臣下，将东苑的凝晖阁拨出来给禁军休整所用。

当初秦荀代领禁卫军时常在凝晖阁留宿，而今得了正式官衔，更少回京中府邸过夜了。

薛萦淡淡应了声，心中道，秦荀行事一向古怪，自己何必为他费神。她这样想着，慢慢有了困意，单手支腮打盹，睡到五更天，被数道闷雷惊喜。

闪电的白光将永宁宫照得亮如白昼，小宫女忙将窗牖合上，这时内殿传出低语声："太皇太后有转醒迹象了，速去禀报娘娘。"

是太医令章晗的声音。

薛萦疾步行到内殿，见周氏微微睁眼，声音虚弱地道："这是哪里？哀家在昭阳殿吗？"

昭阳殿是宣帝在位时赐给周氏居住的宫殿，萧琰登基后，将生母迁到永宁宫颐养，她移宫别居已有十余年，不知怎的却念起了旧日宫殿。

周氏身边一位名唤箬竹的老宫人将她扶起，并添了两个金丝软枕让她靠着："太皇太后，您现在在永宁宫。"

她睁开眼看了周围一圈，缓了会儿才说道："哀家真是糊涂了，连自己搬到永宁宫这回事都忘记了。"

说完，她将目光落到薛萦身上："你回来了。"

薛萦福身向她行了一礼："娘娘昏睡两日定觉得饿了，请娘娘先行用膳，稍后再让太医令诊脉。"

宫人呈上热腾腾的药粥，周氏只看了一眼，却道："哀家不喜这些吃食，让箬竹把昨日剩下的杏酪和三层玉带糕呈上来，若是没有了，吩咐小厨房再去做些。"

箬竹劝她："太皇太后，章太医叮嘱过，您不宜食太过甜腻。"

瞧着周氏神色转冷，章晗忙磕头道："太皇太后若觉得口中苦涩，可稍微用一些甜食压制，少量的话对药效无影响。"

薛萦解围道："章太医既说无妨，箬竹姑姑快去吩咐小厨房备好送来。"

今夜太医令号脉同样未觉出异常。章晗私下里禀给薛萦，说许是因小世子离京一事惹得太皇太后忧思过度，加上素来身体不太康健，以致时常受梦魇困扰，燃安魂香定神反而适得其反，令其困在心梦中，久不能醒。

章晗在宫中问诊四十余年，他的判断极少出错。薛蓁立即让宫人清掉博山炉中的安魂香，换成寻常的百花香。

折腾到天明，周氏服下汤药，病情才稍稍稳定了些。而章晗已有两个日夜未曾合眼，却还坚持留在永宁宫待命。见状，薛蓁遣他回太医院稍事歇息。章晗与她祖父一般年纪，她实在不忍心让他继续熬下去。

章晗一番谢恩，颤颤巍巍起身，由小黄门扶着出了永宁宫。

绛珠也劝她去小憩，只是人困极了反而睡不着，她仰面躺在床上，盯着承尘细数暗银丝绣成的暗纹。

未过多时，萧钰便下早朝过来了，薛蓁出宫这几日，皆是她独自去上朝，有姚相从旁提点，小丫头面对乌泱泱一殿朝臣勉强应付。

她着急赶到永宁宫，可周氏已歇下，薛蓁便让她先与自己用过早饭，再去拜见祖母。

小厨房还剩一些杏酪，薛蓁让宫人一并呈了上来。萧钰舀了一勺入口，蹙眉道："皇祖母宫里怎么有这样口味的吃食了？"

薛蓁道："有何不妥吗？"

萧钰将那碗杏酪推到她面前："皇祖母一向不喜欢甜口的食物。"

薛蓁尝了一小勺，确实甜得发腻，杏酪微微泛黄，里头应是掺了许多蜜。

她唤来箬竹询问，得知这几日永宁宫的甜口吃食都是一个新来的宫人做的，那宫女名唤春娘，南地舒州人士，家中做的正是卖点心的营生。

薛蓁正要传召春娘，小黄门入殿通传，说大理寺少卿谢怀虚求见陛下，是为苏荣案而来。

因顾虑到凌王妃母子，薛太后命大理寺先匆匆结案，后将案卷补齐。此案不仅牵连到去岁凌王逼宫一事，而且迟迟没有寻到苏荣供词中的另一主谋。陶骞害怕薛太后追问，遂打发了谢怀虚入宫来送案卷，说大理寺少卿谢怀虚奉帝命督办此案，此后进展俱由他跟踪下去。

永宁宫是太皇太后的寝殿，平素只有内侍出入走动，不宜接见外臣，她便让谢怀虚先行去紫宸殿等候，她携萧钰随后就到。

萧钰翻开厚厚案卷，逐行阅过，提出几点疑惑，谢怀虚为她一一解释，直至她再无异议。薛萦知晓此案的来由去脉，她看得粗略，口头嘉奖了几句大理寺断案神速，让小黄门把案卷呈回给谢怀虚。

雨停了一阵，紫宸殿内仍沉闷得很，谢怀虚撩起官袍跪地，应是要行礼告退。

薛萦忽看向萧钰，含笑说道："关于苏荣案，本宫还有一些细枝末节想问谢大人，不如陛下先去永宁宫，本宫稍后就来。"

苏荣案既已到了尾声，往后恐怕不能常在宫中见到他，但有些话，薛萦还是想当面交代他。

萧钰却说："儿臣不着急，等娘娘一道过去。"

闻言，薛萦哑然，心中正想着如何哄她离开，绛珠上前福了福身，柔声道："今早太皇太后苏醒后，还问陛下去了何处，若待会儿太皇太后醒来第一眼见到的人就是陛下，必定欢喜得很。"

萧钰跃下宝座，半信半疑道："皇祖母当真是这样问的吗？"

半大的孩子最好哄骗，绛珠几句话就把她引了出去。

小皇帝的步舆启程去往永宁宫后，薛萦屏退宫人，对立在殿下的谢怀虚笑了一笑："这宫室还真是闷得很，一点都不像南淮薛家。"

谢怀虚道："娘娘可是有什么话要对臣说？"

"子安。"薛萦忽然唤出他的表字，正色道，"离秦荀远一点，如果他有事相助于你，你也要想法子推托掉。"

元宁三年，她入宫为妃，拜别薛家与他。元宁五年他考取功名，入大理寺为官。同年她被明帝册封为第二任皇后，册封礼上他随百官同跪在丹墀下叩首朝拜新后。她曾试图找寻他的身影，却发现他淹没在清一色的朝服之中。

多年过去，再唤出那两个字，连她自己都觉得分外陌生。

谢怀虚眸中腾起异样情绪，但他将双手攥拳垂于身侧，很快克制住，平静地道："娘娘是想说上次秦将军入诏狱的事？"

"苏荣下狱后，秦将军寻到臣，他说刺客当日所用的弩机比宁州兵营锻造出来的都要做得好，可惜工匠已经被灭口了，他想请我暗中搭线，看能否让他当面询问苏荣关于弩机的细节，他想仿制出来。念及秦将军主动向大理寺提供证据，协助臣破案，况且苏荣此案与他被革职有关联，他很是关心这桩案子，臣便自作主张放了他进去。若此事有不周之处，请娘娘责罚。”

看来当初秦荀应是想了法子支走谢怀虚，独自从苏荣口中逼供出秘密，以此来要挟自己。

忆起当日含凉殿与秦荀对峙的场景，薛蓥几度欲言又止，欲告知谢怀虚真相，却又不忍见他为自己的处境担心，于是含笑说道：“总之，往后你莫要与秦荀有过多来往。”

她并未解释缘由，谢怀虚低声问：“娘娘这样嘱咐，有什么原因吗？”

薛蓥说：“子安，有些事暂且还不能与你说，等寻到时机，我一定告诉你。”

直到目送他走出紫宸殿，步下石阶，再也看不见那颀长挺拔的身影，薛蓥才召内侍入殿，声音里带着疲倦：“传步舆，去永宁宫。”

2.

熙和元年季夏，降雨比往年多了许多，整座宫苑似是被泡在雨水里。

太皇太后周氏的病未见太多起色，薛蓥在永宁宫伺候，她并不习惯宫室里头浓郁不散的药味。萧琰在世时，承明殿里亦是经年萦绕着苦涩的汤药味。他常年卧病，去世前两年脾气渐差，就连服侍多年的李德有时也会被他叱骂。

比起萧琰，其实薛蓥更惧怕与周氏相处，因着长姐薛柔，起初两年她与周氏的关系并不算好。后来凌王叛乱身死，周氏最疼爱的小世子不得不离京去往蓟州，她心里其实是藏着怨怼的，但她不说，薛蓥也就装作不知。

薛蓥心里头想着事情，目光落于虚空处，眉目清冷。

“娘娘在看什么呢？这样出神。”绛珠低声唤她，“方才箬竹姑姑来报，说太皇太后醒过来了，想与娘娘说会儿话。”

她缓过神，注意到花台上用清水供养的小小一盆碗莲，便说：“看这碗莲含苞待放，没几日便能开了。”

“改天婢子也寻两盆放置在含凉殿，省得娘娘惦记永宁宫的碗莲。”

绛珠笑着道，“娘娘快些进去吧，莫让太皇太后久等了。”

周氏与她之间，一向是没多少体己话的。她问了薛蓁这几日宫中的情况，得知先帝的郑太妃染上风寒，已遣太医留在玉阳宫候命。

萧琰平素不喜女色，宫中妃嫔本就不多，他在时还曾遣送走一位于宫中生事的昭容，故如今留在宫中的先帝嫔妃，只剩下两位太嫔和一位太妃。

郑太妃尚是先帝的淑妃时，就常在永宁宫侍奉，深得周氏喜欢。听闻她病了，周氏难免要多过问几句，薛蓁细心为她解答玉阳宫那边的情况。

问过郑氏的病情，周氏又与她说：“听箬竹说，你回宫那日遇上灵虚山的山石松动滚落，堵塞了官道，没有受伤吧？”

薛蓁道：“多亏秦将军发现及时，臣妾与宫人们都没有受伤，只是耽搁了些时辰。”

“秦大统领护送你去的清音寺？”周氏忆起往事来，“哀家记得，秦荀还是宁州刺史时，琰儿就对他青眼有加，后来京中生变，他及时领兵平乱，的确是个可堪重用的儿郎。”

薛蓁正要接话，却听周氏喃喃道：“这几日哀家总梦见琰儿和琮儿，梦见他们兄弟俩小时候一块儿玩耍的样子，要是哀家当初生的是两个公主就好了……”

“女儿家不会为了皇位相争，会相互扶持，就像……就像你和你阿姐一样……”

许是白日听周氏提起了阿姐，这夜薛蓁又做了那个梦。

暮春时节，飞花如雪，阿姐让侍女把书案挪到小院里，手把手教她簪花小楷。她与阿钰差不多的年纪，正是顽皮的时候，不过小半个时辰便觉得乏味，听见墙外传出布谷鸟叫，一颗心早不知飞到哪儿去了。

阿姐看出她心不在焉，屈指轻敲她的眉心，宠溺地道：“阿蓁一手字写得跟小鸡爪子爬出来的一样，再这样下去，以后南淮城里没有哪家公子敢娶你为妇。”

她抱住阿姐的小臂，软声央求道：“阿姐，练这么久的字，我的手都酸了，你便饶我休息会儿好吗？”

阿姐怎看不出她这点小女孩儿心思，温柔一笑：“倒是忘了，我家阿蓁就算字写得再丑，谢家小公子总归是不会嫌弃的。”

她松开阿姐的手，眨眨眼，一路小跑出去，生怕阿姐反悔捉她回去。

谢怀虚在约定好的长街等她，手里好似举着东西，定是从她心念许久的城西糖铺买来的糖人。

不知为何，他站在街边杨柳下，却背对着她，只留一抹玉树芝兰般的身影。

她着急见那糖人的样式，三步并作两步，急忙小跑过去，手还未搭上他的肩，他侧过身，将脸转了过来。

那人脸上生着与谢怀虚截然不同的五官，一道极浅的疤盘桓在他右眼角下，蜿蜒至耳后，而他那双琉璃色眼眸泛着浅浅光泽，似有摄人心魄的力量。

及至那时，她终于看清他手中拿的是何物，并非糖人，而是一把薄如蝉翼的匕首。

薛蓁从梦中惊醒，出了一身冷汗，藕色抹胸湿涔涔地贴在身上。

帷帐中的动静惊动绛珠，她低声问："娘娘醒了吗？可是要喝水？"

薛蓁将手覆在心口，用力压制住那颗心脏，缓了一会儿才道："绛珠，现在是几更天？陛下睡了吗？"

连日降雨引发南地水患，各州报灾的奏折像雪花一样飞到萧钰的案桌上，未过两日就积累起厚厚一摞。为商议赈灾的事宜，宰相、三省长官和户部、工部尚书都在宫中留宿，这些老臣常为了南地水患灾情商讨到后半夜，尽管萧钰还提不出好建议，但需小皇帝在场，她只好一同陪着。

绛珠道："娘娘，现在已是四更天了，一刻钟前紫宸殿的于泓总管派人来报，陛下已安寝，诸位大人也都在清思堂歇下了。"

听闻萧钰睡下了，薛蓁便没有继续追问，让她熄了两盏灯烛，早些回偏殿歇息。

这一惊醒，薛蓁再难入眠，阖上眼仿佛又看到了秦荀那双眸子。她只好盯着帷帐，听了半宿雨声。

天色将明时，大雨终停，她也生出蒙胧困意，还未睡上一刻钟，听见有人闯入内殿絮絮低语。

紧跟着，帐外传来绛珠的声音，带着颤抖："娘娘，方才定州使者入宫来报，王妃母子……出事了……”

此刻，她的话无啻于一道闷雷，薛蓁撑着床沿缓缓坐起身，心中一个细细轻轻的声音发问，为什么会是苏氏母子？

就在不久之前，那个小小的孩童与他母亲入宫，还曾伏在她的膝上，稚声稚气地唤她“娘娘”。

他甫满两岁，是个害羞内敛的小男孩儿，还经常把“娘娘”说成“凉凉”，连他母亲苏氏也未能纠正过来。薛蓁时常笑着由他去了。

使者详细叙述了事情经过，请小黄门代为转达。

小世子的车驾途经定州时遇上暴雨，王妃当即下令留在定州城中休整，等待放晴。

定州开天早，天晴了两三日有余，一行人这才赶路。马车驶离定州后，意外遭遇山石坍塌，马匹受惊失蹄，车夫正奋力控制，不想又一块大石头从山坡滚落，正巧砸中车厢里的母子两人。

未几，永宁宫的宫人来报，太皇太后闻讯悲恸难抑，昏死过去了。

薛蓁换好衣裳便赶过去了，永宁宫乱作一团，太医们都在内殿诊治，就连卧病静养的郑太妃也过来了。

薛蓁与郑太妃寒暄几句，照例问过她的病如何，郑氏说身子好了许多，让其勿要顾念。

两人正说话，太医令章晗出来了，行过礼，禀道：“太皇太后这段日子身子本就不适，听闻丧讯，更是气血攻心，以至于突然晕厥过去。经臣等施金针诊治，幸而太皇太后苏醒过来，还请陛下和两位娘娘放宽心。”

薛蓁点头，方要进内殿探视，却被箬竹拦下，她面露为难之色：“娘娘，方才太皇太后吩咐了，这几日暂时不想见人。”

自那日以后，周氏不再见人，在永宁宫设下一方小佛龛，每日诵经祈祷。

王妃母子去得突然，怕周氏见到遗骸后伤心过度，且天气也炎热起来，小皇帝命定州刺史将二人的尸首焚烧，请法师诵经超度过后，再遣人将骨灰和遗物运送回京。

若是雨天遇上滚落的山石并非奇事，可定州那时已转晴两日有余，山顶无故落石，偏只砸中王妃母子乘坐的那辆青篷马车，诸多巧合撞在一起，滋生出许多种传言。

传得最广的，无非太后薛氏顾虑到凌王这一脉，怕小世子来日与他父亲一样生出不臣之心，为保养子的皇位与自己的荣华，狠心痛下杀手，斩草除根。

薛萦并不理会外头的飞短流长，她这些天除了临朝听政，就是留在含凉殿抄佛经。反倒是绛珠听见了尚食局过来送瓜果的小宫女私下嚼舌根，径直罚她们一人二十个手板子。

打到第九下，薛萦听见了殿外的动静，差人替那两个小宫女解围。绛珠不解，回到内殿时尚带着薄怒："这些小婢仗着娘娘宽仁，私下竟敢非议主上，娘娘又何必替她们遮掩。"

薛萦提起舔过墨的紫毫笔，继续抄写经文，淡淡道："就算我管束得了她们，也管束不了天下悠悠众口。我既没有做过他们所说的事，更无须为他人之言分神。"

绛珠微怔，旋即说道："不过婢子听闻，陛下似乎要查定州的事。"

薛萦说："陛下那孩子年轻气盛，何苦劳民伤财查这些捕风捉影的事，我会劝一劝她的。"

只是还未等到薛萦劝谏，萧钰就已打定了主意，择好人选。午后，她来含凉殿消暑，屏退宫人，悄声对薛萦道："姨母不要担心，我已经下令命大理寺派人去定州查证，定能还你一个清白。"

没料到她竟抢先了一步，薛萦无奈地道："阿钰，你犯不着如此。"

萧钰瞪大双目，道："有人故意散布谣言，污蔑姨母，我偏要找出证据来，狠狠打那些人的脸，让他们居心叵测，颠倒黑白。"

萧钰从未说过重话，此刻，她莲萼似的小脸上透出一丝狠厉，与她的稚嫩年岁极其不符。

薛萦失笑："阿钰当真是长大了，开始学着去保护身边的人，可姨母其实压根不把这些琐事放心里，只要阿钰平平安安长大便好了。"

名声也好，太后之位也好，她统统不在意。

她这一生注定凋零于深宫之中，只盼着当初被她牵在手里的那个垂髫小丫头出落成娉娉袅袅的姑娘，得遇良人，一生平安喜乐。

如果阿姐还在世，她一定也是这样想的。

萧钰背过身去，秀气小巧的鼻子一抽一抽的，带着哭音道：“可我不允许他们把你想象成那么坏的人，你从来就没有想过要害宁儿。”

自今岁登基为帝以来，萧钰便很少在她面前哭鼻子，这回她突然落泪，倒教薛蓉有些无措。薛蓉轻轻将她的小身子扳正，温声问：“阿钰怎么了？是有什么伤心事吗？”

被她一问，萧钰反而哭得更凶，过了好一阵才说：“如果父皇不把皇位传给我，那么皇叔就不会因谋逆而死，宁儿也不必随他母亲去蓟州，皇祖母更不会像现在这么厌恶我……娘娘，我，我不该坐上皇位……”

薛蓉知她心里难过，将她揽在怀里，待她慢慢平息下来，才与她说：“可是阿钰啊，雨落不回天上，河水无法倒流，木已成舟，再怎么悔恨，你都无法更改事实了。”

“天底下唯有这个位置至高至寒，为了它，就算是至亲手足也能反目。你父亲选择把皇位传给你，为你清扫了那么多的障碍，那么你就要学会去做一位合格的君主，而不是为过去的遗憾感到悔恨，为自己的不足感到懊恼。”

萧钰扬起脸，一双眼肿得跟桃儿一样。薛蓉为她揩去泪痕，轻刮她那泛着红的小鼻头：“在娘娘宫里哭过了一场，待会儿回去可不许再哭。若是听于总管说你悄悄抹泪，我就让人把梁小公子送出宫去，还给梁家。”

现如今，除了祖母周氏与薛蓉，她最在乎的便是梁家那位小公子。

听到薛蓉这样说，她立马收住泪，哽咽着保证：“朕以后都不哭了，娘娘不要把阿珩送走。”

薛蓉起身去往外殿，吩咐小宫女取些冰块，让萧钰用帕子包了，敷在眼睛上，好快些消肿。

送走了萧钰，薛蓉才记起让绛珠去打听陛下派了大理寺哪位大人去定州。

不多时，绛珠回来，神色有些犹豫。

此事棘手得很，关系到当朝太后的名声，况且外头传得有鼻子有眼，难保真查出什么见不得光的东西来。这个差事落到谁手里都是块烫手山芋，接也不是，不接也不是。

薛萦自然知晓这其中门道，笑了一笑，看着绛珠："你快些说出来，省得我心中好奇，猜来猜去。"

绛珠咬着朱唇，终于下定决心，轻声告诉她："娘娘，是谢大人。"

她继续说道："听宣旨的小黄门说，陛下的圣旨刚到大理寺，谢大人便自告奋勇站了出来。陶大人正愁没人肯去定州走这一趟，见谢大人毛遂自荐，立即就同意了。"

薛萦脸上很快失了血色，绛珠知晓其中缘由，便说："入夏后南地水灾频发，此行定是舟车劳顿，如果娘娘不放心，不妨让陛下另择人选。"

薛萦摇头："没有人愿意接这个差事，除了他……"

从元宁五年他入京为官那时起，他们之间从未有过逾越之举，他也没有对她许过什么承诺。

可他多年未娶，危难之际挡在她身前，自请南下求证她的清白，这桩桩件件，皆是为了她。

薛萦侧过脸，见小窗外的垂丝海棠早已谢了大半，余下几朵花苞孤零零挂在枝头。

她心想道，多可惜，生错了时节，注定开不出花了。

第五章
秘密

1.

次日清早，谢怀虚从临安动身去往定州，与他同行的还有一位吏部侍郎，名唤宋清河。宋侍郎乃是奉命前往青、楚两州督办赈灾的事，并肃查灾民多次闹事哄抢粥铺的原因。

马车在约定好的朱雀街街口等候，谢怀虚携随行小厮墨书先到一步，等候了片刻，宋清河才携家仆现身。

他约莫五十岁，身形微微发福，唇上蓄了两撇胡子，不待走近，便向谢怀虚作揖："此行路途甚远，拙荆不放心，今早特意挑了两个身强力壮的家仆让我贴身带着，故而耽误了些时辰，还请谢大人见谅。"

论官阶，宋清河的品级比他要高，但他抢先作揖行礼，这番作风反而教谢怀虚不适应，他心想道，宋侍郎定是个谦逊重礼的人。

谢怀虚拱手回了一礼："宋大人言重了，日头还未升起，何来耽误之说。"

"谢大人肯体谅，在下感激不尽。"他抬袖拭去额上因赶路而冒出的汗，"吏部近来事务杂多，原本定的是三日后动身，昨夜宫中突然传来旨意，让我提前出发。许是陛下体恤我年岁大了，与年轻后生同行，也好有个照应。"

谢怀虚身形微微一顿，却不敢顺着宋清河一番无心之言细想，这究竟是小皇帝的意思，还是那人的意思。

他侧身做了个“请”的手势：“那就还望宋大人不要嫌弃后生愚钝。”

谈笑间，两人相继登上马车。

得知宋清河二人乘坐的马车已经离京，薛蓉神色淡淡，她正修剪芍药花枝，小银剪子忽然将一朵将绽的花苞铰了下来。

花苞坠地，发出轻微一声响，薛蓉俯身去拾，听见小黄门入殿通传：“娘娘，永宁宫那边请您过去一趟。”

自王妃母子出事以后，周氏十余日未见外人。

永宁宫焚了香，挂满素白色经幡，一派肃穆，周氏跪坐在蒲团上，她面前放置了一个炭盆，瑞炭烧得通红，连带殿内温度也浮了上来。

“连日阴雨，哀家的手疼得厉害，你替哀家把这些经文烧了。”她指向旁边的小箩筐。

薛蓉依然照做，她不知周氏将她召来的用意，便与周氏一样跪在佛龛面前，合掌静默祷告。

不知过了多久，周氏再度开口：“有人说宁儿母子的意外是你做出来的，哀家倒是不大相信。”

薛蓉道：“事情还未有定论，臣妾不敢为自己辩解。”

周氏淡淡扫她一眼：“现在只有哀家与你两个人，你无须时刻端着太后身份，当真不打算为自己辩白几句吗？”

“对于没有做过的事，臣妾从不多言，不过有些话想与太皇太后说。”薛蓉道，“听闻您近来口味偏甜，素日只吃小厨房送来的一些糕点。章太医曾叮嘱过臣妾，太皇太后病未痊愈，饭食应以清淡为主，还请您顾惜自己的身子。”

她以为周氏会恼怒，甚至会用手里的佛珠砸她，可周氏神色里无一丝波澜，淡淡道：“哀家唤你过来，是想让你帮忙烧掉这些经文，若没有旁的事，你就回去吧！”

薛蓉起身向她行礼告退，临出永宁宫，她回眸望了一眼。

周氏依然静默跪在蒲团上合十祷告，像是一株渐渐枯老的牡丹，再无往日生气。

箬竹劝她：“定州那件事传回京中后，太皇太后像是突然转了心性，平素不再食荤腥，一心沉迷礼佛，就连奴婢也劝不住。太皇太后心里头难过，希望娘娘能多体谅一些。”

“本宫知晓的，只是太皇太后前些日子的梦魇之症来得突然，但凡是送入永宁宫的东西，都请姑姑费些心思看着。”薛蓁压低声音，“先前那个名唤春娘的宫女……”

箬竹心领神会，将春娘的身家背景和盘托出。

春娘祖籍舒州，前几年家中生变，她父亲打发了她进宫当差，好补贴几个年幼的弟弟。最初她被分到尚食局，因糕点做得出色，得太皇太后称赞，便调来了永宁宫。

不过上个月她父亲来京中办事，多年来她一直避着不肯见家人，此次却告假两日出宫见了父亲。与她共事的宫女说，春娘回来后除了面上有五道明显指痕，无其他异常，应是被她父亲打过一巴掌。

入寝前，薛蓁仍想着宫中近来发生的事，帷帐外点了数盏宫灯，烛火炫目，将她仅剩的一点睡意也驱走了。

“绛珠，将灯烛灭掉两盏吧！”

帐外无人应答，她想起黄昏时分玉阳宫的女官来报，郑太妃高热不退，太医说有些凶险。她去探视过后，吩咐绛珠留在玉阳宫帮忙打点，若病情有变，则立即报给她。

宫里头的女子一生都被拘束在小小的一方天地，见到的只有连绵不绝的楼台殿宇，一重又一重的碧瓦红墙，心境不如宫外的女子阔朗，时日一久，那些病痛悄无声息就缠上了身。

想到这里，薛蓁禁不住轻叹一口气，觉得自己近来伤春悲秋的念头委实多了些，一辈子太长，总这样黯然伤感可不是一件好事。

外头久久无人应答，在含凉殿值夜的小宫女多是十四五岁的丫头，许是又偷偷犯懒打盹去了。

薛蓁赤足下地，先往香炉里添上一勺安魂香，然后吹熄灯烛。

有安魂香助眠，总算攒出一点睡意，只是这一觉仍不安稳。

梦中她误入一处山洞，洞中蓄着水，中央莲花石台上卧着一只凤凰，它半闭着眼，任由长长的尾羽垂入水中，看起来甚是慵懒。

与画中不同的是，眼前这只凤凰如被火灼过，浑身焦黑的羽毛，无半分仙姿。

薛蓁从未做过这样奇怪的梦，心生好奇，朝向它走了过去。

凤凰抬起眼皮，漆黑的瞳中闪过一丝诡异光芒，刹那漫天烈焰腾空，一条火龙从中游出，向她扑来。

在梦境里，她从未跑过这样快，也从未感受过这样真实的炽灼感，小道看不见尽头，而她即将精疲力竭……

半梦半醒间，一双宽厚有力的手托住她的身子，将她从光怪陆离的幻境里解救出来。

她睁开眼，入目皆是火光，竟连上方的房梁也烧了起来，耳畔噼啪作响，还夹杂着宫人高呼救火的声音。

那人将她打横抱在怀里，带着怒意道："怎么睡得这么死？连内殿着火了也发现不了吗？"

薛蓁不想与他起争执，方才梦境里那场困兽之斗耗尽了她的气力，她轻声唤出那人的名字："秦荀……"

所有的责备与后怕，在那一刹烟消云散，了无痕迹，他默然收紧双臂，把她护在自己怀里，趁着房梁还未坍塌，疾步逃离火场，一刻也不敢停留。

到了安全处，秦荀才放下她，厉声呵斥宫人："快去找衣裳和鞋袜。"

薛蓁这时才意识到自己披发跣足，仅着中衣，幸而他及时挡在自己身前，挡住视线，未让宫人们瞧见她现在失魂落魄的模样。

小宫女战战兢兢呈上衣物，秦荀抓过衣裳给她裹上，一件又一件，不分章法，也不容她拒绝。

反倒是为她穿鞋时，秦荀略有迟疑，薛蓁往身后退了些许："有劳秦将军了，本宫自己来就好。"

他一个外臣，当着那么多宫人的面给自己穿鞋，实在是不成体统。

秦荀却笑："方才含凉殿烧了大半你都不晓得害怕，现在又害怕什么呢？"

说完，他使蛮力钳制住她一只玉足，粗鲁地将绣鞋套上去，另一只如法炮制。

薛蓁几乎气背过去。

大火又烧了小半个时辰才被扑灭，含凉殿深夜走水的事惊动了小皇帝。萧钰闻讯赶了过来，反复询问宫人太后有没有受伤。

薛蓉哭笑不得，将她牵到自己身边：“幸好秦将军来得及时，本宫没有受伤，陛下不必太过担心。”

“好端端的，怎么就走水了呢？明早朕定要下令让宫人查出起火的原因来。”萧钰道，“含凉殿烧成这样也住不了人了，刚好紫宸殿还有一处偏殿空着，不如娘娘暂且移居过来？”

薛蓉笑着道：“方才郑太妃派了宫人过来传话，邀我去玉阳宫住一宿，更何况男女有防，本宫怎么能去陛下的住处呢？”

她有意将重音落在那四个字上，男女有防。

萧钰是个机敏的孩子，很快便明白过来，她仍有些犹豫，还想再做挽留。薛蓉却不给她机会，唤来于泓，斥责他无故深夜惊扰天子，还不速将小陛下送回紫宸殿。

打发走萧钰，将她接去玉阳宫的步辇刚好到了，绛珠也跟了过来。

她终于想起秦荀，他不顾性命冲入火场相救，自己尚欠他一声道谢。

顾视四周，并未见到他的人影，薛蓉本想再等上一会儿，绛珠却将她扶上步辇，说道：“我的好娘娘，快些走吧，今天晚上的事当真是吓人。”

夜渐深，她疲累至极，身后依稀传来绛珠数落小宫女的声音，可她已无力去细听。

大火过后，含凉殿的内殿烧得只剩下几根梁柱，孤零零地立在无尽的长夜里。地面汪着一摊摊的污水，灰烬之下藏着未浇灭的火星子，偶尔爆出轻微一声响。

秦荀抬脚便要进去，副统领郭绪将他拦下：“将军，火星子还没完全扑灭，要是正好赶上东风，怕又要烧起来，还是别进去了。”

“郭将军难道不觉得太后宫里这场火很是蹊跷吗？”秦荀道，“入夏后临安一直在下雨，七八日前天才放晴，驱走潮气。今夜你我二人检查巡守时两度经过含凉殿，并未发现异常，未过一盏茶的工夫，就看见了火光。方才含凉殿的小黄门说，那火最早是从太后就寝的内殿烧起来的，等小宫女发现时已经晚了，所以太后才会被困在里头。”

郭绪恍然大悟：“将军是怀疑，有人要谋害太后娘娘？”

从去岁到今年，京中发生了那么多的事，凌王谋反，小皇帝遇刺，御史中丞苏荣下狱暴毙。前些日子刑部同僚还神神秘秘告诉自己，苏荣案的主谋迟迟未能抓捕归案，太后已经下令催促了好几次。

郭绪脑中灵光一现，压低声音与秦荀说道："将军，您说会不会是苏荣案的共犯买通江湖高手潜入大内，悄悄放的火？"

秦荀唇边浮上一抹笑："郭将军若想知晓一二，不如进去看看有没有什么东西被人落下了。"

两人在灰烬里翻找许久，除了三盏烧到变形的错金烛台与一些碎瓷片，再无其他发现。

弯下身子找寻许久，郭绪那受过旧伤的腰开始吃不消了，他寻了处略干净些的地方坐下，抬袖抹去额上豆大的汗珠，喘气声粗哑："将军，鄙人的腰不中用，恐怕帮不了您了。"

郭绪年岁比他要长十来岁，同样是从尸山血海的战场上爬出来的。他原先在青州刺史手底下做事时，曾带兵深入地形险峻的月落山脉，七战七胜，将在南境滋事的嫠越族人打得服服帖帖，逼得嫠越族长不得不派使者呈上请罪文书归顺大端。

后青州刺史将他举荐给先帝，先帝赏识他的英勇，念他多年征战落下一身旧伤，特命他出任禁卫军副统领。当初狄烈率大半禁卫军叛变，郭绪率部下殊死抵抗，不敌叛军，让狄烈给打断了腰，养了小半年还是落下伤。

秦荀知道郭绪的过往，对他一向敬重有加。

见他神色痛楚，秦荀忙走过去查看，唤了两个小黄门过来帮忙："郭将军旧伤复发了，烦请将他送去凝晖阁，那边会有人接应。"

小黄门一左一右将郭绪搀扶起来，轻手轻脚送他往凝晖阁去了。

月上中天，秦荀目送三人离开，转过身又回到其中一盏烛台前。

烛台下枕着厚厚的灰烬，他俯身拾起烛台，踢开那堆灰烬，两枚熏得发黑的长钉露了出来。

长钉约莫三寸长，两端中有一头打磨得极锋锐，与烛台身上的小小凹痕恰好吻合。

含凉殿损毁严重，少府监初步估算修葺好需耗费三到四个月的工时。小皇帝闻悉，特下旨命少府监务必将含凉殿恢复如故，不计钱财。

这道圣旨还未送出宫，就让太后派去的掌事女官给截了下来。

不知薛太后私下如何规劝小皇帝，最终小皇帝点头同意，让太后迁居长秋殿，含凉殿旧址暂不修复。

今年南地几州水患严重，京中拨出大笔银子赈灾，如果再大兴土木，必将导致国库亏损。小皇帝纯孝，又是孩子心性，尚未想到这一层面上去，好在薛太后赶在姚相驳回前及时将她劝谏住。

她无时无刻不在为那个坐在皇位上的孩子考虑，的确担得起“视如己出”四个字。

秦荀一边想着事，一边拔步往前行去，全然不在意脚下的荒草枯叶，却忽然间踩到一截细长的物件。

他捏着那物的一端，将它提了起来，是一条通体青碧的蛇，吓得他身后的两个小黄门直往后退去。

几个炭盆放置在不远处，里头烧着药草，宫里头常用这法子熏走毒蛇虫蚁，而他手中拎着的这条竹叶青已经僵死过去。

秦荀猿臂一舒，将死蛇丢入其中一个炭盆，那两个小黄门这才敢跟上来。

“看来长秋殿还是不如含凉殿好，周围荒草多，虫豸蛇蚁滋生，要是冲撞了后宫的贵人们可怎么是好？”秦荀道。

他平素无什么架子，对待内侍态度随和，其中一个小黄门便接话道：“陛下曾担心过这些问题，那时郑太妃还挽留太后继续在玉阳宫住着，但太后娘娘不知怎的，执意要挪到长秋殿来。”

秦荀唇角微勾，道：“许是长秋殿清净些。”

小黄门说：“或许正如将军所说，咱们娘娘一向是个喜欢清净的人儿。”

长秋殿刚被清扫出来，石阶上水痕未干，小黄门入殿通传，秦荀立在阶下等待，细数起水痕打发时间。

依薛蓁的性子，今日未必肯见他。

如他所料，小黄门出来后婉言转达了拒意，说太后那夜受了惊吓，身上正害着病，不便见客。

秦荀笑了笑，与小黄门低语几句，小黄门面露震惊，嗫嚅道：“臣愿意再为将军试上一试。”

不多时，薛蓁身边的侍女绛珠出殿，请他进去与太后一叙。

薛蓁定会见他，不仅因为他从失火后的含凉殿寻到蛛丝马迹，更重要的是，他还带来了一个人，是在永宁宫当差的一名宫女，名唤春娘。

小黄门并未骗他，将近七月，各宫室都已置冰块消暑热，薛蓁却穿上了春日的衣裳，眼中恹恹的，看起来无甚神采，就连声音都是细细的。

“本宫以为秦将军行伍出身，只擅长带兵打仗，不曾想办起案子来也是一把好手。”

她是笑着说出这番话的，只是那笑意虚虚浮着，始终未能抵达眼底。

秦荀命下属将木箱抬到殿中，里头盛放了一盏被烟火熏得乌黑的烛台和两枚长钉。

他取出长钉，请小黄门奉到薛蓁面前。

长钉一端极为尖锐，穿透血肉不在话下，她抬手抚过，微凉的触感令她小小地战栗起来，寒意浸透四肢百骸，可殿中分明没有置放冰块。

“娘娘当心划破肌肤。”秦荀提醒她道，“上头淬了毒，至于具体是何种毒，还需请太医院查验。”

那枚长钉霎时成了吐信的毒蛇，她瑟瑟收回手，轻声道：“春娘呢？本宫要见她。”

春娘是秦荀今早在千鲤池中救上来的。

他携部下路过，见池岸边各色锦鲤乱窜，似是被水底什么东西惊到，于是寻了根竹竿往下探了探，触到一物，将其打捞上岸。

沉在水底的是一个面容姣好的宫女，手脚被缚，人已昏死过去。

秦荀想了些法子将她弄醒，她睁开眼后痛哭一阵，张口却说不出话，用手指蘸水在太湖石上写下“永宁宫”三个歪歪扭扭的大字，并在下方补上自己的名字。

各宫管教宫人断然不会用这样阴毒的法子，秦荀让部下先将她带回凝晖阁看守，若有情况，再报给他。

约莫小半刻钟过去，小黄门才将春娘领过来，她换了一身禁军所穿的粗布军服，长发湿绾着，额上有伤，已经用药纱缠住了。

她虽受了极大的惊吓，但宫中礼数还是未敢忘记，向薛蓁跪地行了大礼。

薛萦从秦荀口中事先得知她被灌了哑药，已无法开口说话，便让宫人把备好的纸笔递到她面前，柔声道："本宫知晓你被歹人迫害，受了许多委屈，只要你愿意将事情原原本本道出来，本宫定会为你做主。"

春娘却伏跪在地，久久不愿起身。

薛萦轻叹一口气："你既不愿说，本宫也没有别的法子。你是永宁宫的宫人，本宫无权处置，让秦将军送你回去吧！"

春娘的身子微微发颤，过了一会儿，似是终于下定决心。她保持跪姿起身，拿过纸笔写了起来："是摇光姑娘要害我。"

她并未念过书，笔墨很是潦草，薛萦勉强能认出来，便问她："摇光是谁？"

春娘却摇头，又写，婢子不知她的真正来历，依稀听她说过自己祖籍是青州那块的。

秦荀让小黄门把长钉端到她面前，问道："这种暗器，你可见过？"

她面露惊骇之色，旋即摇头否认。

秦荀看着她，唇边浮一抹冷笑："仔细想想，究竟认不认得出来？"

她眼中蓄满泪，仍是摇头，模样甚是楚楚，薛萦心中不忍，便对秦荀说："她既认不出来，你也别逼她了。"

"这婢子不肯说实话，留下也没什么用处了，正好臣怀疑这暗器有毒，不如就用她来试上一试。"秦荀漠然道，"右手不愿写字，那就先从右手扎起。"

他捉过春娘一只腕子，拾起一枚长钉便要往她手背上刺去，春娘拼命往后瑟缩，满脸惊恐状。

眼看那尖头就要刺破细嫩肌肤，薛萦斥道："秦荀！"

闻言，他松开手，长钉穿过春娘的指缝，落在地砖上，发出一声脆响。

春娘伏在地上，面颊簌簌滚落一行泪，拾过纸笔复又写道：婢子认得这种暗器，当初摇光姑娘就是用它杀了婢子的父亲。

泪珠子洇开墨迹，她断断续续写出与摇光相识的经过。

月前她父亲来了京中办事，她告假出宫，与数年未见的父亲约在天香楼相见。父亲饮多了酒，又向她索要钱财供养家中。她不愿再给，父亲便狠狠打了她一个耳光。

她含泪下楼，父亲追了上来，口中骂骂咧咧的，拽着她的臂弯说要把她卖去窑子里换钱。醉酒之人力气出奇地大，她挣扎不过，直到父亲把她拖入一条小巷，双手掐住她的脖子。

父亲说她多年来在宫中侍奉贵人享清福，却从未想过家中老父和几个弟弟吃了多少苦头，靠邻里接济过活。

这么多年，她早就看透了父亲的性子，终日饱食不务正业，将祖上留下的一点家业败光，养出来的儿子个个与他一个德行。

起初两年她也往家里捎过钱，后来听同乡说，父亲将那些钱全部拿去赌坊花掉，一个子儿也没攒下，她一气之下与家人断绝了来往。

父亲应当是恨她的，他使了那样大的气力，直到一阵异响过后，他渐渐松开双手，笔直往后倒去。

一枚长钉从他脑后没入，穿透他的眉心，很快他的七窍流出血，色泽乌黑。

紫衣女子翩翩然从墙头跃下，对她说："方才我救了你，你应该报答我。"

她看见那女子袖中暗藏玄机，长钉正是从她袖中发射出来的，可她不敢细看，扑在父亲的尸首上低声啜泣起来。

那女子用金华紫罗面衣蔽面，仅露出一双曼妙的眼，眼梢微微上挑，冷冷清清地道："这种爹死了，有什么好哭的呢？"

她不忍见父亲横尸小巷，那女子便将她父亲的尸首用草席卷了，赁一辆牛车运出城，帮她把父亲埋在城外。

春娘晓得那女子平白出手相助，必定是有事要让她去做的。

她告诉春娘，她原是宫中的旧人，因犯了错事被逐出京，想请她带自己入宫，与旧主见上一面。

春娘问她是哪宫的宫人，她答永宁宫，并将太皇太后周氏素日一些癖好和盘托出。春娘在永宁宫当差四年有余，确实耳闻太皇太后前些年曾遣走过犯错的宫人。她半信半疑，但亏欠那女子一份恩情，便点头同意了。

那女子找来小黄门的衣裳与腰牌，易容后以假乱真，连春娘也看得惊了。

入宫后，那女子与她分散，过了两日，她又寻到春娘，依然是那身小黄门打扮，她要春娘把一瓶粉末分次撒到太皇太后的吃食中去。

春娘不允，她也未勉强，二人分别前，春娘的足踝似是被什么虫豸给叮了一下。

自那夜以后，每到子时，春娘的心口便会剧烈疼痛，她私下里请懂医术的小姊妹帮忙把脉，吃了几服药仍不见好。

一直到那女子出现，才有好转。

春娘记得她吹了一曲竹笛声，便纾解了她心口的痛楚。那女子问她愿不愿意为自己做事，春娘惊恐地点了头。

药粉无色无味，她挑出一点拌在粟米里喂给捕来的雀鸟，次日雀鸟依然在笼中活蹦乱跳，她才敢在送入永宁宫的杏酪中掺入微量药粉。

太皇太后一向是不喜甜食的，若她避开了，便最好不过。

那段时日太皇太后身体抱恙，成日服药，嘴里泛苦，无意中尝了一匙杏酪，此后便换了口味。

她害怕那粉末是慢毒，日夜服食才能导致毒发，于是她偷偷找侍奉太皇太后起居的宫人打听，得知周氏近来被梦魇所扰，昏睡了两日才醒过来，身子倒无大碍。

多奇怪，那女子入宫求见旧主，只是给了她一小瓶药粉，设法让太皇太后梦魇缠身，却未提起过要去见太皇太后。

那女子身份神秘，手段阴狠，春娘不敢多问她的来历，她看起来像是还未嫁人，于是每次相见，春娘都称呼她姑娘。

后来有一次，那女子吹完一曲为春娘平息了体内乱窜的蛊虫，便收起竹笛，坐在廊下观雨，跷着两只脚，露出做工精妙的绣鞋。

鞋面上系了银铃，左右各一只栩栩如飞的凤凰，不是中原女子常穿的样式。

那女子注意到春娘的视线，放下裙摆将绣鞋掩住，对春娘说："你看起来年纪长我两岁，若你愿意，唤我摇光也行。"

说罢，她又转过头望向沉沉夜色，喃喃道："你说这雨要下到何时才能停呢？"

她的声音又轻又细，语气很是温柔，不像是和春娘说话，倒像是说给心慕的男子听的。

春娘记得，那场雨落了大半月才止住，与南地各州的水患灾情一同传回京中的，还有凌王妃母子的丧讯。

外头传言纷纷，就连宫里头都在议论这件事，春娘却不敢多言，细想来她已有三四日未见到那女子。

虽然摇光没有出现，但她体内的蛊虫悄然发生了变化，每夜子时心口疼痛的症状减轻不少。

她以为摇光走了，大发善心替她解了蛊毒，却没想到两日后摇光又寻到自己。

这次她易容成老宫人装扮，皱纹横生的苍老面容之下是年轻女子清脆的声音。摇光问她，与含凉殿相离最近的楼阁是哪座，每夜禁军换防松懈又是何时。

春娘不过是永宁宫的一个小小厨娘，平素极少在宫中走动，哪里晓得她想知道的这些。

见她答不上来，摇光将竹笛放在唇边，甫吹出音色，她心口处的痛楚便又如潮水般漫了上来。

春娘手足并用爬到摇光身前，拽住她的裙裾苦苦哀求，摇光神色清冷，不为所动。

待到一曲奏毕，春娘险些昏死过去，乌鬓松动，长发一缕缕贴在面颊，整个人像是从腊月的井水中刚爬上来，浑身禁不住打冷战。

她想尽办法从小姊妹口中问出摇光所需的信息，并转达给她。

那夜，摇光竟然意外对她道了谢，赠她解药，并说，愿后会无期。

她以为摇光放过了自己，满心欢喜回到永宁宫。她倒了一点解药掺在水中喂给雀鸟，雀鸟饮了无事。她不敢再信摇光，等到次日清早再去鸟笼查看，发现每天叽喳吵闹的雀鸟发不出声了。

春娘慌忙丢了剩下的解药，处理掉那两只失声的雀鸟。

天晴了七日有余，一日夜里，含凉殿无故走水，彼时太后薛氏已睡下，着火的正是内殿，幸而秦将军冲入火海相救……

那一整宿，春娘都未睡着，天将明时，窗外飘来悠悠笛声，她像是受到了什么蛊惑，披衣起身走了出去。

忽远忽近的笛声指引着她走了很远，直至她行到宫苑东北角的一处园子中，笛音才停下来。

摇光立在齐膝深的荒草丛中，手里握着那管竹笛，含笑盈盈："既然你不肯服下哑药解毒，那我便送你一程。"

春娘已不记得她是怎样引诱自己饮下白瓷小瓶中的碧色药水，只知道在摇光绑缚住自己的手脚之前，她恢复了意识，挣扎着想要求生，可气力敌不过摇光。

混乱之中春娘捡到一支银簪，拼命扎入她的右臂，划出一道长口子。

她看到血水汩汩流出，滴落到摇光的绣鞋上，那只金线绣成的凤凰双目含血，振翅欲飞，看起来甚是悲恸。

摇光吃痛，神色微变，唇边依旧带着笑，一记手刀劈在她的后颈，她便什么都不知道了。

春娘再睁开眼，已是天明。那时她被秦荀从千鲤池底捞上来，肺里呛入许多水，侥幸还剩一口气，让人给救了回来。

2.

春娘将自己所知一五一十写了出来，未有隐瞒。薛萦见她此番着实受了极大惊吓，便让绛珠带她下去换一身衣裳，由宫人好生看管，等缉拿摇光归案后再行处置她。

依照春娘的证词，摇光现下受了伤，又失去了内应，应该还未来得及逃出宫。

禁军几乎将整座宫城翻了个遍，午后来报，说人已找到，是在惊鸿楼中发现的。

惊鸿楼的传闻甚为微妙，多年来无人踏足，每逢佳节庆典才会派老宫人前去洒扫。从前薛萦偶尔会去惊鸿楼小坐，但自从上次在那座水榭意外遇见秦荀，她便不再去了。

故而摇光得以藏身楼中月余，暗中谋划行动，再加上她一手易容术出神入化，又只在夜里与春娘见面，故而一直未被人察觉出真实身份。

秦荀问她是否先当面审一审摇光，再将人送往大理寺关押。

薛萦轻轻摇头："本宫近来不想见她，烦请秦将军派人把她送去大理寺。”

与秦荀说话时，她将目光投向窗外，望着碧蓝长空，神色淡然，无多少情绪起伏。

秦荀发觉她看起来憔悴许多，眼睛下浮着浅浅一圈青色，这两日必定没有睡过一个好觉，于是问她："娘娘这几日休息不好，是因为多梦吗？”

若是以往，她定会冷着脸色斥责他，搜肠刮肚想些话出来与他撇清关系，可或许是三番两次被他搭救，她心中早已对这个人生出许多感激与些微的信任，又或许是无人可以倾诉，她轻声道出了梦境。

“有时会梦见一只涅槃后的凤凰卧在石台上……”

她第一次做这个梦，是含凉殿起火当夜，后来在玉阳宫借住那两宿，她也常做这个梦，梦中烈焰滔天，凤凰想要杀她。

秦荀说："郭副统领从前在青州奉命剿匪，臣倒是听他提起过，婺越人的图腾就是一只凤凰。那女子自认是婺越族人，也许冥冥之中上苍给了娘娘一些暗示，助娘娘逃过一劫。”

薛蓁笑了一笑，并未接话，她复又抬头望向长空，见到天际有几个小黑点，是一行大雁排成“人”字飞过。

盛夏清风携暑热拂面而来，无意间将几句话送到她耳畔。

他说："胆子这样小，挨不住吓，往后可怎么办？”

薛蓁不明白秦荀为什么要和自己说这样一句话，在她看来，秦荀行事多半古怪，无须她去细想。

摇光被关押后一直缄口不言，她是习武之人，熬得住酷刑，大理寺审问数次皆是无功而返。陶骞觉得这个犯人棘手得很，上书宫中，道明事情经过，并把那女子的武功根基添油加醋描述一番。太后却说，静心等候她自己招供。

有了太后的口谕，陶骞便不再像先前那么慌了，他已到花甲之年，家中老妻多病缠身，他打定主意等谢怀虚从定州返京，就向小皇帝递奏折请求告老还乡，举荐谢怀虚为下一任大理寺卿。

其实他心里更属意自己一手提拔上来的许致远，但显然谢怀虚更得薛太后赏识，他只能顺水推舟。

这段日子他留在家中照料卧病的发妻，得空时就练上几笔字。他虽位居大理寺卿，但一手笔墨几十年来无所长进，从宣帝到明帝，再到如今的小皇帝，个个都曾吐槽过他的字写得难看。

陶大人委屈，过去大理寺要审理的案件繁多，他何来时间练字，后来他把大部分公务交给两位下属去办，不巧发妻又害了重病。

但是陶大人打定主意，一定要在离京返乡前把字练好，要用最后一道奏疏给小皇帝留下良好印象。

然而，他才坚持不到三天，便被告知苏荣案的主犯已被抓捕归案，等候大理寺审讯。

犯人是禁卫军押送来的，便连陶骞也吃了一惊，刑部的海捕文书下达至各郡，搜寻数月一无所获，却不想人藏身宫中。

自此，陶骞开始与这位重刑犯斗智斗勇，可那女子如磐石一般不开化，任大理寺如何拷问，愣是不肯开口吐露半个字。

郎中检查后告知她的声带没毛病，只是不愿出声。

陶骞一头灰白相间的发这下全部愁白了，不过好在太后发话，不必刑罚，等那女子自己开口。

自此，陶大人又开始了每日练字，直到七月下旬，谢怀虚从定州来信，说初步查明凌王妃母子遇难实属天灾，并非人祸所致。

谢怀虚走访事发地附近的村落，并多次爬上陡峭山崖勘探，均未发现人为营造落石的痕迹。

小皇帝次日早朝就将密信内容公开了，明面上是为查证王妃母子的死因，实则为还当朝太后的清白。

陶骞预感，太后快要召见他了。

果不然，两日后散朝，陶骞刚出宣政殿，还未来得及与同僚作别，便被一位小黄门截下，将他引去了长秋殿。

长秋殿紧邻东苑，虽说僻静，但实在冷清了些。

薛萦坐于殿中高座上，离得有些远，陶骞瞧不出她的神色，只听见她问："陶大人的案子查得如何了？"

陶骞跪地行礼，心底发虚："禀太后娘娘，那犯人性情古怪，关押大理寺将近一个月，至今仍未开口。"

查了这么久仍无头绪，他做好了挨一顿狠骂的准备，再不济，也不过是被贬黜，收拾细软离开临安。

薛蓁淡淡道："既然她不愿同大理寺说，那你回去后问她，是否愿意当面同本宫说。若她愿意的话，烦请陶大人寻辆马车将她押送入宫，便说是本宫允许的。"

陶骞摸不清她的用意，不敢多加揣测，出宫后当即依言照做。

出乎他意料的是，那女子盘腿坐在阴暗角落中，喉咙里发出压抑的低笑声。她笑了很久才停下来，冷冷道："滚去告诉你家主子，我赏她这个脸。"

次日下朝，陶骞复又去长秋殿禀报此事，但他将那女子的原话瞒了下来。

薛太后却说，既然她肯开口了，那就再磨一磨。

那女子等了两日仍未见大理寺将她押送离开，心中焦虑起来，对前去送饭食的小吏破口大骂，还用木碗砸伤了小吏。

那小吏恰好是陶骞的外甥郎，受伤后叫苦不迭。陶骞只好找人将他替下来，一时无解，犯起愁来，静候薛太后再降懿旨。

得悉太后决意当面审问纵火的犯人，萧钰心生好奇，但隐隐又有后怕，劝阻薛蓁道："朕听说那犯人功夫了得，险些将同谋灭口，娘娘勿要以身犯险。"

薛蓁温柔地注目着她，低声问："陛下怕恶人吗？"

"朕不怕。"萧钰笃定道，"朕自登基以来，屡遭算计，可是有那么多人义无反顾保护着朕，所以朕一点儿也不怕。"

可那双下意识攥拳的小手出卖了她，薛蓁笑了笑，说道："陛下不怕恶人，但有人会怕，陛下愿意保护他们吗？"

见萧钰流露出困惑，薛蓁朝她招手，待萧钰走近以后，俯身在她耳畔低语了几句。

萧钰说："可是这样太冒险了，要不娘娘事先传唤禁军入殿随侍，若犯人敢对娘娘不敬，也可以及时将她制住。"

薛蓁早已考虑好在殿内提前部署兵力以防不测，见萧钰主动提出，便问她："陛下属意哪位将军呢？羽林卫赵将军，还是禁卫军郭副统领？"

"朕以为……"萧钰毫不犹豫道，"秦将军最合适不过！"

“不行。”薛蓁想也不想便将她的话驳回，缓了一小会儿，放柔语气与她商量道，“听说郭副统领在青州领兵时曾数次与嫠越人交手，对他们再熟悉不过，本宫已命郭副统领负责当日长秋殿的防卫。”

断不能再让秦荀插手到这件事中，且萧钰对他未免信任了些。

她问过于泓，小皇帝私下与秦荀可有过接触。

于泓答道，除了禀报每日公务，秦荀求见小皇帝的次数并不多。小皇帝得空时会将他召去练武场，说要与他比试骑射，除了骑射技巧，两人似乎无过多交谈。

她从其他近侍口中佐证了于泓的说法，只能将小丫头对秦荀莫名产生的信任归咎于她心性尚浅，识人不清，等萧钰再长大些才能看出秦荀这头狡猾老狐狸的真面目。

薛蓁虽打定主意不让秦荀参与这件事中，却没想到两日后领兵来长秋殿的人，竟会是秦荀。

见到薛蓁诧异的神色，秦荀从容解释道：“郭将军今日清晨扭伤了腰，不敢因为私事误了太后的命令，所以请臣替他走这一趟。”

大理寺押送犯人的马车已经行到宣华门外，纵是薛蓁想撤掉他另觅人选，眼下这个时辰也来不及了。

郭绪的腰伤究竟是他从中捣鬼，还是意外所致，她无从细究。

她很快收敛起惊诧，气定神闲与他过招：“既然如此，那就有劳秦将军了。”

一刻钟后，犯人被押入长秋殿，她身披枷锁，脚带铁镣，面上旧伤未愈，带着倨傲神色。

见到薛蓁，她自是不肯行礼。负责看守她的小黄门往她腿弯处踹了一脚，她这才单膝跪了下去，仰起头道：“一下子弄出这么大的阵仗，是怕我再杀你一回吗？”

薛蓁道：“不管你杀不杀得了我，你的下场都会是一样的，胆敢谋逆弑君，你就不怕被夷平九族吗？”

摇光忽然大笑起来，冷冷看向分列于大殿两侧的禁军：“你想要问我的话，这就是你的诚意？”

薛蓁挥手屏退了禁军，摇光又道：“让你的走狗们也退出去。”

绛珠怒道："你一个重刑犯，何来的底气对太后这样大不敬？"

薛萦轻拍她的手背，使了个眼神，绛珠只好愤愤地领着宫人退出长秋殿。

偌大的宫室只剩下她们二人，摇光立起身，笑着道："你们的大理寺想必早已将我的来历查得一清二楚，你还想知道什么？"

薛萦拾起一卷案宗，抬眸看了看她："唤你前来，是要与你确认些事情。"

"据我所知，你原是嫠越王的幺女，乃侧室所出，起初并不受宠。元宁二年秋，凌王萧琮自请去青州历练，当时大端正与嫠越打仗，萧琮自请投入郭绪将军帐下，才与你生出后来的万般纠葛。嫠越人的传统，女儿亦可上战场，你武艺出众，又熟读中原兵书，遂向你父王请命领兵迎战。你父王起初不信你，只拨给你五百兵士，你凭借这五百兵士击退青州军发动的数次进攻，还俘虏了一位副将军。

"你凭借这些战绩赢得你父王青眼相加，但没想到你会遇上萧琮。他听说了你的事迹，对你心生好奇，与你交手两次后更是对你赞叹有加，于是他设下埋伏大败你们嫠越士兵，并将你捉住。你武艺高强，不甘束手就擒，趁看守不备逃了出去，萧琮只身骑马深入月落山脉寻你，大半个月后他只身回到营地，向嫠越王宣告你的死讯，他说你跌下雪涧尸骨无存。

"但你并没有死，不过是改了名字随他来了临安，摇光这个名字，正是他给你取的。你知晓他贪慕帝位，暗中替他结党，拉拢各方势力，他或许也许过你一些承诺，可元宁五年，先帝做主赐婚，他没有拒绝。幸而他与王妃关系冷淡，仍将你视作心腹，私下往来密切。而你也心甘情愿为他筹谋大业，直到元宁九年萧琮逼宫失败，亡身于叛乱之中。值得庆幸的是，他将你藏得极好，故而当初大理寺清查凌王谋逆一案，始终未能查到你与你的残余势力头上去。萧琮身死，你笃定是新帝害死了他，决意刺杀天子为他报仇，所以才会寻到他的岳丈苏荣，假意扶持小世子上位，实则策反苏荣为你所用，让他替你去做那些见不得光的事。"

摇光默不作声，死死盯着薛萦，眼里带着藏不住的怨毒。薛萦却不惧，继续说了下去。

“可惜苏荣两次下手皆以失败告终，而你的棋子也被拔除得差不多，最后你只能放手一搏，亲自入宫行事。你利用仅存的棋子事先打探好消息，选择对春娘下手，凭借当初萧琮在你面前提起过太皇太后的一些喜好，骗过春娘，让春娘误以为你曾是永宁宫的宫人，胁迫她将你带入宫中……”

“摇光。”薛蓁看着她，“我所说的这些，都猜对了吗？”

她紧抿朱唇，许久过后才轻声道：“是又如何？”

薛蓁说：“你要杀陛下，是因为陛下与萧琮的死有千丝万缕的关系；你要杀我，是因为你认为我暗中动手脚害了王妃母子。可有一点我始终想不明白，你为何要指使春娘在永宁宫的膳食里下药呢？且那味药粉是用鳌越秘术炼制，甚至连太医令也未能觉察出来，能做到这样瞒天过海的药却是无毒的。”

“他这一生除了帝位，最在意的便是他的母亲。可他兵败身死以后，他心心念念的母亲成为太皇太后，却连当面提及他都不愿意，就因为他是你们口中所说的乱臣贼子。”她眼眶慢慢泛红，厉声说道，“我偏要让她日夜不得安宁，让她午夜梦回时想起她惨死的儿子，让她余生都活在思念里……这世上不能只有我一个人……只有我还会想起他……”

“还有你这个贱妇，我本想直接杀了你，可袖箭射偏打翻烛台，分明起了那么大的火，竟没有将你烧死在里头。”她双目猩红，眼底的滔天恨意倾泻而出，须臾化为泪，“临了了，我竟不能为他手刃仇人。”

薛蓁心中百感交集，不知是何滋味，正要唤内侍入殿将她带走，却见她忽然朝自己扑来。

她身形极快，薛蓁来不及闪躲，幸而一张密网落下，及时将摇光罩入其中。

秦荀从房梁上跃下，收紧网，令她再也动弹不得，自她手中夺过两枚银针，针尖泛碧，显然是淬过毒的。

薛蓁惊魂初定，抚了抚心口：“多谢秦将军相救。”

秦荀不费吹灰之力将人提起来，笑了笑：“应该是臣多谢娘娘想出这个主意，让臣有机会当了一回梁上君子。”

他蹲守许久，衣摆难免沾上蛛网旧尘，浑然不复往日整洁。

薛蓁不理会他话中讥讽，转身向山水屏风后行去，屏风后两人一坐一立，正是周氏与萧钰。

祖孙二人将殿内动静听得一字不落，薛蓁福了福身，对周氏道：“太皇太后还有什么话想问她吗？”

周氏轻轻拂开萧钰的手，怅然起身：“哀家没什么话，余下怎么处置，就交给你和阿钰了。”

箬竹将周氏搀扶出去，她脚步虚浮，背影萧索。

萧钰轻声告诉她：“方才我看见皇祖母哭了，就在那贼人解释给她暗中下药的缘由时，她悄然流泪了。”

薛蓁静默了小会儿，才对萧钰说：“阿钰做得很好，幸而今日有你保护祖母。”

“其实皇祖母心中是念着皇叔的，有好几次我去永宁宫，都听见她在里头低声哭泣，我走进去，她才收住泪。”萧钰有些困惑，“可为何她不告诉那贼人呢？”

对此，薛蓁亦无解，抬手抚过她那细软的乌发：“阿钰今后若有空，便多去陪陪你祖母。”

摇光犯的是死罪，但因其身份特殊，顾及嫠越王族已归附大端，不便当众处以极刑。小皇帝下令将其继续关押大理寺中，待她签字画押认了所有罪行，再赐鸩酒。

当夜，大理寺传来消息，摇光于狱中自戕，至死犹不肯认罪。

她用一枚碎瓷片挑断了手腕经脉，待到狱卒发现不对劲时，她仍然保持着朝南静坐的姿势，身下汪着一大摊血，铺地用的干草被染得殷红。

据说她死前曾用指尖蘸着自己的血，在墙壁上绘了一只振翅欲飞的凤凰。

嫠越人相信轮回之说，他们信奉凤凰图腾，将其视作引路神灵。于是摇光死前以血绘下凤凰图腾，希冀它为自己指引来世的路。

犯人畏罪自戕，乃是大理寺严重渎职。

早朝之上，陶骞取下官帽出列，战栗着跪地请罪，他做好了被革职贬谪的打算。

宣政殿瞬间阒静下来，满殿朝臣都等着天子发话，不想竟是坐于珠帘之后听政的太后薛氏率先开口，免去了大理寺上下官员的罪责。

散了早朝后，薛萦命陶骞单独留下，吩咐他悄悄找人将尸首用草席裹了，葬到城郊山上一片朝南的小树林里，除了办这件事的人，勿要让旁人知晓。

陶骞百思不得其解，为何太后不直接命他弃尸乱葬岗，而要大费周章让犯人入土为安。

不过就算再借陶大人十个脑袋，他也不敢去问太后。

第六章
宁州

1.

中秋临近，照例宫里要在春熙殿中举办盛大佳宴。

往年的中秋宴多是周氏负责操办，薛蓁帮忙打点下手。但端午过后周氏玉体抱病，其间又听闻王妃母子辞世，心中郁结难纾，病情越发严重了起来。

太医院开了许多药方仍未见好转，章晗私下向薛蓁进言，说太皇太后实是心病所致，平日里不宜劳心伤神，需好生将养。

薛蓁主动揽下宫宴筹备的活，又怕惹周氏不快，于是每日都到永宁宫向她报备进展。就连拟出的参宴家眷名目，也需拿给周氏看上两遍反复确认过，薛蓁才肯放心让小黄门送去礼部。

见她做事周全，挑不出多少错处，周氏不再主动过问中秋宴的事情，只说身体乏累得很，听多了宫中琐事头疼。

她与薛蓁说这番话的时候，郑太妃亦陪侍在左右，郑太妃病愈以后常来永宁宫侍疾，照顾细致，听闻周氏曾多番夸赞她。

薛蓁心知周氏有意回避，除了每日请安，便不去叨扰。

宫中日子闲暇时觉得难熬，但等到薛蓁真正忙碌起来，禁不住又怀念起过去养花莳草的清闲时光。

转眼就到了中秋佳节，落日西沉后，朝臣携家眷乘马车入宫，前往春熙殿，按照官阶依次落座。

待到华灯初上，宫宴正式开场，无外乎是君臣共饮，赏曲艺歌舞，营造出一派其乐融融的场景。

宴席过半，宫人鱼贯入殿，呈上若干盘清蒸大闸蟹，个头皆有五六两重。

豫州今秋新进贡一批新鲜肥美的大闸蟹，数量甚为可观，不过各宫分食不了这么多的蟹，萧钰与薛萦商量后，命尚食局于中秋当日烧制好送至春熙殿，赐予朝臣们享用。

薛萦历来喜食蟹，但因她近来胃口欠佳，吃了不过半个便觉得饱腹，遂与绛珠说出去散步消消食。

绛珠想起她上次宫宴醉酒一事，不放心让她独自离席，派了个小宫女跟去。

殿外冷清，她让小宫女远远跟随身后，兀自在长廊下来回踱步，抬头望见一轮圆月，心中忽然惆怅起来。

谢怀虚未能赶在中秋之前回京，不知此刻的他是否也在千里之外的定州，共赏这皎皎月华。

薛萦回到春熙殿时，宫宴已接近尾声，朝臣们各自离席归家，若有因饮醉酒无法回去的，可留宿宫中琼华阁。

不过今夜只有姚相与秦荀两人饮多了酒，萧钰已让小黄门将人送去琼华阁了。

听闻秦荀醉酒，薛萦是不大相信的，他那样心思缜密的人，怎会放任自己无故饮醉呢？

不多时，琼华阁的小黄门来禀，说秦将军醉酒厉害，是否要请太医。

薛萦前去探视，他的意识还算清明，大马金刀坐在桌边，低垂着头，一碗醒酒汤纹丝未动。薛萦屏退宫人后，他只安静坐着，等到她主动走近，才开口道："陪我坐一会儿。"

这句话里没有请求的意思，有的是不容置喙的强硬与胡搅蛮缠。

薛萦低声说："秦将军恐怕是醉糊涂了，这处是皇宫，我也并非你的侍妾。"

他抬眸看向她："你还记得我们第一次见面吗？"

与醉酒的寻常人无异，秦荀喝醉后也会话多。

“元宁八年春狩，我在西青山与侍女走散，是你把我带了出去。”薛萦淡淡道，其中的细枝末节，她已经不愿再去回想。

可他偏偏不依不饶，引导她继续往前回忆：“驱赶走狼群后，我以为你会把我丢下，毕竟一个人活命的机会要比两个人大很多。”

秦荀至今仍记得那年他从昏迷中醒来见到薛萦的场景，她把他抱在怀里，双手按压在他右肩的伤口处，满是血污与泥垢。

她喂他喝了些水，要他留在原地等候，几乎过了大半个上午她才回来，带着一捧野果与一张树枝和藤蔓扎成的简易木筏子。她费了很大一番气力才把他一点点挪到木筏子上，他自哂道：“万一再遇到其他野兽，我也没力气拿剑了，你把我带着也无济于事。”

她洗净双手，喂他吃下几个果子：“那我正好可以趁着它们攻击你的时候逃命，所以你得多吃一些，好把它们喂饱。”

两人落魄至此，竟然还有心思相互揶揄，秦荀忍不住多看了她几眼，他见过形形色色的美丽女子，单论容貌她算不得十分出挑，唯有气质出众了些，如栀子般清新淡雅。

西青山绵延数里，走了一整天也只离开了那片古木参天的林子。暮色将近，她寻到一处山洞容身，汲水为他擦拭手脚处的血垢。

秦荀取出怀里的燧石和火镰，教她生火，她手笨脚拙的，试了好几次才把捡来的干树枝点燃，脸被熏得白一块黑一块的。

他笑了一笑：“你平时必定没有吃过这样的苦头。”

“你倒像是常在野外行走的人，应该是某位武将吧！”她用软布蘸水拭去面颊的污渍。

“等出去了再告诉你我的名字。”秦荀勉力翻过来，侧身看着她，“你又是哪家的姑娘？”

“那么，我也等出去了再告诉你。”她勾唇一笑，带着小小的狡黠，眉眼盈盈如一泓澄明的秋水。

西青山尚带几分料峭春寒，她褪下外衫，加盖在秦荀身上，守在洞口睡觉。

她蜷着身子，露出一截纤细雪白的脖颈，秦荀瞧见她耳后长了一颗小小的朱砂痣，玲珑可爱，恰巧与记忆里的某道影子重叠。

他难以言喻心中的情绪，震惊与欣喜混杂，他不肯相信，又仔仔细细看了一遍，的确是生在同样的位置。

冷风吹进来，火焰跳跃不定，将她的侧影拉得长长的，投在山壁上。秦荀伸出手，轻轻触碰那道影子，仿佛这样便触碰到了多年前的她。

对一个人心动需要多久呢？也许需要十年，也许只需一瞬间。

那一夜他几乎没怎么合眼，翻来覆去想着要怎么与她提起旧事，他害怕她早已忘记自己，又害怕她依然记得他当年潦倒落难的模样。

等他醒来，山洞里再无她的身影，只有一堆燃尽的篝火，而那件盖在他身上的外衫亦是不知所踪。见秦荀两日未回营地，明帝命金吾卫在西青山搜寻，在人迹罕至的山坡北面发现了他。

他以为她再度外出汲水，于是告诉金吾卫，还有一个走失的年轻女子，衣饰华贵，应该就在附近。

为首的金吾卫斩钉截铁地告诉他，山洞里仅他一人，许是他受伤后产生了幻觉。

他恢复得快，不过三五日便能下地行走，明帝亲来探视，他恳求明帝为他寻找一个女子，却被婉拒。

秦荀不解，直到春狩结束，帝后一同回宫，他无意中觑见皇后的玉容。

原来她真正的身份，并非他所以为的宗室女子，而是明帝的第二任皇后，薛萦。

皇后与外臣共宿野外，传出去不知平白无故增添多少非议，最好的办法就是抹掉这一切。于是见过他与薛萦的人都心照不宣地告诉他，那女子并未出现过。

他奔袭千里勤王，不过是为再见她一面，而今再见，她的心性早已不如从前，与他相处时更是处处提防。

“这几年，先帝对你好吗？”秦荀低声道。

先帝挚爱灵毓皇后，同小薛后的关系不冷不热，这是阖宫上下都知晓的。薛萦不愿在他面前多提起萧琰，便说：“念在阿姐的面子上，他待我差不到哪里去。”

秦荀却笑了起来：“先帝如果真的对你好，又怎么可能在知道你与谢家有婚约后，还下旨将你召入宫中呢？况且你心中属意的本就不是先帝。”

薛萦的心如被针扎了一下，密密绵绵的痛浮上来，她轻声说：“秦荀，你喝多了。”

无论秦荀在她面前做出什么逾矩的事，说出何等僭越的话，她都可以不放在心里，却唯独不能提到谢怀虚。

偏偏秦荀就喜欢看到她因为那三个字生气，流露出似有若无的落寞。

薛萦从来不会为了他有任何的情绪起伏，即便有，多半也是愠怒。

他意识到自己这次过分了些，索性借着醉意将她扯到自己怀里，在她耳边呵气：“你与他已无可能，不妨考虑考虑别人。”

薛萦挣扎着起身，下意识就要唤宫人，秦荀手上力道不减半分，提点她：“你把他们都喊进来，最好今夜就治我的罪，就说我垂涎太后，祸乱宫闱，罪无可赦。”

被他这么一说，她倒冷静了些，低声道：“秦荀，你究竟想要什么？”

他从身后搂着她，将头枕在她瘦削的肩上，贴着她的面颊道：“当然是想要太后娘娘自解罗裳，毕竟不是谁都能有机会侍奉娘娘。”

薛萦忍无可忍，侧过身狠狠往他脸上挠去。

她蓄着长指甲，纵使秦荀躲闪及时，可还是被她的长甲勾出一道血痕。薛萦趁乱起身，整理好衣襟，这才望向秦荀，见他眸中攒聚淡淡怒气，紧抿薄唇。

眼看他就要起身，薛萦立即对外头说道：“快来人，秦将军起疹子了。”

秦荀是真的起了疹子，颈部与面颊迅速浮起一片片红色疙瘩，宫人们闻讯入内，将两人冲散开。

太医很快赶到，望闻问切一番，说秦将军是因为食了生性刺激之物才会发疹子，只需吃几服药就能恢复。

薛萦佯装关切，垂询了许多需要注意的事项，又问太医，这些时日秦荀能否在外走动。

太医答最好是静养，不能抓挠，避免落下疤云云。

不待太医说完，薛萦便将他打断：“秦将军既然身体不适，不如好好养着，免得日后落下什么病根。”

她刻意将起疹子这等小病往严重了说，正是想借此机会暂时把秦荀调离禁宫。他方才竟敢做出如此僭越的举动，这段时日自己肯定是不想再看见他的。

秦荀笑着道：“多谢太后体恤，禁宫巡视一直是郭将军与臣共同负责的，臣想告假在家休养一段时间，今后恐怕要辛苦郭将军了。”

薛蓁没料到他会答应得这样快。

次日，秦荀便向小皇帝告假，他顶着满脸红疹去了紫宸殿，途中惹来诸多宫人侧目，就连萧钰见到后也是吃了一惊，询问他病情如何。他将太医的诊断叮嘱叙述一番，又说因身体实在抱恙，请求回家休养，禁卫军暂且交由郭副统领掌管。

他离宫以后再无人愿意真心指点她的骑射，萧钰心中已将他视作自己的半个师父。她本想挽留秦荀，闻悉太后已经恩准他回京中宅邸，纵然她心中不舍，也只得允了。

秦荀走得干脆利落，与郭绪交接完，头也不回登上出宫的马车。

郭绪丢给他一顶遮面用的帷帽，神情有些不自然:“下车的时候戴上，别吓坏了家中美婢。”

帷帽向来是女子的饰物，岂有男子佩戴之理？不过现下他想遮掩狼狈面容，确实只有这个别扭的法子。

秦荀笑了笑，说：“郭将军日后有得忙，还需尽快养好旧伤。”

郭绪问他：“你这病养上几天便好了，难不成还想继续犯懒在家？”

秦荀但笑不语，与他抱拳作别。

秦荀告病以后，禁卫军之事全权交由郭绪负责，如此过了大半月，他竟一直按捺未有动作，倒是令薛蓁有些吃惊。

他是因为食了蟹肉才会无端发疹子，虽看起来可怖，但太医禀明她，说那些疹子并不要紧，每天定时服药，三五日便会消下去。

不过很快薛蓁便没有了兴致去猜测秦荀下一步的举动。

谢怀虚昨日回了临安，托宫人送来一本前朝名士所撰的地理志。他无意中在定州的集市上寻到这本古籍，认出此书是将要失传的孤本，解囊买下送给薛蓁，并说以此书为太后千秋之祝。

薛蓁的生辰恰好在中秋后两日，鉴于中秋举办过宫宴，便不再单独为太后贺寿。这亦是周氏的意思，说今岁国库紧张，不宜过度铺张浪费，宫中除了天子，其余人等一律不再办宴贺生辰，连她自己也是如此。

朝中官员送来的贺礼多是些玉器珠钗，薛蓁捡了两样喜欢的留下，余下的都送去充盈国库。

谢怀虚送来这本书，倒是了却薛蓁一桩心事。

她父亲入朝为官前曾立志访遍天下山水，编撰出一本新的大端地理志，他用了十余年游历九州，一路记载沿途风土人情，唯独定州还未来得及去。

原因无二，恰在她父亲打算去定州的那一年，薛蓁入住中宫，为表示对皇后母家的重视，萧琰封了她父亲一个闲职。

两年后父亲于南淮薛家病逝，他心心念念的都是他那还未撰完的地理志。

如今寻到了前人留下的古籍，便可将其用作参考，替父亲将书完稿。

宫中风波已平，萧钰登基大半年有余，在姚相等一干老臣的辅佐下，处理起国事来日渐得心应手。

前些日子南地闹水患，青楚两州发生了灾民哄抢打砸粥铺的恶劣事件，朝野各执一词，有要求严惩闹事灾民的，也有要求查处赈灾不力的官员。萧钰听闻后并未直接问责两州的刺史，而是派吏部侍郎宋清河悄悄化名去灾区访查。

数月之后真相大白，小皇帝震怒，下令惩办了多名借水灾之故大兴捞钱的渎职小吏。

薛蓁问她为何不直接问询两州刺史，萧钰道："青州与舒州离京甚远，他们若有意隐瞒一些事情，朕也很难在短时间内发觉。不如派使者前去化名走访，且这使者须得是京中人士，素来与两州刺史无往来瓜葛。灾民们不知使者真实身份，自会愿意同他说出自己的所见所闻，到时再将官民双方供词对比，如果合不上，必有一方说谎。"

"即便灾民们对事实有所夸大，也不可能两州百姓都统一口径说谎，所以朕猜测多半是底下小吏尸位素餐，未重视赈灾一事，命吏部细查，果真如此。"

薛蓁笑着道："陛下考虑周全，想必姚相公已经夸奖过你了，只是不知这主意从何而来，可曾有谁向陛下进言？"

萧钰将手负在身后，眉眼带着小小得意："是我和阿珩一起想出来的主意。"

"当然。"萧钰补充道，"我率先有了这个想法，然后才有阿珩帮忙提意见。"

薛蓁忍俊不禁："陛下回去后莫忘了感谢梁小公子这位军师。"

萧钰行至案桌旁，觑见那一卷卷微微泛黄的旧书，惊讶道："这是什么？"

"是陛下外叔公编纂的地理志，可惜未赶在他临终前完稿。"

萧钰好奇地翻了翻，恰好打开了记载宁州的这一卷，见工笔勾勒出山川地形，下方用小字注释，墨迹陈旧，看起来像是多年前写下的。

她问薛蓁："娘娘以前去过宁州吗？"

薛蓁说："一直没能寻到机会去，不过听你外叔公提起过宁州的风土人情。"

萧钰想了想，将书合上："等日后有了机会，我和娘娘一块儿去。"

薛蓁笑意温婉："好，等以后阿钰得了空，就带娘娘去宁州看看吧！"

她亦想见一见那从未遇到过的飞沙走石，大漠狼烟。

熙和元年九月，桂花还未谢，宫苑内外飘香。绛珠清早折下几枝插入净瓶中，摆放于殿中四角，其效果不啻博山熏炉，长秋殿索性省却了熏香。

惩治了水灾中贪污的小吏，朝中复又风平浪静。除去陪伴小皇帝上早朝，每日按时前往永宁宫向周氏请安，其余时间薛蓁都留在长秋殿代父亲修撰未能完稿的地理志。

日子悠闲，诸事顺遂，甚至连她不想见的人也没有再露面过。

细算来，秦荀将近一月没有出现在宫中了。小皇帝曾下令召他回来，被他以病躯不适为由婉拒了。

九月末，万花杀尽，唯有秋菊傲霜开。

宫中花匠栽培的秋菊品种繁多，今年却是南楚进贡的绿菊早早绽开，一株独秀，宫人们视其为妖异之兆，私下多有议论。

十月刚至，宁州传来军情，北蛊集结九万骑兵南下。

新任刺史李晋因误判形势，延误了最佳战机，以致北蛊人行军到栩水河以北时，宁州军士才部署备战。

未过半月，宁州降下今年的第一场雪，栩水河冻住，北蚩骑兵不费吹灰之力过河，在宁州城外扎营，距北城门仅八十里地。

军报抵达临安，朝野哗然。

不过北蚩这番举措，倒能寻出一点征兆。

今年开春比往常要晚，探子回报说塞外饿死了一大批牲畜，那时秦荀尚在京中，宁州之事暂由他的副将穆峥代领，兵营上下事先做了预案提防。

后来秦荀插手苏荣案，有意继续留在京中，薛蓁无奈答应，但免去了他的刺史一职。

姚相举荐的人选是时任雍州刺史的李晋，李晋原是宁州兵营出身，战功显赫。宣帝赏识他，将他调去雍州做了刺史，驻守兵家要塞，率兵卫戍帝京。

那时薛蓁有着自己的打算，她想趁机清洗秦荀在宁州经营多年的势力，于是很快点头同意了。

似乎满朝只有秦荀曾上书表露反对，他说李晋离开宁州多年，而雍州一向太平，李晋近些年只率兵剿过山匪，难以担当重任，应从宁州兵营中提拔下任刺史。

那道奏折是薛蓁率先看到的，萧钰素来信任秦荀，为避免他再耍花招，薛蓁命李德暗中将那道奏折抽走。

之后秦荀又上过几道相同的奏折，皆被薛蓁以同样的方法撤下。

李晋去了宁州上任后，加固城墙兵防，修建暗渠从栩水河饮水，解决炎夏百姓饮水困难的难题，业绩挑不出错处。

北蚩至宁州城外后按兵不动，朝野主战的呼声越来越高，送到紫宸殿的许多奏疏都是请求主动迎战，以免像上次那样延误了时机。

令人意外的是，对外邦一向态度强硬的姚相，此刻却选择倒向保守一派。

薛蓁知道其中缘由，这些年交战虽是大端占了上风，但北蚩王庭仍有左贤王一干臣子等苦苦支撑经营，忠心辅佐新王，实力不容小觑。

北蚩尚未到强弩之末，而大端也未到鼎盛之时，更何况今年拨款赈灾已从国库划走大笔银钱，选择此时与北蛮全面开战并非上上之举。

这些天薛萦陪同小皇帝上早朝，朝臣们皆为是否要主动出城迎战一事吵得不可开交，却有一人浑然置身事外。

秦荀告病多日，薛萦让章晗出宫去他府上瞧过。章晗回来答复说，秦将军身体已无大碍，只是近来心悸，想多休养一阵。

她晓得那是秦荀的借口，便没有拆穿他，现下细算来，他离宫一月有余，连宁州发生这么大的变故也惊不动他，倒真像是要诚心做足样子。

过了几日，章晗奉太后的懿旨去给秦荀复诊，却带了一位年轻宫人随侍，看门小厮见来者陌生，又带着帷帽遮面，便想让那女子将帷帽取下。

章晗却抬高声音道："太后宫中掌事女官的玉容，岂是尔等小厮能随便窥见的。"

小厮被章晗的气势镇住，不敢再造次，领二人去见了府上管家。

管家将章晗二人引到秦荀平日的起居小院，见那女子看起来甚是神秘，一路上心中虽有好奇，却不敢多问，唯恐得罪了宫里头来的贵人。

秦荀正在居室内练字，见章晗携药箱前来，遂搁下纸笔，打发仆从去煮茶，请他二人先入内歇息。

章晗没有留下吃茶的打算，道明来意，便为秦荀搭脉问诊。

他的脉象无丝毫异常，章晗不敢明言，只好说秦将军体内病症尚未根除，还需多吃几服药去火降燥，至于心悸一症已无大碍，再休养几日定能康复。

秦荀微笑着看向章晗身后那女子："太医令今日前来草舍，怎么换了位药童？"

被他一问，章晗心中发虚："我原先的小童病了，担心误了给秦将军问诊的时间，太后娘娘遂命绛珠姑娘与我出宫同行，也好替娘娘代为探望秦将军。"

秦荀淡淡"嗯"了一声，没有继续追问。

仆从奉上茶水，那女子伸手去端，一个不慎便将茶盏打翻，滚烫的水顺着桌案淌下，濡湿秦荀的衣袍下摆。

她福了福身，对秦荀道："婢子有失分寸，实在抱歉，还请秦将军挪步去内室，好让婢子服侍将军换一身干净衣裳。"

帷帽之下，是绛珠的声音。

秦荀起身随她去了内室，他倒是没有真让绛珠服侍自己更衣的打算，当着她的面兀自将衣裳换下，慵懒地问：“姑姑今日前来，可是有事？”

绛珠道：“太后娘娘想请教将军，可有办法解宁州之急。”

“下官自从被免去刺史一职，便决心不再越权插手宁州的事务。”秦荀唇边衔笑，“恐怕是帮不上什么忙。”

他拒绝得干脆利落，绛珠亦不再相劝，向秦荀行过礼，轻步退了出去。

送走宫中来使，秦荀复又练字，不多时，一只隼落在窗柩，腿部绑着铜管。

秦荀取下铜管中的字，看过后，问身后侍从：“信送到了吗？”

侍从答道：“已送到穆将军手中了，只是不知穆将军能否劝住李大人不要出城迎战。”

秦荀冷声道：“李晋性情急躁，容不得旁人激怒，况且北蚩有备而来，看这情形，穆峥八成是劝不住他了。”

十一月初，北蚩细作潜入宁州城内，杀守将十余人，宁州刺史李晋大怒，不顾下属劝阻，主动出城迎击北蚩骑兵。

双方既已兵戎相见，便再无挽回余地，朝廷下令尽快结束战事。

起初两场战役大端占了上风，未过十数日，北蚩竟扭转了局势，重伤李晋，俘获宁州兵士千余人，直逼宁州城外。

李晋受伤，将军士移交下属穆峥指挥，但北蚩这次来势汹汹，扎营城下，大有不破宁州不罢休的架势。

听闻战报，就连秦荀也有些坐不住了。不过北蚩取胜后再未有动作，宁州军士暂时可得片刻喘息，等待朝廷从临近州府调派援军。

又过两日，章晗登临府上复诊。

依旧有一位年轻女子与章晗同来，帷帽遮面，身姿窈窕，小厮这回不敢多嘴，径直将二人引去书房见秦荀。

秦荀立在舆图前，心中思绪正乱，听说章晗又来诊脉，随口让侍从将人打发去花厅落座歇息。

他话音才落，一个女子走了进来，淡淡道：“看来将军的病好得差不多了，却不知将军为何要躲在家中，既不上朝，也不肯见客。”

声音清越婉转，隐隐带三分赌气，秦荀抬头向她望去，有些诧然。

侍从识趣地退出书房，将门虚掩上。

薛蓁取下帷帽，看着他道："想必将军已经听说了宁州现今的战况，我出宫前来，是想同将军讨要退敌之策。"

秦荀将手负在身后，唇角微弯，扯出一抹笑："姚相公与诸位大人们都想不出良策，臣一介粗鄙武夫，又能提出什么计策来呢？况且今年塞外大旱，收成欠佳，北蛩南下攻城不过是为了掠夺粮草衣帛。北蛩人没有粮草支撑，而寒冬提前到来，他们其实撑不了多久，才会故意挑起事端以求速战。"

"原本李大人再耐着性子耗上月余，便能痛痛快快与北蛩骑兵打上一场，不费吹灰之力就可将胡人驱到栩水河以北去。可李大人中了计，提前开战不说，还让自己落下一身伤，大战在即，主帅因伤退下前线，致使军心大乱。李晋多年前也曾与北蛩数度交手，而今这番谋略，莫不是以为他还身处雍州，将胡人当作那些山匪草寇看待了？"

"故而，臣对于宁州现下局势，无任何见解可言。"

"当初贸然将李晋提拔到那个位置上去，是我之过，我愿承担所有后果。"薛蓁咬了咬朱唇，轻声道，"你官居宁州刺史数载，对北蛩人再熟悉不过，想来定是有办法让北蛩人退兵。"

秦荀笑着反问："太后娘娘能承担什么后果呢？倘若宁州失守，胡人入城，死伤的军士百姓不会是娘娘的亲人，被抢走的牲畜也与娘娘无关。就算城中当真血流成河，您依旧还能高居尊位，冷眼俯瞰众生。"

薛蓁想反驳他，却无从说起。

他的指责不无道理。当初她同意将李晋提拔到宁州，秦荀呈上数道奏疏劝阻，而她因一己私心撤下折子，使小皇帝在不知情时点了头，毕竟那时朝中只有秦荀一人反对。

薛蓁从未见过北蛩骑兵，但遥想当初凌王逼宫，叛军在禁庭肆意杀掠的场景，她仍会手足冰凉发虚，遑论那些手无寸铁的百姓，不知他们见到北蛩破城后会有多么绝望。她半垂着眸，终于下定决心："秦将军，究竟要怎么样，你才肯同意献策呢……"

她今日穿雪青色罗裙，鬓上佩两支玉簪，妆容素净，眉目间笼着半分哀愁，比往常更加楚楚堪怜。

秦荀心中动容，面上犹冷着道："求人也该有个求人的样子，让不知道的人撞见，还以为娘娘又要给臣下命令。"

"不过臣并非铁石心肠之人，若娘娘诚心相求，臣兴许就答应了。"他似笑非笑，薄唇轻轻吐出一句，"太傅之位，不晓得娘娘肯不肯允？"

薛蓁道："若你能解宁州之困，等战事结束，必定封你做太傅。"

秦荀微挑眉梢，继续道："那娘娘的万金之躯呢？"

薛蓁遏制住怒意，抬眸看他，面上因羞赧而变得绯红。

他笑了笑，说："看来太后今日前来，并无诚意。"

说完，秦荀行至沙盘前，低头俯瞰地形，拔出几面插在城郭外的小旗，丢弃一旁。

薛蓁认出来，沙盘上堆砌的正是宁州城，过了许久，她朝他走过去，语气低缓："你要在书房吗？"

秦荀静默无言，伸手将她捞了过去，俯身压下。

薛蓁被困于沙盘和他的胸膛之间，再也动弹不得，十指哆嗦着解开衣带。

秦荀好整以暇地看着她，情绪无半分波澜，直到她露出香肩，闭上了眼睛，终于认命。

她的左肩留下一个小小圆疤，他记得刚把她从棺椁中抱出来时，她左肩部位被弩箭贯穿，失血过多，面色惨白，整个人几乎昏死过去。他寻了处偏殿便替她将弩箭拔除了，当时压根顾不上男女大防，一心只想让她活下来，离开后才发觉他手心竟全是冷汗。

事后回想，他这半生戎马倥偬，竟然从未那样慌张过。

他吻上左肩的旧疤，异样的感觉传来，薛蓁禁不住微微发颤，他却低笑："害怕了？"

薛蓁说："你快些完事，章晗还在花厅候着。"

秦荀吻了吻她的眉心："觉得很难受？"

他扯开她的中衣领口，冲那玉润的肩头狠狠咬上去。他铁了心要留下印记，不管薛蓁如何挣扎就是不肯松口，直到嘴里尝到铁锈味。

左肩的一排牙印渗出血，秦荀一点一点舔舐干净，埋首在她耳边："往后你就是我的了。”

她的双肩依旧轻颤，莹白的脸庞上挂着泪珠，整个人有一种苍白脆弱的美，仿佛一碰就会碎的琉璃，也不知此刻心中是不甘，还是绝望。

秦荀替她把领口拢好，慢条斯理道：“你快些随章晗回去，我还有些事需处理，明日再进宫请见陛下，便不再同你道别了。”

她却推开他的手，并不在乎这点可笑的怜悯：“你要去哪里？”

秦荀望着她眼底的雾气，一字一字道：“回趟宁州。”

他当然不可能真的弃宁州不顾，只不过眼下宁州由穆峥掌兵，比起李晋那厮，他放心了许多。

2.

次日秦荀入宫，主动请缨去往宁州，小皇帝与姚相俱有些吃惊。

不过现今北蛮兵临城下，李晋不堪用，放眼朝野武官，却只有秦荀最熟悉北蛮骑兵，他是最合适的人选。

姚相与几位老臣商议过后，当即去请示太后。

太后亦点头同意，不过命郭绪暂代了秦荀在禁军中的职务，等秦荀回京后，再与他交接。

战事吃紧，当日下午秦荀奉帝命出城，携两名护卫向北行去，昼夜兼行，不过七日便抵达宁州兵营。

临安也开始落雪，这日黄昏，萧钰在紫宸殿批折子，年关将近，各地呈上的奏折比往常翻了一倍，更何况宁州还在与北蛮打仗。

宁州那头的战报每隔两日就要递交到临安，姚相与几位老臣借宿宫中，不管使者多晚送来消息，都会披衣起身商议。萧钰教他们带着一起，她虽然困乏，但看着一群将近耄耋之年的老者为国事不眠不休，心中实在过意不去，只能打起精神陪同。

整宿整宿地熬下来，即便是萧钰也开始吃不消了，折子未批到一半，她便犯困起来。

紫宸殿的地龙烧得暖和，熏炉中吐出百花香，如置身春日之中，她想起金明池边新种的那一大丛迎春，等到来年开春，它们定能开花了……

梁珩入殿时，只见年轻的小皇帝伏在案桌前，手中执朱笔，她睡得极沉，连她小半边面颊染上滴落的墨也未能察觉。

小皇帝近来烦忧，殿内鲜少留人侍奉，连她睡着了也无人发觉，梁珩轻手轻脚走去，为她加盖上一件外衫。

再过半刻钟，太后便会过来，梁珩一边望着她的睡颜，一边思索要不要将她唤醒。

萧钰已经很久没这样好好休息过了，他终究不忍，静坐殿内陪她，等待薛太后过来。

屋檐上积雪滑落，发出一声轻响。萧钰忽然惊醒，搁下手中紧握着的朱笔，揉搓双眼，迷糊道："阿珩，你怎么过来了？"

梁珩见她将墨迹揉开，白玉似的小脸霎时花了大半，忍不住笑着道："过来看看陛下，无意中瞧见一些趣事。"

他取来铜镜，萧钰这才明白过来，抬袖去擦脸颊，佯装嗔怒："你定是看了许久的笑话。"

梁珩不辩解，取出锦帕，蘸了点茶水为她擦拭污渍。两人离得很近，他看见她澄澈的双眸，像上好的墨玉，不掺任何杂质。

他从未这样近距离看过萧钰，两人一同听崔太师讲学，一同练字，一同习武，从来都隔着生疏的君臣之礼。

萧钰今年十岁，她长得慢，比同龄的男孩子都要矮上半个头，在梁珩面前更显瘦小，看似和他家中幼弟相差无几，可她偏偏狡猾许多。

她生了一副玲珑心窍，每次课业完不成，知晓要被薛太后责罚，总会软软糯糯开口唤他"哥哥"，请他帮忙代笔。

梁珩起初拒绝过她，可等到她真的被薛太后打了手掌心，他又不忍，破例答应她一回，如此便有了第二回，以及接下来的无数回。

他的目光清清淡淡，萧钰被他瞧得有些不自在，于是问他："你怎么不帮我擦了？"

梁珩收回心神，替她将脸蛋擦干净。

萧钰忽然想起什么，抓住他的腕子："外头是不是又下雪了？我们去堆雪人吧！"

梁珩指了指案桌上那一摞奏折，萧钰撇嘴："晚一点儿回来批，也不打紧。"

她向来是这样的性子，一旦起了兴致，旁人是劝不住的。

梁珩刻意唬她："过会儿太后娘娘就要过来，若是娘娘看到陛下贪玩，想必会生气。"

他搬出太后，萧钰倒真有三分惧怕，但她此刻玩心大起，再顾不得那么多，拽着梁珩便往外行去，小声嘟囔道："那你倒是快些啊，要不然娘娘就过来了。"

梁珩无奈，随她去了。

殿外白雪皑皑，寒意正盛，于泓迎上前，想将小皇帝劝回紫宸殿，还未等他开口，萧钰却道："除了梁公子，其余人都不许跟过来。"

她并未携梁珩走远，二人去到紫宸殿后方一片空地攒雪球。

萧钰打小身子骨弱，君父在世时，对她管教严厉，冬天决不允许她出殿吹风受寒，遑论堆雪人这种玩乐。七岁那年，她见到宫人在殿外堆了好些雪狮子，便央求薛萦悄悄带她去梅苑堆雪人，君父畏寒，从不会去梅苑，便不会发现了。

当夜她就害了风寒，事后君父得知缘由，两人一起挨训。

她觉得委屈，从承明殿出来后，扑在薛萦怀里哭了好一阵，问她什么时候才能做自己真正想做的事。

那时薛萦告诉她，等殿下再长大一些，能够肩负起陛下的期望，便能去做自己想做的事。

却没有人告诉她，君父的期望是什么？

她立在风雪之中，举目四望，只见天地间一片肃杀，白雪之下，是绵延不绝的楼台殿宇。

梁珩半蹲下身，雕琢第一头小狮子的神态。她抱着雪团朝他走去，低声问："阿珩，你父亲是什么样的人？"

"臣的父亲……"梁珩停下手中动作，"臣自开蒙读书起始就是父亲亲自教导，每次考问若有答错，便要被罚。后来父亲被先帝擢为礼部侍郎，公务繁多，才渐渐松懈了对臣和幼弟的管束。"

萧钰说："梁大人平时看起来十分和蔼，想不到竟会是这样严厉的父亲。"

梁珩听出她话中之意，顿了顿，才道："臣斗胆问一句，陛下是思念先帝了吗？”

萧钰却不置可否，将雪团放在他身旁，兀自向阶下行去。

她走得急，足下踩空，眼看就要重重跌下石阶，身后的梁珩及时将她拽住，但他用力过大，两人一同往后倒去。

雪地松软，摔下去并不疼，萧钰仰面望着阴沉沉的天际。

“好多时候我都会想，我当真适合当皇帝吗？”她喃喃道，“无数双手把我推上这个位置，却从没有人问过我，愿不愿意。”

梁珩将她从石阶上拉起，为她掸落衣裳鬓发上的落雪。他望着她雾气腾腾的双眸，轻叹一声：“阿钰……”

不待梁珩把话说完，她忽然啜泣起来。

梁珩慌了神，紧张地问：“陛下怎么了？”

哭了一阵，心里终于好受了些，她决心骗他，哽咽着道：“好像崴到了脚，阿珩你背我回去吧！”

梁珩将她背起，快步往紫宸殿行去，留下一头尚未成形的小狮子和半个雪团。

廊下铁马相撞，北风吹得更厉害了，薛蓁在远处目睹这一幕，静默站了一会儿，对绛珠道：“派个小黄门告诉陛下，本宫今日不过去了。”

绛珠有些诧然：“再行百来步就是紫宸殿了，娘娘当真不去了吗？若娘娘觉得风雪太大，婢子这就去传小轿。”

薛蓁说：“回长秋殿。”

三日后雪霁，北蚩再次叩城，朝野上下都紧张了起来，就连萧钰也悄声问她，秦将军能否扭转局势。

彼时长秋殿中挂了一幅《九九消寒图》，图上绘有素梅一枝，枝上结梅花九朵，每朵梅各有九瓣。

薛蓁笑了笑，牵过她的小手，往《九九消寒图》上添了一笔，柔声道：“陛下既然选择派秦荀前去，便要相信他不会辜负陛下所托。”

只是这话，不知是说与萧钰听，还是说与她自己听。

这场仗一打竟是两个月，秦荀虽率军重创了北蚩骑兵，但北蚩不肯收兵，双方在宁州城外僵持着。直到次年开春，秦荀夜袭北蚩兵营，生擒其统帅呼延赫。

呼延赫既是北蚩骑兵的主帅，又是左贤王的女婿。可怜左贤王四十岁才得来唯一的女儿，纵然他不忍见爱女守寡，但北蚩王庭仍不愿就此退却，欲舍了呼延赫的性命，集结兵力做最后一击。

秦荀将重伤后的呼延赫悬在城楼五日，眼看人只剩一丝气息，终于逼得左贤王力排众议下令退兵。

大端将呼延赫送归北蚩不过五日，他就在回程的路上断了气。

北蚩此番南下，不仅折损三万骑兵，更断送了一员大将的性命，相比起宁州军的伤亡情况，不可不谓损失惨重。

秦荀料理完宁州余下的军务，携家眷启程去了临安。

他的外祖过世数年，宁州再无血亲，秦家只余下一位看守旧宅的家仆。老家仆名唤淳于意，与秦荀的生父一般年岁，自打秦荀母亲病逝后就一直尽心尽力照看他，后来又随他去了宁州兵营。

秦荀打小就将淳于意当作叔父对待，他当初匆忙奉诏入京，不知前路，暂且将淳于意安置在宁州老宅。淳于意一生未婚娶，膝下尚有养女秋辞，年不过十六，他当初想着若自己遭遇不测，还有秋辞照料。

现今他重返临安，不知下次再回宁州会是何时，自然是要将他父女俩带上的。

秦荀身上新伤未愈，他本想让车夫慢些行路，无奈京中催得急，说是开春后朝中官员多有升迁调动，届时陛下一并下诏嘉奖，望他能赶上。

对此秋辞多有不满，抱怨了不过几句，便被淳于意呵斥：“圣上的心意岂是你一个小小女儿家能胡乱揣度的。”

秋辞道：“圣上只顾着催兄长赶路，也不看看兄长背后的伤口崩裂了几次。”

淳于意冷下神色，眉头紧蹙，他性情温和，此番神色便是怒极。秋辞知晓自己惹恼了父亲，忙躲到秦荀身后：“兄长，你看父亲，离开宁州后变凶了许多呢！”

她尚是小女孩儿心性，每逢父亲发难便向秦荀求助，他笑着道：“阿辞不过随口一说，她年岁小，还不知事，意叔莫要生气了。”

淳于意的神色稍稍缓了一些，冷声道：“她这丫头口无遮拦，早晚要闯祸的。”

秋辞眨了眨眼，不再与父亲争辩。

熙和二年春，原大理寺卿陶骞与吏部尚书钱芷相继请辞，小皇帝下令擢少卿谢怀虚为新任大理寺卿，吏部侍郎宋清河为新任尚书。

而去岁在宁州立下军功的秦荀，则平步青云获封三师之一的太傅，得官邸一座，珠宝金银不计其数。

薛萦果然允诺，许了他当初所求。

然他出列谢恩时，面上神色淡然，并婉拒赏赐，说他独居京中，尚无家室，只需一间小小宅院即可。

下朝后，秦荀接受了同僚们三三两两的祝贺，谢怀虚最后才至，算来两人也是小有交情，说了一些客套话。

秦荀笑着道："谢大人莫要光顾着贺我，从大理寺少卿擢升至大理寺卿，回去后可得好好庆贺。"

谢怀虚亦笑："我在大理寺任职，不常与六部官吏往来走动，故而认识的人不多，筵席便不摆了。太傅若肯赏脸，不妨与我约个时间一同吃茶。"

秦荀道："承蒙谢大人不嫌弃在下粗鄙，等赁到宅院落脚，安置好叔父，我再去拜访谢大人。"

因还有其他事务在身，与他说了京中几处不错的住处，谢怀虚匆忙道别离开。

秦荀心中记下住址，打算找个时间和淳于意父女俩一起去看宅院，待他满意点头就行。他自个儿对于住处是没有太大要求的，行军打仗时连烂泥沼泽地都大着胆子睡过，可淳于意年纪已长，腿脚越发不利索，需要住温暖向阳的地。

正思量这件事，小黄门向他行来，施了一礼："娘娘命臣前来给太傅送上贺礼。"

他接过紫檀木匣，启开盖，里头盛着一柄如意，雕刻华美，一看便是宫中玉匠的手艺。

显然，她这份贺礼准备得甚是敷衍。

秦荀打赏了小黄门一点碎银，道："有劳公公，烦请代臣谢过娘娘。"

太傅是个虚衔，秦荀回京后仍掌管禁军。

小半月过去，秦荀都没有来过长秋殿，薛萦虽未主动过问他的行踪，可她从内侍口中听说了秦太傅忙着赁一间宅院落脚。

薛萦觉得这人存心找罪受，给他良宅美婢不要，非要人生地不熟跑去找房子，自个儿作得厉害。当然这些话她决计不会当着秦荀的面说，不是怕他生气，只担心他听去后多虑了，觉得她似乎很是关心他。

月初，礼部呈上今年春狩的行程安排，薛萦还未来得及看，便被永宁宫传召过去。

待她走进宫室内，见周氏跪在佛龛前，缓缓开口与她说道："去年和北蚩打了一仗，宁州将士死伤千余人，你替哀家去趟清音寺，请雪鉴法师做场法事，为这些儿郎超度。"

朝廷已下发津贴抚恤死难将士的家眷，宁州百姓也自发组织了法事告慰英灵，京中的确也应有一些表示。

周氏要求在三月春狩前将此事办妥，薛萦与萧钰说过后，定下次日就去灵虚山。

出宫需调拨禁军护卫，薛萦原本想命令郭绪随行，却听见萧钰说："闻悉娘娘要出宫为殉难将士们办法事，秦太傅请求护送娘娘的车驾，他想亲手点一盏大海灯供奉在清音寺，但求尽一军主帅最后之责。"

他这番理由滴水不漏，薛萦没有理由拒绝。

次日清早，太后离宫前往清音寺。

秦荀与她一路上未有过多交集，即便见到也只客气行礼。

雪鉴法师率众僧侣诵经七日为亡魂超度，薛萦亦在宝殿内陪同，法事临近尾声，她才得歇息。

客房毗邻山壁建造，远远望去，灵虚山的景色尽收眼底，薛萦立在窗前，忽听到叩门声。木门没有上闩，秦荀推门而入。

薛萦听出来者的足音，晓得是他过来，便问："绛珠呢？"

"找了由头将她支走，今夜她不会值守。"秦荀道，"你似乎不大乐意见我。"

薛萦笑了一笑，并不答话，他闩好门闩，朝她走来，她隐约嗅到一丝危险气息。

他仅是同她一样站在了窗下，没有进一步动作。

她不善言辞，与秦荀同处一室时更是缄默，两人相处起来气氛总是有些怪异的，她只好率先开口："雪鉴法师说你捐赠一年俸禄，在佛前供奉了一盏大海灯。"

秦荀道："我自己是不信这些的，但那些孩子信奉，每次行军打仗前他们都会拜菩萨佛祖。清音寺的香火是天下最鼎盛的，希望这盏海灯能稍稍慰藉那些年轻英灵。"

薛萦轻声说："你倒没有想象中那么心肠冷硬。"

"太后娘娘，北蛮骑兵凶悍，战场瞬息万变，若都像你这么多愁善感，会死更多的人。"秦荀笑着说。

薛萦不知如何接话，看向窗外青翠山林，怀中忽被塞了一物。

是一把打造精巧的匕首，金制刀柄上镶嵌着玛瑙和各色宝石，看起来不大像是中原工匠的手艺。

秦荀漫不经心地解释："宁州缴获来的战利品，送给你了。"

她望着他，正要道谢，蓦地，他倾下身吻她柔软的唇。

薛萦一时怔住，他试图用灵巧的舌头撬开她紧闭的牙关，她这时才反应过来，将他推开，羞愤抬袖擦拭自己的唇瓣。

秦荀低笑，拦腰一捞将她抱上窗枢："再闹就把你扔下去。"

背后是百丈高的山崖，即便平日再厌恶秦荀，此刻也得忍耐着，她侧过头，他腾出一只手抓住她精致小巧的下巴，迫使她不得不看着自己。

他突然从她腰间抽走一条手臂，吓得她不由得张口发出小小的惊呼，而他趁势侵占她的丁香小舌。她半个身子悬空着，被迫攥紧他的衣袍，微微仰头接受他的攻城略地。

暮色四合，一番纠缠过后，秦荀埋首在她耳畔，沙哑着声说："宫里的嬷嬷没有教过你怎么伺候男人吗？"

"这里是佛门清净地……佛祖会怪罪下来的。"她的眼中蓄着一汪秋水，声音细若蚊吟。

她尝试做最后的挣扎，可他不愿再给机会，将她打横抱了起来："你并非自愿，若要怪罪也是怪罪到我身上，可惜我从来不信鬼神。"

屋子里仅设了一张竹榻，他把薛萦放在榻上，为她除去鞋袜。

薛萦大惊失色："不，你不可以这样做。"

他不管不顾，扯开她的中衣，一边剥她的衣裳，一边亲吻裸露出的大片雪肌。她肌肤细腻，很快留下胭脂色的暧昧印记。

秦荀轻轻咬噬她的耳垂，哑着声，问她："你想要熄了灯烛，还是就这样？"

她全身僵直，骨子里开始往外冒寒气，五脏六腑皆化成冰。其实从她主动赠他玉如意那时，就已预想到今日一切，可这刻真正到来时，她依然慌乱无措。

他已经褪下衣袍，紧实贲张的肌肉贴着她的肌肤："两个多月没见，也不知先问我如何，没良心的小东西。"

薛萦想挣脱他的桎梏，惊惶之下拔出匕首。

寒光映入他漆黑的眸中，他冷笑起来，拽着她的腕子，将薄如蝉翼的刀刃紧贴自己喉间。

"用力划破喉管，这条命就是你的了。"

她未曾想过要当真杀他，一边摇头，一边往回收手。

僵持好一阵，秦荀才放开她的腕子。

匕首铮然落地，他的身子压了过来，呼吸有些急促："你心里此刻最希望谁来救你呢？我猜，一定是谢大人。"

薛萦望着远处那盏烛台，视线模糊起来："不要动他，其余我都依你。"

她紧紧闭着眼，任凭他亲吻抚摸。他很快动了情，有意沿贴合的肌肤将暧昧渡到她身上，而她不为所动。

秦荀费了番功夫才闯入秘境，终于，她的鸦睫微颤，他轻轻掐了下她的腰间嫩肉："放松点。"

薛萦始终不给出回应，他便又抱着她安抚好一阵，直到耐心耗尽，试着法儿折腾起她来。她如同风雨夜浮在湖面的一叶小舟，无所依靠。或许是觉得不够尽兴，秦荀将那双素手按在她的头顶上方，腰腹间幅度骤然变快，似要把提剑杀敌的力气都用在她身上。

灯烛燃尽，一切回归平静，秦荀这时才瞧见她满眼都是泪。他拨开薛萦额前被汗水濡湿的发，找来贴身衣裳让她一件件穿上，低声说："肯放下心性服个软，便不见得要受后来这些苦楚。"

两人挤在一张榻上，他紧挨着她，手脚并用将她禁锢在怀里。

山风飒飒吹拂竹林，她半夜里悄悄哭了一回，本以为他熟睡了没有发觉，他却忽然伸手为她揩去满脸泪，将她的身子摆弄成新的姿势，再度闯了进来。

竹榻吱吱呀呀地响，薛萦咬着唇承受，这次再没有掉一滴泪。

云雨过后，她实在太过困倦，蜷着身子便睡了过去，次日清晨醒来，贴身小衣已经穿好，秦荀不知去处。

若非身体的酸痛感与竹榻上那抹暗红色血痕提醒她昨夜发生的事，她兴许会以为只是做了一场噩梦，就像被钉在棺中梦见的那些光怪陆离的事一样。

薛萦穿戴好衣裳发饰，打开窗牖透气，绛珠端了茶点早饭进来。她扶着桌子坐下，说道："我没有胃口，你去打听一下灵虚山上可有土郎中，若有的话，请他开一副避子汤药，这件事切莫让旁人知晓。"

绛珠放下食盒，惊诧地问："婢子听说这种方子害人不浅，娘娘要它做甚？"

薛萦眼中腾起雾气："昨夜秦荀宿在这间房里。"

这件事她并不打算瞒着，绛珠是她在宫中最信任的人，即便她不主动开口，绛珠早晚也会看出她与秦荀有私。

她极力不让眼底的水意漫出，轻声道："他平乱之后便一直苦苦相逼，先是要挟我将禁军兵权交与他，后来又要我封他做太傅，当初他去宁州督战，也是因为我出宫去求了他……"

绛珠旋即跪在薛萦面前："昨日秦太傅让婢子去宝殿看管新点的海灯，婢子当时就应该想到，秦太傅只是为了寻借口支走婢子……"

她握住薛萦那冰凉的素手，眼中亦泛着水泽："娘娘，我们悄悄将这件事告诉陛下，陛下一定会为娘娘做主的。"

薛萦未能忍住，脸颊滚落一行泪，将她扶起："我纵容他坐大，如今想杀他已是不可能了，好在他尚未对陛下不利。"

"绛珠。"薛萦收住泪，定下心神，"在我寻到机会除去他之前，望你为我保守这个秘密。"

之后每夜秦荀都会过来，为避开外人，薛萦将侍女们遣去西厢房，连绛珠也未让留在身边。

晓得上次下手没轻没重伤了她，后头的几夜，秦荀都是老老实实抱着佳人睡觉。

薛蓥喜欢清静宽敞，与相识不久的男人共处一张榻上，她无论如何也歇息不好，轻轻翻过身，便听见旁侧的秦荀冷声道："你要是睡不着，我们可以做些别的。"

她吓得不敢再乱动，秦荀将一条手臂搭在她腰间，炙热的身体贴了过来。

薛蓥说："明天启程回宫，你莫要再乱来。"

秦荀冷哼一声，手探进她的贴身衣裳里，摸到那个已经愈合的浅浅牙印："你身边的女官信得过吗？"

她嫌热得慌，往旁侧挪了些许："我入宫后便是绛珠跟在身边，她做事稳妥，不该说的，绝不多言半个字。"

秦荀那只不安分的手停了片刻，替她理好衣襟："不要轻信任何人，尤其是宫里头的。"

薛蓥想要辩驳，却不知从何说起，她与他总归是不同的，她坚信世间的善，可他似乎从来就没有对旁人打开过心扉。

第七章
同游

1.

初回宫那几日，每到沐浴，薛蓁都不敢让侍女近身服侍，就连绛珠也支走了。

褪下衣裳后，胸前那片暧昧红痕暴露无遗，像一枚又一枚胭脂印。她生就一副姣好容颜，玉骨冰肌浑如霜雪捏成，将那痕迹衬得越发香艳旖旎。

又过三五日，秦荀留下的痕迹才逐渐消退下去。他已经得手，今后她再无退路，只盼他早些失了对她的兴致。

熙和二年春狩仍选址在西青山，薛蓁陪同小皇帝观礼过后，便回到自己的营帐中。她来了西青山多次，新鲜感早已大不如前，且她不精于骑射，更是少了许多乐趣。

小宫女们摘了野花回来，绛珠正要去取小溪的活水供养，薛蓁嫌帐子里烦闷，便与她一块儿去了。

念及去岁她曾两度在西青山撞见意外，绛珠一路将她看得紧紧的，倒令薛蓁有些不自在，打趣她道："你还不如拿根绳索将我捆了，省得累坏了你这双招子。"

绛珠说："娘娘在西青山出事过两次，一次走丢，一次被歹人暗害，婢子可不敢掉以轻心。"

薛蓁指了指营地周围的羽林卫："禁军都在，不会有事的。"

往常天子出巡，都是命禁卫军近身护卫，但现在她更偏向于调用羽林军。

溪水将将齐膝深，清澈见底，数尾小鱼怡然遨游其中，薛萦霎时玩性大起，与绛珠商量道："我们去踩水。"

绛珠起先不愿，她兀自褪下腕子上的翡翠镯子，卷起罗裙亵裤，露出一截雪白纤瘦的小腿，当真蹚入微凉的溪水中。

薛萦掬一捧水泼向绛珠，绛珠笑着道："娘娘何时变得这样坏了。"说完，卷起衣裤，与她去了浅水边。

两人回到营地，已是午后，薛萦犯春困，便遣了侍女。

这一觉睡得甚长，醒来时日头偏西，帐中半明半寐，金兽熏香炉吐出缭绕白雾，恍惚了片刻，薛萦下榻穿绣鞋。

里头传来的细微声响惊动绛珠，她打起帘子，见薛萦已经穿戴好，面上含笑，金色夕照洒落满身，恍若误入红尘的神女。

犹疑一瞬，绛珠告诉她，方才秦荀求见，闻悉太后在午睡，便在外头等着，约莫已有大半个时辰。

薛萦的笑意霎时凝在唇边，缓了一会儿，她才道："我回来后发现镯子掉了一只，许是让秦太傅捡到了。"

绛珠晓得那不过是托词，低声央求道："这周围都是羽林军，秦……太傅他不敢乱来的，娘娘千万莫要再出去了。"

"我明白你的好意。"薛萦道，"可我现在回头已经无路了。"

临去前，她拾起放置于妆奁中的一只藕色香囊，配在腰间。

薛萦没有让侍女陪同，只身去会秦荀。

他身穿玄色常服，一手牵缰绳，一手抚马鬃，见她过来，弯了弯唇角："能请动娘娘，当真是不容易。"

薛萦看着他道："本宫的镯子丢了，正巧被太傅拾到归还，遂与太傅说了一会儿话。若是稍后陛下问起，本宫便这样答。"

秦荀说："那臣一定是在溪水下游遇见了娘娘的手镯。"

两人沿小溪下游行去，走出许久之后，来到一片河滩，秦荀伸手将她抱起。

薛萦有些吃惊，但举目望去，四野无人，连营地也瞧不见了，便稍稍放下心，低头与他说：“天快黑了，待会儿陛下要寻我，你快些完事。”

对于这种事，她一向无什么经验，也缺兴致。

秦荀却将她抱上马鞍，往她耳边吹气道：“这种事恐怕快不起来。”

薛萦心神未定，坐下骏马忽然撒开蹄狂奔，若不是秦荀的手横在腰间揽着，只怕她早已被颠下马背。

秦荀将她往怀里压了压：“若是害怕，就抓住长鬃，这马儿温顺，不会被你惹恼。”

眼前景物飞速往后退去，薛萦吓得闭上眼，伏身紧贴鞍桥，几乎将整张脸埋进雪色马鬃里去。

纵然木已成舟，她还是抗拒与他接触。

秦荀冷笑一声，夹紧马腹，不再理会她。

约莫过了小半个时辰，骏马停下，薛萦睁开眼，入目尽是漫山遍野的烂漫杏花。

秦荀兀自翻身下马，牵着白马往谷底的流水处行去，薛萦唤他：“你快些将我放下来。”

他恍若未闻，薛萦有些恼：“秦荀。”

山风吹起漫天落英，他于此刻回首，冷声道：“你不是不爱搭理我吗？”

未料到他竟有这样小肚鸡肠的时候，薛萦无措，偏不肯放低身段央求他，便只好安安分分待在马背上。

溪岸边水草丰美，秦荀将白马拴在临近一株杏树下，去抱薛萦，她本想将他的手挡掉，想了想，终归忍住了。

双脚落地，薛萦心里终于踏实了些，顾视正低头吃草的白马，惊异地道：“这是去岁那匹照夜玉狮子？”

“娘娘好记性。”秦荀淡淡道。

薛萦问他：“你不是陪陛下去猎场了吗？怎么突然回了营地？”

“陛下和梁家那小子猎狐去了，羽林卫都跟着，颜福也在，我嫌无趣，遂提前回来了。”秦荀说，“回来了才知，原来有人并不愿见到我。”

薛萦笑了笑，道：“太傅多虑了，只是西青山人多眼杂，若被有心之人瞧见，编派出去，定要生出流言蜚语来。”

秦荀低头看她："我都已做出欺君罔上的事，难道还会惧怕这些？"

"众口铄金。"薛萦移开视线，望向杏林，"你可以不在乎，但我在乎，倘若将来陛下知晓了，也会在乎。"

秦荀说："每次见面你都要恼我。"

他折身去了杏花林中，薛萦随即跟上，两人一前一后漫步，许久都没有出言。

落日沉到青山外，暮色四合，远处传来鸣金声，薛萦低声道："天晚了，西青山有狼，还是早些回去吧！"

秦荀停下来，道："就算野狼来了，也有我护着，你怕什么。"

薛萦咬了咬唇："陛下回去后没见着我，定会找寻。"

秦荀说："难得和我出来一趟，你心里总记挂那小子。"他唇边虽带着三分笑意，但眼底冰凉一片，显然很是不快。

今天的他很是怪异，分明有话要说，却又迟迟不肯开口。薛萦抬起眸看了看他，向溪水边走去。

秦荀拽住她的腕子，一牵，将她拉回自己身前。薛萦足下不稳，跌到他怀中，正要站起，忽被他抱住。

他横在腰间的手格外霸道，薛萦抬首，眼里藏着惊慌："今天太晚了，羽林卫会找过来的。"

秦荀教她气笑："我来找你，难道只为男女之事？"

说完，他将一枚红线系着的玉坠子挂在她脖颈上。是一块水滴状的青玉，上头无甚花纹，也没有刻字。

"送给你戴着玩，但别弄丢了。"他放开薛萦，交代道。

薛萦拽下玉坠子："我素日里极少戴首饰，放我这里也是暴殄天物，不如你拿回去。"

秦荀眼波冷冷横扫过来，薛萦便不敢说话了，默默地将玉坠子戴了回去。

折腾好一番，原是为了送玉坠子给她。

她收下礼物，面上无多少喜色，秦荀道："娘娘在宫中多年，珠玉珍宝见惯了，当然不稀罕这东西。"

薛萦摇头："这红线看起来似有些陈旧，若是珍贵物件……"

秦荀打断她："市集上买来的小玩意儿，你不喜欢，还给我便是。"

说罢，他当真劈手来夺，薛蓁怕惹他生气，忙侧身躲过，放软语气："玉坠子我也收了，天色已晚，快些回去吧！"

她收得勉强，秦荀心中自是不快，一路再未与她说话。

快到营地时，他将薛蓁放下，她犹疑片刻，轻声说道："若没有旁的事，我就先回营帐了。"

他不答话，薛蓁转身便走，唯恐秦荀反悔。

绛珠等候多时，见薛蓁安然无虞回来，看起来并无异样，合掌道："多谢佛祖保佑娘娘平安。"

夜里寒气漫上来，绛珠给她披上一件衣衫，又说："不久前陛下来问，婢子说娘娘出去找手镯了，要是娘娘再不回来，只怕陛下要亲自去找了。"

"绛珠，多谢你。"薛蓁垂眸，脸颊微泛绯色，"小炉子上热着的那碗药，你悄悄拿出去倒了，今晚用不着。"

不多时，萧钰过来请安，问及薛蓁是否找到丢失的镯子。

薛蓁抬起腕子，露出一对翡翠福镯，并说最后在溪水边寻到。

萧钰看过后道："这福镯做工一般，质地也算不得上乘，当真不值得娘娘只身离开营地找寻。山里野兽多，万一出事可怎么办？"

薛蓁轻抚福镯，道："这对福镯是刚入宫时先帝赐给本宫的，原先一向收放在妆奁里。本宫想着陪同陛下来西青山春狩，不便佩戴金银，就戴镯子好了，结果刚取出来戴上一回，就险些弄丢，以后还是将这对福镯安生放在妆奁里吧！"

"呀！"萧钰发出小小惊呼，"原来是爹爹送的，是朕误会娘娘了。"

薛蓁含笑与她说了一会儿话，问过她今日行程，才让于泓送她早些回营帐歇下。

她打了两头小狐狸，让人剥了皮带回宫，等制成狐裘后，一份照例送给薛蓁，另一份送给祖母周氏。

次日，绛珠又去溪边汲水，邀薛蓁同去，她想了想，与绛珠一块离开了营地。

行到溪边一片林子，薛蓁止步，问她："可是有什么话要对我说？"

绛珠屈身行礼，道："娘娘，谢大人想见您。"

谢怀虚私下相求，出乎绛珠意料，他们之间其实无过多交集，她亦清楚，谢怀虚会注意到自己，不过因为她是太后宫中的掌事女官。

昨日下午他忽然寻到自己，眉目之间尽是焦急之色，央求自己为他传话，可那时太后并不在营帐里。她无法拒绝他的请求，也知道太后这些日子有意避见他，便对他说，明天她会想办法促成他与太后见上一面。

既是为了他，也是为了自己，盼他能记着她唯一的这点好，记住她这个人。

去岁中秋之后，薛萦再未召见过他，委身秦荀后她更是有意避着。

她久久不肯应允，绛珠哀求道："谢大人定是有急事才会求见娘娘的，恳请娘娘见他一面。今日之事，若娘娘责怪，错全在婢子身上，与谢大人无任何干系。"

薛萦将她扶起，叹气道："他来求你帮忙，定是有什么要紧事。本宫在这里候着，你去传唤他。"

绛珠点头离去，不多时带了谢怀虚过来，她却并未跟上前，只静静立在远处。

谢怀虚行了一礼："冒昧惊扰娘娘，还请娘娘恕罪。"

薛萦道："现在就你我二人，谢大人有话不妨直说。"

他顿了顿，才道："昨日家仆到西青山送信，说家慈病重，望臣尽快赶往南淮。"

"谢家伯母何时生的病？我怎么不知？"薛萦陡然抬高声音，不可置信地看着他。

"家严辞世后，家慈思郁成疾，前些年用药汤吊着，倒未见异常。今年开春不久，家慈染了风寒，旧疾突发，一下便病倒了。"谢怀虚苦笑，"臣离家多年，至今才知家慈的病，实在愧为人子。"

他当初到临安做官，要把母亲接过来，可谢伯母念旧，不愿远离故土，于是孤身留在南淮，由族亲们代为照看。

如今正值春狩，文武百官皆要陪同天子，若他突然抽身离京，必定不妥。

薛萦霎时红了双目："你今日便走吧，陛下那边我会替你去说。到了南淮后，替我捎句话给谢伯母，就说阿萦无用，不能亲往病榻前探望，无颜求她谅解，只盼她早日康复。”

谢怀虚重重叩首：“臣代家慈叩谢娘娘恩典。”

他谢过恩，便起身离去，薛蓁突然出声将他唤住：“谢大人，如果我做了一件错事，你还会像从前那样信任我，尽心尽力辅佐陛下吗？”

谢怀虚不解，知晓她必定不愿多说，温声道：“娘娘顺从自己的心意便好。无论何时，臣都会忠于陛下，不负先帝与娘娘的厚爱。”

她含泪朝他挥了挥手，似是带了某些诀别的意味。

直到她与绛珠同回营帐，薛蓁眼底仍残存泪。小宫女端上热水铜盆，她绞干帕子，还未擦拭泪痕，小黄门便入内通传，说是太傅被白虎伤了。

起因是秦荀射中一头白虎，正要上前窥探，忽被林中窜出的另一头白虎扑倒在地。幸而他反应及时，迅速用随身匕首刺中白虎的左目，加上羽林卫从旁协助，才得以从虎爪下逃脱。

光听小黄门叙述，薛蓁都觉胆战，见到秦荀后，情形比想象中更要糟糕。他的右小腿让白虎抓伤，无一块完好肌肤，被药纱重重缠裹，整个人失血过多，已昏死过去。

萧钰牵住她的衣袂，后怕地道：“当时颜尚书劝太傅莫要再上前，可太傅偏偏去了……”

薛蓁轻拍她的肩，看向梁珩道：“帐子里血腥气重，不如小公子先带陛下出去。”

梁珩领命，将萧钰带了出去。

薛蓁复又上前，望着榻上那人惨白的面容，心中似有百种情绪翻涌。

秦荀伤得重，行动不便，但又放心不下禁卫军，好在小皇帝体恤，让他留在宫中养伤。念及凝晖阁平日吵闹，萧钰命宫人将东苑的映雪堂拾掇出来给秦荀暂住，又派了两位年轻太医终日在映雪堂候着。

幸甚他身子骨硬朗，不过十余日就能下地，连章晗都说他的体质胜过寻常人。

薛蓁去探视过两次，一次是他昏迷未醒时，一次是他能走动后。

映雪堂陈设简陋，除了一张榻，便只剩两把黄花梨木玫瑰椅。薛蓁进入内室，屏退随侍宫人，随手拉过一把玫瑰椅坐下，问他：“伤好些了吗？”

秦荀道："挨了这么些天，早该好了，宫里的医官娇贵，屁大点伤，缠得跟断了腿一样。"

薛萦斜斜睨他一眼，秦荀便不说了，唇边衔一抹浅笑："你都不来看我，心里是不是盼着我早些死了好？"

薛萦说："宫中规矩多，我不可能总往你这里跑。"

"你心里可不是这么想的。"秦荀道，"不如我帮你遂了心愿。"

他端起小几上的白瓷碗，扬手将汤药泼在矮子松盆景里。

薛萦略有些吃惊："你就算撒气，也不该把药倒了。"

秦荀晃了晃碗底残留的褐色药汁，挑眉一笑："这么苦，你喝呀！"

薛萦冷下神色："你要是好得差不多了，就修书陛下，自请回家养着去。"

他搁下碗，道："这么快就要赶我走，陛下都还没发话。"

薛萦将他上下打量一番："本宫瞧见太傅生龙活虎，倒不像是有伤在身。"

秦荀一瘸一拐下榻，将她圈在两臂之间，盯着她的眼睛，却不说话。

时间一久，薛萦被他瞧得心中发虚，别过脸去，他却凑近，低声在她耳畔说："的确受了伤，不过没伤到那处，不碍事。"

映雪堂外挂起灯笼，透过雕花窗棂照进来，室内亮了些，她看见他眼底倒映着橘红色的烛火，如腾腾燃起的欲望。

薛萦试图劝说他："外头有人，会听见动静的。"

秦荀吻过她细长的脖颈，道："隔壁那两个太医早被我打发走了，至于其他人，你要是把动静闹大，指不定他们还真能听见。"

之后的事，便由不得薛萦掌控，她终于认命，阖上双眸。

秦荀亲了亲她的脸颊，接下来再无动作，只低声道："你似乎不太高兴，是因为谢大人的家事？"

大理寺卿谢怀虚告假离京，此事满朝皆知，瞒不过秦荀。

薛萦睁开眼，看着他的琉璃色双瞳，不过一瞬，便将脸别了过去，道："每想到要见你，我当然高兴不起来。"

秦荀不理会她的奚落，道："我倒有些好奇你小时候的事，听说薛家旧宅与谢家仅一墙之隔，你与他也是打小就认识的。"

薛萦垂眸："从前的事，我都已忘却了，即便太傅想听，我也无从说起。"

秦荀笑了起来："不肯说实话的小骗子。"

他没有继续纠缠，复又回到榻上躺下，抄起一卷书扔到她怀里："宫里无趣得很，不如你替我读几篇故事解闷。"

这处的藏书多是些志怪异谈，且映雪堂掩映在一片竹林之后，夜里清冷，微风拂过翠竹林，只闻沙沙轻响。就算薛萦向来不信鬼神，但念了十来页书，她还是觉得微微发瘆。

秦荀仰面躺着，似乎已然入睡。

她放下书，正要悄悄离开，秦荀忽然出声："这么快就走了？"

薛萦抚平衣裙，道："深夜与太傅共处一室，总归是不好的。"

"偏数你们宫里头规矩多，过两日赶紧让我回家去。"秦荀半坐起身，"四月十七，你若无事便出宫来我家一趟。"

薛萦狐疑地看着他："去你府上做甚？"

"你来了就知道了，不过莫要以太后的名义出宫。"秦荀冲她笑了一笑，"到时会有人来宫中接引你。"

他的笑里带着几分不怀好意，薛萦转身便走，无心再去深究。

待秦荀的伤好了个囫囵，薛萦便下旨让他出宫回府邸养着。

萧钰问她缘由，薛萦解释道："东西两苑住着的是你祖母和先帝的妃嫔，太傅他一个男子在禁宫养病，多有不便。章太医也说太傅的伤已无大碍，既然如此，不如放他回家养着安心。"

萧钰低下头，若有所思地道："阿珩也是男子，是不是再过段时日，娘娘也要将他遣走了？"

薛萦问她："陛下希望梁小公子走吗？"

萧钰摇头，却又犹豫起来："可我终归是女儿身，与他有别。"

薛萦摸了摸她的小脑袋，不再答话。萧钰今年盛夏将满十一岁，女孩儿到了这个年纪，身量长得更快，还会出现一些其他变化。绛珠亦跟她说过，小陛下未足月便出生，虽比寻常孩子发育得晚些，但有些事还是要早些准备。

她斥退宫人，牵着萧钰来到内殿，取出床头抽屉里盛放的绢绸，温柔对她道："阿钰，你晓得怎么用吗？"

萧钰花萼似的小脸登时染上绯色，道："原先绛珠姑姑教过我，可姨母……我暂且还用不上。"

她穿着明黄色常服，玉带束腰，胸前平坦无一丝起伏，活脱脱一个俊朗小郎君的模样，还用不上绢绸束胸。

薛蓁叹气，将她揽到怀里："好孩子，你以后兴许要吃一些苦头。"

她长大一岁，人也懂事许多，抬头望着薛蓁："只有坐稳这个位子，才能保护好你和祖母，以及所有我在意的人，阿钰不怕吃苦的。"

眼前的小丫头神色坚定，已不再是当初那个要她哄着才肯去宣政殿上朝的小人儿了。她抱着小姑娘，满心满眼都是欢喜，觉得这半生诸多遗憾，皆被她的一席话抚平。

这厢，秦荀初回府邸，就狠狠挨了淳于意一顿骂。

过去十多年里，他在边塞军营摸爬滚打，手下掌管重兵，是个杀伐果决的主，连性子也越发冷峻起来。

若说这世上还有人敢大声训斥他，那只会是淳于意了。

淳于意早年亦是行伍出身，嗓门粗大，吼了不过几句，竟将府中大半下人都吸引到花厅瞧热闹了。

一贯冷厉的家主跪在庭院里，耷拉着脸，失了平素的威严，像是犯了错的毛头小子。

秋辞闻讯赶到，将那些婢女、家仆遣走，眼里含着一汪秋水，软声央求父亲消气。

淳于意见不得爱女落泪，一腔怒意郁结在心，气势却自觉弱了下去："要不是羽林卫发现及时，你现在早就没命出现在这里了。"

秋辞忙道："爹爹，兄长知道错了，而且太医也说要兄长好好养伤，您不能让他再跪下去了……"

她一边温声劝解，一边扶着父亲往里屋走去，并丢给侍女一个眼色。

父女二人走出花厅，侍女忙将秦荀搀起，唤来两个身强力健的家仆，将他送回了东院。

过了一阵，秋辞才来东院探望。

秦荀还未来得及将药倒干净，被她抓了个现行。秋辞逼他将剩下半碗药汤喝下肚，一对杏眸泛红："早知兄长这般不爱惜自个的身子，就应该让爹爹好生骂你一顿。"

他扬眉一笑："喝不喝药都能好，何必作践自己的五脏庙。"

秋辞哑然，过了片刻才道："你要是还这样，我就去告诉爹爹。"

一想到又要因自己的事令淳于意不快，秦荀连忙告饶："我的小祖宗，你可别告诉叔父，我以后再也不敢了。"

想了想，秋辞说道："兄长你说话不算数的，以后每到喝药的时辰，我都来东院看着。"

秦荀哭笑不得，打趣她道："看来是时候找个婆家管束你了。"

他不过随口一说，秋辞听了神色大变，笑意盈盈的小脸霎时转冷，轻声道："兄长嫌我碍事，要早些将我打发出去吗？"

"秋辞，我不是那个意思。"秦荀说，"只要你愿意……"

"今日的女红还未绣完，我先回房了，兄长安心静养。"她打断秦荀，双手交叠，深深道了万福。

秦荀目送她离去，心觉奇怪，不知她为何突然置气。

十二年前，北蛮攻入宁州城中，烧杀掳掠无数，大半月后，朝廷从临近州府调遣的援军赶到，击退了胡人。

刚从军的秦荀与袍泽收捡城内堆积如山的尸骸，扒拉出一个小女童。她没有惊慌哭泣，乌黑明亮的眸子静静看着他们。

孩子看着不过三四岁，小脸脏兮兮的，好在她只是肩部被砍伤，周围又有尸首掩蔽，侥幸逃过一劫。

袍泽家中还有年幼弟妹，实在无法再多添人丁。秦荀不忍将她遗弃，于是抱回去交给了淳于意。

秦荀记得他抱着那孩子穿过了一条条长街，两旁皆是无名尸首，脚下踩着的青石板几乎浸泡在血水中。他试图抬手捂住孩子的眼睛，她紧紧抓住他的军服，稚声稚气地说："大哥哥，我不怕的，你不要丢下我。"

原来这么多年过去，她仍旧担心被人遗弃。

秦荀想通其中缘由，从此不再同秋辞提这茬事。

2.

秋辞虽有些生兄长闷气，但还是心软，次日果真在服药时辰到了东院，亲眼看着秦荀饮下一碗药汤，才肯携婢女离去。

如此过了十来日，秦荀的腿伤终于大好，忙下令停了药方，倘若再喝下去，他一张俊俏面皮就要苦成药渣色了。

小皇帝批了他足够假期，禁卫军有郭绪暂管，秦荀并不着急回宫。

淳于意的生辰将近，新宅上下都在为家主吩咐的寿宴做着准备。秦荀也没闲下，每日随管家出门采办物件。

这天黄昏，秦荀回到东院，远远便瞧见一人立在梅树下，走近一看，竟是淳于意。

“叔父怎么过来了？”秦荀诧然。

淳于意瞥他一眼，道：“皮肉还没长结实，就到处往外跑。”

他从兵器架上捡起一杆长枪丢过来，秦荀一手抓住，笑着道：“叔父亲自试练我，便知分晓。”

淳于意单手提起另一杆枪，倏地朝秦荀刺来，秦荀侧身避过，亦向他发起攻势。

两人缠斗小半个时辰，谁也没能占上风。淳于意上了岁数，毕竟体力不支，腿弯处一软，单膝跪地，率先败下来。

秦荀将他扶起，关切地问：“叔父无事吧？”

淳于意大口喘着粗气，坐在石凳上歇了好一会儿，答道：“你小子下次可不许再让着我。”

被他识出破绽，秦荀依然面不改色道：“叔父神勇不减当年，阿荀不敢相让。”

“这两条腿越发不中用了。”淳于意弯腰敲打腿，“再过几日就是家宴了，你说的那位贵客可确定要来府上吗？”

秦荀说：“她必定要来的，不过她是宫里的人，身上规矩比咱们要多些，还望叔父莫见怪。”

“你中意宫人也并非不可，可她们多半要到了年岁才能离宫。若她年岁不大，你又得多等上几年。”淳于意道。

秦荀笑着道：“叔父别净顾着为我操心，郎中开的滋补药方，您要每天按时服用。等天转凉了，我再让人把那白虎皮缝成毯子送到您屋里去。”

转眼到了四月十七这天，秦府门口挂上红灯笼，贴了“寿”字，添了几分喜庆祥和。

秦荀在京中认识的官员不多，且淳于意不愿大操大办，便改为了寻常家宴，虽如此，但派头还是要做足。

约莫午时初，一辆青篷马车停在府门口，马车里头走下来一位年轻女子，腰肢纤细如弱柳，带帷帽遮面。

管家将人接去东院，心中虽好奇这女子身份，但碍于家主吩咐，半句也不敢多问。

入了东院，周围再无使女、小厮，这时薛萦才敢将帷帽取下。她施了淡妆，青色衣衫略显素净，好在唇脂颜色还算出挑。

秦荀将她从头到脚打量过，笑吟吟道：“送你那玉坠子没带来？”

薛萦道：“跑这么远一趟，便不戴了，省得丢了找不回来。”

这理由勉强还能接受，秦荀见她手里捧着紫檀小匣，遂问：“可是带了什么东西过来？”

“既是来你家贺寿，定要带些礼物。”薛萦启开木匣，里头摆放着一对玉石雕刻成的寿桃，每只寿桃都由整块的羊脂玉琢成，做工精细，栩栩如生。

“这东西华贵，我叔父可不敢收。”秦荀指着紫檀小匣道，“先不论这对桃子值多少钱，单说这盛放寿桃的小匣子，乃是番邦进贡的小叶紫檀，拿到集市上去价值百金。”

薛萦未料到他竟会嫌弃自己准备的贺礼，脸颊略微发烫，赌气道:“你若是不中意，我带回去便是。”

见她有些恼了，秦荀收起揶揄心思，正色道：“只要是你送的，我叔父都很喜欢。”

正午在花厅设宴，主客依次落座，秋辞的座席紧挨着父亲，秦荀与那女子则坐在另一侧。

家宴开始，那女子起身行了万福，将事先准备好的贺词道出，声音轻灵婉转，还未等淳于意开口，秋辞抢先道：“姐姐为何不将帷帽取下呢？”

秋辞话音甫落，淳于意斜睨她一眼，起身对薛蓁拱手道：“小女年幼无知，以至于筵席上胡言乱语，还请小娘子见谅，老拙日后必定勤加约束管教。”

“妹妹此言无碍。”薛蓁略带歉意，“阿叔今日过寿，妾带帷帽前来，原是无礼。但因妾身子抱病，病容憔悴不便见人，无奈只好行此举。”

她这样说，不过是托词，毕竟当朝太后私自离宫已是大事，万不能再让旁人瞧出端倪。

薛蓁与他们父女初次相见，只好说些客套话，加之又与秦荀同坐一侧，她这筵席吃得越发无趣。好不容易挨到结束，她看准时机正要起身告辞，忽闻对面的寿星公说：“小娘子若是不着急回宫，可否赏脸陪老拙吃盏茶再走？”

她不知要如何婉拒，正迟疑时，秦荀替她解了围：“叔父，她宫中的差事耽误不得，不如下次再将她带到府上与叔父吃茶。”

行过庭院厅堂，出了新宅，登上马车，她的心脏仍怦怦直跳。

小黄门正要驾车驶走，秦荀亦登上来，淡淡道：“我送你一程。”

薛蓁取下帷帽，轻轻将手覆在心口：“多谢。”

秦荀牵了牵唇角，露出一抹极浅的弧度：“我叔父想单独见你，竟将你吓成这样？娘娘平时不是一向胆大吗？”

薛蓁反唇相讥：“胆子再大，也大不过太傅，敢瞒天过海私自接太后出宫。”

今早散朝后，她回到长秋殿，见一位面生的小黄门在殿外垂手候着，细算日子，便猜是秦荀派来的人。她单独召小黄门入殿问话，得知秦荀安排自己冒用女官的身份出宫，心下犹豫。小黄门道：“太傅将万事布置妥当，娘娘无须担心。”

她晓得自己是逃不过的，不妨借此机会窥探他的势力究竟渗透到了何处，便与绛珠说了缘由，请她看管长秋殿的小宫女，倘若陛下问及，则说她去了重华殿诵经，未满时辰不得出。

小黄门的确引她去了重华殿，她在重华殿里换过衣裳，重新绾好发髻，佩上出入腰牌，与那小黄门共乘马车经由宣华门出宫，一路未遇到禁军扣下盘问。

出宫竟然这般顺利，委实出乎薛蓁意料。

马车驶离宣华门后，还要行很长一段路才能到城东秦宅，她有意与那小黄门交谈，可他口风甚严，探不出什么来，连名讳也不肯说。

秦荀来到临安不过一年而已，他究竟是何时将内线发展到宫人中的。

她心中浮出千百种猜测，还未来得及细细捋清，马车蓦地勒停，她纤细的身子止不住往前倾去，前额恰好磕在车厢壁上。

秦荀忙将她扶起，眼底藏着笑："无事吧？"

薛蓁瞪了他一眼，拂开他的手："有劳太傅费心了，无事。"

秦荀佯装无辜地道："方才你要是肯让我与你同坐一侧，就不会受这苦楚了。"

薛蓁心中暗骂，那我还是宁肯脑袋磕出血。

不过这话当然不能说给秦荀听，她笑了笑，问小黄门："好端端的怎么停了？"

车帘外，小黄门答道："回禀娘娘，前方长街被堵住了。"

薛蓁打起车帘，朱雀长街两旁挂着各色彩灯，放眼望去乌泱泱全是行人，马车被堵在官道中央，寸步难行。

等了会儿，车轮仍未挪动半寸，她不免焦躁起来，端坐对面闭目养神的秦荀徐徐道："今日也许是赶上灯会了，要是着急的话，我带你下车步行。"

薛蓁抬袖，轻扇几下送风："不敢劳烦太傅，再等等便是。"

一个时辰后，落日西沉，长街上行人越来越多，秦荀看了看，道："再不下车，等晚上宫门落了钥都不一定能行到宣华门前。"

薛蓁随他下了车，行人熙熙攘攘，秦荀步子又快，薛蓁跟在他身后，一刻也不敢松懈。

路过街边小巷，行人倍增，薛蓁不知被谁踩掉了鞋，她忍痛从人群中挤出，将绣鞋重新穿好，抬眸望去，再不见秦荀身影。

若说此刻薛蓁不慌，那定是假的。来到京中七年有余，她独自出宫的次数屈指可数，并不熟悉临安城。

既然与秦荀走散，她便只好去马车停靠地点等候。薛蓁穿过数条街巷，凭借记忆折回原地，青篷马车亦不见踪影。

卖胭脂的小贩告诉她，适才来了一拨金吾卫，清空出半条官道，并用红杈子隔开，说朱雀长街举办灯会，除行人外皆不得通行，故而停靠此处的车马都调头离开了。

薛萦向小贩请教了宣华门所在，道过谢，望着满街行人发愁。

若要回宫，须得穿过人群，一路往东北方位行去，可现今华灯初上，百姓陆续汇聚朱雀长街，她身上又无银钱，连路也认不大全。

暮色四合，这处与宫城相距甚远，再不回去，只怕要晚了……

忽然，有人牵起她的手，她抬首望去，却见黑黢黢一物覆了上来，是个木雕面具。

那人穿一身玄色常服，眉目间蕴三分笑意，自成风流："小娘子去何处了？教我找了许久。"

他那双瞳里盛着烛火，仿佛宫殿屋脊上流光溢彩的上好琉璃瓦，浑然不似中原人。

中原人的双瞳大多是漆黑的，甚少见到这样的异色。

薛萦伸手想取下那狐狸面具，却被秦荀按住，他笑着说："小狐狸，正配你，别摘下来了。"

她想到还要烦请他送自己回宫，只好收下这份礼："多谢了。"

秦荀说："你每次同我道谢，都很勉强。"

不待她回答，他便牵着薛萦走入人流之中。

过了许久，二人终于穿过夜市走了出来，此时行人都向城北汇集，争相观看今夜最大的花灯。秦荀站在安定桥上，看护城河的水倒映漫天星光，往南潺潺流去。

他抬手揉按太阳穴："真不知道他们怎么忍受得了这么吵闹。"

薛萦说："我以为你是个喜欢热闹的人。"

秦荀笑了笑，道："小娘子，等你到了我这个年纪，便不喜欢了，只会觉得世间吵闹。"

薛萦走到石栏前，无意中望见桥下的一家馄饨铺，顿觉腹中空空。她去秦家赴宴，万事都觉得拘束，又戴着幂篱，便只饮了一些梅子酒，到如今这个时辰，自然饿了。

行人渐渐稀疏，秦荀心想着早些将她送回去，薛萦却转过身同他说道："是你将我诓骗出来的，又把我弄丢了一阵，你应该请我吃碗馄饨道歉。"

她第一回提及想要什么东西，秦荀自是应允，可他摸遍全身，竟找不到一枚铜钱。

薛萦忍着笑，道："原来太傅出门不带钱。"

最后还是她用耳铛相抵，赊下两碗虾仁馄饨，与秦荀临河同坐，一边吃馄饨，一边说着话。

薛萦问他："先前在寿宴上的那小姑娘，是你的侍妾吗？"

秦荀含着一口馄饨，险些卡在嗓子眼里，好不容易将馄饨咽下，他微挑眉梢，看着她道："怎么，你吃味了？"

"平常男子到了你这般年纪，早已娶妻生子，你府中却还只有一个侍妾。"薛萦认真地道，"你喜欢温婉娇俏的女子吗？我可以从宗室里挑一些适龄的贵女。若你有瞧得上的，不妨请陛下做主赐婚。"

"恐怕你做不成红娘，我曾效仿本朝名将，立下重誓，北蛮一日不平，就一日不娶妻，不荫子。"秦荀说，"况且秋辞是我叔父的女儿，我对她无半分念想。"

未想到他竟还有这般远大的抱负，薛萦默了片刻，继续埋头吃馄饨。

与她谈话一番，秦荀无甚胃口，放下调羹专心致志看她，薛萦很是不自在，瞧见他碗里还剩许多，便说："你若是不要，我就全吃了。"

秦荀将馄饨拨到她碗里："身上摸着没几两肉，胃口竟这么大。"

他这话听起来分外旖旎，薛萦面色微红，不动声色狠狠踩了他一脚。秦荀吃痛，蹙起两道剑眉："小心眼子，这般能吃还不让人说。"

薛萦轻哼一声，道："又没吃你秦家的米。"

吃过馄饨，再往宣华门的方向行去，人群散去大半，她与秦荀并肩走在街巷。

天际绽开一朵烟花，照亮半边夜空，薛萦侧身回望，忽然间，他扶住她的双肩，俯身在她的朱唇上留下一吻。

那个吻太过短暂，太过轻柔，带着他平素决然不会流露出的温存。

她甚至来不及回想，便被秦荀牵着往前走去，听他催促自己道："马车在巷子口等着。”

此后几个夜里，薛蓁总会梦到那晚的绚烂烟花，只是当她回首望向天际时，身旁空空再无一人。

或许，她对秦荀的态度发生了些微变化，容不得薛蓁细想这些变化究竟从何而来，又有一事攫取她的心神。

六月初八是小皇帝的生辰，周氏将她传唤到永宁宫，说自己决意舍弃尘缘皈依佛祖，不再贪慕俗世荣华权贵，往后宫中大小事务皆由她去操办。

薛蓁见她眼底无多少光彩，像两盏寂灭的油灯，与旁人说话时容色亦是清淡，担忧她心中郁结难纾，温言开解劝慰许久。

周氏颔首，却道：“你说的这些我都知晓，可哀家在宫里熬了大半辈子，早厌倦了争权夺势，不如与青灯古佛相伴，求个心静。你是阿钰的养母，亦是本朝太后，往后宫里的事要烦请你多费心。”

薛蓁福了福身，道：“臣妾感念太皇太后的恩德，必定时刻谨记娘娘教诲,可臣妾毕竟资历尚浅,还有许多事做不周全,恳请娘娘从旁协助。”

周氏说：“从前是哀家拘束着你，后宫的事不愿让你经手，但这两年来你办事稳妥，先帝没有看错人，哀家对你亦是放心，往后不必诸事皆到永宁宫请示。”

薛蓁推诿不掉，只得应下，出了永宁宫，悄悄唤来箬竹询问太皇太后近况。

箬竹道：“太皇太后除了前些日子开始茹素，其余一切如常。不过娘娘倒是同陛下提过想去灵虚山的明月庵修行，陛下不允，此事便作罢了。”

清音寺旁有个小小的庵堂，唤作明月庵，里面住着的比丘尼大多出自临安城的名门望族，宣帝的其中一位宠妃便在庵堂修行了十余年，其间再未回过宫中。

不过周氏年岁渐长，身体也大不如前，萧钰当然不放心让祖母离宫去冷清的庵堂里常住。

薛蓁寻了个折中的法子，道：“明月庵虽好，可远离京中，诸多不便，若太皇太后诚心修行，可以将重华殿修葺一番，设佛像庵堂，与明月庵无异。”

箬竹道：“娘娘的好意，奴婢会转达给太皇太后的。”

五月中旬，礼部拟定宫宴各项流程，分别呈送紫宸殿和长秋殿，若两宫主位无异议，则分发礼部官员布置下去。

殿外的蝉藏身梧桐枝叶间，叫得格外欢。薛萦耐着暑热将奏疏阅完，稍微改了两处，让小黄门送去紫宸殿给萧钰过目。

绛珠端上冰镇梅子汤：“娘娘饮些梅子汤消消暑。”

午后薛萦犯困，让宫人都退下去领小厨房做的梅子汤，留绛珠在内殿侍奉。

薛萦拨动白玉调羹，碗底冰块相撞，叮当作响，彼时她听见绛珠说：“娘娘，昨日谢大人回到临安了。”

她一向知晓谢怀虚的行程，却甚少主动过问，原因无他，不愿再给自己多留念想。

谢怀虚从临安动身不久，谢家小辈寻访到南地名医，医治好了谢家老夫人的急症。谢怀虚伺候不过十来日，便又离家归京。

不过绛珠入宫多年，向来与朝中年轻官员无交情，但对谢怀虚似乎颇为关心些。

薛萦不经意问她：“绛珠，你觉得谢卿此人怎样？”

“娘娘，婢子不敢对谢大人有非分之想。”绛珠跪了下去，说道，“前岁太皇太后召婢子去永宁宫做事，婢子不慎将热汤洒了些出来，遭永宁宫训斥，罚跪御苑淋雨。当日谢大人入宫与先帝商议政事，正巧经过，便为婢子撑伞挡了一阵。婢子心怀感激，才会在娘娘面前数度提及谢大人。”

绛珠脸色微红，重重磕了两个头：“婢子不敢为自己辩解……”

薛萦不过随口一说，被她这副较真的阵势吓到，忙将她扶起，安抚道：“好绛珠，我怎么可能怀疑你呢！我不过好奇你久居深宫，与他是怎样相识的。”

她又道：“他素来是个温和的人，当初他见你落难，定会出手帮你。说来也是我不好，若非你在我跟前服侍，也不必落得被永宁宫那边刁难。”

绛珠点头，眸中隐隐含着水泽，喃喃道：“婢子从不后悔，往后也甘愿侍奉娘娘，除非娘娘厌弃了我。”

薛萦拉着她同坐在贵妃榻边，笑了起来：“傻姑娘，你明年就满二十五岁，该出宫了，我可不敢耽误你一辈子。”

绛珠却说：“娘娘入宫后一直是由婢子侍奉的，婢子想再多陪娘娘几年，何况婢子的双亲均已过世，兄姐各自成家，家中早就没了牵挂，唯独不放心娘娘。”

“可不许这样说，再陪下去，就当真成了嫁不出去的老姑娘。”薛萦伸出一指轻点她的眉心，“不如你趁此次宫宴挑选一下，若有合适的就告知我，我再安排你见面如何？”

绛珠应承下来，心里却浮出一道模糊身影，那人着绛紫官袍，长身玉立，自漫天雨丝中朝她走来。

她自知，这一世与他除了这点交集，再无其他可能，亦不敢奢求上苍过多的垂怜。

小皇帝生辰宴的规模仅次于每年的除夕宫宴，朝臣皆可携带一位家眷，无论是否封为诰命。

去岁秦荀只身前去赴宴，今年情况不同，秋辞想与他入宫见识传闻中的华宴。

她性子顽皮，淳于意自是不允，冷声道：“宫里处处皆是规矩，你要是冲撞了贵人，可怎么是好？为父一介草民，就算想拉下老脸为你入宫求情，也不见得能进去。”

秋辞撇了撇嘴，道：“爹爹就是不许我去，何苦寻这么多理由。”

她与父亲争辩几句，便兀自跑去东院求秦荀，深知兄长一向宠溺自己，断然不会拒绝。

秦荀应允下来，请了嬷嬷教导她宫中礼仪，并让侍女为她采买了新的衣裳首饰。

淳于意不放心，与秦荀商量：“秋辞打小就野惯了，你带她去这样正式的场合，只怕会给你这个兄长惹出祸端。”

秦荀扬起眉，道：“我秦家的姑娘，闯了祸又如何？谁敢多言半句？”

淳于意晓得他对秋辞是有求必应的，且秋辞跟随嬷嬷学习礼仪不过几日，当真有了一点起色，平素说话温声细语起来，走路亦是莲步轻移，遂由着他们兄妹二人去了。

六月初八这日黄昏，朝臣们次第乘马车携家眷入宫。

秦荀今年升至太傅，官居正一品，座席离天子甚近，家眷们则需坐在靠后许多的位置。秦荀将秋辞安顿好，交代过注意事项，并叮嘱侍女好生照看她。

他回到座席不久，宫宴开场，照例仍是歌舞丝弦，与往年别无二致。

赏过一阙歌舞，秦荀顿觉乏味，借口去外殿吹风醒酒，遭来同僚揶揄，与众人打趣一阵才起身离席。

他沿着长廊走去，想起去岁在长乐宫外遇到薄醉的薛萦，她提起裙摆踩影子，与十五六岁的娇憨少女无异，是他从未见过的模样。

回溯往事，他忍不住唇边衔上一抹浅浅弧度，直到长廊尽头立着的薛萦出声将他唤住："太傅邀本宫出来，是有什么事吗？"

每次宫中见他，她总是这样疏离，秦荀收起笑意："宫宴乏味，想邀娘娘出来走走。"

薛萦道："绛珠替我看着，但不能离席太久。"

他熟悉禁军巡防路线图，带她绕路去了映雪堂。

映雪堂四周幽竹环绕，未点灯烛，月华洒进来，更显寂寥。薛萦害怕，紧紧跟在秦荀身侧，他却抬步走了进去，摸出火折子将油灯点上。

薛萦牵了牵秦荀的衣袖，与他轻声说道："我们回去吧……"

他不置可否，低头亲吻她的朱唇，做了很久以前就想在映雪堂做的事情。

薛萦饮了点酒，脑子里神志迷糊，被他一亲，身子愈加乏力发软，双臂如藤蔓一般缠上他精瘦的腰身，竟忘了要将他推开。

直到秦荀将她按在榻上，薛萦总算攒出半分清明："不可以。"

秦荀一手摩挲她柔嫩的脸颊，一手解她的衣带，沙哑着声音问："怎么不可以？嗯？"

她仍然抗拒，奈何他手掌所过之处皆撩起一簇簇火苗，将她的理智焚烧殆尽，过了会儿她才找出一个并不高明的理由。

"烛台还亮着……"

秦荀堵住她的嘴，挥袖熄了灯烛。

她初尝人事不久，身子略显青涩，可秦荀右腿刚受过伤，只能换一种姿势。秦荀半哄半骗安抚了她，忍着满头冷汗，教她怎么动作。

床笫之间行欢，她一向是不大愿意配合的，未过多久便喊累，眼中盈了一汪水。

秦荀将她压在身下，啮咬她肩头的嫩肉，狠狠道："敢哭就多来一次。"

顾念他腿上有伤，薛萦忍着泪，用力推他："你这条腿还要不要？"

见她终于给出回应，秦荀寻到她的朱唇，纠缠好一阵，喘着气道："你再乱蹬几下，就真的废了。"

闻言，她不敢再动，任由他折腾了去。

夜越来越深，微风拂过翠竹林，发出沙沙轻响。

她如海上一叶小舟，骤风急雨之中，潮水铺天盖地席卷而来，唯有秦荀能给予她依靠。

直到最后，她都未落泪，秦荀替她擦拭了腿间秽物，穿好贴身小衣，揽着她问："方才如何？"

薛萦拂开他的手臂，兀自起身，双脚沾地，腿根一阵酸软。她咬牙站定，将衣裳一件件穿上，重新绾好发髻，兀自离开映雪堂。

可惜她不大认路，在映雪堂外的竹林里转了两圈后折返原地，还是让秦荀追上，将她送了回去。

两人一前一后回到春熙殿，薛萦面上晕开绯色，发髻也重新梳过了。绛珠心知肚明是怎么一回事，恨不得将目光使作刀子用，在秦荀身上剜出血洞来，可终究无可奈何。

宫宴结束，回到长秋殿，绛珠去煎药，过了小半个时辰，才将汤药送到。

薛萦抱膝坐在帷帐中，怔怔看着虚空处，听到绛珠唤自己，木然起身端过玉碗，不顾汤药热烫，一饮而尽。

绛珠怕她一时想不开，揽着她道："娘娘，我去求陛下为您做主，或者我帮您杀了那贼人，总能想到办法的。"

汤药的苦味还留在嘴里，薛萦定下心神，低声道："我害怕……我害怕自己不再像以前那样厌恶他……"

从那夜出宫起，似乎有什么悄然发生变化，譬如，她竟会在被迫与他欢好时体会到若有若无的曼妙滋味，萦绕心间的不再只有隐忍与屈辱。

她不应该这样的。

3.

宫宴结束后，因送秋辞回去，秦荀便没有留宿凝晖阁。

两人同坐在马车里，秦荀能明显看出秋辞的不快。若是寻常，她必定叽叽喳喳和自己说起了今夜见闻，但此刻她不知怎的，却一言不发，单手托腮望着天上那轮圆月。

秦荀心想，定是她父亲交代了什么，令她整个人拘束起来。

约莫小半个时辰过后，马车停在宅邸门前，夜色已深，秦荀索性将她送回房。

两人踏着月色同行，一前一后走着，她仍是缄默不语。秦荀无意去揣测女儿家的细腻心思，他明日要入宫上朝，须得早些回东院睡下。

就在他即将走出房间时，秋辞终于开口，唤住了他："兄长，我有话和你说。"

秦荀止步，笑吟吟望着她。

秋辞亦望着他："我晓得上次你带到府里的那女子是谁了。"

秦荀收起嬉笑，只闻秋辞低声道："今晚的宫宴很是热闹，爹爹告诉我莫要乱看，可我到底按捺不住好奇，悄悄抬头望见许多的贵人，还有传闻中的那位太后娘娘。"

"她比我想象中还要年轻貌美，我瞧见她腕子上戴了一串七宝璎珞，恰巧在爹爹的寿宴上，我见过同样一串做工华美的璎珞手串。当初父亲过寿，不敢收那贵客所赠的玉雕寿桃，当时兄长解释说她在宫中当差多年，得了些赏赐，故而能攒下这对名贵寿桃。或许，或许真相并非如此吧？"

"兄长，"秋辞说，"如果当真如我所猜的那样，那你实在是糊涂……"

秦荀笑了一笑，未置可否，却道："隔了大半间宫室，难为你还能瞧出太后的手串长什么样，这番胡话在我面前说可以，但千万莫要拿到你父亲面前说去。"

他并不担心秋辞看出端倪，只是不愿在想出解决法子前过早把他父女二人牵涉进来，毕竟与太后生出私情的罪名一旦落实，他秦家几十口都要遭难。

可他没法就这样舍弃薛蓁，当年宁州初遇，这女子改变了他此后余生的命数。

熙和二年夏，原随州刺史上书致仕，新任刺史人选未定，朝中多有争议。

吏部呈上了三位候选官员名录。小皇帝甚是满意其中一位名唤赵瑀的，他现在吏部任侍郎一职，年岁、资历均是三人之中最优。

姚相对小皇帝属意的人选倒有些犹豫，但念及小皇帝已开始亲政，故未在萧钰面前多言，保留了几分意见。

倒是秦荀上书表露了反对，并力荐另一人选。

除了当初宁州刺史提拔一事，他鲜少参与到朝政之争中来，此次他主动进言，令薛蓁警觉起来。他所陈述的理由有二，一是赵瑀并非随州人士，对随州多有不熟；二是赵瑀此人御下严苛，留在吏部尚可，若调去担任一方长官，实属不妥。

随州自古富庶，周围又无外寇滋扰，任谁去了都是肥差，朝堂为此多番争论，薛蓁并不感到意外。

那三人的背景薛蓁都仔细看过，秦荀举荐的那人唤徐清，原是随州人士，十数年前升至京中，现今在户部任职，此人的政绩虽没有赵瑀出色，但在地方做官时百姓口碑是极好的。

对于随州刺史的人选，其实她亦有犹豫，但萧钰显然已有了主意。

这日，薛蓁照例去紫宸殿检查小皇帝的功课。彼时萧钰并不在殿中，案桌上堆了好几本还未批阅的奏疏，她随手翻开，无一不是秦荀所写。

薛蓁心中正惊诧，忽闻萧钰在身后唤道："娘娘。"

她三步并作两步行到薛蓁面前，鬓发间尚带芙蕖清香，轻声询问薛蓁道："于总管先前说娘娘今日不来，朕便出门了。"

薛蓁笑了笑，为她拂去肩上的一枚草叶："原先不打算来的，但想着陛下的功课一向是由崔太师负责，本宫近来过问得少，便临时改了主意。"

解释过来由，薛蓁问她："陛下方才去了哪里？怎么浑身上下带着一股子异香。"

这时节，金明池的芙蕖开得正好，萧钰又是贪玩的性子，定是泛舟去了湖中折莲。

她并未隐瞒，径直道："太师要求作一首咏荷的诗，朕便带着梁小公子同去了金明池，故而耽误了些时辰。"

薛萦走到案桌后，坐在花梨木圈椅上，捡起那几本奏疏："陛下还未批完奏疏，就离宫去玩了，着实不应该。"

萧钰垂手立着，低下头道："这几本并不打紧。"

薛萦抬眸望去："看来，陛下是不同意秦太傅的看法了。"

萧钰抿了抿唇角，道："太傅从没有在朝臣任免的事情这样坚持过，况且有人告诉朕，太傅与户部的徐大人素有交情，他一心与朕难堪，是为了谋私。"

薛萦撂下奏疏，问她："是谁对陛下说了这些话？"

萧钰鲜少见她这般严厉，声音低了下去："是谁说的并不重要，重要的是朕心里决定好了人选。过去朕年幼，朝堂上的事多是由姚相公他们和娘娘商议后做主，可朕想着自己长大一些，也该亲政了。"

薛萦道："陛下不肯说，本宫自会查出来。"

说完，她便起身，看情形似是要回宫。

萧钰急忙牵住她的衣袂，道："是御史台的顾芳大人说的，朕没有轻信他的话，娘娘莫要生气。"

紫宸殿置有冰块消暑热，原本冷热正适宜，此刻薛萦却觉得一阵寒意侵来，她望着萧钰："陛下，你年纪还小，朝堂之中难免会有心术不正者，而陛下未必能识破。如果有人在陛下面前无端攻讦其他人，陛下该做的是派人查明此事，而非轻易相信他人之言。"

萧钰分辩道："娘娘，我一向敬仰太傅，并非不信任他，可是他两次三番进言拂我的面子……"

她十岁坐上皇位，到如今两年有余，先帝留下的辅政老臣正直可靠，大事决断上从未与她意见相左过，且平素朝堂那些臣子们对她毕恭毕敬。

因而头一回面对朝臣为了官员任免相争时，她难免心神大乱，想起历朝历代的教训，唯恐臣下们营私结党，明面上尊于少年天子，其实心里各自有谋算。

秦荀问起时，薛萦便是这样对他说的，但隐去了一些细节，并未告知他是御史台的顾芳暗中参他一本。

他只笑了笑："陛下年岁虽小，懂得却多。"

夕照浮在水面上，如撒了万千把金粉，薛萦凭栏远眺，晓得他还有话没说出来。

即便秦荀是禁军统领，但想在宫中见她一面仍是不易，故而两人私下相会并不多，直至秦荀发现了惊鸿楼。

映雪堂虽幽僻，但仍会有宫人路过洒扫。惊鸿楼不同，此楼向来清冷，许妃又是在这里自尽的，楼阁废弃多年，宫人们甚少踏足。

薛萦并不愿意来，可今日有事相劝，便由不得她了。

"对于随州刺史的人选，娘娘意下如何？"秦荀问她。

薛萦收回心神，淡淡道："本宫是妇人，无什么见识，一切以陛下圣裁为准。"

不过三两句话，就表明了立场，顺带将自己摘了个干净。

一只粉蝶落在阑干上，她单手支腮，侧首看向那蝶，语气清淡："太傅素来与京中官员无交好，此番力荐徐清，可是有什么缘由？"

"你每次主动见我，都是为了套话？"秦荀与她并肩远眺，将手搭在了她细柳扶风的腰肢上，"娘娘，您这副样子是问不出东西来的。"

薛萦极力忍住，才没有拂开他的手，微笑着道："不过是好奇罢了，太傅不愿说便不说。"

秦荀看出她笑中带了七分应承之意，却没有拆穿。他把玩着宫绦，徐徐道："元宁四年，徐清徐大人尚在户部任职，当年先帝派徐大人考核宁州官吏，宁州刚与北蛮打完一场恶仗，他北上途中正巧与押送粮草的官员同行，那些个小吏暗度陈仓，将一部分粮草偷去变卖，被他抓了个现行。此事年年都有发生，前宁州刺史是个庸懦无能之辈，宁州军屡败于北蛮骑兵之下，他身为统帅，不受先帝待见，且他在京中无所经营，就算他上书参那个小吏，奏疏多半也会被人截下，到不了先帝的案桌上，久而久之便撒手不管了。"

"当时宁州上下都忙于战事，我身为前任刺史帐下一员副将，奉命接待徐大人。徐大人与我说了粮草被偷一事，出于善意，我提醒他莫要过问，那些人多半在京中有庇佑。可徐大人坚持要为宁州军士讨回公道，他回京后搜集了证据，连上三道奏疏皆无果，引起那些人的警觉，甚至险些在上朝途中被流矢刺中。徐大人仍不惧，冒着危险入宫面圣，告知先帝其中曲折，最终促成先帝下令严查此案。而他自己也因朝堂倾轧被调去户部，此后再未得先帝重用。”

薛蓁惊讶地道：“我竟不知这些事。”

秦荀笑了笑，将宫绦缠在指尖，轻轻一扯：“先帝在时，娘娘无缘过问朝政，当然不知晓这点陈年旧事。”

他嗓音低缓：“臣举荐徐清，既是为了向陛下推举贤臣，亦是为了报答他当初舍身为宁州军士上书的恩情。”

薛蓁说：“那赵瑀呢？你不喜欢他又是因何而起？”

“谈不上喜不喜欢，臣与他交集不多……”话说到一半，却又止住，他看着薛蓁道，“总之，你规劝陛下切莫太信任此人。”

他不肯说出原委，薛蓁越发想探究，便问他：“赵瑀曾在朝堂上参过你？”

秦荀揽着她的腰，凑近她耳边，低声道：“你既然这么想知道原委，不如做些让我高兴的事？”

薛蓁想也不想便拒绝他：“惊鸿楼平素无人洒扫，积灰甚重，况且我离开久了，绛珠定要来寻人。”

秦荀说：“前些日子阖宫为陛下贺生辰，惊鸿楼才整理了出来。”

他半哄半骗将她带了进去，内室光线冥暗，设一张榻，秦荀将她抱到榻上，炙热的吻落了下来。

再出来时，已是日暮，三两只白鹤在金明池边的浅水里悠闲散步，楼阁四角的铁马被晚风拂动，叮当作响。

她张开双臂，宽大的袍袖灌满风，一瞬间微微失神，恰如振翅欲飞的鹤，想去往那片自由天地。

秦荀从身后抱住她，将她拽入滚滚红尘之中。

白鹤展开双翼冲向长空，与落霞同飞，不多时，便只见几抹小黑点浮在天际。

薛蓁轻声道：“暮色将尽，该走了。”

他埋首在她颈间，带一丝眷恋："你在宫中待了近十年，就没有过厌倦的时候吗？这里处处都是束缚人的规矩礼仪，秋辞那丫头来了一次就不再嚷着要进宫了，那么你呢？"

"我十六岁来到这里，早就习惯了宫中岁月，更何况往后余生我都得在这方天地里度过，何来的喜欢与不喜欢。"她容色淡然，无喜无怒。

秦荀道："当年封后圣旨送到南淮，薛家一门出了两位皇后，想来令尊应该很高兴吧！"

"高兴吗？"薛蓁低声喃喃。

记得当年使者刚出门，父亲的眉头便紧蹙起来，他清楚自己从未与天子有过私交，零星的两面也都是入宫探视长姐，才得以窥见龙颜。

东宫甫满两岁，天子早早立储，属意传位与他，此番举动无非为小太子觅一个可靠的养母，挑来选去，还是薛家女儿最合他的心意。

纵然父亲不允，可他抗争不过合族施压，伯母更是跪在他面前，落泪恳求他将女儿送入宫，照拂幼失所恃的小外孙。

从南淮到京中，整整一千三百里路，父亲驱车相送一千三百里，行到宣华门前，终究还是止步。

她身穿玄色礼服，头戴凤钗珠翠，向父亲郑重跪地拜别。父亲将她扶起，眼底浮着一层泪光，鬓边华发在朝阳照耀下越发刺目。

新妇不能落泪，她折身回了车中，打起帘子，却见父亲孤身伫立在宣华门前揩泪，直到那两扇朱门阖上，他都未挪动脚步，始终望着马车驶去的方向。

秦荀感知到手背一阵冰凉水意，是她多年前就该落下的泪。

"爹爹并不高兴，如果可以的话，他希望他的女儿一辈子都不要被困在深宫，可惜他没有选择的权利。"她的唇边浮起浅笑，"爹爹钟情山水，多年未能入仕，攒不到功名，他说的话便没人理会。"

秦荀替她拭去腮边的泪："是我不好，净提一些令你难过的事。"

是他从未有过的温柔语气。

晚风徐徐，湖面泛起涟漪，她竟贪慕起他怀里的温度，但还是保持住清明，定了定心神，道："回去吧！"

夜色下如同蛰伏在黑暗中的巨兽，梁珩走在萧钰后头，尽管他的大半精力都用来躲避脚底的枯枝碎石，仍不忘提醒萧钰：“陛下，此处清寂，荒草丛生，还是早些回紫宸殿吧！”

他说话间分了心神，被枯藤一绊，险些栽倒在萧钰身上。

萧钰及时伸出双臂将他搀住：“阿珩你声音小点，莫要把禁军吸引过来了。”

梁珩掸去衣袍下摆挂上的枯叶，决定换一种方式劝说：“陛下自幼长于宫中，难道没有听说过关乎惊鸿楼的传闻吗？”

“相传太祖皇帝的许妃就是在这座楼阁里自尽的……”

为了吓退萧钰，他刻意压低嗓音，幽幽道：“许家获罪，她求情无果，绝望之下寻了条白绫了结自己的性命，过了两日才被宫人发现。”

今夜是满月，月华自云端倾泻，洒向大地，如覆一层银霜，惊鸿楼四角的宫灯明灭不定。一阵晚风吹来，萧钰提在手中的纸灯笼刹那熄火。

她指着梁珩身后，故做惊恐状：“阿珩，你看后面！”

梁珩被她一吓，竟真的失了镇定，强忍着害怕转首望去，身后除却一丛婆娑花枝，再无他物。

萧钰捧腹笑道：“阿珩你这么小的胆儿，还敢编派怪异传闻恐吓我。”

遭她戏弄，梁珩并不生气，摸出火折子将灯笼点上。

“陛下仔细些脚下，切莫像臣一样，摔成个四角王八。”

萧钰拽住他的手腕，说道：“要是我摔了，你也得跟着摔，咱们现在是一条绳上的蚂蚱了。”

与其他男孩儿不同，萧钰的手异常柔软，素日里挽弓练习骑射，竟未在他手心留下薄茧子。梁珩心神隐约不安，男孩子之间不应过从亲密，更多的是君子之交，但想到萧钰与他弟弟差不多年纪，便由着他去了。

阿弟小的时候也会这样牵着他的腕子，但决然不会像萧钰这般蛮横。

两人提灯照路，夜行来到岸边，萧钰捡了根枯枝拨开花草，一片碧莹莹的小东西飞了出来。

岸边花木间流萤点点，如悬在天际的星子跌落，与幽静的湖水相得益彰，似真似幻。

梁珩从未见过这等景致，眼眸一瞬不瞬盯着。萧钰松开他的手腕，略带小小得意：“我就说这是处好地方吧！”

他嘴角噙着笑意，问道："陛下是何时发现的？"

萧钰说："有一回我想放纸鸢，央求娘娘带我寻个僻静地，莫要让君父发现，她便把我带来这里了。"

流萤环绕在二人身侧，她伸出手去，小心翼翼捉住一只，郑重放在他掌心："送给你啦！"

梁珩舒开手，任由它飞向了别处，萧钰急道："阿珩，这可是我好不容易才捉到的。"

她故意将举手之劳夸大邀功，梁珩并不揭穿她，笑着说道："臣收了陛下的礼，宜应还一份回去，可臣并不知道陛下喜欢什么？"

"我喜欢的东西呀，我喜欢美人鸢，喜欢蛐蛐儿……可是娘娘不许我玩这些玩意儿。"萧钰惆怅起来，忽想到一个主意，"明年上元灯会，你带我出宫好吗？"

"到时我去求于总管给我们准备腰牌和常服，他定然会答应的。"

带小皇帝乔装出宫？这个念头刚浮上心头，他便觉荒谬，尚未开口婉拒，一只柔软的小手覆上他的唇，萧钰踮着脚尖，眼底是沉寂夜色。

"我长这么大从未见过临安夜景，不要拒绝我，阿珩。"

她白玉似的脸在月光下更添一分清冷，目光中带着祈盼，他感知到心跳骤然加速，鬼使神差之下，竟点首答应了她。

萧钰收回手，整个人扑进他怀里，欢喜地道："我就知道阿珩不忍心拒绝我。"

他幼时多病，生了一副单薄瘦削的身子骨，更像是个娇弱的女孩儿。梁珩怔在原地，未料到他竟会用这等方式表达自己的欢欣愉悦，但他的举止委实越界，即便是挚友也未必能这样亲昵。

好在她很快起身，牵着他的袖子道："快走吧，要不然于总管又要来寻人了。"

目的既已达成，便不多做停留，亦无须眷恋美景，她一向狡黠如此，梁珩失笑，随她往外走去。

路过一截石阶，她止步，松开梁珩的袍袖，半蹲下身，似是拾起了什么物件。

就着月光，梁珩看清那物，是一枚珍珠耳铛，款式寻常。

她将耳铛揣入袖中，起身道：“定是打扫的宫女落在这里了，明日我让于总管查查去。”

第八章
心结

1.

七月流火，暑热消退，连枝叶间的蝉也渐渐噤声，这日午后薛萦枕着竹夫人小憩，只留了一个小宫女在内殿侍奉。

未睡多久，便被喧哗声扰醒，薛萦睁开眸，意识仍有些含糊，问道："是谁在外殿？"

小宫女清脆答道："禀娘娘，是永宁宫来了使者求见，教绛珠姑姑挡下了，说若无要紧事，等娘娘醒后再报。"

薛萦倦意甚浓，起身趿拉了双绣鞋，就着清水洗漱过，往外殿去了。

来者面生，是个二十来岁的女官，径直向薛萦跪地行礼，道："娘娘，太皇太后有要事召见，请您务必过去一趟。"

殿外日头犹晒，薛萦看了看她，对绛珠道："你去传唤步辇。"

那女官却道："太皇太后说，此事要紧，请娘娘只身前去，不得带使女。"

薛萦捉摸不透周氏的用意，只好随那女官同去，甫踏进永宁宫的殿门，她便被一阵熏香呛到。

殿内摆了一尊硕大的紫铜鎏金瑞兽纹香炉，炉中斜插着三炷佛香，皆有小指般粗细。两旁檀木架上更是供奉着多盏莲花灯，殿门启开那瞬，烛火不约而同摇曳起来。

自从上次周氏将掌管后宫之权移交到她手里，并免去宫妃们来永宁宫晨昏定省的规矩，薛蓁便甚少过来，殊不知永宁宫模样大变。

她穿过成排的花灯，向周氏行去，微微欠身道过万福。

周氏抬眸，冷冷道："跪下。"

薛蓁当即跪于蒲团上，心中惶然起来："不知臣妾犯了何错，还望娘娘指正。"

近来她到永宁宫请安的次数的确少了许多，莫不是因为此事？

周氏看着她，面上如凝霜色："你自己做出的事，难道心里没数吗？"

被周氏这样一说，薛蓁心底愈加糊涂，静默跪着听她训斥。

殿中香烛味甚浓，依稀还传出木鱼声，周氏终于肯解答她的疑惑："昨日宫人路过宫苑西北角，隐约见到你与陌生男子一前一后从惊鸿楼中离开，哀家召你前来，便是想询问此事。"

薛蓁定住心神，答道："不知是哪位宫人撞见臣妾与旁的男子入了惊鸿楼，还请娘娘将她唤来，与臣妾对峙。"

若只是宫人远处观望，她抵死不认，周氏便也没了法子。

周氏将一物掷到地砖上，声音里寒意更重："今日于泓便禀报哀家，说阿钰在西苑拾到一枚珍珠耳铛，请他代为找寻失主。恰巧哀家想起去岁除夕让尚服局打造了两对珍珠耳铛，赐予你与郑太妃各一副。玉阳宫那边并未遗失，如果哀家没有看走眼，这耳铛应是太后妆奁里的吧？"

耳铛骨碌碌滚了两圈，在蒲团前停下来，薛蓁登时心神大乱，再也无法辩驳，一股凉意直抵天灵盖。

"哀家查过了昨天的出入宫记录，与你约在惊鸿楼见面的并非你那位旧日相好，大抵是宫里的人。"周氏重重叹息一声，"哀家知道先帝选你做皇后乃是另有所谋，他待你并不如传闻中那般体贴上心。可阿钰敬你爱你，将你视作生母，你却做出如此不知羞之事，假使她日后得知，该有多伤心。"

周氏寻了把交椅坐下，冷眼睥睨她："只要你供出那人现在哪宫做事，哀家就不再追究你的罪责。"

想起那人素日咄咄相逼的场景，她心中千百种情绪交织缠绕，正要脱口道出，忽又忆起那日黄昏，他曾与自己共看湖光水色，馈赠予她些许温柔，不同于萧琰的怜悯，不同于谢怀虚的护佑。

秦荀纵有千般不好，但那一刻，她却对他报以一丝感激，遇上他之前，从未有人问过她愿不愿意留在宫中，愿不愿意当这个太后。

怅然了一阵，她终究还是伏跪在周氏面前，轻声道：“此事与他人无关，全是臣妾的错。”

周氏攥住圈椅的扶手，手背青筋暴起：“自古宫女与太监对食之事从未断绝，都是些见不得台面的东西，可哀家从未想过，你竟当真糊涂到这个地步。”

薛萦说：“臣妾认罪，请太后降罚，即便禀到陛下面前，臣妾也还是这句话。”

她从未有过这样强硬的时候，周氏怒极反笑：“好，你既不知悔改，那便去偏殿对着先帝的牌位跪着，跪到你肯招供为止。”

女官玉瑚入内，将她搀扶起来，引去了偏殿。

周氏怒火未消，抚着心口顺气，那女官送走薛萦后折回，向她行过礼，低声献上一计：“太后娘娘不肯认罪，仅凭一枚耳铛也说明不了什么，您不如找几个嬷嬷来，将她的衣裳脱了验身。”

此等法子未免太过阴毒，周氏摇头道：“薛氏向来是安分守己的妇人，犯不着这样对付她。”

那女官见周氏无甚兴趣，便想继续劝说，周氏却道：“内殿不用宫人侍奉了，你出去后传箬竹过来。”

等到人定时，永宁宫仍未传来半点消息，绛珠心中焦急，猜想太后良久未归，多半是出大事了。

她唤来一个机灵的小黄门，打赏了点碎银，托他想法子去打听消息。

一刻钟后，小黄门回长秋殿复命，垂头丧气地道：“姑姑，听说咱们宫娘娘不知为何当面冲撞了永宁宫那位，现下正被关在偏殿里受罚呢！”

绛珠听完，提着嗓子骂道：“胡说，咱们娘娘平日最是温和，尽心侍奉太皇太后，你定从犄角旮旯里偷听了底下人乱嚼舌根的话拿来糊弄我。”

小黄门连声诺诺，不敢辩驳。

训完小黄门，她又将长秋殿中垂手侍立的宫人们逡视一番，正色道：

“若是让我听到半点闲言碎语，仔细你们的手掌心。”

这一宿，长秋殿彻夜未熄灯烛，天色将明未明时，一顶小轿抬到，将人送了回来。

顾念到小皇帝尚未到亲政的年岁，需太后陪同每日早朝，且自己无意将此等丑闻闹大，周氏不敢把薛蓁扣押到天亮后，遂遣小黄门将人送还至长秋殿。

绛珠接到她，一颗心终于坠回肚里，扶她下轿时察觉到不对劲，心下狐疑，薛蓁却笑着道：“你多唤两个小宫女过来，好搀扶我一把。”

回到长秋殿后，她换过衣裳梳洗后，支走宫人，同绛珠说起昨夜的事：“我与他在惊鸿楼相会被永宁宫的宫人瞧见了，太皇太后逼问，我不肯说出他，便被罚在偏殿跪了一整宿。”

她卷起裤管，露出一双乌青发紫的膝盖：“太皇太后罚我跪在青石地砖上，不得偷懒，还有一位敲木鱼的比丘尼从旁监视。绛珠，听了一整宿木鱼声，我头都快痛死了。”

绛珠心疼她，忙去螺钿柜里寻活血化瘀的药膏，与她说道：“您当时就不应该瞒着，一五一十把事情说出来。太皇太后是陛下的祖母，她若诚心想惩治那人，便是天王老子也拦不住。”

“这后宫朝堂的事要是真有这么简单就好了。再说，我要是扛不住招供出来，你作为知情人，岂不是也得跟着受罪，我可舍不得你与我一样遭难。”薛蓁笑了起来，试着挪动两条麻木的腿，不想竟疼得她倒吸一口凉气。

绛珠找出药膏，轻柔地为她揉按淤青，叮嘱她道：“娘娘，您要记住，万事都没有您自个儿重要。若真到了那一天，您就全说出来，婢子不会怪您。”

今早朝堂上无大事发生，薛蓁好歹熬了过去，一回到长秋殿，眼皮都快抬不起来。

绛珠伺候她卸下脂粉钗环，还未等她沾到软枕，殿外有人通传，永宁宫派人送了一份素斋过来。

周氏此举，带了几分要与她缓和的意味。薛蓁不想拂她的面子，于是在送斋饭的小宫女的注目下，动箸挟了两道菜，吃过几口，便让绛珠打赏宫人了。

一宿未眠，难得有个好觉，薛蓁睡得甚是安稳，许久后觉得口渴，起身端水喝，始觉舌头麻木，四肢轻微抽搐起来。她控制不住身子，重重摔向床下，连带着水盏也打翻了。

里头传出极大的动静，绛珠行至屏风后查看，却见薛蓁紧阖双眸，脸色惨白，人已昏死过去。

长秋殿清早急召太医诊治，此事很快落到萧钰耳中，她急忙询问于泓。于泓虽消息灵通，但与她一样尚不知具体情况，言辞间多有含糊：“臣……臣听说，太后娘娘遭歹人陷害，许是被投了毒。”

太后的饭食里被人下了马钱子粉末，用食材的味道巧妙掩盖过去，好在服入不多，药性未对身子造成过多损害。

面对小皇帝的质询，章晗如此解释道。

薛蓁尚未苏醒过来，一圈太医候在内殿里头，萧钰环顾四周，怒道：“太后这两日的膳食具体经过哪些人的手，都给朕查下去！查不出来的，自己去长秋殿外跪着。”

近侍们头一遭见小皇帝发这样的火，皆立在原地有些不知所措，于泓压低声音斥了几句，众人这才行动起来。

毒是从那份素斋里验出的，此事关系到永宁宫，不便当众审问，送斋饭的小宫女被押至偏殿，流泪说自己对斋饭中被人下了马钱子一事并不知情。

见她哭得梨花带雨，似与此事关系不大，萧钰心软下来，一时半刻拿不定主意，正烦躁时，有人闯了进来。

秦荀径直向她行过礼，神色冷厉，道：“不管这婢子是否下毒，斋菜都是经由她的手送到长秋殿来，实乃失责之罪。”

他官袍还未换下，佩金鱼袋，虽看起来与平日朝堂上装束无异，却似乎又有些不同。

萧钰隐隐感知到风雨压城之势，细声道：“太傅可有何见解？”

近来她与秦荀虽在随州刺史的人选上意见不合，但过去她一向信任秦荀，若真有解决此事的好法子，向他讨教也未尝不可。

“臣有一计。”秦荀漠然说道，“不如杖毙在长秋殿外，以儆效尤。”

萧钰听完，打了个寒战，还未等她反驳，便有披坚执锐的军士鱼贯入殿，将人拖了出去。

外头很快行杖笞之刑，棍棒重击在皮肉上，发出闷响，起初还能听见哭喊，不过十来下就没了声，约莫是痛晕过去了。

萧钰忙开口与他商议道："太傅，就算将人活活打死也问不出话，不如……"

不待她说完，秦荀淡淡扫来一眼，琉璃色的瞳中隐忍着滔天怒意，吓得萧钰当即噤声，站去了梁珩身侧。

梁珩将她护在身后，向秦荀拱手行礼："太傅掌管宫城卫戍，那位宫人胆敢在禁军眼皮子底下闹出这种事，的确应交由太傅处罚。只是陛下心善，仁爱万民，先前的处置若有不妥之处，也请太傅理解。"

他言辞温润，虽做出退让姿态，实则拿君权相压，指责他越俎代庖，替主君定罪。

秦荀正担忧长秋殿那人，无心与这少年逞口舌之快，便收了怒色，淡淡道："梁小公子多虑了，秦荀身为人臣，既食君之禄，当担君之忧。这等手上沾血的晦气事，交给臣来做便是。"

说罢，他谨身行礼告退，兀自去了廊芜下观刑。

薛蓁醒来已是午后，太医院的方子奏效快，除了唇舌稍有发麻的感觉，再无其他不适。

萧钰守在床边，眼底红红的，像是哭过了一场。

内殿只有她们二人在，她抬手捏了捏萧钰的小脸蛋，含笑说道："陛下今年十一岁了，还像个小孩儿似的哭鼻子。"

萧钰握住她的手，低低道："娘娘，方才我好害怕，要是你再也醒不来，可怎么是好。"

薛蓁有意遮掩与周氏的龃龉，便说："昨夜我与绛珠说话去了，一宿未眠，应是缺觉得厉害，才会昏过去的。我答应阿钰，往后一定早早就寝，再也不让你担心。"

萧钰却摇头道："章太医与我说了，你是中了马钱子的毒，那毒粉掺杂在饭食里，宫女疏忽，未能及时用银针验出。"

听她道出缘由，薛蓁大为惊愕，缓了一会儿，才说："兴许是章太医误诊了呢，我素来与人无过节。”

“毒是从永宁宫送来的素斋里验出的。”萧钰看着她，急忙说道，“皇祖母一向看重娘娘，定是那婢子包藏祸心有意害人，好在……好在太傅已经将歹人杖毙了。”

“就在长秋殿外，禁卫军把人拖走时，血淌了一地……宫人们用清水冲刷擦洗了许久，才把石阶收拾干净……”

薛蓁脑子里乱作一团，不过半日，宫里竟发生了这么多事，竟连秦荀也牵扯进来。

她虚虚一笑，对萧钰说：“我已无碍，陛下先回去处理政务如何？”

萧钰担心姨母，本想留下多陪同一会儿，却不料薛蓁开口唤来绛珠，将她带了出去。

日中，禁军将永宁宫围了个水泄不通，箬竹扶着周氏立在殿门前，二人不明所以。

他虽穿着官袍，浑身却散发着冷面修罗气场，面色阴沉得能拧出水来，但还是耐着性子行礼道：“宫里出了这样的大事，臣身为禁军统帅，戍守不严，难辞其咎，还望太皇太后与姑姑准许臣入殿搜寻贼人，以求在陛下面前将功补过。”

“陛下都没有下令严查此事，你一个臣下何来底气僭越，擅自替陛下做主？”周氏气得面色煞白，若非身后有女官搀扶，只怕连身形也站立不稳。

可惜秦荀听过后不为所动，抬起眸看了看她。

秦荀手握禁宫兵权，又无半分退让之意，箬竹怕周氏彻底激怒他，小声劝道：“那份斋菜是从永宁宫送出去的，即便太皇太后您是真的不知情，可此事终究与永宁宫脱不了干系。您不妨先给他个台阶下，命他速速撤兵，等您寻出真凶，再到陛下面前评理去。”

经箬竹一说，周氏想清其中关窍，遂道：“秦太傅若真的想查，不妨去陛下跟前请了手谕，再拿到永宁宫来。以免日后落人口舌，说太傅你居功自傲，罔顾君上。”

她的话中带着恐吓，秦荀神色漠然，挥手命军士入殿。

周氏见状，怒斥道：“反了反了！这宫里难道是你秦荀做主了吗？”

正喧哗时，身后传出一道女子的声音：“且慢。”

薛萦缓步拾级而上，行到殿门前，颔首低眉向周氏道过万福：“臣妾身子不适，故而来迟，请太皇太后恕罪。”

周氏轻哼一声，携箬竹进了永宁宫。

目送周氏离去，她转身看向秦荀：“陛下已命人严查凶手，此事不便劳烦太傅。”

她身子虚乏，冒着日头赶来，莲脸浮上一层薄汗，眼波流转间，更是楚楚。

一想到她受过那些苦楚，秦荀心底的怒火陡然点燃，剑眉紧蹙。

不待他开口，薛萦轻声道：“太傅，请回吧！”

纵然他有滔天怒意，在这女子面前，终究都要化为云烟散去。多么奇怪，在旁人眼中杀伐果决的他，竟为了这样一个小小女子做出退却。

不过片刻之间，军士鱼贯退出，永宁宫复又平静。薛萦兀自走进来，对箬竹道：“姑姑，本宫想单独与娘娘说些话，不知是否方便？”

周氏点头示意，箬竹退出去，细心将殿门掩上。

鎏金瑞兽纹炉中的佛香燃成了灰烬，还未来得及换上新的。两旁的莲花灯更是在军士推开殿门那时被风吹熄了大半，全然不复昨日青烟缭绕的景色。

周氏寻了张圈椅坐下，倨傲地抬首：“哀家没有暗中害你，哀家亦被人用这样歹毒的手法害过，深恶此法，怎么可能用到你身上去？”

若施此计杀人，疏漏未免太多，况且周氏虽不喜她，但也没厌恶到要将她毒死的地步。

薛萦坐于她旁侧，低声道：“臣妾知晓不是娘娘所为，但还是想问一句，关于此事，娘娘当真不知情吗？”

周氏神色微变，坚定地道：“就算是当初恼怒你对先帝不忠，哀家也从未生出过要害你的念头。”

薛萦扶着扶手，慢慢起身行礼：“臣妾愿意相信娘娘。”

周氏不至于明目张胆杀她，送斋饭的小宫女临死前仍坚称不知情，那么素斋里头定是被旁人动了手脚，究竟是谁想要她的性命？抑或是借此挑拨她与周氏的关系？

她垂下眸，心想道，恐怕又要劳烦大理寺的那人破案了。

正要离开时，周氏突然出声："慢着。"

薛萦应声回首，只见周氏望着自己，一字一字道："如若哀家没有猜错，昨日你的确在惊鸿楼私会外臣，只不过那人并非宫人，而是当今太傅秦荀。"

"元宁八年，秦荀尚是宁州刺史，有幸陪同先帝春狩。他曾失踪一日，回营地后请求先帝帮他寻一女子，言称自己在西青山偶遇了故人。可惜此事未成，先帝当面驳回了他。"周氏露出嘲讽的笑意，"哀家以为你只是与谢家有纠葛，殊不知，你与秦荀竟也是旧相识。"

"昨日宫人在惊鸿楼所见，正是你与秦荀吧？"周氏讥笑道，"你们薛家的女儿果真好手段，姐姐狐媚主君，妹妹攀附外臣。"

薛萦不喜与人争执，每逢周氏奚落，多半选择吞声忍气避过，此番她意外提到阿姐，言辞间多有侮辱，着实令她打从心底生怒。

"太皇太后。"薛萦冷冷看着她，"先皇后贤淑柔嘉，有母仪天下之姿，为先帝所喜，后宫朝堂无人敢诋毁其一二，不知太皇太后此言从何而出？"

周氏咬紧牙关，道："不要以为你攀上秦荀，从此就高枕无忧了。他秦荀再只手遮天，不过是先帝的旧臣，是当今陛下跟前的一条狗，要打要杀不还是由陛下说了算？他倚仗自己戡乱有功，胆敢秽乱宫闱，来日等陛下清算，他就算是五马分尸也抵不了罪！"

"先帝赐你薛家荣光，封你为后，托孤于你，可你却与他的臣子苟合。百年之后，你如何有颜面去九泉之下向先帝交代？如何对得起你满门忠良的薛家先祖？"

字字泣血锥心，此刻的她不再是万人之上的太皇太后，而是一个为早逝的长子鸣不平的母亲。

薛萦无从辩解，唯有静默以对。

她罔顾君臣人伦与秦荀相欢，床笫之间抵死缠绵时，就已料想过今日，一个失贞的太后，怎会不受万人指责？怎会有好下场？

良久以后，周氏流泪说道："哀家就算再不喜欢你，也从未想过，你当真会做出这等不知廉耻的事。"

话落，殿外传出一声响，像是有什么重物坠地。

小黄门惊慌入殿禀道："太皇太后，娘娘，禁卫军在偏殿擒到凶手，可是人……人已经没了。"

是永宁宫当差的女官，名唤玉瑚，人被发现时已经悬在了房梁上。禁卫军当即搜罗她的住处，在抽屉里发现一处小暗格，里头藏着少量药粉。

太医随后赶至，证实暗格里的粉末正是马钱子粉。

证据确凿，秦荀命下属将人抬到正殿，那女子约莫二十岁，口唇青紫，看起来甚是骇人，吓得周氏倒退两步。

玉瑚办事周全，素得周氏喜欢，见使女的死后惨状，周氏不禁声音虚浮："秦太傅将这女官抬到永宁宫，所为何意？"

秦荀负手道："凶手是永宁宫的人，还请太皇太后下令彻查，是否还有同谋。"

"若哀家不下令，你难道还想逼宫不成？"周氏脸色铁青，拾起手边的茶盏砸过去。

可惜她力气不及，茶盏落地，仅是滚水溅在了秦荀的袍摆上，霎时濡湿大片。

刹那间，殿内阒然无声，觑见秦荀面上怒意渐重，薛萦忙朝他走去，还未开口安抚，只觉一股气血冲上来，身子软软栽下去。

意识陷入混沌前，薛萦心想道，这一晕竟也还算及时。

再醒来时，已是身处长秋殿，帷帐中光线昏沉暗淡，她拂开帐子，蓦然瞧见床边坐着一人。

秦荀递了水盏过来，尽量将声音放柔："醒了？身子难受吗？"

薛萦望着他，手堪堪止在半空中："你怎么进来了？"

"我如何不能进来？"见她不肯接过，秦荀思忖片刻，说道，"手脚还是发软得厉害？那我喂你喝便是。"

他倾身过来，当真做足了架势，吓得薛萦浑身打了个激灵，忙将水盏抢过来一饮而尽。

她喝得急，唇边残留些许水渍，秦荀用指腹为她拭去，力道轻柔，仿佛害怕惊吓到她。

日头西行，一束光照入殿内，空气里浮动着细微尘埃，她被笼罩在他的身影之下，不得不抬头仰望他，软声央求："下毒的事，永宁宫那位当真不知情，你不要与她计较了吧！”

若放在平素，他最是吃薛萦放下身段服软这一套，但今时今日却又不同。

秦荀收了笑意，抬起她的下颌，冷冷看着她：“她纵容底下人害你性命，你还三番两次为她开脱，看来是昨日的苦楚受得不够多，没教你长个记性。”

薛萦双手抓住他的腕子，忍痛说道：“从古至今宫妃与外臣私会，都是要问罪的，永宁宫那位不过是气恼你我的事罢了。她毕竟是陛下的祖母，如若当真与她撕破脸，日后要是给你暗地里使绊子，或是游说陛下疏远你，届时你又能如何？”

她这番话表面上虽是为周氏说情，实则字字皆为他考虑，秦荀不免受用，手上撤去七分力道，轻轻捏住她的下巴：“事情闹得这么大，陛下很快就会知道，周氏定然不能留在宫里了。听闻她先前曾向陛下提起要去灵虚山修行，不妨遂了她这个心愿。”

薛萦睁大双目，不可置信地道：“你要送太皇太后出宫？”

“绛珠，绛珠你在哪里？”

得不到绛珠回应，她急忙下床，连绣鞋也来不及趿拉，赤足往外跑去。

长秋殿的宫人全被他遣走，外头由禁卫军把守，此刻殿中只有他们二人。

秦荀将她拦腰抱起，扣在怀里，呼吸声粗重起来：“我现在已经很生气了，你不要再激怒我。”

“你疯了，你疯了！”薛萦抬手给了他一个耳刮子，“你当真要以下犯上落得一个佞臣的骂名吗？”

她还未痊愈，虽不至于真的伤到他，可这一掴饱含怒意，几乎用尽她的全部气力，还是让秦荀尝出一丝铁腥味在嘴里弥漫开。

他紧紧桎梏薛萦，极力使自己保持平静：“马车已经出宫了，我稍后会向陛下禀明此事经过。”

薛萦挣扎着，反问他道：“禀明什么？告诉陛下她视如师长的太傅垂涎她的养母，而她的养母是个人人都能唾弃的淫妇吗？”

她近乎失去理智，偏又摆脱不了秦荀，索性一口咬在他的小臂上，直到尝出血味。

待她耗尽所剩无几的气力，秦荀将她抱去床上，随手扯了块绢布，一边缠裹手臂上的新伤，一边无奈地道："打了一巴掌，咬了一口，骂也骂过了，你心里的气合该消了些吧！"

薛萦不答话，只静静望着帐顶的墨兰花样，眼中盈了一汪泪，倔强地不肯落下。

相处这些时日，他多少摸清了她的脾气心性，晓得此刻不宜继续激怒她，施施然起身道："若没有其他事，我便离开了，太医和你的女官都在殿外候着，稍后我会让他们进来。"

他有意放缓脚步，余光瞥见她侧过头朝向内侧，似是不愿与自己有任何交集。

右臂上的新伤还未止住血，秦荀低头看了看，唇边扯开一抹苦笑。

她恼怒到了极点，就像一只发狂的小猫儿，下手没轻没重的，不将他的一颗心子挠出血来便不肯罢休。

"太傅，"帐中那女子终于开口，却是从未有过的疏离，"不知薛萦何德何能，令太傅青眼相加。"

他顿足回首，静静望着她，最后一丝夕照退到窗枢外，夜色下沉。

"也对。"他低声笑了笑，"当初宁州城里那么多流民，你不过几岁的年纪，怎么可能记住我这么一个人。"

"宣德二十三年，你与你父亲游历到宁州，恰逢宁州城里闹时疫，令尊仁善，解囊开设施粥棚，不仅如此，还免费赠送药汤予染病的流民。那时我因事与外祖怄气，索性离家出走，躲在流民之中，连叔父都没能将我寻回秦家。后来时疫规模扩大，我未能幸免，好在被令尊拾到带了回去。我记得当年你穿一身鹅黄衫子，梳双环髻，耳后长了一颗小小的朱砂痣，极好辨认。令尊为病人施药诊治时，你便在一旁打下手……"

流民之中孩童不多，他很快就与那女孩儿相熟，互相告知姓名来历。她说她姓薛，单名一个"萦"字，南地人氏，此次随父亲北上，是为游历山河，增长见识。

幸得他父女悉心照料，他的病不久就痊愈了，却不肯回家，留在施粥棚帮忙干重活。

她心中好奇，便问缘由，于是他吞吞吐吐告诉她，自己不愿走科举的路子，与外祖意见相左，故而负气离家。

其实还有许多事，他都不敢道出，譬如外祖对他的期望缘何而来，譬如母亲早早亡故的缘由……

听说了他出走的理由，她笑着劝解他，要是不愿意读书考取功名，可以去投军呀，北蚩常年滋扰宁州，军中正值用人之际，以他这样的资质，定能出人头地。

提起投军一事，他愈加惆怅，嗫嚅说自己外祖从前因一些事开罪了宁州的官吏，他屡次报名参军，均未被选上。

她说，宁州兵营有她伯父的故交，不如她让伯父写封信，把他举荐过去。

约莫大半个月后，他当真收到了那封举荐信，凭借此信去兵营报名，那些小吏收下信，即便再不喜他外祖，也不敢继续阻拦，只得将他编入兵营。

那小姑娘眉眼弯弯，似两泓新月，令他铭记许多年，一刻也不敢忘却。

之后，他攒了些功名，想打听她的住处，信早已被收走，而知晓此事的小吏尽数离开了宁州，数年下来，终究音讯渺茫。

再后来，元宁八年初春，他在西青山又遇见她。见他落难，她施以援手，将他从小湖中救出。

他被狼群所伤，她扎了个木筏子，将他拖去一处山洞暂时躲避野兽，火光投在山洞壁上，他凭借那颗朱砂痣将她认出。

“我没想到你会成为皇后。”他说，“更没想到你会忘却所有的事，阿萦。”

他折回身，半跪在床前，轻轻将她的手贴在自己的脸颊，眼底写满桀骜：“我不会再放手了，就算落一个万世骂名也无妨。”

他曾在最潦倒之时遇见一束光，照进黑暗，驱散阴霾，此后余生他与命运缠斗，罔顾君臣之礼，宁愿背负骂名，只为追寻这束光。

多可笑，为了当年的这点温柔，他愿意赔上余生好光景。

薛萦慢慢支撑着起身，将他拖入怀中，她没有说话，只静静伸手，抚过他右颊那道浅浅的疤。

隔着十数年时光，他终于等到那样一个拥抱。

2.

太后遭人下毒当日，禁卫军在永宁宫搜出凶手，随后，太皇太后自请出宫修行。这一连串的事未免让人揣测纷纷，传言幕后真凶乃是永宁宫那位，就连萧钰也隐有耳闻。

一日黄昏途经御苑，小宫女们背地里议论时不巧被她听见，萧钰当场下辇，厉声呵斥当值的宫人，罚她们跪在假山石下，不跪足两个时辰不得起身。

立秋后，临安多雨，小宫女们跪在雨中哭喊求饶，萧钰不为所动，寻了方亭子坐下，好整以暇观摩。

与从前相比，这位少年天子身上多了些戾气，现如今他发怒，除了太后与梁小公子，谁也劝不回来。

太后在养病，近侍不敢贸然惊扰，只能去把梁珩请过来，劝说小皇帝将宫人遣散。

回到紫宸殿，萧钰怒气犹未消，抬脚踹翻香几，博山炉滚到地上，香灰撒得遍地都是，惊得宫人跪了一地，俱不敢出声。

梁珩使了个眼色给于泓，让他悄悄屏退宫人。

他从袖中取出一块帕子，低头为萧钰拭去鬓发上的细碎水珠，无奈地道："陛下怎么生这么大的气？"

"那些个婢子没分寸，乱嚼舌根，朕难道不能教训她们了吗？"萧钰愤愤道，"朕严令禁止在宫里散播谣言，她们倒好，拿朕的谕旨当耳边风，胆敢光天化日之下聚在御苑诋毁尊上。"

萧钰的鼻尖亦沾染了水雾，梁珩用软布为她擦去，无意间觑见她踮着脚。

约莫今岁起始，他个子蹿得快，许多时候萧钰站在他面前，需踮脚才能勉强与他平视，他不过长萧钰两岁，但两人身量上的差距是越来越大了。

这厢，他细致地为她整理仪容，萧钰的心思却飘向别处，梁珩发觉，便问她："陛下在想什么呢？"

“阿珩，皇祖母虽提起过要去灵虚山修行，但经由我劝说，已经打消了念头，怎么此次突然仓促离宫呢？”萧钰喃喃道，“她走得那样急，那日下午车舆就出了城，甚至未与我当面道别，只留下一道口谕。”

梁珩的手堪堪止住，他低下头，静静看着她，闻见她说：“有时候我也想，她们说的是不是也有几分真……皇祖母一向不喜欢娘娘，所以才会被坏人挑唆……”

她说得断断续续，梁珩不难猜出她心中想法，他将软布叠好，置于一旁的案几上。

“陛下宜应听从自己的内心，不必为他人的言语动摇，陛下的祖母与养母是怎样的人，没有人比您更清楚。”

他声音温和，如一道流水潺潺淌过，萧钰满腔烦闷霎时被浇灭大半，她将小脑袋垂了下去：“那时我的确很生气，才会罚她们跪着淋雨，怎么会变成现在这个样子……”

殿中阒静，更漏声点点，清晰可闻，外头挂上宫灯，橘色的光亮透过窗牖照入殿内，驱散黄昏。

梁珩想传唤近侍，忽被她从身后抱住。

“这宫中除了娘娘，我只有你了，阿珩。我们是最好的朋友，你一定不要离开我。”

她带着哭腔的祈求，像一头落单的小兽发出绝望悲鸣。他终究心软，知道于礼法不合，可还是扣住了她的手，轻轻道：“臣哪里也不去，就在这里陪着陛下。”

直到萧钰长大，从此不再需要他。

黄昏时风雨骤起，打得美人蕉几近伏倒，薛蓁临窗观雨，顺手将一碗药汤倒入盆景。

身后响起跫跫足音，紧跟着便是珠帘被人拨开的声音，玉珠相撞，清脆作响。不消回头，她便知道是那人来了，不过她这次运气委实不好，让他当场抓了个现行。

秦萄从她手里接过药碗，皱眉道：“难怪吃了这么久的药也不见好，总爱使些小性子。”

周氏离宫以后，禁宫再无旁人眼线，他来长秋殿的次数多了起来，好在他每回前来，也只是探病，未有过分要求。

雨被狂风吹得飘了进来，她合上窗牖，无意与他争辩，轻声道："我好得差不多了，章晗开的方子太苦，连甘草都不能加，我不爱喝。"

她这话倒像是小女孩子家赌气，秦荀搁下玉碗，语气缓和了些："我去让你的女官再煎一碗。"

抬脚正要走时，薛萦伸手牵住他的衣袖，哀声道："你留下来陪我说会儿话。"

她甚少主动挽留，此番举动，不禁令秦荀狐疑起来。

他驻足望了望她，脚下未有动作，既不像要走，也不似留下的打算。

薛萦移步走到他身前，将脸轻轻贴在他的心口，预想中的心跳声并未传来，她不免好奇，还未探究，听闻头顶上方那人问："怎么了？"

"好生奇怪，旁人的心都长在靠左侧，你的心长在何处？"她抬手覆在他胸膛的另一侧，感知到急骤的跳动，"原来你是右心位。"

她的玉指纤细灵巧，轻而易举就扰乱了他平静的心湖，直逼他心中紧绷的最后一根弦。

秦荀将她从怀里扯起来，声音微微发哑："别闹。"

不过大半月光景，她整个人就清瘦了一圈，即便他教她撩拨得乱了章法，也清楚不宜在这时折腾她。

薛萦眼中盈了一汪秋水，望着他，目光楚楚："我害怕，这几夜我时常听到有女子哭泣，似乎就在长秋殿前的石阶处。"

前些日子，他震怒之下当着萧钰的面在石阶下杖毙了一个小宫女，此事原本不打算告知，怕惊吓到她，可萧钰无意中说漏口，她便知道了。

秦荀尝试安抚她："禁卫军日夜卫戍，你不要担心。"

薛萦却说："举头三尺有神明，该来的迟早是会来的，秦荀，我害怕。"说罢，复又攥住他的袍袖，泫然欲泣，只差一瞬便会掉泪。

秦荀惦念她倒掉的药，与她商量道："我知会你的女官，再进来陪你如何？"

她摇头，紧紧抓着他的袖子，眼里满是惊慌。

秦荀晓得她有意胡搅蛮缠，无奈之下，取出腰间匕首欲割断那一小块布，她却抢先松开，双臂攀上他的脖颈，将他抱住。

情欲如火，燎透他所剩无几的理智，殿外风雨漫天，唯有她给予的这方小小港湾，容他做片刻停歇。

他在这件事上素来霸道，薛萦勉力承受，轻声央求道：“你和陛下因随州刺史的人选不合，不如另提拔一人如何？这样陛下也不会疑心你插手朝政。”

过去月余，为避免相争，小皇帝刻意不再提起，难为她还惦念着此事。秦荀心底的火霎时熄灭，好在她的衣裳都还在，他吻住她的朱唇，将她的一双手反剪身后，扯过宫绦缚住。

薛萦察觉，企图挣脱掉，奈何气力不及他。他将宫绦系了个死结，为她掖好领口衣襟，拉过被衾盖上，容色冷寂：“我去喊小厨房再煎一碗药。”

他走以后，便再没有回来。

绛珠端药进到内殿，见薛萦斜靠在贵妃榻上，衣鬓并不凌乱，她望着那面山水屏风发怔，神色倒还平静。

走到近前，绛珠才发觉她的一双手被缚身后，宫绦系得紧，皓白的腕子上早已浮出一圈红痕。

绛珠寻来小剪子铰开，心疼地道：“太傅离开长秋殿时满面怒容，婢子猜想他定是又与您置气了，却没想到，他竟是这等粗鲁无礼的人，竟敢动用私刑折辱您！”

一双腕子终于挣开束缚，薛萦忍痛收回素手，笑着安抚她：“我想劝他不要与陛下作对，于是说了些不讨喜的话，又惹怒他了。”

说罢，她试着转了转几近木然的手腕子，怅然起来：“怪我没生一副好皮囊，也未能学会那些狐媚本事。”

“娘娘净说笑，您这姿容莫说在宫里，就算放在整个临安，都是一等一的出众。”绛珠替她轻揉手腕，愤愤道，“他一个粗鄙武夫，哪里晓得。”

她微笑着不语，静看宫灯结出今夜的灯花。

秦荀此人在军务朝政的见解上极固执，比起吏部侍郎赵璃，他举荐的徐清的确更适合随州刺史一职。

偏这回萧钰似是打定主意要与他相背而驰，尤其历经了去岁宁州一役，她最终妥协将宁州的兵权悉数交回秦荀昔日的旧部手中，越发忌惮起秦荀来。

薛蓁忧虑，她虽已从有资历的官员之中另择了几位，刻意避开徐清与赵瑀二人，造出花名册送去紫宸殿，期待萧钰更改心意，但迟迟未等到答复。她病了后不再陪同小皇帝上朝，萧钰除了过来探视，绝口不提政事。

此事很快便有了转圜的余地。

徐清主动上奏疏请求退出人选之争，因他家中老母无故患了咳疾，请遍京中有名的大夫，皆说不宜远行劳顿。他自幼失怙，由寡母拉扯大，宣德二十一年中举入京，便将寡母接来奉养，之后十余年寸步不离。

余下那位候选官员在朝中声望不高，身后又无六部中任何一部支持，如此一来，赵瑀胜出毫无悬念。

于萧钰而言，这无疑是最好的结果，徐清选择退出，赵瑀前往随州赴任乃是众望所归，更重要的是一向反对的秦太傅此时居然噤声。

她很快拟好任免诏书，还未下发，却被薛蓁截下。

行至长秋殿，她内心多少忐忑，现随州刺史即将卸任归乡，朝中为人选相争长达月余，与以往不同的是，养母不再坚定地站在她这边。

红墙宫苑里悄然滋长的流言，言及太后与当朝权臣，她其实隐有耳闻，打心底不愿相信养母会做出这等荒唐事，多半是底下不知事的小宫人们乱嚼舌根罢了。

她小心翼翼将这些念头藏在心底最深处，不敢让任何人瞧出端倪，包括最亲近的玩伴梁珩。

薛蓁瞧出她心不在焉，打发绛珠去吩咐小厨房做些糕点，柔声问她："阿钰怎么了？"

她回过神，揩了把虚汗，道："中秋将近，虽说已到了秋日，可这殿里还是有些闷热。"

殿内几处窗牖都开着，外头天气阴沉沉的，时不时有风拂进来，薛蓁看破不说破，径直说道："陛下命赵瑀接任随州刺史，本宫对此无异议，不过还有一事相求，恳请陛下多加思虑。"

"赵瑀此番赴任，乃是朝中人心所向，但本宫心中忧虑，他毕竟是北地人士，即便他当初曾在随州做过小吏，但离开数年，在当地百姓心里，他的威望远不及前任刺史。不若在六部之中再挑一人，命其与赵瑀同去，赐个长史的官职，为刺史佐官，从旁相助他将随州治理好。”

养母果真无意放手此事，萧钰额上冷汗更甚，佯装面不改色道：“朕觉得娘娘这个提议极好，不知娘娘是否有合适的人选推荐呢？”

顿了片刻，她望着薛萦，补充道：“徐清前些时日告假在家，恐怕近期内是不能离京了。”

薛萦心知她不愿任用秦荀举荐的人，笑着道：“徐大人当然无法胜任这份差事了，本宫养病期间未能过问朝政，遂请姚相公从中挑选几人，名册已送去紫宸殿，陛下若有中意的，不妨与宰相商议，无须再到长秋殿请示了。”

名义上虽为宰相挑选，实则皆是她的心意。

萧钰素来敬重君父任命的老臣，她有意搬出姚相做担保，既能说服萧钰接受提议，又能保全她的那点小心思，至于秦荀那边，等缓上一段时间再去安抚他吧！

诚如她所料，萧钰虽迟疑良久，但还是应允下来。

这时，小宫女奉上糕点，薛萦用竹箸挟了一块百果糕，放入萧钰面前的小盘中，柔声与她商量最后一件事：“中秋临近，本应与陛下同庆佳节，奈何本宫这身子实在不争气，养了这么些天，平日里仍时感倦乏。唯恐扰了陛下与百官赏月的雅兴，今年中秋宫宴，本宫便不去了。”

听闻养母将要缺席今秋宫宴，萧钰搁下玉箸，忙问道：“娘娘可是身子还没恢复好，不宜操劳？”

说罢，转首又看向身后近侍，语气携三分怒意：“太医院那群人都是吃白饭的吗？把章晗给朕叫过来！”

近侍不敢怠慢，跪地行过礼，便要出殿去往太医院，却遭薛萦制止。

“陛下以往可不是急性子的孩子，也不知现在随了谁。”薛萦将玉箸放回萧钰手中，唇边浮上一抹无奈低笑，“宫宴礼仪烦琐，还要见那么多人，我近来犯懒，正好留在长秋殿歇着。况且郑太妃已答应由她筹办今年的中秋宴，若有其他的事，她自会禀报陛下。”

萧钰怔怔地道：“娘娘，您是在生阿钰的气吗？”

薛萦当即哑然，没料到她竟会这样问自己，遂温柔地与她说：“我怎么可能生阿钰的气呢？阿钰是我看着长大的孩子啊，就算阿钰犯了错，我也不会真的恼怒。”

她望着薛蒙，眉眼弯弯，如两泓新月，露出一个稚气笑容，如少时那般。

“娘娘是这世上对我最好的人了。”

今年的中秋宫宴不同于以往，薛太后抱病未能出席，交由郑太妃打点，而重臣之一的秦荀，亦是缺席。

他向小皇帝请求告假的理由甚为牵强，只说家中叔父新来帝京，思念故土，故他想留在府邸陪家人度过第一个团圆佳节。

好在小皇帝爽快批准，他便心安理得留在了府里。

秋辞却知晓，此事绝非兄长所说的这般简单，他不去赴宴，像是为了躲避什么，又或许与他手腕上的牙印有关。

说来也巧，她是无意中撞破这个秘密的。

那日黄昏，风雨骤来，她在东院里描秋菊图，怕雨水打湿画纸，慌忙之下抱着纸笔闯入一间厢房，却见兄长立在窗下，袒露上身。

秋辞赧然，忙将脸转过去，但还是瞧见他右手手腕上多了个乌紫的牙印，看起来像是新添的。

她对男女之事懵懵懂懂，可不难猜到，这个印子从何而来。

兄长并非守身如玉的人，从前在宁州时，府里虽没有姬妾，但他偶尔会去花楼留宿。他为人冷峻，纵然多年来身上旧伤狰狞盘错，从无一处与那些女子有关，除了宫里那位，还有谁敢胆大到将他的腕子咬伤。

纵然她察觉他暗中受伤的由来，兄长亦不惊讶，只淡淡告诫她，勿要把此事告到她父亲跟前去，他不想让叔父为此担心。

但父亲似乎已经知道了什么。

晚宴过后，父亲便回房歇息，谢绝了一同赏月的邀请。

今夜乌云层层叠叠，明月若隐若现，秋辞与秦荀在庭院里相对而坐，彼此皆是静默。未等他开口离去，便来了一位婢女将秋辞请走。

去了方知，原是父亲有事要她去办。

淳于意指了指桌上的紫檀木匣子，道：“你替我把它还回去吧！”

匣中一对玉雕寿桃栩栩如生，烛火映照下越发温润，秋辞捧起木匣：

“爹爹你不喜欢吗？”

淳于意没有为她解答困惑，只沉声告诉她：“秋辞，是我无福消受这等贵重贺礼。”

她合上盖，轻声道：“等过几日，寻到了合适时机，我再把寿桃还给兄长。”

“不必等了，今夜就还回去。”淳于意微微蹙眉，用不容置喙的语气说道，“你交给他，他自会明白的。”

怀着忐忑不安的心情，秋辞将东西转交给秦荀，出乎意料的是，兄长面上并未流露半分惊诧，似乎他已提前预料到父亲这一举动。

她终究忍不住，低声询问：“兄长，你腕上的伤可有好些？郎中说伤口容易溃烂，总是疏忽不得。”

秦荀道：“多谢你送来的药，好了许多。”说这番话时，他容色淡漠，似是提及了与他毫不相干的事。

乌云散去，月华倾泻而下，他平静的面容覆上一层清辉，更添几分疏冷。

秋辞快步上前，捉住他的手腕子，拂起衣袖，揭开药纱，乌紫的伤口露了出来。

“你骗人，你压根就没有涂我送去的药。”她眼底浮上泪光，“她将你伤成这样，你还护着她，还要我替你瞒着爹爹！”

纵然她仰慕秦荀，且她从未想过要与他在一起，仍不甘心输给宫中那位。薛萦与他相识不过短短几载，哪里比得过他们多年的情谊？

她不觉失态，含泪说道：“你知晓的，她那样的身份……难道你真的愿意背负身后骂名吗？”

“世上那么多女子，为什么偏偏是她……”

秦荀看着眼前这个泫然欲泣的女孩儿，很久之后，他才拂开她的手：“阿辞，你只是我的义妹，而你方才所说，皆是我的私事。”

“义妹”二字，足以斩断她余生所有念想。

秋辞忽然大笑，将泪水生生逼回眼底：“是啊，我毕竟只是兄长的义妹，哪来的资格评议这些呢？”

“可你明明知道的……”她低语道，“你明明知道我那样在乎你。”

寒风乍起，枝头上最后一朵玉兰落在庭院里。

乌云复又聚起，被少女藏在心底的隐秘情愫，与月华一般，渐渐黯淡了去。

今岁的中秋宫宴，对于萧钰而言，比以往更无趣。

中秋自古是团圆佳节，但她最亲近的两位长辈，一位自请离宫修行，一位抱病未能出席，又何来团圆一说。

便连郑太妃也瞧出些许端倪，宫宴行进过半，郑太妃携女官上前，柔声询问她是否身子不适。

萧钰与她不太相熟，知她是侍奉过君父的妃嫔，往昔又得祖母喜爱，故而对她甚是敬重，虽不便向她道出心中不快，但也还是想了个借口囫囵遮掩。

郑太妃温婉一笑，道："今夜太后娘娘没有来，陛下心中定是记挂着，若陛下实在放心不下，不妨先行回宫去吧！"

她为这次的宫宴劳费心神，前后操持将近一个月，倘若萧钰当真提前离席，未免当众拂她的面子。

但她实在不愿再待下去，犹豫之际，听闻郑太妃柔声道："陛下尽可放心，如有朝臣问起，只说陛下更衣去了，稍后便归。"

她轻柔的一席话仿佛给萧钰吃了颗定心丸，萧钰起身道过谢，携一个小黄门经由后殿绕出去，留下于泓与梁珩在春熙殿候着。

怀里揣着的宫饼正温热，萧钰心急，担心养母早早就已歇下，催促小黄门寻一条近路。

小黄门一边提灯照路，一边胆战心惊答道："陛下，附近还有一条小道，要路过永宁宫的偏殿，但于总管吩咐过了，天黑后不许往那边去。"

永宁宫前些日子才死了一个女官，太皇太后离宫后，整座殿宇空置出来，夜里偶尔发出异响。于泓忌惮鬼神之说，吩咐手底下的小黄门入夜后不得再去那处。

萧钰着急去长秋殿，便顾不得那么多了。

两人一前一后赶路，小黄门一颗心几乎悬到嗓子眼，唯恐四周传出什么动静，惊吓到身后的少年天子。

好在途经永宁宫的这一路相安无事，小黄门的心稍稍放回肚中，忽听闻一阵低泣，是年轻女子的声音，幽怨呜咽。

萧钰亦发觉异常，还未回首望去，小黄门扑通跪在她跟前，苦苦相劝道："陛下切记不可回头，要不然那些花妖狐鬼便要将陛下的魂魄勾了去。"

他年岁不大，约莫十五岁，瘦削的身板伏跪在萧钰面前，抖得跟受惊的鹌鹑似的。她觉得有几分好笑，拔出佩剑，兀自绕过他，往那面红墙后去了。

墙根下跪着一个宫女打扮的女子，泪水涟涟，拿着一摞纸钱往火盆里投。

胆敢在宫中私行祭祀之事，已是犯下大罪。

萧钰来不及多想，将剑横在那女子脖颈间，高声呵斥道："你是哪宫的宫人？何故在此？"

面前的小郎君着明黄色常服，气宇非凡，那女子将萧钰的身份猜到七八分，可性命教萧钰捏在手中，她不敢隐瞒，于是伏跪在地，抽噎着答话："婢子原是尚衣局的宫人，名唤玉珊，今夜前来永宁宫私烧纸钱，实在是思念胞妹太甚，为其死鸣不平。"

她哭得委实伤心，萧钰心中不忍，收回剑，便又问道："你胞妹是谁？她有何冤屈？"

未待她答话，小黄门冒冒失失赶上来，扑在萧钰面前跪下，气喘吁吁地道："陛……陛下，自太皇太后离宫后，永宁宫便再无宫女值守，此女子出现得突然……"

那女子蓦地朝萧钰重重叩首，打断小黄门："原来您就是陛下，求陛下为我小妹做主，她是被奸臣逼死的。"

她决意为胞妹洗冤，磕头不过三四下，雪白的额头上就浮现出一抹殷红，将眉心花钿染成赭色。

"求陛下开恩，为小妹玉瑚洗刷冤屈。"她流泪说道，"小妹生前曾是永宁宫的女官，因无意撞见太傅秦荀与……与后宫嫔妃有私，暗中告给太皇太后，以致被他逼到悬梁自尽，才得以保住奴婢与家人不受牵连……"

夜风徐徐，火光熄灭，余烬漫天飞舞。

萧钰紧抿朱唇，将手按在剑柄上，良久，才吐出一句：“把你方才所说再复述一遍，若有半分假话，朕定会让你生不如死。”

那夜的宫饼，尽管被她揣在怀里捂着，可还是一点点凉透，始终未送出去。

中秋过后两日，是太后薛氏的生辰。

朝臣们送上贺礼为太后祝寿，不乏名贵稀罕的物件，与往年不同的是，薛太后让宫人尽数送去国库，长秋殿无所保留。

绛珠颇有微词，劝她将其中一对汝窑天青釉经瓶留下，待到冬日，寻几枝红梅插入瓶中，放在宫室内，与素雪相和，别有意境。

薛蓁微笑着听她陈述完理由，悄悄与她说道：“你去翻一翻名册，看那对经瓶是谁送来的。”

不翻不打紧，绛珠揭开名册翻阅才知，这对经瓶是大理寺卿谢怀虚送上的。

太后有意斩断前尘过往，不愿与谢大人再多生纠葛，更何况还有个冷面罗刹似的太傅盯着长秋殿的一举一动。

绛珠将名册放归原处，忍不住惋惜：“送去国库封库，或许这宝物往后难见天日了。”

薛蓁大抵猜到她心中想什么，笑了笑：“要是觉得可惜，不如我与谢大人说一声，把它们送与你，省得放在国库里蒙尘。”

她神色认真，不像是与自己玩笑，绛珠惊了一跳，面颊微微发烫，轻声辩解道：“这样好的东西，婢子配不上。”

说罢，便去支使小黄门装箱抬走。

秦荀是入夜后来长秋殿的，彼时她已熄了灯烛歇下，酣睡之际依稀觉察到有人用指腹摩挲自己的脸颊，睁开双眸，便对上了秦荀的深沉眸光。

“你是何时过来的？”薛蓁抱着被衾，有些迷惘。

他出入长秋殿如入无人之境，不仅未惊动殿外巡夜的禁军，甚至连宫人也不知晓，看来宫城防守彻彻底底落入了他的掌控之中。

秦荀半眯着眸，就着月光将她的容色看了个仔细，连她试图掩饰的一丝惊慌都未放过。

自从上次不欢而散，两人已有大半月未见。若不是惦念她今日过生辰，他更愿意留在府邸，毕竟这女子见了他，心里未必当真高兴。

“陪你过生辰。”他和衣躺下，语气冰凉，且两手空空，未带贺礼。

薛蓁自觉往里靠了靠，给他腾出些位置。

他这一来，不知什么时辰才肯走，但铁定是不会留到天明的，她微微叹气，披衣起身去螺钿柜的暗格里寻药丸。

她嫌避子汤苦涩难以下嘴，且煎服不便，遂绛珠请宫外郎中将汤药制成了蜜丸，按需服下即可。

还未爬下床，秦荀轻舒猿臂将她拦住：“去哪儿？”

这种事与他说了也是无益，薛蓁怕惊动殿外宫人，压低声音答道：“宫灯灭了，我再点一支烛火。”

他稍稍使力，将她抱了回去，另一只手探入她的衣襟。

薛蓁呼吸滞住，浑身僵直如泥塑，尽管她知晓这一刻总归是要到来的，但当真在长秋殿发生时，她到底无法释然接受。

他的手掌常年握剑，长了一层厚茧子，经边关风沙打磨后，越发粗糙砥砺。她忍着胸前的小小刺痛感，柔声说道：“长秋殿不比别处，你早些回去，免得旁人起疑。”

对于藏在话里的催促，秦荀充耳不闻，撤出手，却问：“送你的玉坠子没见你戴过，是看不上吗？”

他对这枚玉坠好似在意得很，偏又不肯吐露来历，薛蓁索性收放在妆奁里，平素极少拿出来。

她诚恳地答道：“那玉坠子成色极好，想来也是个稀罕物件，我便收了起来。平素在宫中走动，总有大意疏忽的时候，弄丢了可不好。”

上次她亦是这么答的，秦荀明白她当初并不情愿收下此信物，遂不再追问下去，转而握起她的一束长发，置于掌中把玩，淡淡道：“那是我母亲唯一的遗物，往后就交由你保管。”

听闻他的生母早早亡故了，死于多年前秦家的一场意外失火。

薛蓁睁大双目，想拒绝他的提议，秦荀把手移到她的腰间，将她揽到自己怀中：“你想做的那些事我都成全了你，就连放赵瑀去随州赴任，我都未加阻拦。”

“阿蓁。”他低沉的嗓音逐渐变得暗哑，“你也成全我这一次，好吗？”

帷帐里忽然弥散开一缕无名的悲伤，她觉得乏累，不想在此时与他周旋，更不忍拒绝他，于是轻轻答道："好。"

之后的事，便由不得她把控了。

秦荀许久未与她亲近，潦草结束前戏，未等她完全接纳便闯进去，薛蓁忍住痛楚，十指掐着他的双肩，小声哀求道："你轻一些。"

他正值兴头上，哪里还听得进去，稍稍安抚她几下，便只顾自己尽欢。

最后结束时，他保留最后一丝理智及时撤身，泄在她的腿根处。薛蓁清理好身子，将衣裳一件件穿好，起身下床点亮烛台，轻手轻脚寻出药丸，就着温水服下。

复又躺回床上时，秦荀仍赤裸上身，薛蓁瞧见他背上遍布鲜红的抓痕，心里发虚，她别过脸去："你快些走，莫要让人撞见了。"

"一对小爪子刚伤了人，就要急哄哄撵人走，天底下哪有这样的道理。"他捉过她葱白的玉指，放在唇边吻了吻，极尽缠绵旖旎。

秦太傅的脸皮之厚，放眼临安无人能及。薛蓁拉不下面子赶人，只好准许他上半夜留宿在长秋殿。

帐外灭了灯烛，未过半个时辰，他又不安分起来，折腾至子时，才肯放过薛蓁。

她浑身汗涔涔的，仅剩的一点气力也被他耗尽了。小衣亵裤都是秦荀替她穿好的，昏昏欲睡时，听见他说"那药损伤根基，往后不要再服了。"

再醒来时，身畔已无他的人影，薛蓁勉力起身，拂开帷帐，却见绛珠迎上前，忧心忡忡地道："娘娘，一清早太傅就派人送了只狼崽过来，说是送给您做生辰贺礼。"

是一头不足两个月的小狼崽子，通体毛发雪白，不掺半点杂色。薛蓁朝它伸出手，小家伙浑然不怕人，主动将小脑袋送过来，蹭她的手心。

身后侍立的小黄门解释道："太傅说这只小狼是吃母狗的奶长大，性情温驯，娘娘尽可放心养着玩。"

薛蓁唇角勾起浅浅弧度，心想，这人狡诈得很，若送寻常珍玩，定会被她送去国库，他偏要送一只憨态可掬的小东西，教她收也不是，不收也不是。

第九章
破局

1.

薛蓁让宫人在长秋殿后的小园子里圈出一片空地，搭好避雨的小棚，把小狼养在里头。

小东西用还未长全的乳牙轻轻衔住她的裙摆，嗷嗷呜呜不肯走。宫人用炙肉做诱饵，才将它关进去。

绛珠幼时曾见过豺狼伤人，故而躲得远远的，待一切安排妥当，她才开口道："娘娘，把它养在长秋殿也不是个长久的事，不如托人送走吧！万一陛下好奇，打探出其中曲折……"

秋风瑟瑟卷起落叶，薛蓁看着撒欢的小狼，目光沉静。绛珠晓得她心中不舍，低声劝道："陛下一日日长大，有的事就算有心相瞒，终究是瞒不住的。"

"容我考虑两日。"薛蓁垂下眸，"陛下似乎好几天没过来了。"

上次见萧钰还是中秋的前一日，便连薛蓁生辰那日，她亦没有来长秋殿，推托说是政务繁忙，抽不开身。

萧钰年岁渐长，她亦生出还政的心思，索性借着养病为由，不再陪同小皇帝上早朝，连朝政之事也过问得少了。

如今看来，她有些操之过急，萧钰平素再有见解，也不过才十二三岁，还是个未长成的孩子。

薛蓁心生愧疚，对绛珠道："午后你去一趟紫宸殿，要是陛下无事，请她来长秋殿小坐。”

这一回，薛蓁仍没有等来萧钰，她遣宫人通传手谕，还是说了同样的理由。

落木萧萧，深秋将尽，转眼快到立冬，按照大端的旧例，天子要在年底前嘉赏朝臣，拟定好赏赐规格下发给礼部。

宰相姚斐的规格是最高的，紧接着是太傅秦荀，余下则按照品级划分。秦荀远赴宁州平乱，虽立下功劳，但远不足以与姚相等人相提并论。

看到于泓送来的册子时，薛蓁神色微变，按捺住惊讶，问道：“这是陛下的意思，还是姚相公他们的意思？”

“皆是陛下的心意。”于泓略有迟疑，“不过臣听闻姚相公有异议，说是……说是陛下对秦太傅的赏赐规格不应超过中书省的张老大人。”

中书令张远年已到古稀之年，他这一生历经三朝，政绩煊赫，是所有朝臣之中资历最长者，与姚相同为先帝钦定的辅政大臣。先帝早些年，曾有过擢其为宰相的念头，但看在他年事渐高，体弱多病，终究作罢，提拔了姚斐上来。

于情于理，秦荀得到的赏赐都不应盖过张尚书。

礼册上已有天子的印鉴与亲笔题字，接下来便要送去门下省与礼部审议，手续竟走到了这步。薛蓁心中未免疑惑，合上礼册：“既然姚相公反对，怎么陛下还盖了印鉴呢？”

于泓撩起袍摆跪下磕头，只道：“臣日常负责的是侍奉陛下起居，对于朝中之事一概不知，还请娘娘责罚。”

周氏挑选出来的人，不仅做事稳当，口风更是严密，小皇帝事先有过吩咐，于泓不敢多言半句。

见他不肯吐露兵情，薛蓁大抵猜到个中曲折，命他退下，却将礼册扣押下来。

于泓空手而归，遗落了礼册，萧钰自然要来长秋殿问询。

薛蓁候她多日，有心磨一磨她的性子，刻意不提起礼册的事。萧钰面子薄，心里又悄悄打着小算盘，越发不敢主动开口。

留下她用过午膳，薛蓁才让宫人呈上礼册，归还与她。

“本宫前些日子病着，净顾着自个儿，忘了陛下。”薛蓁缓缓道，“阿钰毕竟还只是个半大的孩子，做事尚不周全。张老大人三朝元老，又是你君父托孤的重臣，他的嘉赏宜应与姚相公相等，甚至略在姚相公之上。”

礼册已让她改了过来，心里的盘算就这样被人戳穿，萧钰沉默良久，抬起一张泛白的小脸：“娘娘非得这么护着他吗？”

这话说得没头没尾，薛蓁立时悟出其中之意，正色道：“阿钰，你是何时生出这种念头的？”

养母语气郑重，她意识到自己说错了话，拾起礼册抱在怀中，半垂着眸：“儿臣近来诸多事务缠身，言语上顶撞了娘娘，请娘娘见谅。”

薛蓁怔了怔，想将她牵到自己身边来，萧钰不着痕迹避过她的手，又道：“若长秋殿无事，儿臣便先行告退了。”

那素手堪堪止在半空中，她第一次意识到，自己与这个孩子之间，开始出现裂痕。她温婉笑了，试图以此掩饰自己的尴尬：“陛下若是忙，便回紫宸殿吧！”

她行过礼，转身出殿，一步没有迟疑。

入夜后，秦荀过来，那会儿薛蓁正挑灯看书，晓得是他到了，卷起书轻拍掉他那不安分的手，淡淡道：“从今以后你别来这儿了，要是有什么事，找人传信便好。”

他将手搭在她的肩上，靠着她坐下，不理会她话里的驱赶：“在看什么呢，这个点了还不熄灯歇下？”

“一些前朝的稗官野史。”她说。

为了行走方便，他穿的玄色常服，袖口滚边用银丝线绣着团云纹。薛蓁盯着那处看，很快发现他腕子上的伤口，虽已愈合，但留下不深不浅的牙印子，与自己肩头的印记如出一辙。

她当初下了狠心伤他，腕上的口子几乎深可见骨，硬是教他生生疼了好一阵。

“读这些作甚？”秦荀抢过书来。

“想看看那些秽乱宫闱的妃嫔是什么下场。”她唇边衔笑，眼底却是冰凉一片，“能得鸩酒保个全尸，已是天子格外开恩。”

他全然不在意，将书丢到一边：“倘若真有那日，陛下问责起来，所有错都在我身上。我以天子性命相胁迫，无奈之下，你只得委身。”

薛萦瞪大双目，低声斥道：“你疯了，这些话落到陛下耳朵里，可是诛九族的大罪，到那时，你的叔父和义妹要怎么办？”

他满不在意地笑了起来，望着她：“你担心我？”

烛火之下，他琉璃色的眼眸中流动着光泽，越发蛊惑人心。薛萦别过头去，定住心神，说道：“即便我再厌恶你，可你毕竟对大端有功，对陛下有功……”

话未说完，一阵温热气息扑在耳畔，他声音微微发哑：“现在你舍不得我死了，阿萦。”

她推开他，蓦地起身：“你把那头小狼带回去，我不喜欢，更不方便养在宫里。”

“不喜欢你还给它取名字，好像是叫苍牙？”秦荀低笑，“长秋殿清冷，养个活物也不错。”

长秋殿的一举一动尽在他的监视之下，太皇太后移居明月庵修行后，他平素出入宫闱，更是如入无人之境。

薛萦分辩道：“那小东西出自山林，野性难驯，现在暂且无事，往后要是伤了人可怎么办？”

他拽着她皓雪般的腕子，把薛萦牵到自己身前：“上回你狠狠打了我，又咬伤了我，帮我养着它，权当是赔罪吧！”

“今夜造访，乃是有事。”秦荀语气冷了下来，“陛下欲越过礼制等级下令嘉赏臣，姚相公与其他老臣对此多有不满，臣实在惶恐，望娘娘指点一二。”

秦荀这人狡诈得像头老狐狸，心里分明跟明镜似的，却还开口向她讨教。

薛萦推托道：“本宫驽钝，不知朝中之事，太傅找错人了。”

屡次在她这里碰壁，他早就磨平了心态，况且今夜只是为了告知此事，并非当真向她讨要解决办法。

秦荀施施然起身，披上大氅，她有些惊讶：“你要出宫？”

“想让我留下来陪你？”他轻挑眉梢，活脱脱一个登徒子的模样，却道，“今夜可不成，我叔父病了，得回去伺候。”

薛萦赧然，忙道：“呸呸呸，赶紧走。”

因姚相反对，加之秦荀数次陈言婉拒，萧钰想越级嘉赏他的事到底作罢。

临安落下第一场冬雪，各地藩王相继入京，宫里又热闹了一番。

原是太皇太后的旨意，太祖这脉本就人丁稀薄，只剩下小皇帝一人。与她相熟的老王妃们多年前随各自的长子去了封地，她思念故旧，遂召了几位藩王入京，命他们将嫡母也带来。

不承想周氏下了旨意召见老王妃，自个儿却不肯回宫，说一心向道，愿此生常伴青灯，无意再踏入红尘纷扰之中。

多次相劝无果，薛萦两头为难，既不放心将老王妃们送去灵虚山，又无法把周氏请回宫中。

老王妃善解人意，主动提出愿去明月庵落脚小住，只求与太皇太后做个伴。

两日后雪霁，一行人乘青篷马车浩浩荡荡出了宫，将近黄昏才到明月庵。

近来天寒，时有雪，恐大雪封路，此行多半又得耽搁上三四日。恰逢萧钰染了风寒，薛萦不放心将她独自留在宫里，命绛珠去紫宸殿照看。

同行的几个小宫女里，年岁最长者名唤映月，是绛珠调教出来的人，薛萦命她掌事，吩咐了几句便去厢房歇息。

山上气温更低，甫睡到半夜，她身子蜷成团儿，双足冰凉。

炭盆烧着，但似乎并没有什么大用，她摸索着起身，点亮一盏烛台，听到门外两个小丫头窃窃私语，其中一人说道："年关将近，听闻临安城里的贵人们都要去清音寺烧香呢，你说咱们有没有机会见上一眼。"

另一人道："你犯浑啦，要留在庵堂里头伺候娘娘，哪来的时间去瞧稀奇。"

那人不服，辩解道："这几日大理寺的谢大人也要来……"

还未说完，便被映月打断训斥，外头渐渐没了声。

她擎着烛台，默坐了好一阵，连映月推门入内也浑然不觉。

"娘娘怎么起身了？"映月小小地吃了一惊，旋即反应过来，"绛珠姑姑交代娘娘素来畏寒，婢子糊涂，忘了及时为娘娘添置暖炉。"

薛萦收回心神，虚虚一笑："这事怪不到你身上去，是本宫自己疏忽了，未能事先嘱咐一声。”

她又说：“不过灵虚山是真的冷，你快些去寻两个手炉过来。”便这样打发了映月，到底没教旁人瞧出异常。

有老王妃相陪，周氏心中郁结解开许多，还免去了薛蓁的晨昏定省。

旁人不知太皇太后执意离宫的缘由，薛蓁却是最清楚不过，心里对周氏怀有愧疚，又担心她将此事道出，日后秦荀知晓难以收场。

好在周氏与老王妃私下相谈，只追忆昔年旧事，偶会问及藩王之中可有尚未婚娶的儿郎，对当初离宫之事闭口不提。

又过两日，听闻小皇帝病症加重，薛蓁心忧，请求辞行回宫，周氏拉着宁老王妃的手笑着道：“阿蓁是个礼数周全的孩子，可惜陛下病了，要不然还能留着她，多陪咱们这些老家伙几天。”

薛蓁福了福身，还未开口请罪，周氏便继续说道：“哀家也担心阿钰那孩子，你早些回宫吧！不过哀家听说灵虚山的白梅今年开花早，那处离明月庵不远，你若愿意，可否先去后山梅林撷一些白梅送来，再启程下山。”

她断然没有借口拒绝这样的请求，只好随周氏指派的侍女去了梅林。

林中白梅稀稀疏疏，薛蓁心念着萧钰，但求早些下山，不知不觉往梅林深处走了去，待她再回首时，身后已无侍女身影。

枝头积雪落下，簌簌轻响，四野很快又静谧无声，唯有白茫茫一片天地。

忽然有人踏雪而来，靴底踩在松软的雪上，发出轻微的吱呀声，依稀是个男子。

薛蓁应声望去，那人分开梅花向她走来，披一件鹤羽大氅，气度温和，面如冠玉。

见她兀自伫立梅林之中，谢怀虚亦是惊讶，拱手行过常礼，才道：“娘娘怎么在此处？”

大半年未见，他容色未改，不过看起来清减许多。

不知是不是天气太寒，她双手冰凉发颤，几乎快要抱不住怀里的白梅，勉励压制住心绪，道：“本宫为太皇太后折梅，不承想，竟会在此处遇见谢卿。”

"山崖上的积雪滑落，阻塞了清音寺下山的官道。臣着急赶路回府，小师父心善，遂指了一条近道，"谢怀虚解释道，"须穿过后山梅林。"

薛縈转过身，轻声道："大雪封路是常有的事，雪天路滑，小径泥泞难走，谢大人不妨再等一等吧！"

将要离开时，谢怀虚突然将她唤住："阿縈，我或许快要娶妻了。"

她身形一顿，却未回头。

"我母亲今岁重病一场后，自此不再放心让我孤身留在临安，她开始物色适龄女子，想早日看着我成家。"谢怀虚唇边浮上一抹苦笑，"我到底不愿忤逆她，故而，接受了她的提议。"

他是承乾九年生，年后将满二十七岁，寻常男子到了这个年纪，早已是膝下儿女成双，他身畔却仍旧空无一人。

她晓得他缘何至今还未娶妻，心中愧意更甚："等谢伯母相中了满意的，我再让陛下下旨赐婚，只是……只是我还有一言相劝。"

"那女子须得是你心生欢喜的。"她低低道，"勿要耽误了人家。"

他拥有美玉一般的性情品行，温如君子，日后必定不会亏待妻子，可如若两人相敬如宾共度一生，心中无半分爱意，未免令人惋惜。

说完，立时又觉自己太过矫情，世间有情者易觅，两情相悦却最是难得。

"臣谨记娘娘教诲。"他复又郑重行了一礼。

寒风刮在脸上跟刀子似的，就连双目也有些酸痛起来，薛縈抬头望向乌云堆砌的天际，笑着道："子安，过往的事都忘却了吧！"

"那些关于我的传言，都是真的。"她声音清冷，带着决绝道，"至于真相，比你所听所闻还要龌龊肮脏。"

谢怀虚双手攥拳藏于袖中，手背青筋陡然暴起，几乎怒吼起来："是秦荀？他竟敢这样羞辱你！我去杀了他！"

杀了秦荀？他一介文臣，手中无半分兵权……莫说他，就连自己也难以撼动秦荀现在的地位。

"谢怀虚，我告诉你这些，可不是要你去做傻事，白白葬送了身家性命。"她轻轻笑了起来，"再耐心等一等，总会有机会的。"

今日意外相遇，贸然相告，是为彻底斩断前尘。而残存的那点情愫，在过往岁月里褪色后，终究被她一点点掐灭了。

薛蓁紧了紧披风，怀抱白梅而去，她一步也没有回头。

出了梅林，踏上一条青石子小道，这才见着侍女。那侍女满脸焦急之色，伏跪请罪道：“奴婢该死，跟丢了娘娘。”

薛蓁淡淡道：“无事，起来吧！”说罢，将手中的几枝白梅交给了她。

侍女捧着梅花，一副欲言又止的模样。薛蓁心中了然，知方才梅林之中与谢怀虚相见并非偶遇，可她面上并不流露半分情绪，装作不知，与那侍女往明月庵去了。

入了庵堂，拜谒过坐上贵客，将白梅插瓶装点好，周氏总算发话。

“这几日积雪未消，下山的官道不巧被堵住了，先前僧侣们正在清扫，哀家怕你太过担忧阿钰的病，冒着危险也要回宫，遂想了个借口将你支走。”周氏含笑解释道，“不过陛下知道了消息，今早派禁卫军上山协助。眼下官道已经可以走了，你速速启程吧！”

映月领小宫女们在车前候着，还有一人也立在马车旁，身披玄甲，眉眼冷峻，正是秦荀。

薛蓁略有些诧异，吩咐宫人们先行上车，走过去与他说道：“太傅怎么来了？”

“娘娘今日回宫，陛下听闻灵虚山官道被阻，因担忧娘娘的安危，故派臣前来接送。”他唇边勾起笑，琉璃色的瞳中却是寒意刺骨。

相处多时，她好歹也摸清了几分他的脾性，晓得他这副模样是生气的前兆，却茫然得很，不知哪里又开罪了这位爷。

他那冷硬性子，现下与他多说也无益，况且还有旁人在场，薛蓁兀自登上马车，不再顾他。

入夜后，车舆回到宫中，薛蓁径直往紫宸殿去了。

萧钰病得厉害，连续两夜高热不退，除了绛珠衣不解带照顾着，伴读梁珩也在。见薛蓁入殿，其余人都恭敬地退了出去，留下绛珠给她擦身将热。

她刚服过退热汤药，现已入眠，脸颊泛着异样绯色，身子蜷成小小的一团，浑然似只病弱的猫儿。

薛蓁从绛珠手里接过帕子，为她揩去额上细汗，心疼地道：“出宫那会儿都还好好的，怎三五日不见，就病成了这样？”

绛珠说：“近来落雪，陛下早些日子就受了寒，起先瞒着不肯传唤御医，就怕娘娘在灵虚山上担心，拖着拖着严重起来，才教婢子发觉出不对劲。”

“这孩子的性情不知随了谁，倔强起来任凭谁都劝不住。”她握着那只柔弱的小手，眼里噙泪。

后半夜药效发作，萧钰身上高热退了去，太医说情况逐渐趋于平稳，无须担心了。

薛蓁原本想留下来一同守夜，可耐不住绛珠相劝，她只好先回了长秋殿。

时值三更天，周遭静悄悄的，她兀自进到内殿，甫沾枕，整个身子陡然一惊。

身侧横过来一条手臂，将她按在枕席间，耳畔响起秦荀慵懒的嗓音：“怎么这个时辰才回来？”

薛蓁推开他，起身整了整衣襟，垂下眸：“我实在乏累，你走吧！”

“怎么，白日才见了旧相识，夜里就不想多看我一眼了？”秦荀冷笑。

这番话醋意甚浓，令薛蓁警觉起来，并不追究他话里的酸，只追问道：“你去过梅林了？”

“去过了。”他将手指轻扣在她的腰间，一寸一寸扯开宫绦，“若是旁人瞧见娘娘那副模样，想来也会以为娘娘和谢大人是对苦命鸳鸯吧！”

薛蓁按住他那不安分的手：“谁让你去的？”

他不回话，抽出手，专心致志做他方才没有做完的事。薛蓁想下床，却被他拦腰抱了回去，并用宫绦缚住双手束在头顶。

“你又要用这样的法子折辱我。”她立时明白了他的意图，浑身发颤，“秦荀，你杀了我，你杀了我吧！”

他紧抿薄唇，将军服一件件脱下，露出上半身偾张的肌肉，如山峦般起伏。

“我和你说过，不要去招惹谢怀虚，跟他断了。”他眸中映着寒光，“可是阿蓁，你从来不把我的话当回事。”

“我把一颗心捧到你面前，你却一次又一次践踏它。”他一边说着，一边把她的身子折成最中意的姿势，蛮横地闯了进去。

很久之后，他终于尽兴，身下伏跪着的薛蓁早没了声。

他抽回一丝理智，捡来小衣替她穿上，捧起她的脸，原以为她会哭，却没想到她的杏眼清明澄澈，竟连半分水意也无。

只是嘴唇早已被贝齿咬破，唇角留下几许干涸的血渍。

他生出一丝愧疚，自己正值气头上，下手定是没轻没重，弄伤了她。

未等他开口，薛蓁将脸别过去：“在太傅眼里，我怕是连猫儿狗儿都算不上，高兴了就逗弄一番，不高兴了，随便拿来糟践。”

“我到底连娼妓都不如。”她扯过被衾盖住裸露的玉肌，瑟缩在床角，“今日实在困顿，要是太傅未能尽欢，不妨明夜再来。”

她眼中那掩藏不住的讥诮和厌恶终究刺痛了他，秦荀顺着她的话道：“官窑里的货一双玉臂万人枕，但凡恩客花了钱，就要伺候，不比娘娘金枝玉叶。”

心底浮起细细密密的痛楚，如针扎般，薛蓁莞尔一笑：“残花败柳之躯，承蒙太傅抬举。”

秦荀抬手掐住她纤细的脖颈，他用了五六成气力，薛蓁渐渐喘不过气。她微微仰头，依旧含笑望着他：“也对，太傅总归比那些眠花宿柳的公子哥儿强，起码太傅睡我，一文钱也不用花。”

胸腔里的空气越来越稀薄，意识将要陷入混沌之际，那只手骤然从颈间撤去，转而抬起她小巧的下颌。

他神色漠然：“以后别教我听见这样的话。”说完，收回手，兀自下了床。

薛蓁身子一软，伏在被衾上咳嗽起来，生生将眼底的泪逼退回去。

次日起身，雪颈上赫然浮着一圈淤青，连脂粉也遮掩不住。

“太傅下这般狠手，分明就是要杀您。”绛珠为她抹上祛瘀药膏，“婢子昨夜不在长秋殿侍奉，听守夜的小黄门说，似乎也没有听到争吵声。”

薛蓁望着铜镜中那道模糊的瘀痕，微勾唇角，露出淡淡笑容：“我向来嘴笨，说不出讨他欢喜的话，言语之间冲撞惹怒他，也是常有的事。”

近来宫中人多眼杂，将他气走一段时日，倒也是好事。

想了想，她又低声对绛珠道：“你将那药丸子用温水化了，悄悄地送过来，莫要让人发现了。”

绛珠把药膏放入小抽屉收着，面露迟疑之色：“娘娘，郎中说过那剂方子太烈，服用过多，恐会损伤女子根基。就当是为了自个儿的身子着想，娘娘还是换一副新的药方。”

镜中人虽唇边带笑，眉眼却未舒展开，笼着淡淡愁意，她伸出葱白的手指，触摸镜中幻象。

“只有这个法子，才能确保万无一失。”

因颈部有伤，不便见客，薛蓁索性告病留在长秋殿修养，直至除夕宫宴才露面，不过半个时辰，便又回了宫，只说是身子不适。

这位太后今岁开始变得多病起来，甚至连临朝听政都不去了。对于薛太后的骤然离席，众人虽各有猜测，但都识相地揣在了肚子里。

坊间传的，无外乎那几种说法，先帝恐天子年幼，纵容外戚乱政，事先留有后手云云。

当然，对于宫墙内外的这些揣测，薛蓁是一概不知的。

外头正落雪，长秋殿又清冷许多，薛蓁让小黄门把苍牙牵来，拿了一条肉脯喂它。

小东西长得极快，养了不过四个月光景，体形快要赶上一头成年犬的大小。

她把肉脯撕成小条儿，递到它的面前，苍牙张口衔住，小黄门怕它伤人，死死牵住套在它脖间的锁链。

苍牙行动受限，呜咽几声，可怜巴巴望向薛蓁。

她看了看苍牙，对小黄门道：“将锁链解了。”

小黄门劝说：“娘娘，这东西毕竟是野物，要是贸然误伤了您，可就不好了。”

薛蓁笃定地道：“无事，你解开吧！”

苍牙复又恢复自由，先是上前蹭了蹭她的手背，而后在青石地砖上欢快地打了两个滚，四脚朝天，掀出雪白的肚皮来。

薛蓁忍俊不禁，伸手揉按它的肚皮：“不过圈在宫里养了些时日，怎变得跟小狗崽子一样了呢？”

正嬉闹着，外头进来了人，殿门启开一道小缝，卷入一阵寒风。

绛珠屈身行礼，摘下斗篷，发丝间挂着冰霜，应是冒雪赶来的。

薛萦命小黄门先行退下，轻抚苍牙的头，柔声道："可是春熙殿发生了什么事？"

迟疑了会儿，绛珠告诉她道："娘娘，方才陛下给太傅府里的淳于姑娘赐婚了。"

入京的藩王之中，襄王萧煦尚未婚娶，他是旁支所出，其高祖与本朝太祖是堂兄弟，当年太祖夺得天下，念嫡亲手足皆死于战乱之中，遂分封昔年于城南做屠户生意的堂兄为藩王，以示宽仁。

萧煦祖上虽是屠户出身，大字不识一个，好在自他祖父这辈起，家中重视教育，儿郎中不乏读书厉害者，萧煦便是其中之一。他原本想学族中叔伯，走科举的路子，可惜他父亲过世突然，早早将爵位传给了他。

他去岁及冠，现今尚未娶妻，府里更是连姬妾都没有一个，小皇帝听说了，便做主为他赐了婚。

不过萧煦眼下要娶的正妻并非宗室贵女，而是当朝太傅秦荀的义妹，闺名秋辞。

秦荀是朝中新贵，出身微末，萧煦悟出小皇帝赐婚背后的拉拢之意，心中虽十分诧然，但不敢忤逆这位皇叔，装作欢喜接了旨。

2.

萧煦是欣然谢了恩，秦府的姑娘却不肯嫁。

秋辞听闻赐婚的旨意，当即闹了一通脾气，拒不谢恩，若非侍女拼命拦着，她定将宣旨的小黄门撵出府了。

终归是淳于意抱病赶来，打赏了小黄门，客客气气将人送出门，暂且稳住局面。

回到北院，秋辞仍在哭，一双眼肿得跟桃儿似的。她是个爽快性子，喜怒都不藏着，抽噎着道："我与那襄王从未见过面，陛下怎么就赐了婚呢？再说了，我还有爹爹管着，陛下凭什么替爹爹做主？"

待她哭了个够，淳于意才道："方才你说的话，全部给我烂在肚子里。要是让有心人传到天子耳朵里，不光你性命不保，连你兄长的大好前程也要白白断送了。”

秋辞怔住，多少冷静了些，可心里头还是难过得厉害，赌气说道：“我不嫁，穆大哥不是快要进京了吗？如果陛下非要我嫁，我就寻个机会去找穆大哥，请他带我回宁州去。兄长不在意荣华富贵，不在意身外虚名。”

“倘若你真的这样做了，那就是把你兄长往绝路上逼，古往今来，抗旨的臣子，哪个能有好下场。”淳于意重重咳了几下，忍住喉头翻涌上来的血腥味，叹气道，“阿辞，到现在你还看不明白吗？”

“陛下先前宁肯开罪姚相公，也要坚持逾制重赏你兄长，你以为那是泼天的富贵，其实是试探啊，试探他是否真的怀有不臣之心。而今陛下赐婚，命秦家与襄王联姻，难道临安城里当真没有配得上襄王的贵家女，非要让你去嫁给他吗？阿荀出身寒微，朝中无所经营，陛下此举，无外乎是要将阿荀置于那些世家大族的对立面，令他成为众矢之的。”

秋辞收住泪，小声问道：“爹爹，兄长真的要把我嫁出去吗？”

淳于意没有答话，递去一块帕子给女儿拭泪。

傍晚时分，秦荀回到府里，连官袍也未换下，人径直往北院去了。

秋辞闹着要绝食，送进去的晚膳让她打翻，撒得一地都是。侍女们来不及收拾干净，秦荀便抬脚走了进来。

见一片狼藉，他不禁皱眉：“你耍小性子就算了，怎么还和饭食较上劲？可知这一碗黍子饭来之不易？”

秋辞自觉理亏，转过身去，背对他而坐：“我是个不懂事的丫头片子，兄长早早把我嫁出去，自有婆家来管教。”

秦荀拂手挥退侍女，沉声道：“宣旨的小黄门来过府上了？”

她不说话，便是默认了。秦荀暗忖小皇帝下手之快，心里烦闷起来，没好气道：“他萧煦是个什么人物？祖上原是做屠户营生，承蒙太祖不忘他家高祖微末时的那点恩情，才有了爵位。一个要凭祖上恩荫才能有所施展的男子，就算你乐意嫁，我还不肯放你走呢！”

听他这样一说，秋辞终于吃下一颗定心丸，面上仍露愁色，追问道：“可如若陛下非要逼着我嫁，难道兄长要因此抗旨不遵吗？”

沉默了一会儿，秦荀给出答复：“阿辞，我会想到办法的。”

话虽如此，可小皇帝这回铁了心要成就这桩姻缘，任凭秦荀觐见面圣，萧钰始终不为所动。

这一蹉跎，就到了上元节后。

既然过了上元，藩王们也该回各自封地，眼看着襄王萧煦离京在即，萧钰又拟了一道圣旨，命礼部速择吉日，赶在襄王回封地前将喜事办了。

这道旨意还未送出宫，便被太后截了下来。萧钰得知后，把办差的小黄门狠狠责骂一顿，亲去往长秋殿问询。

初入殿，便嗅到一丝烧焦的气味，她定睛细看，那道折子此刻正躺在炭盆里，大半爿化成了灰。

萧钰双手负在背后，极力将心头那阵薄怒压制住："娘娘为何无故烧了朕的折子？"

薛蓁看穿她眼底的怒意，柔婉笑着道："陛下年纪小，何时学起了月老来？"

"襄王是朝中不可多得的青年才俊，陛下想为他寻一位品行贤淑的正妻，原是好事。可纵然陛下心急，也不宜乱牵红线。淳于姑娘自幼长于北地宁州，与襄王素未谋面，且不说两人性情是否相和，陛下要她离开年迈的老父远嫁去南边，自此一别，父女两人只怕难有再见的机会，此事着实不妥。"

萧钰听着，容色不为所动，却将双手垂放于身侧。

薛蓁顿了下来，眸中蓄起一汪秋水，望着她道："我同陛下说过，此生最后悔的，就是未能在生父弥留之际，亲去病榻前伺候。我与陛下皆失去了自己的父亲，皆曾抱憾。陛下宽仁，必定不忍见淳于姑娘经历这种遗憾。"

"娘娘……"萧钰放软语气，"你当真，当真要为了他做到如此地步吗？"

"如若陛下还是不允。"薛蓁微微叹息，"那么请陛下降旨，将淳于姑娘召入宫中。"

"既然陛下想让她做襄王妃，那么她总得学些规矩才是。"

长秋殿遍布他的耳目，不出一个时辰，自会有人将消息送去秦府。她晓得秦荀必定会来，没承想，午后刚过，他就冒着大雪入宫。

秦荀请求见她的理由倒是十分正经，说为宁州的事务而来。

熙和二年暮春，宁州一战过后，小皇帝革了宁州刺史李晋的职，将其打入诏狱问罪后，判处发落南疆，并听取谏言，提拔秦荀昔日的副将穆峥做了刺史。故而，宁州的兵权实则又回到了秦荀的掌控之中。

北蚩盘踞塞外，虎视眈眈，大端宿敌未灭。小皇帝纵然不甘心把兵权退回去，但她终究无可奈何。

宁州始终是深扎在萧钰心头的一根刺，薛蓉近来甚少过问朝事，但一直关注着北地。不过北蚩经上次一役，折损数员骁勇大将，自此大伤元气，至今未有动作。

薛蓉没有理由拒见秦荀，她命宫人前去传唤，自个儿却坐在了山水屏风之后。

隔着那扇屏风，她觑见他从容单膝下跪行军礼，从铜管里取出字条，交与小黄门，自始至终，他神色淡漠，无半分波澜。

至今春元月，新任刺史穆峥上任满一年，照例，他要来京中述职。

他于大半月前启程，可途中遇上暴雪，车马被困，耽搁了路程，不得不先修书两份，由海东青送回京中，向陛下与太后请罪。

薛蓉阅过字条，心中了然："穆将军此事情有可原，陛下体恤臣子，必定谅解。"

"陛下已经下令，命他不必着急赶路，等待天晴些再动身也不迟。"秦荀道。

"天底下除了太傅，恐怕别人也没有胆子敢截下送到长秋殿的信。"薛蓉将字条揉成一团，"太傅为穆将军说情的目的既已达到，雪天路滑，又何苦跑这一趟。"

他负手立在屏风后，身如岳峙渊渟："你明知道我为什么来见你。"

除了小皇帝无故赐婚一事，他还有何事需要求她呢？

薛蓉双手交叠置于膝上，不疾不徐道："若想保住你的义妹，就把她送到长秋殿来。"

秋辞搁在她眼皮子底下，就算萧钰任性胡来，她总有办法拦住的。

屏风那头静默了小会儿，才传出他低沉的声音："阿辞在我心里就和亲妹子一样，谢谢你肯护她。"

他向来蛮横无理惯了，就算是犯错在先，也决然不会向她低头服软。

相识这么久，还是头一回听到他对自己道谢，薛蓁怔住，旋即笑了：“太傅言重。”

人是次日送进宫的，如她所想，萧钰对此未表异议。

与秋辞一同过来的，还有个十五岁的侍女，名唤雪盏，生得一副机灵模样，见到长秋殿的小宫女便晓得要屈身行礼，亲热地唤她们“姐姐”。

两相对比，秋辞倒显得木讷许多。

薛蓁知她不情不愿来这一趟，亦不勉强，吩咐绛珠先带她去偏殿歇息，此后每日都会有年长女官过来教授宫廷礼仪。

快要出殿时，秋辞忽然止步，望着她道：“我肯来这里，是因为家兄信任娘娘，可如若娘娘违背承诺，待出宫后我必定告给兄长听。”

内心委实挣扎了好一番，她才鼓足勇气说出这番话，即使面上装作大胆，可掩在袖中微微发颤的素手还是出卖了她。

说到底，还是怕她毁诺，将她骗来宫里，转首又把她卖给了萧煦。

“本宫向来守诺。”薛蓁含笑说道，“淳于姑娘放心去吧！”

她仿佛当真要促成这门婚事，亲自督查秋辞的学习进度，可惜秋辞不配合得很。教习女官到她跟前告状，薛蓁却只笑笑，温言安抚她：“淳于姑娘年岁小，心性还未转换过来。况且她打小便没有接触过宫廷礼仪，姑姑要耐心教导才是。”

这厢，薛太后嘴上说着不着急，可小皇帝催得急促，恨不得勒令秦家的姑娘在半日内就习完所有宫廷礼仪。

不过有薛蓁出面挡着，萧钰除了对女官私下施压，到底是无计可施。

转眼，秋辞在长秋殿住了大半月有余，每日见的外人，除了伺候起居的宫娥和教习女官，便只有太后薛氏。虽说她心底并不待见薛蓁，可深宫无趣，时日一久，她耐不住打听起这位太后。

小宫女们的口径出乎意外保持一致，皆说太后宽仁，辅政有方，且她平素从来不苛责宫人，放眼京城，恐怕也只有玉阳宫的郑太妃勉强可与太后相较云云。

薛蓁是个和善好相与的女子，这点秋辞从不否认，可她无法接受薛蓁与兄长牵扯不清。她终究是先帝嫔妃，是这个世上兄长永远无法触碰的人。她做不到眼睁睁看着兄长步步坠入深渊，从此万劫不复。

兄长那头恐怕是劝不回来了，可兴许她能说服薛萦。

得知秋辞提出想私下见她一面，薛萦禁不住吃了一惊。

宫中沉浮多年，她不难看出秋辞深藏在眼底的疏离与憎恶，亦清楚秋辞的敌意从何而来。故而，近一月来，她几次三番不愿配合，薛萦从不计较。

绛珠将她引至殿内，便退了出去，秋辞朝她盈盈一拜，以额触地，行了大礼。薛萦纵然心生困惑，仍笑着问她："淳于姑娘突然说要见本宫，可是有什么事？"

秋辞保持着俯首跪地的姿势："臣女愚昧，读前朝旧史，有一事不解，想请教娘娘。"

"前朝弘延十九年，文帝崩，时年八岁的厉帝践祚，由其生母高太后临朝听政。高太后新寡，与外臣有私，渐生出弄权之心，乃至于独揽朝政大权十余年，并秘密诞下一子。厉帝得知，举兵围了栖凤宫，赐死生母与其面首，将尚在襁褓中的幼弟摔死于阶下。此事传得纷纷扬扬，天下人皆讨伐厉帝残暴。臣女亦不解，高太后辅政多年，为何厉帝不念生母恩情，做出如此有悖人伦之事？"

长秋殿的地龙烧得旺，薛萦却觉背后泛起一阵凉，勉强定住心绪，柔声道："生母尚且落得如此下场，更何况是养母呢？"

"我明白淳于姑娘想说什么，多谢你肯告知我这桩秘闻。"

秋辞重重叩首，坚定地道："恳请娘娘及早回首。"

"你是个聪慧的孩子，想必，早就看出端倪来了吧！"薛萦容色沉静，声音却渐渐低下去，"可你怎知，是我不愿回头呢……"

秋辞倏地抬首，却见她眉眼轻垂，唇边衔一抹无可奈何的笑。

"穆将军托人捎话，说想在回宁州前见你一面。若淳于姑娘愿意，本宫可促成此事。"她换上一种轻松的语气，"至于如何送你出宫与他会面，到时本宫自有安排。"

与穆峥约定的日子恰好是花朝节，要经过数道宫门方能离宫。秋辞坐在马车里，一路下来，都觉十分拘束。

雪盏瞧出她心头慌乱，小声与她说道："姑娘不必担心，太后娘娘都安排好了，咱们就说是得太后恩典出宫的宫娥。况且还有娘娘的手谕在，那些个军爷都不敢查您的车。”

“倒不是因为这些。”秋辞眉间仍旧笼着淡淡愁意，“我与他已有一年未见，现在我又许了婚约，突然见面，实在不知要说些什么好。”

说起来，她与穆峥算是一块儿长大的，他长她三岁，少年时常带她去爬树、摸枣子，为此没少挨过秦荀的打。到后来秦荀投军，好不容易攒下点军功，升到千夫长，便把穆峥也带去了。秋辞见他的机会虽少了些，但多年情分仍在，且穆峥回秦府的次数比秦荀要多许多，两人并未疏远。

可如今再见，他接替了兄长的位置，执剑守护边塞，她却成了待嫁的秦家小姐，便又是另一番心境了。

会面地点选在清平街上的一座茶楼之中，此处行人甚少，并不担心会被撞见，秋辞让雪盏在雅间外候着，待半个时辰一到，立时入内提醒她。

进去时，只见穆峥坐在窗下点茶。他今日穿的是件青衫，头发用桃木簪束着，加之他本就生得白皙清俊，越发像是京中的闲散文人，半点杀气也无。

秋辞于他对面落座，笑吟吟道：“你这皮囊生得好，宁州风沙那么烈，也没见把你吹黑。”

“旁的没有，也只剩这点长处了。”穆峥把茶盏推到她面前。

茶汤色泽纯白，汤花咬盏，过了小会儿才出现水痕。秋辞在宫中多少习得一点茶艺，知他定然花了功夫练习，抬眸望向他：“你何时学了这些？”

他弯了弯唇角，略有些拘束：“听说这里的世家公子们都会，遂赶在来京之前，请了个师傅教我。”

秋辞说：“你与他们不一样，你是提剑杀敌的将军，他们大多都只知走马斗犬，无须与他们比。”

听她这样说，穆峥心中浮起几分欢喜，转念想到她将要嫁人，那点欢喜刹那消弭，小心翼翼问她道：“秦大哥说，陛下赐了婚，要你嫁给襄王，你可有见过他？”

秋辞绞着手里的锦帕，佯装云淡风轻：“见与不见又有什么区别，陛下都发话了，我又不能抗旨。”

她嘴上虽这样说，可心里到底攒着小小委屈和愤怒，教春风一吹，不由得红了眼眶。

穆峥斟茶的手微微一颤，茶汤溢出大片，顺着案几流淌，溅在他的衣袍上。

秋辞忙起身，帮他擦拭衣袍下摆的水渍："也不看着点，汤水刚沸，要是烫出水泡可怎么是好？"

穆峥看着她，薄唇紧抿，却不说话。

觑见他袖口处破了小小一道口子，秋辞又道："你房里的婢女越来越不管事了，连家主衣袍开了口子也没给补上，该罚。"

这些小事原先都是秋辞帮忙做的，她离开宁州一年有余，自己竟连衣袍破了都没发现。

穆峥眸光坚定，终于开口："如果你不愿远嫁，我去求陛下。"

秋辞怔了怔："穆峥，你拿什么去求呢？"

"入宫觐见时，陛下说过要重赏我，尚未定下赏赐。我不稀罕良田豪宅，也不想要金银珍宝，我只希望你……只希望你欢喜就好。我去求陛下收回旨意，恳求他另择人选，就是对我最大的恩赏。"

微风拂起他鬓边一缕发，空气里氤氲着清新馥郁的花木香气。秋辞莞尔一笑，替他将那缕碎发别在耳后："你呀，别傻啦，为了我不值得的。"

二十万宁州军，刺史一职，为了救她出困境，皆抛诸身后，当真不值得。

她晓得这样的理由还不足以说动他，于是又道："陛下此意，难道真的只是为了拉拢兄长吗？朝中那么多勋贵，为何偏偏会是兄长？陛下将要拟旨昭告天下，如果你此时搬出宁州兵权，只会令陛下更加忌惮。"

穆峥素来重义，自幼视秦荀如师如友，她将事情点拨透了，他断然不会再莽撞地去御前求情。

"阿辞。"他双目渐渐猩红，竭力将痛苦压制在喉间，"你告诉我，怎么样才能帮到你和秦大哥？"

秋辞轻叹："长秋殿那位娘娘答应过会帮我，她是个好心肠的人，兴许，兴许她愿意助我出困境。"

马车是申时初回到宫里的，比薛蓁预想中要提早许多，绛珠低声与她说道："听闻秋辞姑娘登上车后哭了一场，一双眼又红又肿。"

故旧重逢，昨是今非，且如今她的姻缘和秦家满门皆被小皇帝拿捏在手心，心里必定难过了好大一场。

薛萦似是想起什么，静默良久，才转首看向绛珠："你去和宋尚宫说，我近来身子不适，想静养些时日，这几天先不必来长秋殿教导礼仪。"

绛珠应下，又道："婢子还听说了一桩趣事，今日花朝节，定国侯夫人设春日宴，襄王为赴诗会，携仆童赴宴，不过最后输给了一位姑娘，没拿到彩头。"

放眼整个帝京，襄王萧煦才情出众是公认的，世家高门几乎无能出其右者。

"是哪家的姑娘？可知姓名来历？"薛萦的好奇心被她勾起。

绛珠掩唇轻笑："婢子早帮娘娘打听过了，是姚相公家最小的嫡孙女，姚四姑娘。"

"姚相公一门芝兰玉树。"薛萦亦笑了起来，"就连女郎们亦不输给男儿。"

3.

春狩过后，萧钰再度下令，命礼部尽快择定吉日呈入宫中，免得耽误了襄王启程回封地。她这番动作，明面上是催促礼部，实则是向薛萦施压。

令她惊讶的是，长秋殿这次未加阻拦，竟由着礼部将册子送到了紫宸殿。

萧钰心里对秦荀渐生龃龉，虽想借着此事敲打他，可真正到了实施这步，不仅秦荀没有表态，太后亦是没有多言半句，到底让她还是犯怵了。

呈上去的日期接连被驳回，礼部上下生出一头雾水，摸不清小皇帝心里究竟如何做想。

薛萦将一切看在眼底，却不出声，绛珠问她接下来应做何打算。她正修剪花枝，匀出半分心神答道："看来陛下还没拿定主意，让她再闹腾两回吧！"

"可是秦家姑娘也许等不了那么久。"绛珠担忧地道，"婢子今早去探视过，她还是病恹恹的样子，人消瘦了整整一圈，也不知怎么就突然害了急病，吃药、艾灸都不管事。”

秋辞病倒是七八天前的事，那时恰逢倒春寒，天气骤然转凉。据贴身侍奉起居的侍女雪盏说，她未及时添衣物，才会着凉犯了风寒。本是小病症，不过几服药便能吃好，可偏巧她接连喝了三日汤药，不但未见起色，反而加重症状，整宿高热不退，醒后时常胡言呓语。

婚期临近，新嫁娘还没出阁就病倒在床，可不是什么好兆头。绛珠恨不得一日去探病五六回，守着秦家姑娘喝药。这事报到薛縈跟前，她却一如既往云淡风轻，似乎并不在意这回事。

绛珠心急，催促她道：“好娘娘，求您给个主意，要是陛下责怪起来，婢子实在担不起罪。”

“秦家姑娘是我召进长秋殿的，出了岔子有我担着。陛下是个明白人，不会怪罪到你头上去。”薛縈铰断多余的枝丫，点拨道，“太医院开的方子我瞧过，无什么差错，绝不可能医不好普通风寒。”

话说到此处止住，绛珠立时悟出其中之意，面露震惊之色：“她竟愿意这样糟践自己的身子。”

“除了这个法子，她一个小女孩儿，还能做什么来推迟成婚呢？”薛縈垂下眸，唇边浮着淡淡的笑，“再等一等，你暗地里看着她点，别落下什么病根。”

又过三四日，萧钰沉不住气，散朝后乘步辇来到长秋殿。

宫人告诉她，薛太后在偏殿探视秦家姑娘。她等候不及，未让宫人通传，径直闯进去。

甫入殿，就被一股子汤药味包围住，她十分熟悉这种味道，君父去世前，紫宸殿经年萦绕着苦涩浓郁的药气。

床上躺着一个年轻姑娘，她瑟瑟缩在被衾里，露出一张巴掌大的脸，五官生得秀气精致，面容苍白憔悴，无多少生气。

这是她第一次近距离见到秋辞，在此之前，萧钰对她所有的了解都来源于她的身份，太傅秦荀的义妹。

跫跫足音惊动内室的人，秋辞率先将目光投过来，空洞洞的，不过一瞬，她便收回视线，似是受了不小的惊吓。

萧钰低头看向身上明黄色的龙袍，约莫明白了她的惊恐因何而来。

等到薛蓁携她回了长秋殿，萧钰才开口询问："娘娘，秦家姑娘何时生的病，朕怎么不知？是宫人们擅自瞒报了吗？"

"她受了寒，不敢因这等小事惊扰圣驾，求本宫替她瞒着。"薛蓁与她说，"本宫瞧她的病没有起色，想着找个时机告诉陛下，未料到陛下今日来长秋殿，亲眼见着了。"

萧钰若有所思，道："看起来好像有些严重，太医院瞧过了吗？"

"瞧过了，换了帖新药方。"薛蓁看着她，"可是阿钰，世上再厉害的药方，也没办法医好心病。"

萧钰垂下头，喃喃道："要不，要不朕让礼部推迟两个月，等秦家姑娘身子大好了，再行商议婚期。"

"其实陛下心里已经开始后悔了对吗？"薛蓁微微叹息，"阿钰，倘若你真的一意孤行，要促成这段姻缘，只怕会要了她的性命，你也瞧见了，她如今病得这样严重。"

萧钰低头不语，薛蓁柔声说道："你并不想将她逼上绝路，对吗？"

过了良久，她轻点了下头，细声道："娘娘，我知道该怎么做了，我回紫宸殿拟旨……"

薛蓁却道："你顾念她不忍辞别养父远嫁，成全了她的一番孝心。同样，她的兄长为感念陛下恩德，也应拿出一些东西来。"

萧钰抬眸望向她，只见养母轻启朱唇，说出几个字："禁宫兵权。"

长秋殿刹那寂静，她听见胸腔里那颗心脏跳动得越来越快，尤不敢相信养母方才的提议："可是娘娘，如果太傅不愿允呢？"

薛蓁笃定地道："他会应允的。"

若说这世上还有什么东西是他在意的，那就是他的家人。

过了这么一段时间，秦荀的耐心也被熬得差不多了。在小皇帝已经做出让步的情况下，他必定不会因为贪恋这点兵权，而真的选择葬送秋辞一生。

萧钰想起什么，复又困惑："襄王那边该如何交代呢？"

"谁让陛下乱点鸳鸯谱呢！"薛蓁轻轻揉了揉她的发顶，无奈地道，"陛下事先并未问过襄王的意愿，他和秦家姑娘仅是在宫宴上见了一回面而已。"

“如果陛下心里过不去，不妨问问襄王，在京中这些时日，可曾遇上中意的女子。若是没有，陛下便赏赐些珍宝，作为补偿。”

送秋辞出宫的消息，是两日后传出的，小皇帝御笔亲书下诏，称秦氏女突患重疾，不宜抱病出嫁，遂撤回赐婚的旨意。

小黄门前来宣读圣旨，秋辞喜不自禁，强撑着跪地谢完恩，几乎连起身的气力都没有了。薛蓁瞧在眼里，命人将她搀起，复又送回床上躺下歇着。

她这病拖了小半月有余，委实遭罪，此时，雪盏正好将汤药送来。

薛蓁屏退宫人，独留下学盏，让她伺候秋辞喝药。

一桩心事终于了结，秋辞总算配合起来。薛蓁看着她不紧不慢拨动汤匙，柳眉微蹙，分明不大情愿，可又无可奈何的模样，她忽想起从前哄萧钰吃药的趣事，心中某个角落柔软得一塌糊涂。

“陛下既然下了诏，就不会反悔，淳于姑娘快些将身子养好，你的父兄还等着你回家。”

想到父兄连日来为此事焦心，秋辞不由得停下手中动作，眼睛泛了红：“太后娘娘，我欠着您的恩情，日后若有机会，必定报答。”

在长秋殿相处了一月有余，她与秋辞的关系始终不咸不淡。因为秦荀的关系，秋辞初来时甚至对她抱着三分敌意，可如今，她亲口对自己道谢了。

薛蓁微有些吃惊，旋即说道：“本宫并没有做什么，是你自己帮了自己一把。不过，以后不要再把汤药偷偷泼掉了。太医院送来的药，你尽管安心吃，那些方子我都瞧过，无甚差错。”

原来她一向清楚自己的重病究竟因何而来，秋辞赧然：“原来您早就看出来了。”

薛蓁展颜，语气里却有一份落寞：“小丫头，本宫是深宫里的妇人。”

即便看破，也不要轻易拆穿，是宫里女人们必修的本领。多年下来，她学会了忍耐，学会了缄默不言，可又有谁来到世上，不想恣意畅快走一遭呢？

三月时节，京中桃花灼灼，争相盛开于枝头，在这明媚暖融的春光中，秋辞正式拜别出宫。

长秋殿又冷清下来，薛蓁让宫人抬了一个新的花架子，安置在外殿，把去岁栽种的芍药摆放上去。

她原本并不钟情花木，入宫以后，才生出养花莳草的习惯。可惜她在园艺上无多少天分，只能捡些好养活的品种养来玩儿，还得有劳绛珠替她打点着些。

小皇帝撤回诏书退婚一事，在京中引起了不小反响。但很快又传出风声，说小皇帝另择了合适人选，只是目前尚未拟诏，又有人说，是襄王主动上书请求天子赐婚。

趁她修剪花枝的间隙，绛珠与她说起宫外传闻，她略微沉思片刻："是姚相公家的嫡孙女？"

"目前还未下诏书，婢子找紫宸殿那边打听过了，的确是姚家的姑娘。"绛珠顿了顿，又道，"婢子还听闻一事，关乎朝政，不敢在娘娘面前妄言。"

"连你也学会了这套本事。"薛蓁含笑睨她一眼，催促道，"快说，是什么事？"

绛珠迟疑，吞吞吐吐地告诉她："南地去岁遭了水患，随州亦受其害，去岁秋天就开始筑堤加固河道，却一直未能按时完工。听说，听说陛下想让秦太傅离京去趟南地，协助工部督办此事。"

薛蓁将手里执着的小银剪搁下，默了小会儿，问道："可有探听到他的答复？"

绛珠摇头："这些事，婢子就不知了。"

不过薛蓁很快就得知了后续，对于小皇帝的安排，秦荀未表露异议，只提了一个请求，希望将离京日期定在三月下旬。数日后穆峥将要启程回宁州，他特意选了这个时间，想赶在去随州前为昔日同袍送别一程。

而她再见到秦荀，是在一个午后。

春光正好，小宫女们忙趁东风放纸鸢，薛蓁路过御苑时，驻足观摩。

不知怎的，线突然断了，美人鸢倏地下落，坠入红墙之后的一处宫苑中。

那殿宇现做藏书阁用，有禁军把守，小宫女们一个个都犯了难，你推搡我，我推搡你，谁也不敢贸然出头前去讨要。

薛萦唇边衔笑，吩咐绛珠道：“你去替她们把纸鸢捡回来吧！”

从御苑至藏书阁要绕行一段路，许久不见绛珠带着纸鸢回来，连小宫女们也四散了。她等得有些心急起来，尝试踮脚眺望，可这处花木繁盛，枝叶扶疏，好巧不巧遮住了大半视线。

薛萦正要走时，腕子忽被一人捉住。

“你的女官暂时不会回来了。”秦荀低沉的嗓音从身后传来，“我有话要对你说。”

“御苑可不是个说话的好地方。”薛萦将手抽出来，转念又想，以他的恣意妄为，从来不会考虑这些，于是她柔声劝说道，“不远处就是映雪堂，我领你过去。”

秦荀曾在映雪堂养伤多日，后来，两人又在这里欢好过，而今故地重游，堂中陈设如旧，薛萦心中千万种情绪交织翻滚，说不出滋味，只觉一丝羞辱。

她太过紧张，解开衣带时，指尖忍不住发抖，直至脱到仅剩下贴身小衣，才勉力压制住恐惧：“你快些完事，绛珠这么久找不见我，该着急了。”

秦荀除下外袍，神色淡漠，辨不出喜怒，但她可以确定，他眼底没有半分情欲。

他靠过来，没有进一步动作，而是扯过外衫盖住她的身子，语气生冷强硬：“难道我找你就只有这件事吗？”

“你怎么了？”薛萦抬眸，试图找寻出答案，可那琥珀色的双眸中没有其他异样，除了淡淡的不悦。

“昨天傍晚穆峥返程回宁州了，把秋辞也带了去。”他沉声说道，“叔父本来也想和他们一起回去，可是他腿疾未愈，无法长途行路，更何况宁州冬日苦寒，他的身体吃不消。秋辞哭了一场，可叔父让她回宁州去，她没有办法不走。”

“我把他们接来临安，原本想让他们在京中过安稳日子，却造成了今天他们父女被迫分离。有时候我也会想，我是不是保护不了任何人，甚至于，只会害了别人。”

他自哂道：“就好像我想要得到你，想好好待你，却亲手拉你一起入了这无间地狱。”

薛蓉不说话，只静静望着他。她从未想过，有朝一日，眼前人的面庞上也会流露出落寞与悔意。

他素来都是桀骜不驯的，不在乎世俗眼光，不在意身外名声，一步步爬到今日的位置，毫不避讳自己的野心和欲望。

秦荀将手放在她雪白的脖颈处，指腹轻轻摩挲。距离两人不睦过去了将近两月，她脖子上的淤青早就淡得没有了印记，可他始终记得，那夜他是怎样失控折辱她，乃至出手伤她。

他觉得喉头像是被什么东西堵住了，就连声音也变得发涩："阿蓉，上次的事……我真的很抱歉。"

薛蓉虚虚一笑："太傅，那些事我都忘了。"

她永远这样没心没肺，在他这里受了委屈，受了折辱，默默咽下泪，下次再见时，又能换回以前言笑晏晏的模样。

可终究是攒着恨意的，以她之力，尚无法撼动秦荀，便只能将这点恨意囚在心底。

"还有一件事，我想知道答案。"他一手抱着她，慢慢凑近她的耳畔，"我想知道，命我将禁宫防卫交接给郭将军，将我调去随州督查河道改修工程的人，究竟是陛下，还是你。"

"太傅是个聪明人。"薛蓉闭上双眸，"本宫会日夜为太傅祷祝，愿太傅此行平安。"

"有劳娘娘为臣费心。"他剥去盖在她身上的外衫，嗓音喑哑，带着一丝蛊惑，"既然去日苦多，不如及时行乐。"

薛蓉心中怒骂，男人果然都是狗，一个字也不能信。

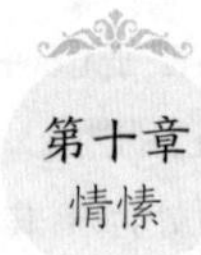

第十章 情愫

1.

四月间，帝京发生了几件不大不小的事，小皇帝将姚家女公子指婚给襄王，赐下丰厚嫁妆。两人成婚当日，襄王穿着喜服，胯下骑高头大马，身后跟着新嫁娘的车舆，经由朱雀长街入宫，临安城近乎万人空巷，争相挤在长街两旁观仰这对璧人。

此后许多年里，这桩婚事仍是京中佳话。

送别嫡孙女翌日，姚相意外在自家庭院里跌了一跤。他着急进宫上早朝，没留意石阶上沾着露水的青苔，足底打滑，径直栽了下去，不但磕破前额，而且伤到了左腿筋骨。

就连青壮男子伤筋动骨都需卧床养个几十天，遑论七旬高龄的姚相。小皇帝听说了消息，当日便出宫至相府探病，连太医院一众太医也一并带去，命章晗等人留在相府，随时待命。

念及有伤病在身，无法再像先前那样每日入宫参与朝会，可适值尚书省今年事务杂多，正是缺人之际，思虑再三，姚相拟了一封奏疏，命同在朝中为官的长子代为送去紫宸殿。

薛蒙将奏疏中的内容仔细阅过两遍，看向萧钰道:“自陛下登基以来，尚书令未设实际人选，由姚相公代领，可现今姚相公需告假，暂时无法入宫。他提议陛下在朝中择贤能者，将尚书令一职领了，以便处理尚书省的各项事务。”

萧钰道："朕赞同姚相公的看法，只是朝中能接替此位置的，除了中书令张远年张大人，似乎没有合适的人选了。其余朝臣之中，要么是才能平庸，要么是资历不够。"

薛蓁合上奏疏，提点她："姚相公做出这般提议，一来是碍于伤病，实在无法入宫为陛下分忧，二来，他心中或许有了主意。陛下要是拿不定主意，不如再去相府探视一回。"

萧钰顿悟："朕这就吩咐于泓准备出宫。"

薛蓁将她拉回身边，柔声说道："陛下先别着急走，本宫还有事需要同陛下商议。"

她命宫人都退下，牵着她去了内殿，萧钰不明所以，迷惘地道："娘娘是有什么要紧事吗？"

薛蓁替她解开玉带，除去外袍，她的胸部已经有了小小的起伏，因为用白绫束着，若不仔细看，其实并不容易发现。

"多久的事了？"萧钰来长秋殿的次数寥寥无几，她甚至来不及私下询问她身体上的一些细微变化。

她双手抱胸试图遮掩，声音怯怯的："是初春开始的。"

"阿钰，这种事不必害羞，所有的女子十二三岁时都会经历，你的母亲是这样，我亦是这样。"薛蓁温柔地注目着她，"你还没有来癸水吧，绛珠姑姑教你应对的方法了吗？"

萧钰细声答道："绛珠姑姑说过了，我已经备好了东西，藏在床头的屉子里。"

薛蓁给她穿上外袍，重新束好玉带，唇边带着笑："我们阿钰很快就要长成大姑娘了。"

须臾，她的眸中浮起一层浅浅泪光。

最初相见时，她将手覆在阿姐高高隆起的腹部，里头的胎儿仿佛感知到什么，踢了一脚。她发出小小惊呼，瑟缩收回手，阿姐笑意更甚，调侃她道："小家伙现在每日都在我肚子里闹腾，搅得我不得安生。等以后她出来了，阿蓁可要替我好好教训她。"

后来，她再见到萧钰，是在长乐宫中。阿姐的梓宫停放在灵堂，周遭全是宫人们的哭临声。女官将小太子抱来，小小的婴孩儿却依然酣睡着，浑然不知母亲已经离世。

当初被她抱在怀里的孩子，一点点长成了眼前娉婷袅袅的女孩儿。

“娘娘，”萧钰牵了牵她的衣袂，“我也有一件事，一直都很想问你。”

“阿钰想知道什么？”薛蓁收起心绪。

忽传来殿门开启声，于泓行至内殿屏风前下跪行礼，高声禀道：“娘娘，陛下，方才南地使者送回急报，请殿下速去紫宸殿批阅。”

萧钰这一走，便没有再回来。

而后，小皇帝再访相府，密探卧病静养的姚相，当日下午回宫，便拟了诏书，命于泓呈送至长秋殿给太后过目。

姚相引荐的朝臣有二位，一是吏部尚书宋清河，一是户部尚书卢祁。其中，宋清河为官经历更久，他是宣帝朝的探花郎，在京中做官已有二十余年，在吏部摸爬滚打多年，素有政绩。

相较之下，萧钰更青睐宋清河。薛蓁亦认可，却将小皇帝拟赐的官衔从尚书令降成右仆射，只说待考察些时日，若此人的确可堪重任，再把品阶升上去也不迟。

交代完这些，她又问于泓：“陛下此前收到南地急报，青、随两州闹春旱，百姓种的庄稼全死在田地里，现在已到五月，情况如何了？”

于泓恭敬答道：“使者禀报说两地百姓饮水困难，渴死大批牛羊牲畜，那些庄稼更是没法救活了。陛下已于昨日下拨银两，命地方官员补贴庄户。”

薛蓁忽想起什么：“那随州河段的筑堤改修暂停了吗？”

于泓愣了片刻，吞吐说道：“臣不知此事。”

薛蓁当即沉下面色：“你回去告诉陛下，让他立即下令，全面停止随州境内河道改修，当前一切以应对旱情为重。”

于泓领了命令去紫宸殿传话，一刻也不敢耽搁。

檐下铁马被风吹得叮当作响，她行至窗枢前，只见乌云低低堆砌在天际，缓慢向宫城逼近，漫天风雨欲来。

临安的这场雨一落便是大半月。端午节临近，薛蓁与小皇帝同上灵虚山看望周氏。萧钰一心想接回祖母，周氏却不愿回宫，说自己在明月庵住着，比宫里头清净许多。

薛蓁知晓其中缘由，心中到底发虚，垂眸望向了地上青石砖。

看守明月庵的护卫都是秦荀挑选过的，周氏待在灵虚山，名义上为修行，实则是变相软禁。她在深宫经营多年，知道祸从口出的道理，故而从不和旁人提起过去的事，就连在萧钰面前也未多说一句。

她正走神，忽然听周氏说道："哀家听说姚相公在府里养病，尚书省的事务都交由一位姓宋的相公代为打点。陛下现在年岁大了些，应学着自己处理政务，不能事事都仰仗朝臣。"

萧钰颔首："朕知晓，必将皇祖母的教诲铭记心中。"

周氏将她招来自己身边，递去一包糕饼："明月庵都是些素斋，哀家怕你吃不惯，就不留你用饭了。小厨房做的糕饼还不错，你带回去尝个鲜，要是觉得好吃，下回祖母命人给你再送些去。"

萧钰接过，低声道："祖母是要让阿钰回去吗？那娘娘呢？"

"祖母想留她小住几日，陪祖母解解闷，阿钰舍得吗？"周氏笑着道。

她看了看薛蓁，迟疑一刹，将小脑袋轻轻一点，便是同意了。

薛蓁摸不透周氏的用意，苦于没有理由婉拒，只有留在了明月庵。起初几日，除了每天清早去禅房向周氏请安，两人私下并无交谈。

及至第七天黄昏，灵虚山骤降大雨，女官箬竹冒雨而来，请薛蓁去周氏房中一叙。绛珠匆忙备好雨具，嘴里小声嘟囔了一句："都快入夜了，太皇太后怎么赶在这个时辰见您？"

薛蓁说："兴许是什么要紧事，待会儿要是雨势太大，你就去箬竹姑姑的房中暂且避一避，不要在屋檐下候着。"

去了禅房，周氏此时正跪在蒲团上双掌合十，口中默诵经文。薛蓁不敢惊扰，于她身后跪下一起祷祝。

案桌上焚着上好的佛香，燃尽后香灰伏在小铜炉中，状如莲花，沉水和龙脑的气味掺杂，混合了雨水腥气，交织成一种奇妙的味道，经久不散，薛蓁闻久了只觉胸口闷闷的。

更漏声响过一刻，周氏缓缓睁开眸："我有事想问你，希望你看在阿钰的分儿上，不要欺瞒我。"

这一刻终究还是到来了，薛蓁大抵猜到她要问些什么，轻轻道："太皇太后请讲。"

“你入宫这些年，向来安分守己，从未传出过与外臣有染。哀家当时糊涂，听信了底下人嚼舌根子，在永宁宫怒斥你失贞，事后仔细回想起来，才知你委身秦荀实为万般无奈。”周氏顿了顿，继续说道，“但阿钰一日日长大，她的女儿身份瞒不了太久，可秦荀挟持兵权自重，早就生出弄权之心，你可有想过如何才能解开这个困局？”

薛蓁伏地叩首，一字一顿道：“臣妾是看着阿钰长大的，愿舍命护她一世周全。可是秦荀在宁州军中素有威望，想要撼动他的根基并非一朝一夕之事。恳请娘娘再给我一些时间，若北地不乱，天下太平，不出两年，臣妾定能……”

话还未说完，周氏蓦地剧烈咳嗽起来，她从袖中取出一方素净帕子掩住口唇，待气息平稳了，才从唇边挪去。

薛蓁清晰看见，帕子上染了一团血。

“太皇太后！”

薛蓁顾不得僭越，起身去搀扶她。周氏虚乏无力，跪坐在蒲团上，顺势握住了她一只素手：“阿蓁，你是个好孩子，哀家过去苛待你，大限将至，才知做错。”

此刻，她眸中浮泪，喃喃道：“哀家是个怯懦无能的人，承蒙宣帝恩宠，才有了今天的荣华。深宫二十年，哀家也曾争宠害过人，却从未要过别人性命。哀家自知这一生罪孽深重，所以老天爷才会把我的孩子们都带走。可老天爷到底还是保留了一丝仁慈，让阿钰平平安安长大，能陪伴在我这个祖母身边，替她早逝的父亲尽一尽孝心……”

“我刻薄你们姊妹，这些都是上苍给我的报应，我认罪。但是阿蓁，我咽下这口气之前，还有最后一个请求。”周氏流下泪，几近哽咽不成声，“秦荀独揽军政大权，渐有挟天子以令四方之势，只有除掉他，阿钰才能真正做回天子，恢复女儿身。”

当年萧琰病中拟诏，任谁也没有想到，秦荀不甘自当棋子，步步谋划，终成为那只左右天下九州的覆雨翻云手。

从禅房出来时，夜雨仍未停，绛珠撑开伞为她遮雨，抚着心口道：“方才听见里头传出响动，婢子真真吓了一大跳，以为太皇太后又为难您了。”

薛蓁摇头，却道：“她病了有段时日，不肯随我回去看诊，明天你派人入宫，把太医院的章大人请来。”

绛珠诧然，忍不住多嘴道：“太皇太后病了？怎么明月庵没有派人通传？”

她亦在想这个问题，究竟是周氏有意隐瞒不报，还是她的一举一动尽在他人监视之下，纵使有心，也无法将消息递回宫里？

薛蓁心里藏着事，此后一路，只闻滴答雨声。

章晗翌日乘马车赶到明月庵，见过太后薛氏，由女官领去太皇太后素日居住的禅院切脉。回来后，他脸色并不大好，言辞间多有闪烁。

薛蓁心里早有准备，屏退了宫人，对章晗道：“章太医现在有什么话不妨直说。”

章晗重重叩首：“太皇太后患的是痨病，脉象已到油尽灯枯之势。臣无能，请娘娘责罚。”

虽然与预想中相差无几，薛蓁还是怔了一会儿，才问章晗：“还有什么法子吗？”

“臣只能开药方暂缓病痛，至多……”章晗道，“至多续命一两个月。”

薛蓁当日乘车舆下山，赶在宣华门落钥之前入了宫，未来得及回长秋殿小憩，便径直去了紫宸殿。

紫宸殿殿门紧阖，里头灯火通明，于泓亲自守在殿门外，远远见薛蓁过来，面上划过一丝惊慌。

薛蓁不动声色径直往殿内行去，于泓将她拦住，下跪行礼道：“娘娘，陛下正与几位大人商议朝政，现在不便见您。”

“何事这般机密？本宫竟不能听上一听？”薛蓁柔婉笑着道，“还是说，于总管有意阻拦本宫？”

于泓立刻辩解道：“陛下有令在先，臣不敢僭越，请娘娘明鉴。”

薛蓁绕过于泓行去，小黄门不敢相拦，启开了殿门。殿下跪着几位朝臣，其中有代行副宰相之职的新晋右仆射宋清河、工部尚书孙越、兵部尚书颜福，以及一名着驿使服饰的面生小吏。

大殿刹那阒然无声，宋清河率先反应过来，向她行礼，其余几人这才照做。

薛蓁朝坐在案桌后的萧钰走过去，余光瞥见一封奏疏，略扫一眼，只见上头写道，随州民丁暴动，冲入府衙掳走刺史赵瑀，死伤官吏三十余人。

随州的事，萧钰一开始是打算瞒着的，原因无二，赵瑀是她一手提拔起来的，当初她为了搅乱秦荀的计划，匆忙扶持赵瑀作为羽翼栽培，哪承想，他是个不堪重用的草包。

薛萦很快知道了暴乱的由来。

那些暴民原是改修河道的当地百姓，随州刺史赵瑀为赶工期，勒令加速筑堤，引得民怨载道。

彼时其刺史佐官邵平曾屡次规劝，可惜赵瑀油盐不进，眼看工期再拖下去就要被问罪，便又下命护卫再从附近郡县征调一批民丁。

如此一来，民怨彻底爆发。

新征调来的农夫密谋，私下约定信号举事，于三更天时持农械弓弩闯入官邸，杀了二十来个护卫。当夜恰逢秦荀不在府中，待他得知消息赶回时，刺史府已被围得水泄不通。

他抽调了一小队巡夜军士，领他们闯入府中，才把长史邵平及几位小吏救出，至于赵瑀，尚在酣梦中就被暴民绑了去，不知所踪。

这一夜起始，随州主城大乱，相继爆发起义。

暴民在刺史府中作乱那时，将调兵的虎符抢了去，加之军士之中多有被策反者，秦荀无凭信从临近的青州借兵。他派遣死士冲破重围传军情至京中请示小皇帝，又给青州刺史送了封密信，带着余下军士死守主城九日，才等来青州刺史带兵增援。

起义的民丁虽在人数上占了优势，但在正规的朝廷军面前终究不经打，更何况领兵主将是秦荀。

他花了五天平乱，却未对参与暴动的民丁赶尽杀绝，只是将为首的几个头目斩首示众，至于其他小喽啰，一律投入狱中等候问审。

当然，这五天之中还包括找寻赵瑀花掉的两天。赵瑀被囚在乡下一处农庄，那些人刺瞎他的双目，将他的手脚筋挑断，弃置在豕牢里头。

秦荀将他从散发恶臭的污泥里拎出来。赵瑀恢复了些意识，涕泗横流：“别杀我！别杀我！”

他略嫌恶，把赵瑀丢给了军士照看。

到那时，他才收到临安发来的两道诏书，一道是大半月前下达的，小皇帝命赵瑀停止施工，另一道则是八百里加急，命他平乱之后速押解赵瑀回京。

赵瑀赴任不过一年，随州就闹出了大乱，小皇帝怒不可遏，将他打入诏狱。几番酷刑熬下来，他只剩半口气，可除了吐露自己贪污修筑河堤的公款和今年赈灾的银两，再无任何招供。

看过大理寺呈上的证词，萧钰脸色铁青。她去岁才严令惩治了南地的贪污小吏，时隔一年，赵瑀竟敢在她的眼皮子底下明目张胆再犯。

“杀了他，枭首示众，让那些人都给朕看着！还有谁敢再犯！”

薛蓁俯身拾起被她掷到地上的一摞供词：“陛下难道没有想过，他在随州的一年时间里，民怨沸反，可为何从无半点风声传到临安来？”

萧钰抬头望着她，难以置信：“娘娘的意思是……京中有人保他？”

薛蓁把供词放回案桌上，轻轻道：“本宫也只是猜测而已。”

单凭赵瑀一己之力，在随州勉强可以呼风唤雨，可要完全封锁住消息，恐怕并非他一人筹谋可以做到的。

大理寺以为小皇帝会下令尽快结案，却没想到供词被打了回来，命他们再审，务必挖出其党羽。

从紫宸殿出来后，薛蓁去了凝晖阁。

秦荀在凝晖阁养伤。他背部让马刀砍着了，豁开一道大口子，因着急赶路押送赵瑀回京，压根来不及好好养伤，六月的天又闷又热，不过几日就溃烂长了脓包。

虽说他已经交出了兵权，只挂着太傅的虚衔，可萧钰还是留他在宫中养伤，命宫人在凝晖阁东侧收拾出一间僻静居室，让他住了进去。他并未推辞，留在宫中比回府里要好上许多，叔父淳于意见了他身上那道刀口，定然又要担忧。与其劳累叔父为自己费心伤神，还不如把伤养个大好再回去。

薛蓁去时，撞见太医在给他换药。他赤裸上身趴在软枕上，整道刀口几乎将后背劈裂两半，血肉往外翻卷，流出淡黄色脓水。

她没有想到他竟会伤成这样，而他在密信中只字不提。

太医清创换过药，向她施礼告退，秦荀找了个舒服些的姿势侧躺下，眉梢轻挑："怎么，吓得不敢靠近了？"

薛蓁蹙眉："你别乱动，仔细伤口。"

她难得关心自己一回，秦荀甚是受用，于是又换回原来的姿势趴着，捉过她雪白的腕子，放在唇边亲了亲："回来两三天了，也不见你过来瞧上一瞧。"

"我有话要问你。"她垂下眸，一字一字道，"太皇太后身边的护卫都是你调拨过去的，你可知她现今重病……"

"你怀疑我故意瞒着你？"秦荀冷了神色，"我的确是派人监视她，可我从没有下令不准她寻医问药，就连宫里每回悄悄去明月庵送东西，我也从没有过问。"

他顿了顿，无意再为自己辩解，唇角勾勒出一抹讥讽的弧度："你从不信我，我说再多都是徒劳，只会白费了口舌。"说完，松开她的腕子，复又侧过身背对她，浑然不顾伤口被牵扯到，如火灼般疼痛。

自己竟又惹恼了他，薛蓁尝试与他缓和，轻轻道："方才是我不对，没有查清楚缘由，一通胡诌怪到你身上去。可我实在担忧太皇太后的病，灵虚山雨水多，容易着寒气，她素来就有咳疾，久未寻医，拖成了痨病。事后章晗上山给她探过脉象，说没有多少时日了……不如，不如先将她接回来好好养着病。"

"你倒是乐于做个烂好人，"秦荀冷笑，"我交了兵权，半点也威胁不到你了，你何苦再来装模作样询问我的意见。"

尽管话里有赌气成分在，但好歹表了态。

目的既已达成，总还是要哄一哄他的，薛蓁柔声与他说道："孙太医方才说过了，要你趴着休息，这样伤口才能好得快。"

秦荀无动于衷，没有给出半点反应。她倾下身，轻拍他的肩，不料他忽然伸手格挡，将她推开。

他用了七八成气力，薛蓁脚下趔趄，往后连退几步，撞到身后博古架。两个钧窑红瓷净瓶掉落，摔了个粉碎。

秦荀腾地起身，神色闪过一丝惊慌，见薛蓁背靠博古架，将手按在心口，眼底泛红，像是受了不小惊吓。

好在她无事，秦荀稍稍舒了口气，强忍痛楚下地，将她从一地碎瓷片里拉出来，寻了张小杌子让她坐下。

薛蓥眸中盈了一汪秋水，却没有落泪，殊不知这般模样令他愈加愧疚，主动服软：“我并非有意为之。”

她低声道：“我去喊太医重新给你换药。”

秦荀半蹲下身，与她平视：“我错了。”她没有再说话，抬手抚了抚他硬朗的脸庞。

窗外艳阳高照，知了藏匿在枝叶间，叫声聒噪，可他并不觉吵，于天地之间寻到一方属于他的静谧。

太医花了小半个时辰把崩裂开的伤口重新处理好。至于一地狼藉碎瓷片因何而来，底下人各有揣测，皆不敢多言。

尔后大半月，薛蓥再未去过凝晖阁。永宁宫那边离不开人，她和郑太妃轮流伺候。

大抵是到了弥留之际，周氏待她比从前温和许多，也会与她讲点体己话，说过去亏待了她云云，偶尔也会提到萧琰与已故的灵毓皇后。

她说这些，半是真心，半是利用。薛蓥良善心软，为了阿钰可以倾尽所有，她需要利用好这枚棋子来对付秦荀，为阿钰除去一切障碍。

可惜上苍不愿再多给她一点时间，想到此，周氏幽幽叹气，问身边女官：“秦荀入宫后，太后私下与他见过几次？”

“只见过一次。”箬竹告诉她，“凝晖阁那边的人说，太后因为您的事，当日与他闹了好大一场，摔碎两个钧窑红瓷净瓶。”

“他又不是铜浇铁铸成的，怎么喝了大半月汤药，丁点事情也没有。”周氏半眯着眸，疲倦地道，“让孙太医把方子再改一改。”

薛蓥没有想到，秦荀再见她，是为了讨要一盆罗汉松。

他屋里养的几盆云竹相继枯死，宫人未来得及更换，遭他斥责一顿，为这点小事，还告到长秋殿。

听说了事情由来，薛蓥哭笑不得。顾念秦荀伤痛在身，更何况他素日就不是个好脾性，她抽空走了一趟凝晖阁。

犯事的小黄门被他罚站在檐下扎马步，憋得满头满脸都是汗，碍于秦荀下过命令，半点懒也不敢偷。

薛蓥唤了个宫人将他带下去歇息，兀自进到屋子里。他卧在榻上看兵书，晓得是她过来，连头也不回：“出去。”

她不与他计较，温婉笑着道：“伤没养好，脾气倒养起来了。”

秦荀将书卷成一团，重重搁下：“你给我找棵罗汉松送过来，这些云竹养不活。”

“养好花草是需要时间的，你性子急，又没有多少耐性。”她及时收住，不再数落他，转而去花架子上看那些枯死的云竹。

月白釉花盆中散发出淡淡药味，薛萦惊讶地道：“你把汤药浇在里头了？”

秦荀抿着唇不置可否。

“真是胡闹。”薛萦加重语气，“孙太医叮嘱过要你每日按时服药，我让人再给你煎一服去。”

“吃了不见好，还不如不吃。”秦荀弯了弯唇角，不以为然，“本打算拿来浇盆景，免得浪费了，可没想到你们宫里花草金贵，不过三两天就浇死了。”

闻言，薛萦心跳微微一滞，原来他今日所求，并非真的是一株罗汉松。

“药渣在哪里？”她转过身去，正巧与他视线相交，那琉璃色的瞳中盛着浅浅的漫不经心的笑意。

“恕臣愚钝，不明白娘娘在说什么。”

秦荀不肯配合，那她便自己去寻，小厨房的宫女说药渣让人收走了，不知倾倒在何处，她一边命绛珠支使人手去附近找寻，一边将心中乱如麻的思绪细细捋过一遍。

她看过孙太医开的方子，并没有什么问题，可如果是煎药时被人动了手脚，又或者，太医院送来的药原本就不是同一服呢？

及至午后，残余药渣仍没有寻到，倒是永宁宫那边来了人，请太后过去替下郑太妃。

秦荀面上无甚波澜，药渣无踪迹可循本就在他预料之中。既然有人要杀他，必然会将手脚做干净，怎么可能还留下蛛丝马迹等着被人发现，也只有这女子才会傻乎乎去找。

永宁宫催促，薛萦久留不得，临去前与他说道：“你要是好得差不多了，我命人送你回府养着。凝晖阁此去不远就是后妃居所，你是外臣，长久住在此处，恐惹人非议。”

“至于罗汉松，你若真心想养，我挑几盆品相好的送到你府上去。”

秦荀笑着道：“多谢娘娘，不必了，臣觉得凝晖阁便很好。”他想出这等拙劣借口请她过来，实为佐证心中猜想，不过好在结果没有令他失望，起码就她今日表现而言，她与这件事似乎没有太多干系。

他一贯不喜苦涩汤药，自恃身体硬朗，背上刀伤不算严重，于是太医院送来的药大多被他倒入了云竹盆景里。

那株云竹不过一夜就枯黄了，他过去也曾做过这事，以为是药汁浓稠，灼坏了根，又掺了凉水换着浇余下几盆，结果如出一辙。

宫里头的伎俩，他略有耳闻，只要在药方里稍动手脚，就能令一个人悄无声息地死去。只是没想到，竟有人将这法子用到他身上，而他素来是躲避吃药的。

秦荀同伺候他的小黄门说养病烦闷，给他寻一对画眉鸟儿养着玩。

当天黄昏，小黄门送来一对画眉。他假意逗弄一阵便熄灯就寝，趁夜半无人盯着，将掺了汤药的粟米喂给其中一只。

那画眉次日清晨被洒扫的宫人在窗外拾到，一对小爪紧紧蜷着，尸体已经凉透了。小黄门惊惶，主动入内请罪，他却漫不经意解释了一句，夜里嫌鸟儿叽喳吵闹，捏死一只随手丢了出去。

2.

乞巧节过后，永宁宫那边再也离不开人。周氏已到弥留之际，阖宫上下都盯着消息。萧钰更是不顾太医劝阻，执意宿在永宁宫偏殿，以便时刻陪伴祖母。

檐下挂了宫灯，橘黄色的光亮透过窗户纸洒进来。内殿有郑太妃守着，薛萦留在外殿陪侍，望着那地砖上的光影正出神，耳畔忽闻绛珠轻声道：“娘娘，方才箬竹姑姑过来了，请您进到内殿去。”

绛珠神色凝重，她大抵明白了是怎么一回事，理了理鬓边碎发：“你随我同去吧！”

“箬竹姑姑吩咐了事情要奴婢去办，恐怕不能陪娘娘去了。”绛珠低头，有意避开了她的视线。

薛萦抚平衣襟上的细小褶皱："想必是什么要紧的差事，你快些去办好，永宁宫这边缺人手。"

箬竹领她去了内殿，满室宫人几乎都跪着，郑太妃坐在床榻前揩泪，见她进来，起身行了个礼。

周氏声音虚浮，对箬竹道："你让他们都散了，留下太后。"

宫人们鱼贯退出，郑太妃亦被女官搀扶了出去，薛萦上前欲行礼，却听见周氏说："这些虚礼都不必了，你凑近些，我有话要与你讲。"

薛萦依言照做，周氏突然抓住她的手："哀家自知大限将至，只恨自己手段软弱，不能为阿钰谋大事，但有件事，需要你去善后。"

周氏情绪激动，胸腔里发出古怪沉闷的呼吸声，缓了许久，复又开口道："太傅秦荀，平定随州之乱有功，憾未得上天眷顾，伤重暴毙，顾念其乃股肱之臣，追封长平侯，以一等公爵之礼下葬。"

她骨子里恨极了秦荀，恨他居功自傲，挟持天子，恨他染指宫妃，秽乱宫闱，更恨他三年前下令对兵败的叛军赶尽杀绝，致使次子萧琮惊慌出逃途中丧命乱军马蹄之下。

桩桩件件，她都记着，所有的憎恨怨毒无从发泄，酿成心结，一点点蚕食了她的性命。

好在，她尚有自己的法子对付秦荀。薛萦良善心软，她故意瞒病不报，逼她与秦荀生出龃龉，迎自己回宫。上苍施舍了一点怜悯与她，让秦荀在领兵平乱时误中刀伤，不得不留在宫中休养。于是她指使孙太医在药里动了手脚，他养伤期间定然离不开汤药，可是毒性发作太慢，她等不及了……

听到这里，薛萦恍然大悟，猜测她必定要对秦荀下手，心下来不及思索，忙跪下哀求她："太皇太后，秦荀于宁州有功，北蛮未灭，恳请您务必三思。"

周氏却笑："哀家给不了他活路。"

绛珠，她忽然想起来，绛珠被箬竹支走了。

薛萦挣脱开她的手，起身往外疾步行去，周氏未料到她竟会忤逆自己，厉声呵斥道："薛氏，你今夜胆敢出永宁宫，就是与那贼人一伙，他日你薛氏满门都难逃一死。"

南淮薛氏，合族一百三十口，所有人的性命皆在她的一念之间，这样大的代价迫使她不得不停下脚步。

内殿阒静，只闻更漏声点点。

周氏强撑着起身，看着她的背影："秦萏一死，你与他的过往哀家都不计较了。你依旧是天子的养母，哀家保你薛氏门楣恩宠不衰。"

只要他死，所有她不愿提及的隐秘、屈辱与不甘，都会随风逝去。一切回归正轨，她不过是倚在含凉殿的窗下打了个盹，历经一场光怪陆离的梦境。

往后岁月，也无须再与他纠缠了。

她将一双发颤的素手拢入袖中，触到一片冰凉，是系在腕子上的一枚青玉坠子。

秦萏送她这个玉坠子，她起先不肯戴出来，后来听说他在随州出了事，主城被起义军围住，他率一千军士死守城中，生死未明。鬼使神差地，她从妆奁中取出玉坠子，将红线绕了几圈系在腕子上。

她戴着玉坠子，冒雨去清音寺祈福。菩萨宝相威严而慈悲，她只求了一个心愿，愿他平安回来。

至于以后呢？她与他又该走向何处，她并未想得那么长远，或许她会放他去宁州，又或许，她会杀了他。

已经有人替她做出了抉择，她只需顺从，继续辅佐天子，继续做她的深宫太后，从此世间再没有这个人，他的到来不过是一场意外。

不，他那样可恶，即便要死，合该由她送他最后一程。更何况北蛮盘踞塞外，始终是大端的心腹大患……

她用这等拙劣借口说服自己更改了心意，回身朝病榻上的周氏行跪拜大礼。

见状，周氏满意地笑了笑，未等她开口，却见薛蓁兀自离去，步履匆匆，再无犹豫回首。

从永宁宫到凝晖阁相去甚远，她从未像今夜这样焦急赶去见他，唯恐再迟上一刻，一切都来不及了……

太后深夜造访，竟连一个宫人也没带，小黄门甚是惊诧，以为有什么要事，忙引她去东侧尽头那间房。

里头点了一盏灯，秦荀坐在灯下看书，见她突然推门进来，微微惊讶道："娘娘怎么过来了？"

她鬓发凌乱，眼底积着薄薄一层泪光，顾不得仪容，上前拽住他的衣襟："你吃了什么，快吐出来。"

秦荀被她搅得一头雾水："半个时辰前，你的女官送来一盅参汤……"

她瞪大双目，默了一瞬，对候在门外的小黄门吼道："速去请太医，要他们带上所有解毒的药草，快去！"

小黄门被她的话惊了一跳，来不及打灯笼照路，摸黑往外头跑去。

她回过神，复又望着他，带着颤音追问道："绛珠究竟送了什么东西过来？"

从来没有见过她这般失态，秦荀轻轻抚了抚她的后背："怎么了？"

他这一动作令她清醒了点，仔细观察他的面容，除了薄唇苍白无血色，似乎再无其他异常，不太像是中了剧毒的症状。

"是一盅参汤，不过我没有吃，你晓得我不喜欢带药味的东西。而且你的女官神色紧张，我心中有疑，让她放下食盒就走。她不肯，我冷下脸斥了几句才把她遣走。"秦荀握住她冰凉的指尖，"事后，我赏给看门的那个小孩吃，他前几天被我罚过，不敢收下，我让他把东西端走倒掉了。"

原来他没有吃下去，薛萦终于定住心神，这时她才发觉自己的后背早已是冷汗涔涔。

他约莫猜到那盅参汤里掺了什么，就势将她抱入怀里。她浑身都在发颤，像一只受了惊吓的小兔，眼底红通通的。

"从我进凝晖阁养伤的第一天起，就有人要杀我。"他还是问出了那句话，"是太皇太后，对吗？"

薛萦环抱住他精瘦的腰，埋首在他耳边，张了张口，却无从说起。如果不是最后刹那他生了疑心，那么此刻在她面前的，就是一具尚带余温的尸首。

"你是北地名将，是平叛的功臣，我留着你，是因为你还有用处。但是如果你背叛陛下，我会第一个杀了你。"

秦荀低笑，反问她："仅此而已吗？"

她说："仅此而已。"

秦荀撩起她鬓边碎发，吻过耳后那颗朱砂痣："我倒希望我真的喝了那玩意儿，兴许你就愿意为我掉两滴泪，对我说实话了。"

她摇头，坚定地道："我不会为你难过掉泪。"

秦荀不拆穿她，只笑了笑："没良心的小骗子。"

永宁宫那位还在等着，她不便久留，临去时同他商量道："待会儿太医问起，你只说身体不适行吗？其余的交给我来办，天亮后我会派人送你出宫，你回府养着，也方便淳于先生照看你。"

秦荀说："你想周全她，那便随了你的心意。"

她不想让旁人知晓，他就替她守着秘密，况且这本来就是他亏欠周氏的。他把周氏赶去灵虚山软禁起来，害她落下病根，也纵容了她在自己眼皮子底下生事，将薛萦牵扯进去。

但也只能到此为止。

夜深了，箬竹轻声唤醒周氏服药，周氏吃下两勺便不肯再张口，微微摇头示意。

箬竹扶她躺下，请示道："太后娘娘还在殿外跪着请罪，已经两个时辰了，您要召她进来吗？"

周氏道："她乐意跪，就让她跪着。"

已是初秋，外头更深露寒的，薛太后脱簪请罪，仅着单衣，教人看了不忍。

念起她过去对自己多有照拂，箬竹打定主意，轻声劝说周氏："先前绛珠回来复命，说秦太傅生疑，一直未饮下参汤。这件事终究也怪不到娘娘头上，是秦太傅狡诈多疑，侥幸逃了过去。"

周氏焉能不明白这个道理，叹息道："她是靠不住了，你去找于泓，让他把原先阿钰带走的那个宫女悄悄放出来。你再把人带到永宁宫，让她再去办一件事，圆了她为胞妹报仇的心愿。事成以后，她在南地的家人不仅安然无恙，还能得到重赏。"

箬竹道："奴婢必定竭力做成此事。"

"深宫数十年，多亏有你肯陪着我。"周氏缓缓闭上双眸，"哀家现在回想，都快要记不得自己刚进宫时的模样了。"

不是谁生来就长着一副冷硬心肠，她也曾是绿鬓花颜的烂漫少女，在无止无尽的纷争里打磨了棱角，学会算计他人，学会掩藏自己，再也回不到当初。

“哀家走后，你若不肯回故里，便去燕虞山地宫守陵吧！远离皇城，便没有人再能伤害到你了。”

这是她今夜留下的最后交代，无关天子，无关薛萦，更无关秦荀。离开世上之前，她为侍奉自己多年的女官安排了去处。

灯花零落不堪剪，遥远天际泛起一丝鱼肚白，长夜尽了。

天将明未明时，永宁宫挂出白幡，箬竹走了出来，步下石阶，含泪对薛萦行礼：“太皇太后仙逝，陛下已经赶过去了，还请娘娘尽快入殿主持丧仪。”

内殿跪着乌泱泱一群人，萧钰伏在床边失声痛哭。她的伴读梁珩恰巧不在，无人敢上前劝谏。

薛萦走过去，轻轻将她拉起来，用绢子揩去她面上涕泪，对左右道：“稍后陛下还得上早朝，先送陛下去歇息。”

来了个年长的女官将她搀走，大抵是哭乏了，她顺从地接受安排，随那女官去了偏殿。

劝走萧钰，她又问箬竹：“姑姑，绛珠在哪里？”

昨日黄昏，绛珠被唤去当差，薛萦便没有再见过她。从凝晖阁回来后，她跪在永宁宫外请罪，奈何周氏不愿相见，她未能探听到绛珠的下落。

箬竹面色微变：“娘娘，永宁宫这边还有许多要紧事等着您吩咐去办，若是缺人手，奴婢替您找几个办事利索的宫人过来……”

薛萦冷冷打断她：“烦请姑姑将人带过来。”

她极少会用这般强硬的语气吩咐底下人办事，显然是要动怒了，箬竹自知遮掩不住，唤了两个小黄门去提人。

绛珠无甚大事，只是脸颊上浮着指痕，应是被大力掌掴所致。见她安然无恙，薛萦不继续追究，命映月将她带回长秋殿，温言向箬竹道了谢。

此后几日，薛萦彻夜不眠不休守在永宁宫，萧钰执意与她一同守灵。薛萦劝谏不住，一边打点丧仪各项事宜，一边还要分神照看她。

祖母骤然离世，小丫头心里甚是难受，在梓宫前已经哭过了好几场，而且下令免了这几日早朝。

待到第六日，百官携家眷入宫，至太皇太后梓宫前吊祭哭临。

周氏的两个儿子都早逝，血亲之中唯有小皇帝尚在。身为丧主，萧钰却在百官吊祭的这天清晨不见了踪影。

再过半个时辰，京中朝臣就要携家眷入宫。迟迟未见萧钰现身，薛萦心里着急起来，打发宫人们一个接一个宫殿地去寻，最后竟是在西苑找到了她。

萧钰回来时面有不豫之色，仓促向薛萦行过礼，便去了外殿。她留了个心眼儿，没当面询问萧钰，唤来近侍一问，得知方才萧钰竟也是在寻人。

她找的是一名被拘在西苑的宫女，至于那女子的身份来历，近侍说不上来，只一个劲地磕头求饶。

薛萦吃了一惊，未等她开口细问，外殿传来叩拜的声音，是朝臣们过来哭灵了。

依照规矩，朝臣们须得先到梓宫前祭拜，再依次跪在永宁宫外，听候近侍宣读天子的亲笔悼文。

秦荀是最后一批过来的，他与宰相姚斐几乎同时抵达灵堂。姚斐受伤的腿骨还未完全恢复好，拄着拐杖一瘸一拐过来，行动不甚方便，秦荀遂让他先去梓宫前行礼。

薛萦命小黄门前去搀扶姚宰相，不经意间，觑见秦荀跪地叩拜。他背上刀口刚长好一些，就又要牵扯开裂，她心中泛起微微不忍。

从那夜以后，她对他的态度似乎温和了许多。她早已发觉这点，但就是不愿承认。

秦荀忍着背上剧痛恭敬磕头叩首，起身时稍有些吃力，他身形稍稍踉跄了一下，变故正是在此刻发生的。

一旁俯首跪地的宫人之中，忽有人拔出藏在袖中的匕首，狠狠扑向了他。

“你这奸臣，是你害死了太皇太后！”出声的是个年轻的宫女，鬓边簪两朵白花，面上尤挂着两道泪痕。

她掐准时机突然暴起，持匕首刺向秦荀心口位置，正是要取他性命。

秦荀反应迅捷，侧身避过，那女子扑了个空，撞上梓宫，恰巧来到离薛蓁不远处。

“快保护陛下和娘娘！”身后绛珠惊呼起来，这一声唤醒了尚处在震惊之中的宫人们，整个永宁宫乱作一团。

那女子紧握匕首，自知自己前一刻失手便再无机会。她看了看面前身披重孝的年轻太后，须臾做出抉择，复又举起匕首。

薛蓁看着匕首刀尖朝向自己，有那么一瞬的失神，绛珠挡在了她身前，不过刀刃并没有如预想中向她们刺过来。

秦荀左手徒手握住刀刃，右手一记手刀劈下去。那女子吃痛，松开刀柄，身子软软栽了下去。

禁军鱼贯入殿，将人围了起来。

喧闹的脚步声中，薛蓁听到轻微滴水声。她凝神想了片刻，朝秦荀走去，瞧见他将左手握成拳状，掩在袖中，整个袖口都被血染红了。

“快传太医！”薛蓁高声道。

灵堂之中竟私藏刺客，出了这等变故，禁军难辞其咎。大统领郭绪不敢为自己开言辩解，默默等小皇帝降罚。

萧钰也不客气，下令赏他十下军棍，即刻去殿外行刑，稍后再行问责。

“慢着。”薛蓁制止她，“本宫瞧那女子装扮与寻常宫人无异，先问一问她是如何进来，是否与郭将军有干系。”

任萧钰再怎么猜，也没想到自己要找的失踪宫女竟然就在永宁宫中。萧钰视线飘向别处，心有点虚：“娘娘，明天皇祖母的梓宫就要移到燕虞山安厝，不妨先将她关押，等丧礼落成再详细审问。”

薛蓁敏锐地觉察到一丝不对劲，淡淡道：“看来陛下不想知道？”

萧钰还未来得及答话，那女子跌坐在地，凄然道：“我本名玉珊，原是尚衣局当差的宫人。此次行刺，是为替胞妹玉瑚复仇，与其他人没有干系。”

所有人的注意都被她吸引了去，秦荀冷冷盯着她：“你口口声声说为胞妹复仇，可这仇因何而来，与我有何渊源？”

“我妹妹本是永宁宫的女官，素来得太皇太后喜爱，去岁你领兵围永宁宫时，将太皇太后送出宫去软禁起来……”她顿了顿，“她为了护着太皇太后，被你逼死在偏殿。”

此言一出，满殿霎时阒静无声。去岁太皇太后执意出宫修行，世人皆以为她看破红尘一心向道，殊不知背后还有这么一出。

“哦？”秦荀冷笑，“那你敢不敢说我是为何逼死你妹妹，是不是因为她妖言惑主，挑唆太皇太后责罚太后的，私自在送给太后的斋菜里下毒？”

玉珊睁大双目，没料到他会将这背后秘密抖出来。就连在小皇帝面前，她也从不敢提起胞妹给薛太后下毒的事，只说玉瑚是因为撞见秦太傅与后妃有私，才招致灭口。

至于那位后妃是谁，她未曾与小皇帝明说，但种种迹象都指向了长秋殿那位。

她忽然大笑起来，抱着玉碎的决心：“胞妹之所以这样做，是要替天家除去……”

话未说完，一柄长剑贯穿她的胸口，剧痛如潮水般涌来，将她裹挟着卷入死亡。

秦荀五指收拢，拔出剑送回刀鞘，向小皇帝跪地行军礼：“此女胆大行刺，满口胡言，今日让陛下受惊了。”

于灵堂之上血溅三尺，的确也只有他能做得出来。

萧钰默然无声，好在此时太医赶到，及时化解了尴尬局面。秦荀被请去一旁包扎手掌伤口，而近乎双腿吓软的姚宰相则让小黄门搀扶出去，安抚殿外等候着的朝臣。

又过两日，太皇太后的梓宫安厝燕虞山皇陵。薛蓁偷得半日空闲，去了趟凝晖阁。

她原本安排好让秦荀回府养伤，不巧赶上太皇太后的丧事，萧钰无暇顾及其他，出宫的事被暂时搁置下来。

薛蓁进去时，他正单手给自己换药，掀开药纱，左手手掌血肉模糊，伤口划得深，从外便看起来好似并未开始恢复。他拭去血水，扯过新的药纱覆住，缠上两圈，试了几次打结未果。

“我来吧！”她半蹲于他身前，解开药纱，重新清理一遍，将伤口包扎缠好。

温热的气息拂在手背，酥酥痒痒的，他问：“陛下准许我出宫了？”

薛萦道：“还没和陛下说起这事。你若是想回去了，我让宫人送你走，到时再回禀陛下也是一样的。”

他其实并不想走，除了长秋殿，只有凝晖阁是离她最近的地方。

秦荀低笑：“上次永宁宫那件事，将陛下吓坏了吧！”

薛萦抿着唇，在秦荀看来，她不作声就是默认了。他意识到自己再一次给她惹了祸端，可他并不后悔，如果他不杀了那个女子，那么她必定是要将薛萦招供出来的。从她开口那刻起，他就猜测，这女子兴许知道所有的事。

他庆幸自己没有给她机会道出所有秘密，不过代价有点大，一来，她临死前还是公开了周氏去灵虚山修行的真相，二来，禁宫杀人乃是大忌，更何况还当着天子的面。

“你杀人的时候，也会害怕吗？”

话甫出口，薛萦只觉可笑，像他这样的冷面修罗，怎么可能流露软弱的一面。

“有时也会害怕。”他伸手抚过她缎子般的长发，认真地答，“怕自己杀气太重，报应到在意的人身上去了。”

他眸子里流淌着琉璃的温柔色泽，教人望不到底。薛萦一时无法适应这样的他，微微别过脸：“遇见我以后，你好像总是受伤。”

“我以前也经常受伤。”他说，“可是除了叔父、秋辞，还有阿峥，其他人不会在意，也不会知道。”

宁州与北蛍接壤，地处边境要塞，自古战事不断。当年和他一起投军的少年都已是坟茔下的一具白骨，唯有他活到如今，代价是一身旧伤。

能有命活下来，就已经很幸运了，还敢奢求什么呢？

“我希望你以后能好好的。”薛萦冲他笑了笑，“收拾一下东西，稍后我让人送你出宫。”

秦荀亦笑：“这么着急撵我走？是不是出了什么事？”

薛萦微怔，却说：“无事，只是想到淳于先生等了这么久都没见到你，他该着急了。”

他不放过她面上任何一丝细微神色，握住她青葱的指尖：“如果有什么事，我希望你能告诉我，不要再像以前一样瞒着我。”

可她终究还是没有告诉他。

回到长秋殿，宫灯下坐着小小一抹身影，萧钰已等候她多时。

“你把他们都领下去。”薛萦对绛珠道。

很快，宫室内只剩下她们两人。

是萧钰率先打破沉寂，她立起身，隔着朦胧灯烛，遥遥望她：“有件事，我一直想请教娘娘。”

“皇祖母离开永宁宫，究竟是不是受秦荀所迫？”

起初听闻周氏匆匆起驾前往灵虚山，她就觉得奇怪，佛龛等物永宁宫内一应俱全，祖母大可不必离宫。去年中秋夜，她在永宁宫附近意外遇见一个名唤玉珊的宫女，萦绕心底的困惑才稍稍有了头绪。

玉珊告诉她，周氏实则是被秦荀逐出宫的，当初她的胞妹玉瑚无意中撞见秦荀与后妃私会，告给了永宁宫，才会致使周氏离宫。

可她不相信玉珊一人所言，索性将她拘在西苑。事后去灵虚山探望祖母时，她曾问过祖母此事，对此祖母始终缄默不言。

一直到那日，玉珊突然失踪，而后出现在灵堂，行刺秦荀，为此丢了性命，她才更改了自己先前的看法。

薛萦轻轻叹了口气，道：“是本宫下令将她送走的。”

“娘娘你不必替他掩饰，朕已经知道了，朕只是想知道他为什么要这么做？”萧钰陡然提高声调，“是因为娘娘你先前中毒的事？可那次不是查明了吗？是送斋菜的宫女包藏歹心，与皇祖母无任何关系，更何况他也当着朕的面将那宫人杖毙了。”

她要怎么解释呢？萧钰不知道马钱子粉末究竟从何而来，她亦不想让小丫头牵涉到自己和周氏的恩怨中去。

见她迟迟不语，萧钰心底越发失望，喃喃道：“我以为你会是世上除了母亲以外对我最好的人，可你不是。”

“你明知道除了你，我只与皇祖母亲近，你明知道皇祖母身体不好，还任由秦荀迁怒到她身上，将她送走……”

萧钰没有继续说下去，眼里蓄满泪。

面对她的控诉，薛萦无从辩解，只轻轻道：“阿钰，等时机到了，我会告诉你你想知道的一切。”

关于她和秦荀，关于她去岁中毒始末，关于周氏因何去灵虚山，但现在还不是说这些的时候。

小黄门蓦地闯入，向二人行过礼后急忙禀道：“陛下，娘娘，大理寺传来急报，重犯赵瑀畏罪自尽了。”

3.

赵瑀的死太过突然，他是天子下诏要求严审的重刑犯，大理寺不敢懈怠，却没想到还是出了岔子。今夜狱卒和往常一样巡视，发现他闭目坐在墙角，人已没有了呼吸。

后经仵作验尸，未发现任何伤口与中毒症状，证实赵瑀死于心悸，且他数月前被流民挑断了手脚筋，稍有动作便很吃力，又受过几次刑，身体近乎半残，不可能在毫无作案工具的条件下自尽。

大理寺卿谢怀虚夜叩宫门，至紫宸殿请罪。

他撩开袍摆跪在石阶之下，与绵延夜色融为一体。薛萦朝他走去，低声道：“陛下已下令召宋相公等人入宫，谢大人不必太过担心，有什么隐情，稍后不妨向陛下直言。”

他重重叩首，道：“大理寺看守重刑犯失职，臣身为大理寺卿，难辞其咎。”

薛萦不再说话，径自去了紫宸殿。

赵瑀此案影响恶劣，小皇帝将卷宗打回重审，命刑部、大理寺和御史台会审，由尚书右仆射宋清河牵头。因赶上了太皇太后薨逝，原本定于月初的三堂会审推迟十数日，可没想到，赵瑀意外死了。

负责此案的几位朝臣赶来紫宸殿，俱是震惊。偏偏此时小皇帝面色阴沉得能拎出水，他们私下彼此交换过眼神，谁也不敢做出头鸟。

沉默了一会儿，宋清河开口：“陛下，赵瑀扣押大理寺达一月之久，数番酷刑齐下，并未见他招供出同谋，臣窃以为，此案当结清了。”

萧钰不置可否，宋清河以为自己说错了话，正要补救，却听小皇帝冷冷道：“众爱卿以为呢？”

余下几人噤若寒蝉。萧钰又道：“既然众爱卿无异议，那就结案吧！

不过大理寺失责，罚大理寺卿谢怀虚半年俸禄，若有再犯，定当问罪。”

薛蓁坐在山水刺绣屏风后，将一切听得真真切切，这位宋相公倒是与她想象中不大相同。

回到长秋殿，夜渐深了，绛珠伺候她洗漱安寝。将要熄灯时，她忽想起一事，嘱托道：“明日你出宫去相府走一遭，替本宫送些补品给姚相公，顺带打听下，看姚相公何时能回来上朝。”

绛珠不解：“奴婢听说尚书台和六部的事宜现在都是宋相公代为接管，是有急事需姚相公回来处理吗？”

“无事，本宫不过随口一问，心里多少有个底。”薛蓁答道。

翌日，绛珠回来复命，说姚相公上了年纪，恢复得慢，郎中建议还得养上一两个月，才能和从前一样走动自如。

又过数日，大理寺正式结案。谢怀虚奉命入宫呈上卷宗给小皇帝过目，将要随小黄门离宫时，忽被殿外一位女官拦住。

那女官身穿藕荷色宫装，容色姣好，正是绛珠。见到谢怀虚，她微有些赧然，低声道：“谢大人，娘娘有请。”

他以为绛珠会将他领去长秋殿拜谒太后，却没想到，她引他去了掩映在御苑花木丛中的一座八角小亭。薛蓁独坐亭子里，四下无其他宫人侍奉，石桌上一壶茶水煮得正沸。

“御苑的金桂开了花，数里外都能闻到淡淡香气。本宫想着谢大人是南地人氏，或许也会怀念故里金桂，便请了谢大人过来一叙。”薛蓁含笑说道，替他斟了一盏茶。

谢怀虚没有接过，拱手道：“娘娘有什么吩咐？”

袅袅白雾腾起，薛蓁透过雾望着他，只觉眼前朦胧：“赵瑀死前都曾见过什么人？”

谢怀虚答道：“他是重刑犯，不能轻易与旁人接触，除了负责审讯的官吏和看押他的狱卒，再未见过其他人。”

薛蓁垂眸，若有所思道：“本宫觉得，他死得蹊跷。”

他入狱一月有余，证词翻来覆去都是那一套说法，延误工期，强征民丁，将大笔赈灾银款纳入私囊皆是他一人所为。单单凭借他一州刺史的权力，在随州呼风唤雨勉强尚可，但怎么可能将事情瞒得这样好？半点消息也未传到临安来。

谢怀虚将手拢在袖中，思量一瞬，终究道出来：“臣写结案卷宗之时，发现一处小小异常。赵瑀死前一日，负责看管他的其中一名老狱卒因犯错被撵了出去。”

老狱卒姓丁，年过六旬，旁人都唤他老丁，因他负责的都是重刑犯，谢怀虚与他有过许多次照面。老丁犯的错说不上太大，给赵瑀送黍饭时，他误用了粗瓷碗盛装。然而按照大理寺规矩，以防重刑犯畏罪自裁，囚室里是不能出现一丁点利器的，包括碎瓷等物。

念及老丁在大理寺任职多年，平素行事严谨，这次是他第一次出纰漏，故此事报上来时，谢怀虚只罚了他一个月俸禄。老丁却十分惊惶，坚决请辞，称自己年岁渐高，时常犯糊涂，幸好这次发现及时，未酿成大祸。

他的年纪放在大理寺的狱卒中来看确实很大了，且他常年在阴暗潮湿的囚室里走动，手脚关节风湿严重，常患病痛。若不是家中有个残疾儿子要靠他养着，老丁定然不会年过花甲还在大理寺干这些苦累差事。

谢怀虚批准他的请求，从自己的俸禄里抽出钱替他补上处罚，又赠了一笔银钱给他。对此老丁很是感激，还特意提了一篮鸡蛋登门致谢。

过后一日，赵瑀因心悸死于狱中。

薛蓁神色凝重起来，想了一想，与他说道：“我想请你继续追查下去，但是不要惊动任何人。”

谢怀虚允下，直到目送他离开，那盏茶汤仍分毫未动。她低头望了望，茶盏是上好的兔毫盏，釉面上的白褐色纹饰在茶汤中交相辉映。可惜汤花咬盏时间极短，盏内沿已浮出一圈水痕。

薛蓁心想，约莫是她自己太过着急了一些。

周氏薨逝以后，郑太妃又病了一场。薛蓁常去玉阳宫探望她，两人交情虽不算深，但相处多了，四下无人时难免会说一些体己话安慰彼此，渐渐生出一点惺惺相惜的意味来。

郑太妃闺名娴宁，宣帝在位时，她父亲是燕州刺史，萧琰是在承乾十三年纳她为侧妃，意图很明显，拉拢她的父亲。承乾十五年，有刺客潜入王府行刺，彼时她怀孕四个月，受了惊吓小产，自此再无子息。

稍稍令她感到安慰的是，婆母周氏喜欢她。入宫后她的日子不算难过，除了不得萧琰宠爱这点。

不过薛萦身为皇后，伴驾的次数固然比她多上许多，但同样不得萧琰青睐。在这点上她们私下达成了共识，萧琰心里始终只有一位妻子，那就是早逝的灵毓皇后，除了她，再无旁的女子可以入他的眼。

说到此处，郑太妃不免感伤。与薛萦不同，她心里真正将萧琰当作夫君看待，一个女子被自己的丈夫冷落多年，她再识大体，终究还是会有怨怼。

留在玉阳宫安慰了她好一阵，看着她服过药后安然睡下，薛萦终于回了长秋殿，但此时夜已深了。

她歇下钗环，就着清水洗去面上脂粉，眼睛迷糊到快要睁不开，支开绛珠，径自和衣躺在了床上。

半睡半醒时，一条温热濡湿的舌头舔舐她的手心，轻轻柔柔的，像一阵微风吹拂过。薛萦耐不住痒，挣扎着醒来，忽然对上一双碧莹莹的眸子。

苍牙"嗷呜"一声跳上床，往她身上凑过来，几乎将她撞了个满怀。而始作俑者立在床边，好整以暇看她的窘态。

薛萦腾出手揉搓那颗毛茸茸的脑袋，低声对秦荀道："你怎么进来的？"现在禁军都归郭绪统领，按理说他不可能深夜出现在长秋殿。

不过眼下最要紧的不是问他怎么到这里来的，而是让他赶紧把苍牙弄走。好些日子不见，苍牙热情似火，薛萦一边应付它，一边抬脚轻踹秦荀，催促道："快牵走它。"

在她被苍牙完全扑倒之前，秦荀牵住它脖子上的皮项圈，把它提下床。一到秦荀身边，苍牙立马变得老实，乖乖蹲在床头不敢再造次，只一双碧绿眸子还望着薛萦。

秦荀轻拍它的脑袋，对薛萦道："它想你了。"

他这莫名其妙的话令薛萦语凝。苍牙越长越大，她怕被人发现，就在离长秋殿不远的废弃宫苑圈了块地，把苍牙养在里头，严令知晓这件事的宫人不得说出去。后来周氏病危，她一颗心全扑在永宁宫，差点将这小东西忘却了。

“你将它带走吧！”薛蓁望了望他，“陛下已经知道太皇太后出宫修行的真相，你我之间的事到底是藏不住的，她迟早都会晓得。到那时教她发现了，我肯定护不住这小东西。”

秦荀问她：“你舍得？”

薛蓁轻轻道：“舍得。”

他唇边浮一抹笑，半蹲下身，抱着苍牙道：“小家伙，我们走吧！她不要你了。”

苍牙听不懂他说什么，用脑袋亲昵地蹭了蹭他的脸。秦荀立起身，将它牵了出去，若不是手心湿漉漉的，薛蓁还以为自己只是做了一场梦。

她复又躺回去，心里惦记许多事。苍牙是一头成年白狼，他要怎么把它悄无声息带出宫去，不过他总会有办法的。

过了一会儿，外殿传来窸窣动静。她以为秦荀又回来了，试探地问：“是谁？”

“娘娘还没睡下吗？”绛珠擎着烛台走了进来，“方才巡视的禁军换防，长秋殿附近出了点事，奴婢以为您睡下了，就去看了看。”

细想来，秦荀定是趁那时进到长秋殿的，薛蓁随口问道：“出了什么事？”

夜风寒意渐浓，绛珠关上窗牖，替她掖好帷帐，答道：“听带队的许将军说，刚刚长秋殿后头有动静。他们追过去一瞧，原来是只黄鼠狼，现在不知道窜到附近哪座废弃宫苑里去了。”

薛蓁却温言与她说：“夜里风大，你以后少去外头走动，仔细着凉。”

绛珠应下，吹熄烛台，轻手轻脚退了出去。

将苍牙领走之后，秦荀再未现身长秋殿。又过半月，薛蓁与郑太妃去清音寺进香，复又见到他。

郑太妃病愈，心心念念要去清音寺请住持给周氏供奉长明灯，将想法与薛蓁说了。因不放心让她独自去，薛蓁知会过小皇帝，与她一块儿去了灵虚山。

宫里无甚紧要的事，两人便又在山上多住了几日。

这日黄昏，薛蓁与郑太妃听完小沙弥诵经，各自回到厢房。她衣裳上沾了雨，湿涔涔地贴着身子，方要解开衣带，觑见窗下立着一人。

外头正落雨，窗牖半开，室内半明半寐，他穿的又是玄色常服，教她未能第一眼就发觉出来。

薛萦默默拢好衣裳，寻了方干布擦拭鬓发间挂着的雾水，问他道:“你过来了怎么也不让人知会我一声？”

想了想，她又说：“郑太妃的住处与我离得不远，你切莫胡来。”

她警惕地盯着他，越发显得他像是个好色的登徒子。秦荀忍俊不禁，有意捉弄她，朝她走去：“怎么叫胡来？”

薛萦后退两步，撞上桌沿。她端起一只茶盏，威胁他道：“你要是敢胡闹，我就摔了茶盏，把绛珠叫过来。”

秦荀无视她的胁迫，夺过被她握在手里的干布，散开她的发髻，细细擦拭起来。

至于那只茶盏，终究被她放回原处去了。

“你手上的伤还没好完全，沾不得水。”薛萦试图抢回干布，却被他握住手，腕上的玉坠子随后露了出来。

“大夫说好得差不多了，不碍事。”他舒开掌心给她看。淡红色的新肉将伤口填满，结成一道新疤，在掌心蜿蜒，他痊愈的速度总是要比别人快。

薛萦不再与他争抢，只说：“绛珠去给我提热汤，很快要回来了，你快些走。”

秦荀淡淡道：“她晓得我过来。”他进来的时候刚好撞上绛珠给她铺被褥。自从上次给他送参汤打过一回照面后，绛珠就再未单独见过他，此番突然打照面，自然吓得不浅。

薛萦焦急地问：“是你把她支开了？她人呢？”

“有笔账似乎还没算。”秦荀微微挑眉，“不过看在她也是受人胁迫才会对我下手的分儿上，我也不与她追究了，找了个理由将她打发走而已。”

薛萦一颗心稍稍放回肚子里，低声道:“参汤有毒，她事先并不知道，你不要迁怒到她身上。”

秦荀笑了笑，将她抱在怀里，附在她耳边道：“那迁怒到你身上？”

她晓得他起了绮念，今夜这回是免不了，况且他回来后身上有伤，又逢太皇太后过世，更是无暇折腾她。

“我不知道你会来……”话还未说完，薛萦便被他吻住了朱唇。

纠缠好一阵，秦荀才说：“我也不知道你过来了，我原先是来清音寺替我叔父还愿的。”

当初秋辞突然被小皇帝赐婚，淳于意心急如焚，听说京郊的清音寺最是灵验，当真登上清音寺许愿。事后秦荀知晓，气得不行，先是将他叔父当面数落一顿，又罚了老仆的俸禄，斥责老仆照看不周。

他不敬鬼神倒是其次，淳于意本就腿脚不便，至山顶的最后那九百九十九级石阶，他不肯乘滑竿，一步一叩拜爬了上去，下山后养了起码两个月才调理过来。

而后小皇帝撤回诏书，秋辞离京去了宁州，淳于意想起这回事来，逼着他代自己再登清音寺还愿。

来到清音寺方知，今日宫中来了贵客，雪鉴大法师等人无空，他稍稍打探便知是薛萦和太妃郑氏，于是寻了过来。那些护卫大多是他从前的部下，自然不敢拦他，任由他一路畅通无阻进了薛萦的房间。

薛萦听了半宿雨声，等到他纾解出来，她只觉浑身酸软，连抬手都吃力。秦荀从身后抱着她，捉过她一只腕子，细细把玩缠在她手腕上的玉坠子：“不是不喜欢吗？怎么戴出来了？”

她实在是累极了，没有心思同他周旋，轻声道：“礼都收了，总不能一直收在妆奁里不见天日。”

他听出来她回答得敷衍，但此刻心情甚好，遂不与她计较，只是轻轻在她脖子上咬了一口。薛萦不耐地往外侧靠了靠，不过须臾，他又凑了上来，声音略带喑哑：“以后你多戴出来。”

被他一搅和，薛萦困意渐无，随口道：“这枚坠子有什么特别的渊源吗？”

她清楚这枚玉坠子对他极其重要，是他母亲的遗物，可他从未解释过其他，对他早逝的母亲亦是闭口不提。

身畔那人迟迟不语，她以为自己又触到他的逆鳞，默叹一声，却听见他说：“我母亲临死前纵火烧了阁楼，火扑灭后，下人们寻出一只妆奁，里头首饰全烧毁了，这枚坠子藏在妆奁夹层，恰巧幸免下来。”

他母亲竟是自焚而亡。得知隐情，薛蓥未免吃了一惊，轻声道："令堂为何要这么做呢？"

"她犯了错，想要赎罪。"他停顿了一会儿，决定结束这番谈话，"她这一生过得很不好，到头来爱恨皆不由己，你不要学她。"

薛蓥不再追问，静听屋外风雨，过了良久才与他说道："秦荀，你为什么要来临安？"

她并不确定他是否入睡了，也不确定他是否会回答。很久之前她问过他想要什么，那时他说，他想要滔天权势。

所以这一次，大约又是相同的回答，又或者直接不答。

他低笑着道："我说是为你而来，你信吗？"

薛蓥自然不会相信，他不诚心回答，她亦无所谓，继续问他："除了临安，天底下还有你想去的地方吗？"

"宁州。"他答。

薛蓥说："宁州不算，你从小就在那里长大。"

"那没有了。"他认真地道，"除了宁州，我哪里也不想去。"

不知何时停了雨，乌云散开，月光映入室内，如覆一层白霜。她盯着那抹淡淡光华，轻声与他商量："我寻个机会送你去宁州怎么样？你待在临安，心里其实并不快活对吗？"

小皇帝对他的猜忌日渐加深，他虽名义上为太傅，手中却无半点实权。现在没人敢动他，是因为忌惮他在宁州还有不小的势力，可等到日后萧钰有足够君权，将宁州军彻底清洗一遍，他的下场又会如何呢？

他清楚薛蓥在担心什么，但还是满不在意地笑了一笑："阿蓥，陛下不会让我回去的。"

除非北蛍再度南下破城，宁州告急，可是有穆峥在，这样的情况不会再出现。

他清楚自己回不去宁州了，从他把她从棺椁中抱出来的那一刻起，上苍终于肯怜悯他一回。尽管命运为他所指的是一条遍布风雪荆棘的不归路，但他还是义无反顾走了下去，并甘之如饴。

薛蓥的困意浮上来，嘱托他道："你早些走，免得让人瞧见了。"

他习惯了她的逐客令，趁她还未完全入睡，掐着她的细腰，便将方才的事重新做了一遍。到后半夜，她叫苦不迭，攀着他的肩，抓了好几道血痕才稍觉解气。

翌日醒来，枕畔无人，昨夜种种不过幻梦一场。

又过两日，薛蓉与郑太妃一道下山回宫。马车将将行到朱雀长街，被一名骑枣红骏马的小吏抢了道。驾车的小黄门拦下马，正要与那小吏理论，薛蓉拂起车帘，淡淡扫了一眼，见那小吏做驿使打扮，便对小黄门道："让这位大人先行吧！这模样，兴许是有急事要入宫。"

小吏不知她的身份，拱手作揖道："多谢夫人体谅。"

薛蓉微笑着颔首致意，放下车帘。郑太妃目睹了方才一切，小声与她说道："看样子像是赶了很远的路进京，不晓得是什么紧要的事情。"

"青州近来闹匪患，大概南地又出什么事了吧！"薛蓉道。

第十一章
决裂

1.

回到宫中才知，宁州那边传来密信，北蚩王庭内乱，掌权不过两年的北蚩王赫连褚死于部下兵变，左贤王平乱以后，立其幼子为新王。

北蚩王庭改立稚子为新君，这对大端来说并不算好事，左贤王此人对外主张强硬，屡次在边塞挑起战事。两年前他的女婿呼延赫死于宁州城外，那以后他与大端更是结下了血仇，多次劝说赫连褚再度挥兵南下。可自从上次一战惨败，赫连褚心有后怕，不肯再听左贤王的谏言，两人从此生出罅隙。

于是，北蚩王庭兵变，赫连褚死于乱刀之下，他年仅两岁的长子赫连离被左贤王抱在怀中，送入金帐，坐上了他原先的位置。

新君是个懵懂稚童，如此一来，北蚩王庭听凭左贤王做主。

小皇帝御笔亲书回信，严令宁州刺史穆峥加强戒备，时刻提防北蚩的任何风吹草动。

过了月余，宁州一切如常，穆峥不敢松懈。塞外北风刮过来，宁州落下大雪，栩水河面上结了厚厚一层冰凌，百姓和牲畜的饮水全靠城里的温泉井。

寅时初，穆峥结束今夜巡守，回到兵营休憩，掀开门帘，屋内立着一个女子。

烛火映照在她身上，为她如玉的脸庞添上一层柔和光辉。他不敢打破这份静谧，站在门口，遥遥望着她。

秋辞冲他笑了笑："外头多冷啊，快进来。"

她是个还未许婚的年轻姑娘，深夜孤男寡女共处一室，传出去了，对她总是不好的。穆峥足下分毫未动，定定道："你突然来兵营，是有什么事吗？我站在这里听你说。"

"你不冷呀！"秋辞睨他一眼，嗔笑道，"你再不把门帘放下，我可要冻死了。"

外头寒风呼啸，透过门帘罅隙吹进来。秋辞鼻尖泛了一抹微微的红，更显玲珑生动。

穆峥忙不迭放下门帘，屋子里烧着炭盆取暖，他盔甲上挂着的冰霜慢慢融成水，滴了下来。

秋辞走过来，踮起脚尖，替他摘了头盔。从前她也经常帮他做这样的事，可自从穆峥知道她的心事后，便不肯让她帮忙了。

他应该像以往那样躲过去的，可这一回，他嗅到萦绕在她身上的清冷梅香，鬼使神差地，竟忘记了要抗拒。

秋辞顺理成章替他解下披风，除去甲胄。直到她塞过来一个汤婆子让他捧着，他才真正回过神，想起来她有正事要和自己说，可此时他那白净的脸皮已经羞得通红，想掩盖也没有办法了。

见他面露窘色，秋辞忍不住掩唇轻笑。穆峥愈加难为情，低声道："以后你有什么事，让小伍代传就行，让人瞧见了不像话。"

"穆将军你这么忙，小伍就算来十次，也不一定能找着你一回。"秋辞将他的披风挂在衣架子上，挪到炭盆旁边烘烤，"我来找你是想和你说件古怪事。"

昨日城西一户义庄报官，庄子里几名长工接连殒命，死者皆是在夜半时分被发现的，口鼻充盈呕吐物，与疫病症状相仿。仵作尚未验出具体原因，外头却越传越离谱，说成了死去将士的冤魂前来索命，闹得人心惶惶。

宁州近来气氛剑拔弩张，穆峥这些天都在兵营，无暇顾及其他，竟不知城西出了这等诡异事。

翌日，城东又传来消息，负责守城楼的兵士出现了相同症状，无故倒地呕吐，幸亏送医及时，救回来大半。

这症状虽像时疫，但着实来得蹊跷。城中接连有人病倒死去，郎中们忙得脚不沾地，连宁州兵营都有不少将士未能幸免。

病倒的兵士越来越多，军营划出一片营帐专门用来隔离。好在穆峥底子硬朗，未受时疫侵染。他当即写信给临安，言明宁州暴发冬疫，将士折损十之三四，为防北蚩有所动作，请求从临近州府调兵增援。

密信送出当夜，他照常去巡营，路过一口水井时，远远觑见有人弯腰伏在井边，似乎在往里投什么东西。

他挥手制止亲卫，不动声色从背后包抄，将人当场擒住。点亮火把举近一照，那人竟是军营的一名伙头兵。

被穆峥制住时，他手里还握着一只瓷瓶，里头残留了点褐色粉末。穆峥劈手夺过瓷瓶，还未开口审他，却见西北方向亮起一片火光，是北城楼点燃了烽燧。

“原来我宁州兵营也会出细作。”他将瓷瓶交给亲卫，面色阴沉狠厉，“带下去细审，别弄死就行。”

城楼点烽燧，是侦察到外敌的信号。他握紧手中佩刀，迎着风雪，大步流星往北面而去。

熙和三年冬月，宁州暴发时疫，百姓遭难，军士亦未能幸免。未几，北蚩十万精锐骑兵南下，夜叩宁州城门。

战报传回临安，薛萦深夜披衣起身，赶往紫宸殿。

紫宸殿点了数盏宫灯，通明如白昼。萧钰坐在案桌后，仅着单薄中衣，将那封战报又读了一遍，神色越发凝重。

“陛下召集朝臣进宫了吗？”薛萦接过宫人呈上来的披风为她盖上，往她手里递了个暖炉。

萧钰腾出一只手揉按着眉心，轻轻道：“兵、户、工三部尚书，中书省、尚书台等相干朝臣都召集了。姚相公不便冒雪夜行，朕派了小黄门出宫去相府通传消息。”

薛萦提醒她道：“陛下似乎还忘了一人。”

萧钰拢了拢披风，低头不语，她知道养母要提到那个名字。其实她是故意疏漏秦荀的，从他手里收走所有兵权实为不易，她不想再让秦荀掺和进去。

宁州刺史穆峥是他举荐的，同样战功赫赫，必定能不负重托，再不济，相邻的蓟州和雍州还屯有重兵……

她准备好接受养母的训斥，但她并不打算更改自己的心意，至少目前不会。

养母晓得眼下难以劝动她，只轻轻叹了一声，对她说道："阿钰，这个时候，你不应该任性。"

又两日，宁州传回急报，称查明城中疫病实乃北蛮细作投毒所致，郎中加紧研制出解毒的药方，渐有起效。

蓟州和雍州的援军已开拔，不日将赶到宁州。塞外正是寒冬，更何况还有穆峥掌兵，北蛮十万骑兵在朝廷军面前并非战无不胜，想到此，萧钰悬着的一颗心终于稍稍放回肚子里。

但接下来的局势便由不得她掌控了，北蛮在宁州安插了数年的细作陆续被拔除，却仍有漏网之鱼凭借易容术潜入兵营，试图行刺穆峥。

穆峥发现及时，与他们缠斗一番，只身将三人擒住，交给赶来的亲卫。那三人近乎只剩半口气，他亦挂了点伤，左腿被马刀拉开了一道小小口子。大夫为他包扎时发现刀口抹了毒，他当即饮了解毒药汤，可那毒十分厉害，至次日凌晨，他整条左腿青紫，完全失去了知觉。

而那时，北蛮增兵七万，由左贤王亲率，越过栩水河向宁州奔来。

萧钰读完加急传回的战报，双手禁不住发颤，她意识到自己太过低估左贤王的复仇决心。为图宁州，他不惜花数年时间布下棋子渗入宁州城，待时机一到，命细作在温泉井下毒造成时疫肆虐的假象，派死士潜入兵营行刺大端主帅，甚至在败走塞外两年以后，他再度亲自率军南下攻城。

她做了一件极大的错事，因为她的一己私心，那十五万宁州军与宁州的满城百姓很有可能会成为北蛮弯刀下的亡魂。

萧钰掷下战报，连披风也来不及穿上，疾步往殿外行去。

小皇帝看起来心情不善，于泓连忙跟上前，小心翼翼询问道："夜已深了，陛下是要去哪里？臣去传轿子。"

萧钰想起外头正落雪，定住心绪，吩咐于泓道："摆驾长秋殿。"如果她去长秋殿认错请罪，娘娘一定会帮她的。

殿门开启，携卷风雪拂面吹来。石阶下立着一人，他身着紫色官袍，只身屹立于漫天风雪之中，如松柏般挺拔苍劲。

他屈膝跪地，向萧钰行礼："臣秦荀，有要事请奏。"

萧钰最终没有去长秋殿，见到秦荀那瞬，她已然明白养母的心意。宫门落钥，她未下令召见任何朝臣，唯一的解释便是养母替她做主召了秦荀入宫。

现下，的确也只有他才能尽快解开困局，他与北蛮交战多年，熟悉对手的弱点，天底下没有谁比他更适合担任宁州军主帅。

萧钰写了任命诏书，命他在宫中留宿一夜，明日清早携天子亲诏赶往宁州。

直到他谢过恩，起身将要离殿，萧钰终究问出心底的困惑："太傅两次主动请缨奔赴战场，所求为何？"

熙和元年，宁州告急，满朝文武大臣为是战还是和的问题争论不休。新帝初登大宝，无法给出决断，同样是他站出来主动请缨，定了军心，重挫北蛮骑兵，至此两年里北地再无战事。

她这样一问，令秦荀想起许多事来，满城的百姓，他一手操练出来的宁州军，穆峥和秋辞……可他最终想起的，还是元宁二年于宁州城楼得遇先帝时的那一番谈话。

他从前尘中惊醒，望着那孩子肖似故人的眼睛，一字一字道："臣年幼时启蒙读书，外祖曾教过一句诗，及至多年后，臣才明白那句诗。"

"报君黄金台上意，提携玉龙为君死。"

先帝予他机会，而他将用余下一生践行诺言。

他提着防风灯笼，只身去了凝晖阁，依然是东侧最里面的那间厢房。推开门时，寒风刮进来，室内的灯火暗了一瞬。

薛萦坐在灯下，起身朝他走来，她抬手掸去他满身落雪，温声道："陛下同意了吗？"

他神色平静，答案是显而易见的。

秦荀解开领口的盘扣，将外袍脱下："我明早就得出发，宁州在打仗，又是寒冬，我不便将叔父带着一起去，烦请你照顾他一段时日。"

这件事，即使他不提，薛萦也会去做的，她点了点头，又问："陛下还说了什么吗？”

秦荀的手微微一滞，道：“陛下似乎想问其他的事。”

“阿钰已经在怀疑了，不过，她心里还没定论。”薛蘩接过他递来的外袍，轻轻道，“这件事终究是瞒不住的，若寻到合适时机，我自会向她说明。”

秦荀看着她：“什么样的时机是合适时机？”

“等你打赢了仗再说。”薛蘩笑着，递去一块软布，“雪水全化了，快把头发擦干，当心着凉。”

秦荀攥住她的腕子，将她带到自己怀里，细细打量她温婉的眉眼。

“你晚点儿再回去。”他吻了吻她的耳垂，声音带着蛊惑人心的意味。

薛蘩双手推开他，下意识抗拒：“明早你还要赶路，还是待在凝晖阁好好歇息。”

“臣马上要去宁州了，此行生死未卜，娘娘当真不打算留下半宿吗？”他弯了弯唇角，勾起一抹玩味的笑，“还是娘娘想让臣送您回长秋殿？”

还未容她推辞，炙热的吻落在她的朱唇，他灵巧地撬开她的牙关，蛮横地攻城略地，而后，一切顺理成章。

灯烛燃尽，她方得片刻喘息，拾起小衣，却被秦荀夺去。

薛蘩抱着被衾，狐疑地盯着他。他笑了笑，道：“若陛下问起你我之事，你打算怎么说？”

她垂下眸，轻轻笑了起来：“自然是把所有的错都推到你身上，把我自己摘个干净。”说罢，起身穿衣下床，未有迟疑。

秦荀却将她拦腰抱过来，他的胸膛紧贴她瘦削的背，隔着薄薄的衣料，她甚至能清晰感受到他胸口纵横交错的那一道道旧伤。

“你是不是又骗我了？”

“我真的该走了。”她低声道，“我这么厌恶你，怎么可能会帮你呢？”

“我希望如此，不管任何时候，你都要先保护好你自己。”秦荀抚了抚缠在她腕子上的玉坠，松开手放她离去。

出了屋子，绛珠在等着，不多时，小黄门将轿子抬过来，她复又回眸望了那间屋子一眼，到底还是没将藏在袖子里的平安符送出去。

人离开后，天地间趋于寂静，只闻簌簌落雪声。

须臾，长廊下现出两抹身影。萧钰脸色极差，如覆冰霜。见状，于泓也不敢劝，只低声道："陛下要进去见见秦太傅吗？"

她追到凝晖阁来，是想询问秦荀一些事，关于祖母的死，关于他们之间不清不楚的关系。她隐忍不发，一直在等养母主动提起，也在等秦荀开口认罪，却没想到刚好撞见养母从他的屋子里出来。

"不必去了。"萧钰冷冷道，"今夜的事你敢说出去半个字，就等着凌迟处死。"

于泓忙跪地求饶："臣是太皇太后调拨给陛下的，对陛下忠心不二，绝不敢忤逆陛下的意思。"

她扬起脸，望着沉沉夜色，漫天大雪，眼角凝着一颗摇摇欲坠的泪。

秦荀进入宁州城时，朝廷军刚击退北蛮的一波进攻。他径直去了主将营帐，穆峥正与冀、雍两州的将军商议军务，见他掀开帐子走进来，所有人俱是吃了一惊。

那两位将军率先给他行军礼，穆峥亦要屈膝下跪，却被秦荀搀住。他淡淡瞥了一眼沙盘，道："你的左腿还未恢复，不必了。"

他携天子诏书而来，军中上下仿佛吃了颗定心丸。穆峥将主帅的位置交出，抵达宁州当日，秦荀便携一支轻骑去城外刺探了敌情。

回到营地已是子时初，他想起穆峥体内余毒未清，遂往他的营帐去了，还未进到里头，只见一个士卒端着盆水走出来。

那士卒身量矮小，面皮生得白净细嫩，细一看，竟是做了男儿装扮的秋辞。

秦荀跟拧鸡崽儿似的把秋辞提了进去，勃然怒道："大战在即，竟敢违反军规，私藏无关人等，你这条命还要不要了？"

见他带着秋辞进来，穆峥容色大惊，支撑着下地，向他求情："属下糊涂了，求将军责罚属下一人。"

"穆峥，你胡说什么！"秋辞挣不开桎梏，瞪了他一眼，又抬头望着秦荀道，"兄长，是我非要来的。你晓得我的性子，胡搅蛮缠起来，穆峥没办法拒绝我。"

确实是她自己主动过来的，听说穆峥左腿失去了知觉，她担忧得不行，总觉得自己应该为他做些什么，就当是……就当是看在一起长大的情分上。

于是她央求小伍带她混入军营，威逼穆峥留下她。起初他不肯答允，她骗他说，宁州要打仗了，父兄都不在她身边，她很害怕，唯一认识的只有他。

她言辞恳切，当着他的面掉泪，穆峥便不好再撵她走。她晓得穆峥拒绝不了自己，从小到大一向如此。

这两个人争着将错揽到自己身上，搅得秦荀不想再去细究是谁的错。他松开秋辞的衣领，道："天亮后我送你回秦家。"

秋辞将穆峥搀扶起来，笃定地道："我不走。"

言罢，秦荀的眼波冷冷扫过来，吓得她噤若寒蝉，不敢再抗争了。

天色蒙蒙亮时，秦荀带她离开兵营，未教其他人发觉。出了营地，却一路往西北方向行去，约莫过了半个时辰，才在一片覆雪的山坡前勒住骏马。

秦荀翻身下马，将她抱了下来，说道："我去看望故人，你若不想同去，就在这里看着这两匹马。"

秋辞问他："兄长是去看望秦老先生和夫人吗？"

他没有回答，走在齐膝深的雪地里，只身往南坡去了。

南坡是一望无垠的雪原，雪地里孤零零立着两座坟茔，一大一小紧挨着，未设墓碑，未见后人祭扫过的痕迹，是他外祖和母亲的长眠之地。

他跪在外祖的坟茔前，从怀里摸出用油纸包好的香烛、纸钱，手哆嗦着，火折子怎么也点燃不了，试过几次，皆是徒劳。

最后是秋辞赶到，将他手里的东西拿过去，点好了香烛和纸钱。

寒风乍起，将余烬刮得满天都是。他小心翼翼护着那三支香烛，说了一句："等到来年开春，烦请你帮忙立两块石碑。"

死后不立碑，不设祭，是外祖的遗训。爱女自尽后，他把她葬在南坡，从这里恰好可以望见宁州城的全貌，十数年后，他亦葬在此处。

秋辞轻轻道："兄长，等到明年春天，我和你一起过来，还有穆峥，我们陪你一起来。"

秦荀静默良久，只说了一个字："好。"

秋辞将余下的香烛、纸钱拿到另一座坟茔前点燃。他没有跟过去，望着那座小小的坟，仿佛又回到那一年那一天，朝廷军终于击退了北蚩的进攻，宁州城里到处都在庆祝这场来之不易的胜利，母亲将自己抱在膝上，温柔地说："阿荀以后要乖乖听外祖父的话，做个对朝廷有用的人。"

他举起手里的木头刀剑，得意扬扬道："阿娘，我以后也要做个上阵杀敌的将军，我要把北蚩人都赶得远远的，让他们再也不敢来践踏大端的国土。"

母亲沉默了良久，笑起来时，眼底带着泪，她什么也没有说。

当夜，她就在阁楼里自焚了，外祖父一夜白头。从那以后，他似乎再没有见过那些百姓登门唾骂，外出时，也不会有人继续对他流露出鄙夷之色。

母亲以死抵罪，宁州的百姓们选择了原谅她。

后来他知道了自己与旁人的不同，宁州城所有人都生着黑色眼睛，唯有他的眼瞳是淡琉璃色，这在中原人身上实属罕见。

再之后，他听说了当年传闻，愤怒地跑去松柏堂质问外祖父，问他为什么要允许母亲将自己生下来，成为她此生无法磨灭的耻辱印记。

冬日的暖阳穿过庭院，照着外祖父满头的华发，与皑皑白雪一样刺目。外祖父抬手轻拍他那并不结实的小身板，安抚了他的愤怒与戾气，告诉他："阿荀，因为你是她的骨血。"

他无从探究母亲对于欺骗过她的那个男子是否还有情意，但他知道，母亲是爱他的。生下他后，她又背负骂名苟活了四年，才将他交给外祖父代为抚育。

母亲生前最大的遗憾就是无缘见证北蚩覆灭。二十四年后狼烟又起，他主动请缨上疆场，为了这片故土与满城百姓，为了他一手锻造的宁州军，为了偿还当年的知遇之恩。

同样，为了含恨而终的母亲与外祖父。

2.

熙和三年冬，宁州一役实属惨烈。北蚩两度增兵，举全国之力，先后派出三十万大军，抱着玉碎的决心而来，立下血誓不破宁州绝不还。

不久，北地又逢暴雪，行军极为困难，各州增调的兵马被困途中。宁州的守城将士死伤无数，城里百姓自发组织起来，捐赠冬衣、棉被给将士们，将家中尚未成年的男丁送上战场。

所有人都明白，一旦城破，北蛮骑兵的弯刀过境之处，绝无生还机会。

秦荀率军死守宁州北城楼，击退北蛮一波又一波的进攻，硬生生拖了三十来天，终于等到第一支援军从南面进城。

及至那时，才真正有了转机。秦荀终于率宁州军出城主动迎击，佯装溃败，将北蛮左翼军诱至埋伏处，歼敌大半。

宁州第一封捷报传回临安那天，正逢除夕。

因太皇太后薨逝不久，宁州又在打仗，宫中未设宴，甚是清冷。唯有长廊下挂着的大红宫灯，零星透露出一点过节的喜气。

绛珠进到内殿时，薛蓁在灯下抄佛经。她写的簪花小楷，字体娟秀柔美，看起来赏心悦目。绛珠不忍打扰，静静立在屏风后，直到薛蓁抄完那页，才发觉她来了多时。

她搁下狼毫笔，问道："如何了？"

绛珠上前，压低声音与她说："奴婢将东西送去秦府了，淳于先生一切都好，只是腿脚疼得厉害。大夫说是常年受寒落下的老毛病，也没有别的办法，吃药调理着看看。"

薛蓁想了想，说："下次给他带东西，烦请替我捎句话，要他务必注意身体，等过些时日，我再去看他。"

"夜深了，娘娘早些安寝，灯下看东西伤眼睛。"绛珠替她将笔墨纸砚收好，又道，"娘娘，淳于先生方才交代，说娘娘身份特殊，心意他已收下，不必再派人去秦府了。"

"我知晓了。"她望向绛珠，笑着道，"我记得你是青州人氏，双亲亡故，但还有个妹妹，不知许了人家否，你想出宫与她团聚吗？"

"奴婢的妹妹前年许了人家，妹婿是隔壁镇的塾师，为人儒雅谦和。"绛珠忽然警觉起来，狐疑地道，"娘娘是想赶走奴婢吗？"

薛蓁说："我已经把你拖成老姑娘了，再拖下去，你难道想与我一样，一辈子耗死在宫里不成？"她是元宁三年入宫的，至如今将近十载，余生光景，一眼望得到头。

绛珠摇头："奴婢哪里也不想去，只想在长秋殿陪着娘娘您。"

"傻姑娘。"薛蓁叹道，"多谢你肯陪我。"

可她不会再留绛珠了，宫外有春日的依依杨柳，有轻柔拂面的风，有蝉鸣，有形形色色的男子。她理应去度过无拘无束的一生，而不是与她一样，被拘在连绵不尽的红墙与殿宇之中，耗尽余生岁月。

她想，至多等到上元节，她就把绛珠送出宫去。再晚的话，宁州那边又要传回捷报，到那时她差不多要与萧钰开诚布公坦白一切，大抵是来不及了的。

熙和四年正月初一，三品以上的朝臣与命妇入宫朝拜，谢怀虚亦在其列。

他此行进宫，不仅要与同僚谒见天子，还要去一趟长秋殿，将数月前所查的事详细禀给当今太后。

出了紫宸殿，便有面熟的小黄门在等候他，迎上前，将他引去了长秋殿。他事先尚未来得及知会薛蓁，可她似乎早有准备，不免令他疑惑起来。

她身为太后，按照规矩，私下里是不能直接面见外臣的，于是谢怀虚屈膝跪在山水苏绣屏风面前，向她呈禀自己的查案经过。

老丁从大理寺辞去差事的第三日就启程去了南地，他祖籍是随州人，三十来年前为了讨生活来的临安。可惜他命不好，得了个天生跛脚的长子，发妻也因操劳过度，早早撒手人寰，从此只剩他和长子相依为命。

据街坊说，老丁离开城西桂花巷那天很是高兴。他租了一辆马车，将全部家当都带上了，还说自己幸遇贵人，得了一笔捐赠的银钱，今后要带着儿子去随州生活，那里的冬天比临安要暖和许多。

老丁是在进入随州地界渡河时失去的音讯。过了半月，据知情人回报，随州不久前沉了一艘小船，满仓船客无人幸存，老丁与他的儿子刚好就坐在那艘船上。

他复又回到桂花巷，寻遍街坊，终于有一位老叟愿意吐露实情，告诉他自己夜起时曾瞧见老丁的庐舍来了贵客，门口停着一辆马车，车前挂着两个防风灯笼，看起来像是京中做官的人才能用得起的排场。

根据老叟的描述，他派人暗中在城里搜寻，最终查出，那辆马车实归吏部名下，因几日前意外失火烧毁，已经弃用了。

线索到这里就断了，事关吏部，他不敢继续查下去，只好入宫请示薛萦的意见。

沉思了一会儿，薛萦才与他说道："辛苦谢大人了，这件事暂时搁置吧！"

若吏部当真参与其中，细查下去，不知要牵扯出多少人来。她不想把谢怀虚推入危险境地，而且现下正和北蚩打仗，此时朝廷千万不能出乱子。即便她有心细查，也得等到开春后战事平定了再说。

交代完这件事，薛萦又对他说："谢大人，我想请你帮个忙。"

"正月初十那天，我会让我的女官出宫办事，烦请你去一趟玄武街，派一位可靠的仆从送她出城，一路往南去。要是她不想回青州，去别的地儿也行，总之千万不要折返。"

她身边只一个贴身女官，名唤绛珠，与他有过几面之缘，谢怀虚允下，探究地问："娘娘是要送走绛珠姑娘吗？"

薛萦垂眸，玉曜的脸庞笼着淡淡寂寥："是。"

宁州传来的第二封捷报比预料中提前了整整七日。左贤王主动退兵至栩水河以北五十里地，朝廷军紧追不休，兵分三路北上，渐成包围之势。

如无意外，此次战役大端不仅胜利，还能重挫北蚩的锐气。

是萧钰派宫人将消息送到长秋殿来的，彼时薛萦正抄写经书，微微分了神，一滴浓墨从笔尖滴落，那满纸经文便做了废。

她没有心思顾及其他，问那小黄门："领兵的几位将军可还安好？"

小黄门答道："臣听闻几位将军目前皆安好，娘娘大可放心。"

她垂眸遮去眼底的担忧，搁下狼毫笔："你出去时，让绛珠进内殿值守。"

闻言，小黄门立时伏跪在地，禀道："娘娘，绛珠姑姑被陛下传唤过去了，恐怕尚不得空，可否容臣为您唤其他宫人进殿？"

那时薛萦并未细想，淡淡道："不必了。"

亥时将过，仍未见绛珠回来，薛萦意识到出事了，披上斗篷便要去紫宸殿寻人，甫下石阶，便被一拨禁军拦住。

薛萦怒斥道："放肆。"

为首之人向她行礼，解释道：“娘娘，陛下有令，天黑夜寒，请娘娘在长秋殿好生歇息。若有事，陛下会派人通知您的。”

“你们是要软禁本宫？”薛蓁冷笑，“郭绪在哪儿？本宫要见他！”

那人面露为难之色，继续劝谏她：“郭将军已被陛下召去紫宸殿。臣也是奉命行事，还请娘娘配合。”

她争执不过他们，折回长秋殿等候消息。宫人点燃烛台，映亮一张张陌生的面孔，薛蓁抓住一个小宫女的腕子：“你们是哪宫的宫人？怎么本宫从来没见过？”

那小宫女吓得瑟瑟发抖，跪在地上答道：“娘娘，奴婢名唤音笙，原是碧光阁的洒扫宫人。一刻钟前，于总管将奴婢等人派到长秋殿，奴婢实在不知发生了什么。”

薛蓁松开那小宫女的腕子，扶着圈椅的扶手缓缓坐下。萧钰悄无声息将长秋殿的宫人换了一遍，为的就是今夜主动出击。

她坐在圈椅上等了半宿，第一次觉得长秋殿的夜是这样清冷漫长，陪她一起等待的，唯有点点更漏声。

天际泛起熹微晨色，殿门訇然开启。于泓走了进来，向她行礼：“陛下请娘娘过去一趟。”

薛蓁抬眸看了他一眼：“绛珠和其他人都还活着吗？”

于泓不答话，弯腰做了个“请”的手势。她起身向殿外行去，率先映入眼中的，是一片肃杀之色，天地间尽是苍茫素雪。

还未到上早朝的点，紫宸殿里只有萧钰一人。她立在案桌后，唇边带着浅浅的讥讽的笑。

“朕想知道的，娘娘身边的宫人都说过了，但是朕始终有一个疑惑，娘娘为什么要这么做？”看着她一步步走进来，萧钰缓缓开口道，“后妃私通外臣，历朝历代都只有一个下场。”

“是我主动引诱了他。”薛蓁轻轻道，“熙和元年北蚩南下，你刚即位不久，宁州不能在那时出事。可新刺史李晋不堪重用，贻误战机，我便去央求了他。”

萧钰将双手负在身后，极力将心头怒火压制下去，哂笑道：“这么说，娘娘自甘低贱委身外臣，全是为了朕？”

“阿钰，”薛蓁央求她，“你不要伤害绛珠，也不要责怪其他宫人，他们都是听令行事。”

萧钰轻挑眉梢，神色沉了下来：“她是父皇一手栽培出来的心腹，照看朕多年，朕自然不忍心对她动刑。但她由始至终不肯开口吐露半个字，既然她不愿开口，那朕就让她永远也没办法开口说话。”

“阿钰！你做了什么？”薛蓁惊然道。

“娘娘不必忧心，朕不过是给她灌了哑药，将她逐出宫。”萧钰笑了起来，带着孩童时才会流露出的狡黠，“不过那个叫映月的宫女，为了活命，将知道的都说出来了。可惜她知道得太多，朕没办法让她活命，只好赐了鸩酒，让她走得不那么痛苦。长秋殿其他知情者，朕统统都处死了。”

一阵彻骨的寒意游走在四肢百骸，生出的冰凌几乎将她胸腔里那颗心脏刺穿。她勉力支撑住摇摇欲坠的身子，凄然一笑：“全是我的错，与他们又有什么干系呢？是我恬不知耻引诱秦荀，是我与你祖母不合，唆使秦荀将她送出宫去，今时今日一切局面，都是我的错啊！”

“你想揽下所有的错，好将他摘个干净？”萧钰眸中腾起淡淡雾气，厉声道，“你迟迟不说，就是想拖到他大破北蚩立下功勋，你想求朕看在他多年战功的分儿上，饶他一命。”

“可是娘娘，他身上流着一半北蚩人的血，朕凭什么相信他是真心为了大端？”

此言骤出，如一道惊雷，随之而来的那摞折子被她拂袖扫到地上。

薛蓁俯身拾起一本，还未细看上头的字，只听萧钰冷声道：“他生母是宁州商贾之女，当年为北蚩的细作所骗，带着那细作摸遍了宁州的城防布局，而后那细作回北蚩复命，将他生母也掳了去。半年后，北蚩王庭内乱，他生母这才有机会逃回宁州，生下了他。而那几年里宁州军屡屡战败，被北蚩轻易破城，皆是拜他生母所赐。他有叛国的母亲，朕怎么能信任他、重用他？”

“朕还知道了一件事，北蚩王族鲜少与中原人通婚，以保证血统纯正，琉璃色的眼瞳的特征能够一代代继承下去……”

原来如此，原来如此，他那双异于常人的眼瞳，从不愿提起的亡母，迷雾散去，等待她的竟然是这样的一个真相。

她合上手里的奏疏，迫使自己冷静道："陛下这些奏疏从哪儿得来的？"

"这很重要吗？"萧钰讥讽地道，"在此之前，朕从来没有想过，为朕抵御外敌的臣子觊觎朕的养母，与她行苟合之事，更没想到他会是北蚩人的私生子。"

"陛下，"薛蓁望向她，"宁州大敌当前，请陛下勿要意气用事，切不可动摇军心。"

"承蒙娘娘教诲，朕当然不会在眼下动他。"萧钰漠然道，"朕也很好奇，如果北蚩王庭知道大端领兵的主帅身上流着一半他们的血脉，会是怎样的反应。只要他打赢这场仗，愿意回临安接受幽禁，朕可以饶他一命。"

"陛下！"薛蓁还想继续劝谏，却被她挥手打断。她轻扣桌案，候在殿外的内侍端着一物走进来。

是一块雪白的皮毛，尚带着点点血肉残余。

"这畜生养在长秋殿大半年有余，娘娘果真藏得极好，没有教外人发觉，可惜娘娘身边的宫人主动招供出来了。"萧钰盯着她的神情，含笑说道，"这畜生浑身一根杂色毛也没有，实属罕见。正是乍暖还寒时，长秋殿少不了御寒之物，朕便替娘娘做主，将它剥了皮送给娘娘。"

她知道了苍牙的所在，定然派兵将秦府围了起来，拿他的叔父作为人质。

内侍将狼皮送到薛蓁手上。她看着它，脸庞滑落一行泪，强忍着喉间剧烈的呕吐感，屈膝向萧钰深深跪了下去："罪妇薛氏还有一事恳请陛下，求陛下勿要再将无关人等牵扯进来。"

他这辈子，不惜命，不惜身外之物，只在意他的家人，如果用淳于意相要挟，逼迫太过，也许只会适得其反。

萧钰尚不明白这个道理，但她清楚，她不能看着萧钰一步步将他逼上绝路。

可萧钰已经听不进去了，只冷声命令内侍将她架起送走，连带那块狼皮一起。

从那天开始，薛蓁病倒，小皇帝下令将养母幽禁在长秋殿。但她整宿整宿高热不退，负责照看她的小宫女音笙怕出事，说要告给禁军，请他们代为通报陛下。

她烧得厉害，迷迷糊糊听到一些，及时将音笙唤住，写了张药方，给了她两支金簪，让她托人捎去太医院，按照方子抓点药材回来。

药材没带回来，倒是章晗亲自过来了。

薛蓁屏退宫人，将腕子伸过去让他切脉，见他神色大变，捋了捋花白的胡须，几度欲言又止。

她笑了笑，道："章太医不必惊诧，有什么不妨直言。"

关于太后被幽禁的缘由，章晗隐有耳闻，劝说她道："娘娘，陛下现在尚在气头上，兴许过两个月气消，想明白了，便会撤去长秋殿的禁足令。这孽障总归是留不得的。"

她将手放在小腹的位置，柔声道："可如果我决心要往这条路上走呢？"

章晗惊慌地向她磕头，薛蓁将他搀扶起来，道："我没有想到章太医您会过来，陛下现在盯得严，往后您不要再来了，免得陛下迁怒。"

她年少时读古籍，曾见过各种稀奇古怪的方子，其中有一副可用来遮掩女子怀孕的脉象。她觉得新奇，故留心多看了一眼，哪承想，十数年后当真派上用场。

凑巧的是，章晗也知晓此方，瞧出端倪，以请脉为由，来长秋殿向她进言。

章晗走时，留了两颗蜡丸给她，说剥开后用温水送服，一切烦恼可解。她将它们收在妆奁里，没有再动过。

又过十数日，终于想法子凑齐了所需的药材，音笙欢喜地将药煎好端进去。只见薛太后立在窗前看雪，眸中是一眼望不到底的清冷寂寥。

她并不清楚具体发生了什么，只觉得同情她。宫里被厌弃的女子大多挣不到好下场，更何况她没有自己的亲生骨肉，像一株浮萍，无依无靠的。

于是她轻声唤道："娘娘，药煎好了，奴婢给您放在桌上。"

"多谢。"薛蓁转过脸，看着这个十五六岁的女孩子，问她，"外头情形如何了？”

音笙听出她问的是宁州的事，可小皇帝严令禁止将半点消息透露到长秋殿。她不答话，薛萦便知道是怎么一回事了，让她退了出去。

萧钰不愿过来见她，长秋殿如一座无形的囚笼，将她彻彻底底困在了这里。

又过了大半月，不消主动打听，消息也传了进来。

朝廷军深入塞外，直捣龙庭，俘获北蛩王族将近百人，而左贤王殊死抵抗，将年幼的北蛩王送了出去，由死士护送着前往西北的疏夜部。疏夜与北蛩祖上有过多次通婚，同样与大端不睦，遂接受了左贤王将小北蛩王送来避难的请求。

因行军多日，粮草辎重即将耗尽，又遇大雪阻塞，朝廷军最终没有继续追踪，收兵回了栩水河以北驻守。

此次大捷，出乎所有人的意料，而秦荀的名声在北地愈加煊赫。

天子派来的使者不过五日就抵达宁州，拜见了秦荀等将领，将俘虏押回京。再之后，天子的案桌上出现了第一本弹劾奏疏，指摘秦荀身为将领看守俘虏失职，放任左贤王死在押送回宁州的途中。

对此，秦荀在发往临安的战报中再一次解释，称左贤王被擒时身负重伤，于途中病殁，依照胡人的礼仪，他将尸身就地焚了，其余几位将军皆可做证。

即便如此，攻讦他的奏疏只增不减，风波越演越烈，最终连他的身世也被披露，天下哗然。

不仅如此，民间更是传言，北蛩的新君能顺利逃亡疏夜部落，实乃他故意为之。

事情发展着实超出了萧钰的预期，她并没有打算这么快公开，至少得等到秦荀交了宁州的兵权再提出此事。他手里现有二十五万朝廷军，一旦兵变，北地岌岌可危。

这些事忽然揭开，像是有一只无形的手推波助澜，势要搅乱朝局。

北地尚未传出风声，小皇帝下令禁止再议论这些事，奈何堵不住天下悠悠众口。萧钰一筹莫展之际，看守长秋殿的禁军来报，说薛太后请求面圣。

她主动去了长秋殿，与以往许多次一样，养母并没有斥责她，只轻声问道："阿钰，是谁帮你搜集他的身世，告诉你用这个法子对付他？"

萧钰沉默不言，她亦不勉强，沉声道："午后我出宫去趟秦府。"

她用的并非商量语气，萧钰清楚，这或许是挽回局面的唯一法子。

雪霁天晴，秦府由金吾卫重重把守。薛萦携天子手谕前来，金吾卫不敢阻拦，将她引去花厅等候。

不多时，一位须发尽白的老翁拄鸠杖走出。距离上一次与淳于意相见已过去两年，他看起来苍老了许多，比不得从前。

薛萦朝他盈盈一拜，淳于意忙道："娘娘，草民受不得这等大礼。"

眼看淳于意要向自己跪地行礼，薛萦使了个眼色，让随侍的小黄门将他搀起，扶到太师椅上坐着。

"我此次前来拜见先生，是有要事相求。"薛萦低低道，"宁州的情况想必您也知晓了，陛下年少莽撞，放任朝臣结党倾轧，酿成大错。我身为养母管束无方，实在无颜来见先生。但求先生劝说他一回，切莫让他举兵。"

淳于意双手扶杖，唇边衔一丝浅笑："飞鸟尽，良弓藏，狡兔死，走狗烹，难道真正只是那些朝臣蓄意刁难吗？"

寒风穿堂而过，气氛霎时冷凝，薛萦颔首不语，她无从辩解。

终于，淳于意又道："我会写一封亲笔信交给娘娘，请娘娘托可靠的人转交给他。娘娘不必致谢，我这样做，不为天下百姓，也不为任何人，只是不想见他落得个万世骂名的下场。"

"还有一件事，我想知道娘娘是怎么想的。"淳于意看着她，"娘娘在意他身上的北蛮血统吗？是否也像其他人一样怀疑过他？"

在意吗？起初看到那封奏疏，震惊之余，的确掺杂一丝介怀，可之后她被幽禁长秋殿，午夜梦醒时，总会担忧起他来，他是不是又受了伤，此刻是不是枕着风霜眠在雪地里，与万千将士一起忍饥受寒……

"不瞒先生，我曾经介意过。"她笑了起来，眸中带着温柔和善的光，"可就算他真的是北蛮人又能如何呢？他宣德二十三年投军，至今十三载，从未有一刻背叛过宁州，背叛过身后的大端百姓。我相信他并非奸邪之人，即便他之前不愿公开身世，也一定是有他的苦衷。"

那女子的盈盈笑靥，教淳于意想起另一人，尘封多年的记忆穿越漫漫时光，瞬息将他吞没。直至那刻，他终于明白为什么阿荀要喜欢上这个对他来说遥不可及的女子。

他撑着鸠杖，慢慢站起来："我稍后会在信中劝他，如果他执意出兵，那么恳请娘娘准许我这把老骨头去一趟宁州，将他劝回。"

"但我还有一个条件。"他补充道，"我要你起誓，保他不死。"

在淳于意的注目下，她郑重道："我答应您，只要他肯放下兵戎，我必定保全他的性命。若我违背此诺，愿生生世世永坠炼狱，日夜遭受烈焰噬骨之痛。"

当日黄昏，她携淳于意的亲笔信回到宫中，交给了萧钰。

萧钰派遣使者连夜送信出城，就算是驿使不眠不休赶路，至快也要四五日才能到宁州，她不敢猜想这几日内是否还会发生新的变故。天子亲笔所拟的密诏已经发往南地各州了，一旦宁州兵变，各州刺史将立即响应勤王。

北地常年受外敌滋扰，素有屯重兵的习惯，士卒大多骁勇善战。而南地一向太平，最精锐的青州军这些年也只是在剿匪。

薛萦看出她的担心，柔声道："阿钰，四年前凌王举兵谋逆，勾连禁卫军叛变，一夕之间，临安血流成河，那样的场景你难道还想再经历一遍？不论最后输赢，死伤的都是我大端子民。"

"娘娘。"她艰难开口，带着掩饰不住的惊慌无措，"我差不多将他逼上绝路，已经回不了头了。"

"只要你不拿他叔父做要挟，兴许还有机会挽回的。"薛萦将她牵到身边，取出绢子揩去她脸上的泪珠，"你告诉我，是谁教你拿这个法子对付他的？"

"陛下，娘娘。"于泓忽然入殿通传，"紫宸殿的近侍过来请奏，宋相公等人还在紫宸殿候着，陛下今夜是否要让诸位大人留宿宫中。"

萧钰将手抽出，定了定心神，道："不必了，朕过去看看。"

她这一走，便再没有回来。

深夜时分，东北方向亮起一道火光，火势越来越大，几乎照亮大半个夜空。

薛蓁夜不能寐，支开窗透气，便见到那样的景象，她问音笙：“你去打听一下，宫外可是出了什么事。”

半刻钟后，音笙回来禀道，说城东一处街坊走水，因发现得晚，火势已经蔓延开了。

秦府的方向恰巧在临安城东，她从床头抽屉里取出一物，疾步往外行去，音笙急忙道：“娘娘，您慢些走，仔细脚下。”

见她步下石阶，禁军第一反应就是阻拦。她取出藏在袖中的匕首，横在颈部，冷冷道：“若本宫出了差池，陛下必定问罪，有谁不惜命的，尽管来试上一试。”

她下手极狠，粉颈立时浮出一道血线。禁军不敢再加劝阻，放任她往紫宸殿的方向去了。不多时，脚踝传来一阵痛楚，她跌坐在雪地里，手中匕首铮然跌落。

音笙追上来，为她系上披风，觑见她神色痛楚，紧张地问：“娘娘，您怎么了？”

她抓住音笙的手，想要支撑着站起，试了几次皆是徒劳，只好无奈地告诉小丫头：“兴许是崴到脚踝了。”

音笙带着哭音道：“娘娘您待在这儿别动，奴婢去叫人。”

第十二章
归途

1.

秦荀是在二月初九这夜挥兵南下的，探子传回密报，临安城东街坊失火，烧了一大片，毗邻的秦府亦未能幸免，整个东院焚得只剩瓦砾堆。

淳于意腿脚不便，被困在房中，等到金吾卫赶去营救时，他吸入太多毒烟，已没了意识。小皇帝亲自出宫，几乎整个太医院都去了秦府，可到底没能把人救回来。

听闻叔父丧讯，他挥退亲卫，在营帐里独坐了整整一天，等到他提枪出来，已是黄昏。

穆峥立在帐篷外，眼圈同样泛红，不知他在寒风霜雪里站了多久。

纷纷暮雪落下，他朝穆峥走过去，和许多次一样，拍了一下穆峥的肩："陪我去趟南城楼。"

两人并肩登上南城楼，远处是连绵的山，一望无垠的雪原，往南行去，攻下蓟、雍两州，就是帝都临安。

"秋辞还好吗？"他哑着声问道。

"听闻消息后就晕厥过去了，醒来后又哭了一场，现在有侍女陪着她。"穆峥说，"探子回报，小陛下正与朝臣商议将淳于先生的灵柩送回宁州，将军有何打算？"

"不必了。"他长眺远方，天地间只剩一片肃穆的白，仿佛有无数素色经幡在眼前飘扬，"他们指摘我的身份，唾骂我母亲叛国求荣，说我是反贼，我何不遂了他们的意？”

秦荀收拢五指，紧握手中长枪：“你留在宁州护着秋辞，代我转告她，叔父的仇，我一定会报。”

回看半生，他杀过许多人，操弄权术，的确算不得好人，却也曾想过周全“忠义”二字，可如今还是走上了这条不归路。

至于身后虚名，已由不得他做主了。

宁州军以摧枯拉朽之势南下，不过十余日，行至雍州紫云渡，遇到第一支从南地赶来的勤王兵马。

这支兵马以巨大的伤亡代价暂时拖住宁州军，朝廷并无多少胜算。关于南迁与否，朝臣们无法达成共识，从秦荀起兵开始争吵到现在，始终没有头绪，今夜亦是如此。

小皇帝拔剑斩断宝座上的木雕龙首，大殿倏地阒静，萧钰冷冷道：“朕不走，但不勉强诸位爱卿，若想携家眷南逃，趁叛军还没有围城，诸君请便。”

说罢，她抛下满殿朝臣，提剑而去。

音笙远远瞧见天子携剑径直向长秋殿行来，吓得双腿发软，连忙入殿通传，甫转身，却见太后立在檐下，容色沉静，似乎并不担心。

这对母子，总是让人捉摸不透。

萧钰拾级而上，朝薛蓁走去，一个小宫女忽然扑出来挡在身前，战战兢兢央求道：“陛下使不得，请陛下千万三思！”

音笙这一声哀求令萧钰如梦初醒，她将佩剑送回鞘，吩咐左右：“将她带下去。”

两个小黄门把她架起拖了出去，薛蓁笑了笑，道：“陛下是有什么交代吗？外头风大，不妨入殿来说。”

这一天总归是要到来的，三尺白绫，一杯鸩酒，抑或是一块生金。当然，如果萧钰不愿意予她这份体面，用别的方法也可以。

萧钰随她入殿，近侍却没有跟进来，这令她有些诧异。

她觑了眼萧钰腰间的佩剑，未等她出言，萧钰踉跄走到她身前，将一物放在她手中，凄然道：“娘娘，临安快要守不住了，今夜我派人送你出城，届时请你务必想法子将这方玺印交与襄王萧煦。”

“娘娘，我这个皇帝当得实在不称职，辜负了父皇的厚望。九泉之下，我会向列祖列宗谢罪的。”她撩起袍摆，朝薛萦深深跪了下去。

薛萦轻叹一声，将她扶起，含泪抚了抚她的脸颊，就像很多年前，第一次见到襁褓中的她那样。

外头骤然喧哗起来，近侍顾不得僭越，仓皇入殿禀道：“叛军已过紫云渡，攻到城外了，还请陛下与娘娘尽快出城。”

临安一旦失守被围，就再无南逃的机会，萧钰推开她，厉声道：“现在就护送太后出城。”

薛萦紧紧握着玺印，想与她作最后的道别，却被宫人簇拥着往后殿行去。回首再看时，那孩子沿着来时路一步步远去。

大势已去，既然无力挽回颓圮败局，那么她便守着这座宫城，守着她唯一的仅剩的一点尊严。

她没有再回宣政殿，而是径直去了紫宸殿，她想起交代于泓去办的那件事，唤了个近侍询问，那宫人竟说，于总管一刻钟前便不见了。

罢了，罢了，她想，大难当头，是她自己犯下的错，不必拉着他们一起陪葬。

正问宫人话时，忽然走进来一人，梁珩屈膝向她行礼：“陛下，叛军开始攻城，姚相公和几位大人在商议对策。南华门还未完全封锁，请陛下暂且移驾。”

“宋相公在吗？”她紧了紧手中佩剑，不耐地道，“召宋清河入殿。”

梁珩迟疑一瞬，才告诉她：“陛下，据臣所知，宋相公携家眷出逃了。现在殿外候着的，有姚相公、中书令张相公、大理寺卿谢大人以及六部的几位尚书大人，陛下是否要宣他们？”

“很好，很好。”萧钰扔了佩剑，“朕谁也不见，趁着还有时间，你们都走吧！”

半个时辰过后，守城的禁卫军抵挡不住，主动开城门迎叛军入城。

宫城这时才真正乱起来，马蹄声、哭喊声不绝于耳。萧钰端坐在宣政殿的宝座上，静候秦荀的到来，她知道等待自己的将会是怎样的命运。

兵士鱼贯入殿，她骤然收紧瞳孔，看着那人穿过血色火光，向自己走来。他步上丹墀，神色漠然，玄铁铠甲上点缀着斑驳血迹，宛如炼狱归来。

他用那把滴血的长剑挑起萧钰的下颌，打量她的面孔。她是个生得很清俊的孩子，五官精致秀气，如果生在寻常高门，兴许她还能做个清贵的世家公子，可惜她生在帝王家。

血迹濡染到衣襟上，她闻不得血腥味，侧过头去。秦荀收回剑，冷声吩咐部下："带下去关起来，继续查薛氏的下落。"

萧钰忽然暴起，一口咬住他的虎口，呜咽着道："你个混蛋，你这辈子也别想找到她！你别想再侮辱她！"

他下意识就要抬手劈她的后颈，想起萧钰不过是个半大的孩子，到底没忍心，揪着她的衣襟，把她提开。

萧钰挣扎得十分厉害，对他又踢又踹。秦荀耐着性子将她推搡到宝座上，捉住她那两只不安分的手捆住，忽然触到一片柔软。

他微微蹙眉，将手往萧钰胸前探去。小崽子警惕得很，复又张口咬过来，好在他躲避得快，没让她得逞。

"去找个女官过来。"他往萧钰嘴里塞了一团布，交代部下，"记得挑个嘴严的。"

一炷香过后，女官从偏殿出来复命，证实萧钰当真是女儿身。

秦荀发现事情变得有些棘手，思忖片刻，对部下道："将人送去紫宸殿，看紧点，千万别出事。"

部下领命，又说方才殿外来了个少年，约莫十五岁的年纪，请求见废帝一面，他唯恐有诈，先让兵士将人扣下了。

人带进来给秦荀瞧了一眼，正是梁珩。秦荀知晓他与萧钰交情匪浅，遂让部下将他送去紫宸殿一起关押。

殿门訇然打开，萧钰惊起，往梁柱后绕去。

兵士骂骂咧咧地把一个人推进来，复又关上殿门。萧钰躲在梁柱后，一颗心提到嗓子眼儿。

"陛下，您在吗？"梁珩往里走了走，他双脚铐着铁链，每走一步，铁链与大理石地砖摩擦，发出沉闷刺耳的响声。

朱红色梁柱后探出一个小身子，她望向他，一瞬就红了眼角。

梁珩稍稍松了口气，朝她走去。萧钰忽然扑到他怀里，险些将他撞倒。他定住身形，轻揉她的小脑袋："陛下不要怕，臣会陪着你。"

她仰起头凝视他的眉眼，不争气地流下泪，抽噎着道：“可我已经不是皇帝了，我一意孤行，听信谗言，害了那么多人。”

梁珩腾出一只手为她顺气，温声道：“就算你不是陛下，又能如何呢？你始终是我认识的阿钰。”

萧钰哭了一阵，收起愁绪，问梁珩：“你在外头可有听到娘娘的消息？”临安大乱，自己抢在秦荀破城之前将她送走了，若车程快，应该已经出京城的地界了。

梁珩摇头：“我进来时并未听到任何消息，只知秦将军派了人出城搜寻。”

翌日清早，秦荀让甲士启开殿门，将一物丢到萧钰面前。

她睁开惺忪睡眼，看清那物是一方玉刻的玺印，当下明白发生了什么，带着哭音央求道：“一切都是我的错，与她不相干，你不要杀她，也不要伤害她。”

秦荀低头看着她，冷冷道：“你当然有错，可我不会杀她，也不会杀你。”

两个时辰前，薛萦所乘的马车被遣送回来。他独坐宣政殿，思量了很久，吩咐部下将她送去清音寺。

战事未平，宫里总归是不安全的，更何况，他不知道应该与她说些什么才好。

他与小皇帝彻彻底底决裂了，她是那孩子的养母，见到今日局面，想来也会有怨怼。

宫人呈上一个木匣，四角还在渗血，萧钰收住泪，惊惧地抬眸看他。

秦荀将双手负在身后：“紫宸殿的近侍不中用，大难当头，撇下陛下独自逃命去了。不巧让臣碰见，臣割下了他的首级，送给陛下，也好给陛下出个气。”

“是于泓……”萧钰嗫嚅道，“你杀了于泓。”

秦荀笑了一笑：“这厮为了保命，把知道的全抖出来了。当初替陛下暗中搜集臣的身世，教陛下用这个法子对付臣的，应该是尚书右仆射宋清河宋大人吧？”

“可惜他早就弃陛下不顾，携家带口逃命去了。”

清音寺的南侧有一间废弃的宝殿，名唤伽南殿，薛蓁上山后便住在那处。

秦荀没有露面，薛蓁倒也沉得住气，除去听雪鉴法师诵经释法，其余时间都安分待在伽南殿。又过了三日，她才提笔给秦荀写了一封信。

去送信前，音笙半信半疑地问她："娘娘，您不要怪奴婢多嘴，现在外头都说秦将军要废了陛下，自立为帝了，他真的会看信吗？"

薛蓁淡淡一笑，柔声与她说："你且放心去，只要你将信交给外头的护卫，明日他必定会来灵虚山。"

她笃定秦荀会来，因为信中说了自己有孕一事。既然他不愿见她，那么就换她主动好了。他目前还没有提及废帝，再拖下去，只怕局势又要生变。

这夜她睡得并不安稳，一边想着要与他说些什么好，一边担忧他不愿同意自己的请求。

她将所有希望都押在自己腹中，秦荀多年未娶妻，膝下无子，她赌他至少会在意这个孩子。可即便有雪鉴法师相助，那个计划还是太冒险了，但她不得不做，毕竟这是最后也是唯一的机会。

一阵微微的凉意拂在面上，她骤然惊醒，睁开眸，却见秦荀立在床边。他擎一盏烛台，两道剑眉凝着薄霜，是深夜赶路上山所致。

秦荀抬手轻触她的脸颊，还未靠近，那修长的手堪堪止在半空中，隔着不远不近的距离，他低声问："方才吓到你了？"

薛蓁轻轻点首，觑见他右手虎口处盘踞着一道深紫色牙印，于是将他的手牵了过去细看。

"怎么又受伤了？"她起身下床寻出伤药，多问了句，"是阿钰咬的？"

秦荀沉吟不语，她就当他默认了，将伤口处理好，用药纱包扎起来。

那头缎子般的长发垂下，随着她的动作在他手心里拂来拂去。秦荀心念一动，揽着她的腰肢，将她抱了过来。

顾念她怀着身孕，他将动作放得极其轻缓，温柔地抚了抚她小腹的位置。

她怀孕四月有余，小腹微微隆起，开始显怀了，但她这些天清瘦许多，穿上衣裳后完全看不出像是有身子的妇人。

秦荀不说话，她只好借着孩子与他搭腔："你喜欢男孩儿，还是女孩儿？"

她以为秦荀会答男孩儿，他却收紧手上力道，低声呢喃："阿萦，给我生个女儿吧！"

那夜秦荀宿在了她的房里，后半夜她几乎没有睡着，睁眼望着承尘，到底不敢把藏在心里的那句话说出口。

倒是秦荀睡得极沉，天色朦胧，他起身洗漱。薛萦好不容易攒出来一点困意，听闻他要下山，立时消弭了，起身帮他整理衣裳。

她表现得这样殷勤，必定是有事求他。秦荀盯着她慵懒的面容，等她开口为萧钰求情。

许久过后，仍不见动静，他拾起大氅，淡淡道："若无事，我便先走了，过几日再来看你。"

"等一等。"她牵住他的衣袖，容色略微焦急，"有件事，我要与你说。"

"我现在怀着身孕，宫里是断断不能回去了，此处清寂，我很喜欢。可宝殿里的菩萨相都很陈旧了，如果可以的话，我想翻新一下，也好为腹中的孩子积福。"

秦荀看着她的眼眸，澄明透彻无一丝纤尘，他反问："就没有别的事了？"

薛萦颔首，想了想又道："如果你同意的话，我便让音笙请教雪鉴法师，看附近是否有合适的匠人。"

秦荀只道："这些事你交给底下人做就是，别累着自己。"

她提出想修葺宝殿，秦荀并未反对。那些木胎泥塑的玩意儿他是不相信的，难得薛萦有心思摆弄，与其拂她的兴致，不如随她去。

又过了五日，他再登灵虚山，薛萦跪在宝殿里诵经祈福，整个人又瘦了一圈，灰色道袍穿在身上，看起来空落落的。他晓得她心里记挂萧钰，这些日子定然没有休息好。

秦荀没有惊扰她，立在门边静静等着。一直到她睁开双眸，才发觉他来了多时。

她跪了小半日，双膝发麻，尝试起身未果。秦荀走过去将她扶起，她笑着道：“多谢。”

秦荀放眼打量四周，宝殿中央供奉着新的观世音塑像，两侧是八尊观音应身像，皆有两三丈高。

“你这翻新速度倒是极快。”秦荀淡淡道。

“雪鉴法师帮忙寻到了熟识的匠人，恰好他们工坊里有几尊现成的菩萨像，就先让人运上来了。”薛蓥抬眸觑了眼他的神色，小心翼翼地道，“你是不是怪我着急赶工，把你的部下累着了？”

秦荀说：“无妨，这些泥胎塑成的俗物，你莫要太信。”

薛蓥轻声问：“淳于先生的灵柩送回宁州了吗？”

秦荀点头，眸中划过一丝痛楚。她牵起他的手，放在自己小腹的位置。

“是我对不住你，我答应你要好好照顾他，却又食言。”她含泪道，“那天我去见了他，请他写信劝说你，可是当夜，城东就起火了……”

“是有人故意纵火。”秦荀冷冷道，“我查过了，城东街坊走水是宋清河指使鹰犬所为，连小陛下都被蒙在鼓里。可他趁乱逃出城，暂不知下落。”

果然是他，城东无故走水是他一手策划的，而赵瑀的死也和吏部有着千丝万缕的联系。她并不喜欢宋清河，总觉得他太过附和萧钰，不像姚宰相，会适时规劝小皇帝。事到如今方知悔恨，她竟然纵容他在眼皮子底下一点点坐大。

喉间的不适感又翻涌上来，她再也忍不住，当着秦荀的面干呕。他没有伺候过妇人怀孕，骤然紧张，将她打横抱起：“怎么了？我去喊郎中。”

薛蓥指了指蒲团，有气无力道：“你让我坐一会儿。”

秦荀慢慢把她放下，像是对待一件易碎的珍宝。她心里有个角落忽然柔软，抓过他的手，揭开药纱，见那道牙印颜色淡了许多。

“这几天我看到山下满城都亮着火光，着实不安，听闻南地几州已在集结新的兵马勤王，到那时又是一场恶战。”她覆好药纱，望着他琉璃色的眼瞳，“秦荀，你杀了宋清河，就此收手好吗？”

话说出口，她才觉自己可笑，事已至此，他除了孤注一掷往这条路上走，还有什么办法呢？若他战败，注定落得一个叛贼的名声，拉着几十万宁州军陪葬。

“你放心，我不会杀她。”秦荀道，“可大端没有出过女帝的先例，这个宝座她是坐不成了。”

他知道了这个秘密，薛萦呼吸微微一滞，如果他以这个理由废帝，改立新帝，那些宗室必定不会再支持萧钰了。

她极力定住心神，捂着心口，假意蹙眉：“屋子里的檀香味太浓了，我闻了难受得很，可否请你替我换一炉香？就用小叶紫檀木匣子里的沉水香。”

秦荀并未生疑，立起身朝那熏香炉走去，越往近走，檀香味愈加浓烈，充盈鼻息间。

还未等他启开木匣，身后骤然传来异响，他警觉地回首。

只见薛萦站起身，她转动案桌上的机关，其中一尊持莲观音像挪了位置，露出墙后密室。十来个着黑衣的士卒次第走出，排成“一”字，举起弓弩对准他。

“很好，我没想到你还埋了这步棋。”他拊掌大笑，看着薛萦，眼底却是冰凉一片。

“你平定北蚩有功，但举兵谋逆，实在铸成大错，功过相抵，我会请求陛下给你留个全尸。”薛萦挥手示意，其中一名士卒上前，端着酒盏向他走去。

他清楚那是鸩酒，等那士卒近身，秦荀突然出手，钳制住他的脖子将他拖到身前。酒盏打翻，浇在青石地砖上，激起一片白色细沫。

甲士闻讯赶至，将宝殿重重围了起来，秦荀干脆利落捏碎那士卒的喉骨，漠然道：“殿外都是我的人，你将我杀了，就不给自己留条活路？”

薛萦晓得他必定不愿束手就擒，轻轻一笑：“你死了，我自然是活不成的，只要你不介意黄泉路上多一人做伴就好。”

她起身朝他走去，满殿甲士的箭镞都对准她，只要他一声令下，她压根没有机会近他的身。

秦荀扬起手，到底没有挥下去，忽然间四肢百骸皆是无力，他单膝跪在了地上。

一支羽箭破空，他倏地扑上前，抱着薛萦就地一滚，厉声道：“不准放箭！”

她容色沉静，无一丝波澜，只仰头望着他："我在熏香里添了一味东西，吸入体内，会让人失去气力。"

闻言，他低声笑了起来："阿萦，你当真要杀我？"

她没有回答，将藏在袖中的匕首送入他的心口。剧痛须臾蔓延至全身，他看着她，即便渐渐失去了气力，可只要他愿意，还是能轻而易举捏碎她的喉咙，让这个女子陪他一起下地狱。

宝殿外骤然喧嚣，甲兵来报，说是金吾卫攻了上来。

他死死盯着她的面容，不愿放过她一丝一毫的情绪。可她始终沉静如一泓秋水，神情淡然："让你的人束手就擒，我不杀他们。"

"我输了。"他喟叹道。

血涌出来，染红心口，他清晰地感知到生命在一点一点流逝，即将坠入无止境的冥暗之中。

薛萦忽然攥住他的手，轻轻道："有件事，我骗了你。当年在宁州城救你的是我阿姐，是灵毓皇后。"

她未满十岁时，随父亲去宁州游历。阿姐一心想跟去，瞒着双亲离家，追上他们的马车。父亲不忍将阿姐遣回薛家，于是带着她们姊妹二人一同北上。行到宁州地界，听闻城中正闹时疫，父亲找了家农舍，将她们姊妹交与农妇照看。

彼时她身子骨娇弱，三天两头常害病。听农妇说一旦染上时疫，要灌很多碗药汤才能见好，她怕得不行，但阿姐胆大，打定主意要去看宁州城外的栩水河，雇了一位猎户带她进城寻叔父。

过了将近一个月，宁州的时疫才慢慢消下去，好在父亲与阿姐都平安回来了。

因为这事，阿姐回到薛家后挨了伯父一顿责打，罚她在祖宗祠堂跪十日。

她心疼阿姐，每夜都去祠堂陪她一同罚跪，也曾问阿姐，为何要任性离家。

阿姐含笑说道："阿萦，如果你有机会亲眼见到奔腾流淌的栩水河，见到河对岸那一望无际的原野，见到恣意翱翔于天际的鹰隼，兴许你就会明白了。"

阿姐还说，那段时日，她在宁州城里帮助了许多患上时疫的百姓，其中有个少年与旁人不同，他长着一双琉璃色的眼瞳。

“那封让你顺利投军的举荐信，也是阿姐求了她父亲替你写的。”薛蓁的声音渐渐低了下去，“恰巧我的耳后同样的位置也长着一颗朱砂痣，你一直认错了人。”

他必定很失望，辗转这么多年，从宁州到临安，自始至终，他所求的一切，皆是虚妄谎言。

他的意识将要陷入混沌，几乎察觉不到痛觉了，只能轻轻地将头靠在她肩上，低声告诉她：“我其实猜出来了，你的年纪对不上，可是阿蓁，我后来爱上的人，是你……”

西青山那惊鸿一瞥，命运兜兜转转，教他遇见她，爱上她，至此万劫不复。

“你从前在我面前的一颦一笑，从来都是身不由己，我毁了你，合该葬送在你手里。”

这是秦荀留给她的最后一句话。

她终于伸手回抱他，可这一次，他再无反应，靠在她肩上，仿佛熟睡了一般。

殿外响起金戈声，零星有羽箭射进来，薛蓁将他尚带温热的身体放平，探了探他的鼻息和脉搏，还有一丝极微弱的起伏，若不仔细分辨，是无法察觉出来的。

她为他揩去掌心的血迹，将他的双手交叠放在心口，做完这一切后，金吾卫入殿，上将军韩让单膝跪地向她行军礼。

她低垂着眸，淡淡道：“逆贼秦荀伏诛，还请韩将军验明正身。本宫答应过留他全尸，若无差错，稍后会安排人将他收殓下葬。”

不知何时云层散开，脉脉春晖照入宝殿，她向着那春光走去，不知不觉泪流满面。

熙和四年，太傅秦荀定北蛊，后举兵反，欲废天子自立。薛太后伏兵伽南殿，施计诱杀反贼，匡扶社稷。

史书寥寥几笔写过，萧钰念完，觑了觑她的容色：“娘娘，我让史官这样写，你觉得如何？”

“可以。”她望向萧钰，“阿钰当面谢过雪鉴法师了吗？”

当初若不是雪鉴法师相告，她定然不可能知晓伽南殿暗藏了一间密室。不仅如此，她与城里的金吾卫暗中通信，以及让兵士藏身泥塑的观音像中，暗度陈仓，将其运到伽南殿，都有雪鉴法师从旁相助。

萧钰点头，道：“我去过了，想给清音寺捐点香火钱，但大师他并未同意，说百姓遭了战难，天下待兴，希望我今后能做一个勤政勉励的君主。”

“娘娘，我拟了罪己诏，已经给姚相公看过了，再等几日，我就会将它昭告天下。”

她递来一本册子，薛蓁却没有接，温柔地道：“以后你若有什么事决断不定，记得去请教姚相公，或者中书省的张大人，万万不可再像从前那样任性妄为。”

萧钰静默一阵，又与她说：“我昨日下令斩了宋清河，至于他的家眷，尽数流放南疆。再过几天，谢大人会把结案的卷宗送上灵虚山给娘娘过目。”

她想，见一见谢怀虚，或许能令养母开怀一些，他们是多年故交。

一阵风拂过，檐下铁马相撞，薛蓁未置可否，只轻轻道：“陛下该下山了，紫宸殿如今正缺宫人，恰巧我这里有个机灵的小宫女，陛下把她带回去吧！”

她唤音笙进来，让她给萧钰行礼，当是见过面了。

送别萧钰时，小丫头忽然回身抱了她一下，薛蓁微怔，却见她扬起脸，眼底积着一层薄薄的泪光。

“娘娘，你是不是永远也不会原谅阿钰了？”

薛蓁含笑抚了抚她柔嫩的脸颊：“怎么会呢！”

她眼角泛红，委屈巴巴地道：“娘娘，你好像变了。”

“你变胖了。”

听她此言，薛蓁立时哭笑不得。

把音笙拨到萧钰身边当差以后，她请了一个道姑照看自己平素起居。又过了五日，谢怀虚登伽南殿拜谒。

他是来送卷宗的，宋清河的案子结了，牵连出吏部一大片官员。萧钰只斩了为首两人，其余皆判流徙。

薛萦合上卷宗，轻叹一声："他用尽手段往上爬，离相位一步之遥，可惜他从一开始就选错路，就算攀再高，也是徒劳。"

谢怀虚收起卷宗，交给道姑安置，拱手道："臣寻到了绛珠姑娘的下落，她很是挂念娘娘，不知娘娘是否方便见她？"

"让她好好养着身子，等过些时日，我再去见她。"薛萦缓缓起身，向伽南殿外行去，此处临绝壁而建，观景极佳，可俯瞰临安全貌。

她走到栏杆前停下，远眺日暮中的帝京，轻声道："多谢你肯为我做这么多事。"

谢怀虚走到她身侧，与她同看这方天地，良久以后，他说："阿萦，今后务必珍重。"

当夜，伽南殿走水，太后薛氏葬身火海，只寻得一对烧熔了的银簪。

消息报至，小皇帝夜闯宣华门欲出宫，终究折返，坐于紫宸殿的石阶上失声痛哭，恍如失去了她毕生所珍视的一切。

尾声

又是一年除夕，林大娘起了个大早，她不光要准备年夜饭，还要给隔壁脾气古怪的邻里煎药送过去。

隔壁那间宅子大半年前被人赁下，住进一个青年后生，不过他刚来时身体差得很，脸色惨白，听送他来的人说，是病了一大场，好不容易捡回来一条命。

他那朋友留下药方和一笔丰厚的银钱，便从淮镇乘马车离开了，再也不知去处，自那天起，林大娘担负起照看他的责任。

她第一次去隔壁送药，被那个不识相的后生扬手打翻，不仅如此，他还冷冷地说了个“滚”字。她被滚烫的药汁燎出满手泡，但是看在赏钱的面上，咬牙忍了下来。

她将水泡挑穿，涂上药膏，又煎了一碗重新送去。这一回他倒没骂人，只躺在床上不动。

药汤凉了，林大娘就倒掉重煎，如此反复几天，墙角堆了一摞药渣，可他始终没有喝过一口汤药。林大娘猜他遇到伤心事，也试着开解过，可那后生油盐不进，直到那天，小栩跌跌撞撞跑进来寻祖母。

小栩是林大娘的小孙女，今年甫满三岁，生得玉雪可爱，正是招人疼的年纪。小丫头走路不稳，踩到石子跌了跤，抽了抽鼻子，委屈地哭起来。

那后生坐在梨树下看书，听见哭声，不由得蹙起眉。

林大娘心知不妙，未等她走过去救场，那后生抢先把小栩抱起来，高高举起，逗得小丫头笑出一个鼻涕泡泡。

她趁热打铁劝道："你看，小娃娃多可爱啊，你还没成亲吧？我那不成器的儿子在你这个年纪，孩子都生了三个哩！你也抓紧些，要是有中意的姑娘，大娘替你去说亲。"

他伸手碰了碰小栩粉扑扑的脸蛋，却没有说话。

林大娘唯一一次见他流露出其他情绪，是薛太后死讯传来那时。

那后生闻讯当夜，就在门口挂了两只白灯笼。翌日，林大娘去送药，却见他坐在石阶上，将头深深埋在双掌中，一双乌靴被露水打湿了大半。

林大娘唤了句，他应声抬头，眼底猩红，布满血丝，将她吓了好大一跳。

淮镇隶属定州，山高皇帝远的，虽说太后过世，天下皆缟素，但镇上的百姓生活如常，依旧有嫁娶喜事，吹喇叭、敲锣热热闹闹操办，而隔壁宅子门口那两只白灯笼，再没有取下过。

清早将药送过去，林大娘和他提了一嘴："淮镇这几天出了稀奇，来了位年轻妇人抱着孩子寻她的丈夫，说是在大半年前逃乱时走散了。"

"天下这么大，断了音讯，一时半会儿怕是难寻到了。那妇人看起来年岁轻轻，长得又十分好看，也是命苦。"林大娘感叹了番，与他说，"阿荀，你今晚到我家过节。"

那后生答道："多谢婶子的好意，我有事要出趟城，今夜就不去府上叨扰了。"

林大娘晓得他不情愿过来，便说："那我晚上给你送点酒菜过来，今天风雪大，你别出门，有什么事等天晴了再去办。"

那后生颔首微笑，将汤药一饮而尽，把粗瓷碗交给她。

这场雪一直落到黄昏后，街巷响起爆竹声。小孩子们嬉戏打闹，动静太大，引得屋子外的大黄狗吠了几声。

他打开柴扉，摸出几吊钱，把小娃娃们叫过来，一人发了一吊压岁钱，轮到小栩时，他刻意多给了一吊。

小娃娃们眉开眼笑，向他作揖道祝福，便又跑开了。

他折回草舍，围坐炭炉边，拆开那封宁州来的家信。秋辞在信中说，她快要和穆峥成婚了，若他方便，想请他北上一趟，做他们的证婚人。

思量许久，他提笔回信婉拒，还未落款，门外又传来犬吠声。

大黄狗叫得厉害，他起身走出去，打开柴扉，却见门外立着一个年轻妇人，身披猩红色斗篷，怀里抱着襁褓。

她盈盈一笑：“这么冷的天，也不请我进去吃盏热茶？”

柴门闻犬吠，风雪夜归人。

（全文完）